Leila Mottley

NACHTSCHWÄRMERIN

Roman

Aus dem amerikanischen Englisch
von Yasemin Dinçer

Ecco

Die Originalausgabe erschien 2022 unter dem Titel
Nightcrawling bei Alfred A. Knopf, a division of
Penguin Random House LLC, New York.

eccoverlag.de

1. Auflage 2022
Copyright © 2022 by Leila Mottley
Deutsche Erstausgabe
© 2022 für die deutschsprachige Ausgabe
Ecco Verlag in der
Verlagsgruppe HarperCollins Deutschland GmbH, Hamburg
Einbandgestaltung von Anzinger und Rasp
Einbandabbildung Idara Ekpoh
Autorinnenbild von Magdalena Frigo
Gesetzt aus der Bembo und der Transat
von Pinkuin Satz und Datentechnik, Berlin
Druck und Bindung von CPI books GmbH, Leck
Printed in Germany
ISBN 978-3-7530-0058-9

FÜR OAKLAND UND SEINE MÄDCHEN

Der Swimmingpool ist voller Hundescheiße, und bei Sonnenaufgang verhöhnt uns Dees Gelächter. Ich habe ihr schon die ganze Woche gesagt, dass sie wie der Crack-head aussieht, der sie ist, wenn sie immerzu über denselben Witz lacht, als würde er sich verändern. Dee schien es nichts auszumachen, als ihr Freund sie verließ, schien es nicht einmal zu kümmern, als er letzten Dienstag am Pool auftauchte, nachdem er alle Mülltonnen in der Nachbarschaft nach in Plastiktüten steckendem Kot abgesucht hatte. Um drei Uhr morgens hörten wir die Platscher, gefolgt von seinem Gebrüll über Dees untreuen Arsch. Aber vor allem hörten wir Dees Gackern, das uns daran erinnerte, wie schwer das Schlafen fällt, wenn man die eigenen Schritte nicht von denen der Menschen in den Nachbarwohnungen unterscheiden kann.

Seit ich hier bin, hat nie jemand von uns einen Fuß in den Pool gesetzt, vielleicht weil Vernon, der Vermieter, ihn noch kein einziges Mal saubergemacht hat, vor allem aber, weil niemand uns je beibrachte, wie man das Wasser genießt, wie man schwimmt, ohne nach Luft zu schnappen, wie man das eigene Haar liebt, wenn es verfilzt und chlorgetränkt ist. Die

Vorstellung zu ertrinken macht mir allerdings keine Angst, da wir sowieso aus Wasser bestehen. Das ist im Grunde so, als würde der eigene Körper von sich selbst überlaufen. Ich glaube, ich würde lieber auf diese Art sterben, als benebelt auf dem Fußboden einer dreckigen Wohnung, während mein Herz sich beim Pumpen verausgabt und dann stehen bleibt.

An diesem Morgen ist irgendwas anders. Wie Dees Lachen sich zu einem hohen Kreischen steigert, ehe es in Gebrüll umschlägt. Als ich die Tür aufmache, steht sie am Geländer, wie immer. Nur blickt sie heute auf die Wohnungstür statt auf das Wasser, und der Pool beleuchtet sie von hinten, sodass ich ihr Gesicht nicht sehen kann, sondern nur ihre Wangenknochen, die unter ihren hohlen Wangen wie Äpfel auf und ab hüpfen. Ich mache die Tür wieder zu, ehe sie mich sieht.

Manchmal strecke ich morgens den Kopf durch Dees unverschlossene Tür, nur um sicherzugehen, dass sie dahinter immer noch atmet und sich im Schlaf windet. In gewisser Hinsicht machen mir ihre neurotischen Lachanfälle nichts aus, weil sie bedeuten, dass sie noch am Leben ist. Nicht dass es ihr gut geht, nur dass ihre Lungen noch nicht versagt haben. Solange Dee lacht, ist noch nicht alles total im Arsch.

Das Klopfen an unserer Tür ist ein vierfaches Hämmern von zwei Fäusten, und auch wenn ich darauf hätte gefasst sein müssen, mache ich einen Satz zurück. Es ist nicht so, als hätte ich nicht gesehen, wie Vernon seine Runde dreht, oder als hätte ich den Flyer nicht bemerkt, der an Dees Tür nach oben flatterte und wieder zurücksank, während sie ihn, noch immer gackernd, anstarrte. Ich drehe mich zu meinem Bruder Marcus um, der auf dem Sofa schnarcht, wobei er die Nase bis zu den Augenbrauen kräuselt.

Er schläft wie ein Säugling, zieht ständig Gesichter und hält den Kopf so geneigt, dass ich sein Profil erkennen kann, auf dem das Tattoo straff und glatt bleibt. Marcus hat sich direkt unter seinem linken Ohr meinen Fingerabdruck tätowieren lassen, und wenn er lächelt, kann ich nicht anders als hinzusehen, als wäre es ein weiteres Auge. Nicht dass er oder ich in letzter Zeit viel gelächelt hätten, aber das Bild davon – die Erinnerung an die sich frisch kräuselnde Tinte neben seinem Grinsen – führt mich immer wieder zu ihm zurück. Lässt mich immer wieder hoffen. Marcus' Arme sind mit Tätowierungen überzogen, aber mein Fingerabdruck ist die einzige auf seinem Hals. Er erzählte mir, sie sei die schmerzhafteste gewesen, die er je bekommen habe.

Er ließ sich das Tattoo an meinem siebzehnten Geburtstag stechen, und ich glaubte zum ersten Mal, dass er mich womöglich mehr liebt als alles andere, sogar mehr noch als seine eigene Haut. Aber heute, drei Monate vor meinem achtzehnten Geburtstag, fühle ich mich nackt und entblößt, wenn ich den zitternden Fingerabdruck am Rand seines Kieferknochens betrachte. Sollte Marcus blutend auf der Straße enden, wäre es mithilfe meiner Spur auf seinem Körper leicht, ihn zu identifizieren.

Ich greife nach dem Türknauf und murmele: »Ich mach schon«, als würde Marcus jemals so früh am Morgen seine Füße auf den Boden stellen. Von der anderen Seite der Wand dringt Dees Gelächter in meinen Gaumen wie Salzwasser, wird direkt von meinen Schleimhäuten absorbiert. Ich schüttele den Kopf und wende mich erneut der Tür zu, meinem eigenen Zettel, der dort nachlässig auf die orange Farbe geklebt wurde. Man braucht keinen dieser Zettel zu lesen, um zu wissen, was darauf steht. Alle haben einen bekommen und ihn auf die Straße geworfen, als könnten sie dessen Härte mit einem Schulterzucken abtun. Die Schrift ist fett und unerbittlich, Zahlen, die auf dem Blatt erstarrt sind und im Geruch der Industriedruckertinte verharren, zweifellos von einem Stapel Papiere genommen, die genauso toxisch und schief aufgehängt sind wie dieses, das an der Tür der Einzimmerwohnung klebt, die seit Jahrzehnten von meiner Familie bewohnt wird. Wir wussten alle, dass Vernon ein Verräter ist und dieses Haus nicht länger behalten würde, als er müsste, während die Taschen voller Geld durch Oakland ziehen, auf der Suche nach weiteren von uns, die sie aus dem Inneren der Stadt kratzen können.

Die Zahl an sich wäre gar nicht so beängstigend, wenn Dee sich darüber nicht kaputtlachen würde, bis sie sich in einem Anfall krümmt und damit jede einzelne Null in meiner Magengrube zementiert. Ich drehe den Kopf in ihre Richtung und brülle über den Wind und die morgendlichen Laster hinweg: »Hör auf zu lachen oder geh wieder rein, Dee. Scheiße.« Sie bewegt den Kopf ein paar Zentimeter, um mich anzustarren, lächelt dann breit, wobei sie den Mund so weit aufreißt, dass er ein vollständiges Oval bildet, und gackert weiter. Ich reiße die Mitteilung über die Mieterhöhung von der Tür und kehre in unsere Wohnung zurück, wo Marcus seelenruhig auf dem Sofa schnarcht.

Er liegt da und schläft, während diese ganze Wohnung über mir zusammenbricht. Wir halten uns ohnehin nur gerade so über Wasser, sind schon ein paar Monate im Rückstand mit der Miete, und Marcus hat keinerlei Einkünfte. Ich bettele um Schichten im Spirituosenladen und zähle die Cracker, die noch im Schrank stehen. Wir besitzen nicht einmal Geldbeutel, und während ich Marcus anblicke, sein wie unter einem Schleier liegendes Gesicht, wird mir klar, dass wir aus dieser Sache nicht herauskommen werden wie beim letzten Mal, als unsere Welt zerbrach, mit einem leeren Fotorahmen, wo einst Mama war.

Ich schüttele den Kopf beim Anblick seines Körpers, der so groß ist, dass er den ganzen Raum einnimmt, dann lege ich ihm das Mieterhöhungsschreiben mitten auf die Brust, damit es mit ihm zusammen atmet. Auf und ab.

Da ich Dee nun nicht mehr höre, ziehe ich meine Jacke an, schlüpfe nach draußen und lasse Marcus zurück, um irgendwann beim Aufwachen einen zerknitterten Zettel und mehr Sorgen vorzufinden, als er auch nur versuchen wird zu bewältigen. Ich laufe entlang des Geländers die Wohnungen ab, bis ich Dees Tür erreiche und sie öffne. Dee ist da, hat es irgendwie geschafft einzuschlafen, und liegt nun zuckend auf ihrer Matratze, nachdem sie noch wenige Minuten zuvor herumgebrüllt hat. Ihr Sohn Trevor sitzt auf einem Hocker in der kleinen Küche und isst eine Billigversion von Cheerios direkt aus der Schachtel. Er ist zehn, und ich kenne ihn seit seiner Geburt, habe dabei zugesehen, wie er zu dem schlaksigen Jungen von heute aufgeschossen ist. Er kaut geräuschvoll seine Frühstücksflocken und wartet darauf, dass seine Mutter aufwacht, auch wenn es vermutlich Stunden dauern wird, ehe ihre Augen sich wieder öffnen und ihn mehr als nur verschwommen wahrnehmen.

Ich trete ein, gehe leise auf ihn zu, hebe seinen Rucksack vom Fußboden und halte ihn ihm hin. Er grinst mich an, wobei in den Lücken zwischen seinen Zähnen zerkaute Cheerio-Stückchen aufblitzen.

»Junge, du musst in die Schule. Mach dir keinen Kopf wegen deiner Mama, komm schon, ich bring dich.«

Trevor und ich verlassen die Wohnung, seine Hand in meiner. Seine Handfläche fühlt sich an wie Butter, weich und bereit, in der Hitze meiner Hand zu schmelzen. Wir laufen über die in mittlerweile abblätterndem Lindgrün gestrichene Metalltreppe ganz nach unten ins Erdgeschoss, vorbei am Scheißepool und durch das Metalltor, das uns direkt auf die High Street ausspuckt.

Die High Street ist ein Trugbild aus Zigarettenstummeln und Spirituosenläden, ein geschwungener Pfad zwischen Drugstores und Erwachsenenspielplätzen, die sich als Straßenecken tarnen. Auf ihr herrscht eine kindliche Atmosphäre, sie erscheint wie die perfekte Umgebung für eine Schnitzeljagd. Niemand weiß genau, wann die Nachbarschaften wechseln, auf dem ganzen Weg bis hoch zur Brücke, aber da ich noch nie bis dahin gekommen bin, kann ich nicht sagen, ob man dort auch am liebsten hüpfen möchte, wie auf unserer Seite. Sie erfüllt und enttäuscht alle Erwartungen mit ihren Bestattungsunternehmen und Tankstellen, die Straße gesprenkelt mit Häusern, aus deren Fenstern es gelb leuchtet.

»Mama meint, Ricky kommt nicht mehr, also hab ich die Frühstücksflocken ganz für mich allein.«

Trevor lässt seine Hand aus meiner gleiten und schlendert beschwingten Schrittes voran. Während ich ihm zusehe, denke ich, dass wohl niemand außer Trevor und mir versteht, was es bedeutet, die eigene Bewegung zu spüren, also sie wirklich wahrzunehmen. Manchmal glaube ich daran, dieses kleine Kind könnte mich davor bewahren, von unserem grauen Himmel verschluckt zu werden, aber dann fällt mir ein, dass auch Marcus einmal so klein gewesen ist und dass wir alle irgendwann aus uns selbst herauswachsen.

Wir lassen Royal-Hi Apartments hinter uns, biegen links ab und laufen weiter. Ich folge Trevor, überquere nach ihm die Straße, wobei er die Ampel und den Verkehr ignoriert, da er weiß, dass alle für ihn anhalten, für diese glänzenden Augen und diesen Sprint. Seine Bushaltestelle liegt auf der Straßenseite, von der wir gerade herübergewechselt sind, aber er läuft gern auf der Seite, auf der sich unser Park befindet, in dem die Teenager jeden Morgen Bälle in Körbe ohne Netze werfen, auf dem Platz gegeneinanderprallen und Hustenanfälle bekommen. Trevor wird langsamer und folgt mit seinen Blicken dem heutigen Morgenspiel. Es sieht nach Mädchen gegen Jungs aus, und niemand gewinnt.

Ich greife nach Trevors Hand und ziehe ihn weiter. »Du verpasst den Bus, wenn du dich nicht beeilst.«

Trevor lässt sich hinterherschleifen und verdreht den Kopf, um zu sehen, wie der Ball auf und ab rotiert und zwischen Händen und Körben quietscht.

»Glaubst du, die würden mich mitspielen lassen?« Trevors

Gesicht verzieht sich, als er ehrfürchtig die Wangen nach innen zieht.

»Heute nicht. Weißt du, die müssen keinen Bus kriegen, und deine Mama würde nicht wollen, dass du hier draußen in der Kälte bist und den Unterricht verpasst.«

Der Januar in Oakland bringt eine seltsame Art von Kälte mit sich. Die Luft ist frisch, eigentlich nicht großartig anders als in all den anderen Monaten, in denen die Wolken alles Blau verdecken und es nicht kalt genug ist, um eine dicke Jacke zu brauchen, aber zu kalt, um viel Haut zu zeigen. Trevors Arme sind nackt, also schüttele ich mir die Jacke von den Schultern und lege sie um seine. Ich greife nach seiner anderen Hand, und wir gehen weiter, nun nebeneinander.

Wir hören den Bus um die Kurve kommen, ehe wir ihn sehen, und ich drehe mich rasch um, damit ich die Nummer erkennen kann, während diese riesige grüne Masse in unsere Richtung rumpelt.

»Lass uns rübergehen, komm schon, beweg deine Beine.«

Ohne auf den Verkehr zu achten, rennen wir über die Straße, während der Bus auf uns zurast und dann an der Haltestelle ranfährt. Ich schiebe Trevor nach vorn, in die Schlange, die vom Bordstein in den geöffneten Schlund des Busses schlurft.

»Lies heute ein Buch, okay?«, rufe ich ihm zu, als er einsteigt.

Er dreht sich zu mir um und hebt seine kleine Hand gerade hoch genug, dass es ein Winken zum Abschied sein könnte oder ein Salut oder ein Junge, der sich die Nase abwischen will. Ich sehe zu, wie er verschwindet und wie der Bus sich wieder aufrichtet, ächzt und davonfährt.

Ein paar Minuten später hält mein eigener Bus quietschend vor mir an. Ein in der Nähe wartender Mann trägt eine Sonnenbrille, die er bei diesem trüben Wetter nicht braucht, und ich lasse ihn zuerst einsteigen und folge dann, sehe mich um, finde aber keinen freien Platz, weil es Donnerstagmorgen ist und wir alle irgendwohin müssen. Ich zwänge mich zwischen den Körpern hindurch und finde im hinteren Bereich eine Lücke, wo ich mich hinstelle und an der Metallstange festhalte, während ich darauf warte, dass das Fahrzeug mich nach vorn schleudert.

In den zehn Minuten, die es dauert, um die andere Seite von East Oakland zu erreichen, lasse ich mich vom Bus einlullen, der mich vor und zurück schaukelt, wie ich mir vorstelle, dass eine Mutter ihr Kind schaukelt, wenn sie noch geduldig genug ist, um es nicht zu schütteln. Ich frage mich, wie viele dieser anderen Menschen, das Haar unter ihre Mützen geschoben, das Gesicht in alle möglichen Richtungen von Falten durchzogen wie die Karte eines Bahnnetzes, heute Morgen beim Aufwachen eine taumelnde Welt und einen Zettel vorgefunden haben, der nicht mehr bedeuten sollte, als dass irgendwo ein Baum gefällt wurde, und zwar in so weiter Ferne, dass es einem am Arsch vorbeigehen kann. Beinahe verpasse ich den Moment, um am Draht zu ziehen und die Tür aufzudrücken, hinter der mich die frische Oaklandluft und der entfernte Geruch von Öl und Maschinen von der Baustelle gegenüber von La Casa Taquería erwarten.

Ich steige aus dem Bus und nähere mich dem Gebäude

mit den getönten Fensterscheiben, die das Innere vor Blicken schützen, und der vertrauten blauen Markise. Ich drücke den Türgriff des Restaurants nach unten, öffne die Tür und rieche sofort etwas Aufdringliches in der Dunkelheit des Lokals. Die Stühle stehen umgedreht auf den Tischen, aber der Raum ist lebendig.

»Machst du das Licht jetzt nicht mehr für mich an?«, rufe ich in dem Wissen, dass Alé nur wenige Meter entfernt steht, was sich in der Finsternis jedoch weiter weg anfühlt. Sie tritt aus einem Türrahmen, ihr Schatten tastet nach dem Lichtschalter, und wir sind erleuchtet.

Alejandra hat seidiges schwarzes Haar, das ihr aus dem Knoten auf ihrem Kopf quillt. Ihre Haut ist ölig und feucht vom Schweiß aus der Küche, in der sie die letzten zwanzig Minuten verbracht hat. Ihr weißes T-Shirt konkurriert mit Marcus' Shirts um den Titel des übergrößten und unscheinbarsten und lässt sie auf eine Weise jungenhaft und cool aussehen, wie es mir niemals gelingen würde. An allen Stellen ihres Körpers lugen ihre Tätowierungen hervor, und manchmal denke ich, sie sei ein Kunstwerk, aber dann beginnt sie sich zu bewegen, und ich werde wieder daran erinnert, wie wuchtig und plump sie mit ihren großen Schritten ist.

»Du weißt, dass ich dich ohne Weiteres hier rausschmeißen könnte.« Alé kommt näher und sieht aus, als wollte sie einen Handschlag performen wie ein schwarzer Mann, bis ihr bewusst wird, dass ich nicht mein Bruder bin, und sie stattdessen die Arme ausbreitet. Ich bin fasziniert von ihr, von der Art, in der sie den Raum genauso ausfüllt wie dieses schlaffe Shirt. Hier lehne ich mich an den vertrautesten Ort, an dem ich je existiert habe, ihre Brust an meinem Ohr, warm und pochend.

»Ich hoffe, du hast da drin was zu essen«, sage ich zu ihr, reiße mich los und mache kehrt, um in die Küche zu stolzieren. Vor Alé schwinge ich beim Gehen gern meine Hüften, damit sie mich ihre *chava* nennt.

Mit funkelndem Blick sieht Alé mir zu. Dann beginnt sie im selben Augenblick wie ich in Richtung Küchentür zu hasten, wir rennen, schieben einander weg, um uns durch den Türrahmen zu quetschen, lachen, bis uns die Tränen kommen, und breiten uns auf dem Fußboden aus, während wir auf die Glieder der anderen steigen, ohne uns um die blauen Flecken zu scheren, mit denen wir morgen übersät sein werden. Alé gewinnt und steht bereits am Herd, um Essen in Schüsseln zu schöpfen, während ich noch schwer atmend auf den Knien sitze. Als ich aufstehe, kichert sie verschmitzt und reicht mir eine Schüssel und einen Löffel.

»*Huevos rancheros*«, sagt sie, während ihr der Schweiß von der Nase tropft.

Es ist heiß und dampfend, tiefrot mit Eiern obendrauf.

Alé kocht mindestens einmal in der Woche für mich, und wenn Marcus dabei ist, fragt er sie jedes Mal, was es ist, egal wie oft sie es schon zubereitet hat. Sie zu verarschen macht ihm genauso viel Spaß, wie offbeat zu rappen und Leute zu bequatschen.

Ich hüpfe auf die Küchentheke, spüre vage, wie etwas in meine Jeans sickert, und ignoriere es. Ich schaufele mir das Essen in den Mund, lasse die Hitze von meiner Zunge Besitz ergreifen und beobachte Alé, die mir gegenüber den

Rücken an den Herd gelehnt hat, während der Dampf aus unseren Schüsseln nach oben steigt und an der Decke eine Wolke bildet.

»Hast du schon einen Job gefunden?«, fragt mich Alé, ihr Mund mit Sauce beschmiert, als hätte sie über die Ränder ihrer Lippen gemalt.

Ich schüttele den Kopf, stecke einen Finger in die Schüssel und lecke ihn ab. »Ich bin überall in dieser Stadt gewesen, aber die hängen sich alle dermaßen an der Highschool-abbrecherinnen-Sache auf, dass sie mich noch nicht einmal anschauen wollen.«

Alé schluckt und nickt.

»Das Schlimmste ist, dass Marcus nicht mal den Arsch hochkriegt und sich bemüht.«

Sie verdreht die Augen, sagt aber nichts, als würde ich es nicht mitbekommen.

»Was?«, frage ich.

»Ach, weißt du, er tut eben, was er kann, und es ist ja erst ein paar Monate her, dass er seinen Job gekündigt hat. Er ist auch noch jung, da kann man ihm doch nicht vorhalten, dass er keine Lust hat, die ganze Zeit nur zu arbeiten, und euch geht's doch erst mal gut, wenn du an ein paar Tagen die Woche Schichten im Schnapsladen übernimmst. Du brauchst mit dem Scheiß jetzt nicht wieder anzufangen.« Sie spricht mit vollem Mund, während ihr die rote Sauce aus dem Mundwinkel rinnt.

Ich springe von der Theke und merke, wie durchnässt meine Jeans tatsächlich ist. Ich knalle meine Schüssel auf den Tisch, höre sie klirren und wünschte, sie wäre zerbrochen.

Alé hat aufgehört zu essen und beobachtet mich, während sie sich ihre Kette um den Finger wickelt.

Sie macht ein leises Geräusch, wie ein Gurgeln im Rachen, das sich in ein Husten verwandelt.

»Fick dich!«, spucke ich aus.

»Komm schon, Kiara. Lass das doch. Heute ist Beerdigungstag, wir sollten auf der Straße tanzen, aber du willst hier eine verdammte Schüssel kaputtmachen, weil du sauer darüber bist, dass du keinen Job hast? Die meisten von uns hier mühen sich ab, irgendeine Arbeit zu finden. Du bist nichts Besonderes.«

Ich blicke zwischen ihr und dem Fußboden hin und her. Ihr verschwitztes Shirt klebt an ihrer Haut. In diesen Augenblicken erinnere ich mich daran, dass Alé ihre eigene Welt ohne mich hatte, dass es eine Zeit vor mir gab und vielleicht auch eine nach mir geben wird. Trotzdem werde ich nicht weiter in dieser dampfenden Küche herumstehen, während die einzige Person, die irgendein Recht hat, meinen Namen auszusprechen, sich weigert zu bemerken, wie kurz davor ich bin zusammenzubrechen und mich selbst aufzugeben wie Dee.

Alé macht einen Schritt nach vorn, ergreift mein Handgelenk und blickt mich an, als wollte sie sagen: *Tu das nicht.* Ich schiebe mich bereits aus der Tür, meine Beine verraten meinen Atem, bewegen sich schnell. Sie ist hinter mir, streckt die Hand aus und verfehlt meinen Ärmel, versucht es erneut und bekommt endlich den Stoff zu fassen. Ich werde herumgewirbelt, und ihr Gesicht ist viel zu nah und blickt mich an mit all dem Mitleid von jemandem, der seine

Stimme gefunden hat, gegenüber einer Sprachlosen. Ich habe mich schon öfter von ihr retten lassen, als ich Marcus vergeben habe, und beinahe erkenne ich ihr leichtes Zittern unter ihrem Shirt.

Ihre Lippen bewegen sich kaum, als sie wiederholt: »Es ist Beerdigungstag.«

Alé sagt das, als würde es irgendetwas bedeuten, wenn ihre Fingernägel kurz sind und nach Koriander riechen, während meine scharf und gefährlich sind. Aber dann kräuselt sich ihr Kinngrübchen, und sie ist alles für mich.

»Du begreifst es nicht«, erwidere ich in Gedanken an den Zettel, der an diesem Morgen an unserer Tür hing. Ihr Gesicht zieht sich zusammen.

Ich schüttele den Kopf und versuche damit jeden Ausdruck wegzuwischen, der sich auf meinem Gesicht festgesetzt haben mag. »Egal.« Ich atme aus, und Alé runzelt die Stirn, aber ehe sie weiter mit mir streiten kann, strecke ich die Hand nach der empfindlichen Stelle an ihrer Seite aus und kitzele sie. Sie kreischt und lacht dieses überraschend mädchenhafte Lachen, das sie von sich gibt, wenn sie Angst hat, ich könnte sie erneut kitzeln, und ich lasse sie los. »Gehen wir jetzt, oder was?«

Alé legt mir schwungvoll einen Arm um die Schultern und zieht mich mit sich aus der Tür, in Richtung Bushaltestelle. Wir kommen an der Baustelle vorbei und fangen unwillkürlich an zu joggen, bis wir auf einmal sprinten, ein Wettrennen die Straße hinunter, ohne uns beim Überqueren nach Autos umzusehen, den Singsang der Hupen im Schlepptau.

Joy Funeral Home ist eins der vielen Todeshotels in East Oakland. Es steht an der Ecke Seminary Avenue und irgendeiner andere Straße, deren Namen zu lernen sich niemand die Mühe macht, und heißt dort einen Leichnam nach dem anderen willkommen. Alé und ich gehen alle paar Monate hin, wenn wieder neue Angestellte da sind, weil die davor keine einzige Begegnung mit einem Leichnam neben einer Platte Safeway-Käse mehr ertragen konnten. Wir sind auf genug Beerdigungen gewesen, um zu wissen, dass niemand Trauerndes Lust auf gottverdammten Käse hat.

Alé und ich laufen hoch zum MacArthur Boulevard, nehmen den NL-Bus, in den wir mit Clipper Cards steigen, die wir aus dem Fundbüro einer Grundschule gestohlen haben. Der Bus ist so gut wie leer, weil wir jung und dumm sind, während alle anderen an einem Schreibtisch in irgendeinem Techgebäude sitzen, auf einen Bildschirm starren und wünschen, sie könnten die Luft schmecken, wenn sie frisch und ruhig ist. Wir müssen nirgendwohin, und das gefällt uns.

Alé gehört zu den Glücklichen. Das Restaurant ihrer Familie ist eine feste Größe im Viertel, und auch wenn sie sich nicht mehr leisten können als die kleine Wohnung über dem Lokal, hat sie keinen einzigen Tag in ihrem Leben gehungert. Hier draußen existieren alle Abstufungen des Lebendigseins, und jedes Mal, wenn ich sie in den Arm nehme oder sehe, wie sie den Gehweg hinunterskatet, kann ich spüren, wie stark ihr Herzschlag ist. Aber ganz gleich, wie viel Glück man hat, man muss immer noch tagein, tagaus schuften, um am Leben zu bleiben, während man mit ansieht, wie jemand anderes aus dem sozialen Netz fällt und die Asche in der Bucht verstreut wird.

Donnerstag und Sonntag sind die einzigen Tage, an denen Alé mit mir durch die Stadt zieht. Normalerweise bleibt sie im Restaurant und hilft ihrer Mutter, steht am Herd oder bewirtet Gäste. Wenn ich einsam bin, komme ich ihr dabei zusehen und beobachte, wie sie stundenlang nonstop schwitzen kann, ohne sich auch nur zu bewegen.

Ich starre auf Alé, die aus dem Fenster sieht, während der Bus uns gegen- und dann wieder auseinanderwirft. Als wir vor einer roten Ampel halten, stößt sie mich mit dem Ellbogen an.

»Die versuchen echt, Obama durch diese Frau zu ersetzen.« Sie nickt in Richtung des ins Fenster eines Haushaltswarenladens geklebten Plakats mit dem faltigen, lächelnden Gesicht Hillary Clintons darauf. Bis zur Wahl dauert es noch mehr als ein Jahr, aber es hat bereits begonnen: all die Gerüchte und das Gerede und zugleich die Demos und Proteste und das Erschießen von schwarzen Männern. Ich schüttele den Kopf, während der Bus anfährt, dann richte ich den Blick wieder auf Alé.

»Du trägst ja nicht mal Schwarz, Mädchen, was ist los?«, will ich wissen.

Sie trägt noch immer ihr weißes Shirt und Shorts.

»Du doch auch nicht.«

Bei ihren Worten blicke ich an mir herunter auf mein eigenes graues Shirt zu schwarzen Jeans. »Zumindest zur Hälfte.«

Alé lacht leise. »Das ist eine Beerdigung in der *hood*. Da fragt keiner, was wir anhaben.«

Und plötzlich kichern wir beide, weil sie recht hat und uns das klar gewesen sein muss, da wir noch nie in irgendetwas anderem als Jeans und fleckigen T-Shirts auf Beerdigungen aufgetaucht sind, außer als vor zwei Jahren Alés *abuelo* starb und wir seine Hemden trugen, die vom Alter vergilbt waren und nach Zigaretten und Lehm aus dem tiefsten, fruchtbarsten Teil des Bodens rochen. Kein Bestatter hat je den Aufzug der Trauernden infrage gestellt, so wie sie sich auch nicht um Stichwunden kümmern. Auf der Beerdigung meines eigenen Daddys bin ich in einem Tanktop in Neonpink aufgekreuzt, und niemand hat ein Wort darüber verloren.

Mama gab dem Gefängnis die Schuld an Daddys Tod, was bedeutete, dass sie denen die Schuld gab, deretwegen Daddy dort überhaupt erst landete – der Straße. Daddy war kein Gauner oder Dealer, und ich habe ihn nur ein einziges Mal high erlebt, als er mit Onkel Ty am Scheißepool saß und kiffte. Aber das machte keinen Unterschied, weil Mama nur jenen Tag sehen konnte, an dem Daddy abgeholt wurde, wie die Münder seiner Freunde zuckten, als die Cops auftauchten und sie gegen die verputzten Wände stießen. Es machte keinen Unterschied, was sie getan oder nicht getan hatten, weil Mama irgendjemandem, irgendetwas die Schuld geben musste, und sie war zu dünnhäutig, um der Welt an sich die Schuld zu geben, dem Klicken der Handschellen, der Selbstverständlichkeit, mit der die Cops sie ihnen um die Handgelenke legten.

Im San Quentin Prison wurde Daddy krank, er fing an Blut zu pissen und bettelte wochenlang, einen Arzt aufsuchen zu dürfen, das Brennen wurde immer hartnäckiger, bis man es ihm schließlich erlaubte. Der Arzt sagte ihm, es sei wahrscheinlich nur das Essen, so was mache es manchmal mit einem. Er gab Daddy ein paar Schmerztabletten und noch welche namens Alphablocker, damit ihm das Pinkeln leichter fiele. Die Medikamente linderten die schlimmsten Schmerzen, aber ich glaube, Daddy fand noch Jahre nach seiner Entlassung Blut in der Toilette und sagte nie ein Wort. Drei Jahre danach fing sein Rücken dann an, so schlimm wehzutun, dass er kaum noch bis zum 7-Eleven laufen konnte, in dem er arbeitete.

Als seine Beine anschwollen, brachten wir ihn zum Arzt, der meinte, es sei seine Prostata. Der Krebs war bereits so weit fortgeschritten, dass es eigentlich keine Chance auf Besserung gab, also weigerte Daddy sich, als Mama ihn anflehte, zur Chemotherapie und Bestrahlung zu gehen. Er sagte, er wolle ihr keine Schulden von seinen Arztkosten hinterlassen.

Es war ein schneller Tod, der sich langsam anfühlte. Marcus war meist unterwegs, gemeinsam mit Onkel Ty. Ich nehme ihm nicht übel, dass er nicht dabei zusehen wollte. Mama und ich bekamen alles mit, verbrachten jede Nacht Stunden damit, Daddys Körper mit einem feuchten Lappen abzuwischen und ihm vorzusingen. Es war eine Erleichterung, als es endlich vorbei war, vier Jahre nachdem er aus San Quentin entlassen worden war und wir aufhören konnten, mitten in der Nacht aufzuwachen und zu befürchten, nun sei sein Körper kalt geworden. Am Tag der Beerdigung war ich dann zu erschöpft, um mich darum zu scheren, ob ich Schwarz trug, und ein Teil von mir wünschte, ich wäre gar nicht hingegangen, wie Marcus. Der Tod lässt sich ungesehen leichter ertragen.

Der Bus rollt an eine Haltestelle auf der Seminary und spuckt uns aus, so wie die Bucht Salz ausspuckt. Wir springen hinaus auf den Bordstein und warten die paar Momente, in denen er sich wieder aufrichtet und seinen Weg fortsetzt. Die linken Reifen versinken in einer Reihe von Schlaglöchern und kommen mit einer Art Husten wieder heraus.

Alé schlingt ihren Arm um mich und zieht mich an sich, und mir wird bewusst, wie kalt mir gewesen ist ohne meine Jacke oder ihre Brust. Meine Lippen tun weh, und ich denke, sie müssen lila oder fast blau sein, aber als ich am Schaufenster eines Spirituosenladens vorbeikomme, sagt mir mein Spiegelbild, dass sie immer noch pink sind, dieselbe Farbe, die Marcus' Mund diesen Morgen hatte, als er die Luft einsaugte und schnarchte. Alé und ich laufen nebeneinander, aber in unterschiedlichem Rhythmus. Sie bewegt sich wie der Hulk, mit riesigen Schritten, bei denen jeweils eine Hälfte ihres Körpers voranschreitet und die andere zurückbleibt, während ich neben ihr kleine Schritte mache. Ich lehne mich an sie, und es ist egal, wie wenig wir aufeinander abgestimmt sind, wir bewegen uns trotzdem vorwärts.

Vor dem Joy's halten wir inne und beobachten, wie die Menschen in verschiedenen Schwarztönen, Grau, Blau, Jeans, Kleidern und Jogginghosen träge durch die Tür strömen, die Köpfe leicht gesenkt. In das Bestattungsunternehmen gelangt man durch eine dunkle Flügeltür, vermutlich aus kugelsicherem Glas, und als Alé mir einen Blick zuwirft, erkenne ich darin den Schatten eines schlechten Gewissens. »Büfett oder Schrank?«, fragt sie mich, ihr Mund immer noch nah genug an meinem Gesicht, dass ich sehen kann, wie ihre Zunge beim Sprechen darin herumschnellt.

»Schrank.«

Wir nicken beide und machen es allen anderen nach: Köpfe gesenkt.

Alé drückt meine Hand einmal, tritt dann vor mir ein und verschwindet hinter dem Glas. Ich warte ein paar Sekunden und ziehe dann ebenfalls die Tür auf.

Sobald ich das Gebäude betrete, fällt mein Blick auf zwei Augenpaare. Wie bei den meisten Beerdigungen starrt mich ein stark vergrößertes Foto der Personen an, die ein paar Meter weiter in ihren Särgen liegen. Hier sind es zwei, aber nur ein Bild, wie eine Miniaturreklametafel. Eine von ihnen ist eine Frau, die Wimpern wie kleine Gespenster hat, die ihre Augen umrahmen, während sie auf das Kind in ihren Armen blickt.

Das Kind ist noch nicht einmal groß genug, um als Kind bezeichnet zu werden. Es ist ein Säugling, eine kleine Person, die in etwas gewickelt ist, das wie eine Tischdecke aussieht, aber tatsächlich ein Strampler ist: rot kariert.

Keine von beiden lächelt, sie sind fasziniert voneinander

und erfreuen sich an dem Rausch einer Verbindung, die zu intim ist, um von einer Fremden wie mir beobachtet zu werden. Ich möchte den Blick abwenden, aber die Nase des Säuglings zieht mich in den Bann, sie ist klein und spitz, braun, aber auch leicht gerötet, als wäre das Baby zu lange draußen gewesen. Ich möchte sie warm halten, ihr ihre Farbe zurückgeben, aber sie befindet sich so weit hinter diesem Pappaufsteller, und man kann die Toten nicht wieder zum Leben erwecken, auch wenn sie noch so viel Leben übrig haben. Ich schmecke meine Tränen, bevor ich sie spüre, und das ist der Beerdigungstag: dem Tod begegnen und zu Mittag essen. Weinen vorspielen, bis wir tatsächlich schluchzen. Bis wir allen Geistern in diesem Gebäude die Hand geschüttelt und sie uns die Erlaubnis gegeben haben, ihre Kleidung zu tragen, wie wandelnde Überreste ihrer Leben, oder zumindest möchte ich das Flüstern, das mir beim Weinen den Rücken hinaufkriecht, gern so interpretieren.

Eine Hand legt sich auf meine Schulter, und ich zucke zusammen.

»Sie waren zu jung.« Der Mann hinter mir ist etwa siebzig, das Silber in seinem Bart wirkt zu grell in diesem Raum.

Er trägt Anzug und Krawatte, während ich in meinem Shirt versinke.

»Ja.« Mehr bringe ich nicht hervor, da ich nicht mehr von ihnen kenne als ihre Gesichter und ihre Namen, die ich noch nicht einmal aussprechen kann.

Ich will fragen, wie es passiert ist, wie diese Wesen in einen Sarg geschwemmt wurden, aber es macht keinen Unterschied. Manche von uns haben Restaurants und ausgewachsene Kinder, und andere haben Babys, die nie aus ihren Stramplern herauswachsen. Der Mann entfernt sich mit schwingender Krawatte, und seine Hand hinterlässt einen kalten Abdruck auf meiner Schulter.

Ich gehe an dem Foto vorbei, durch den Korridor bis zur letzten Tür auf dem Flur, die zu einer Kammer voller Kleider und dem Geruch von Bleichmittel und Parfüm führt.

Es ist eine Kammer des Todes, die mich willkommen heißt, als wüsste sie, dass wir verwandt sind. Ich schlängele mich durch die Reihen aus Stoff, fahre mit der Hand über die Kleider und bewege mich auf den hinteren Bereich zu. Ein Blazer ist von seinem Bügel gefallen und liegt Staub ansammelnd auf dem Fußboden. Ich hebe ihn auf, schüttele ihn ein wenig aus und ziehe ihn über mein Shirt. Er ist übergroß auf eine Art, die sich anfühlt, als würde der Stoff einen halten, wie zwei Arme, die sich warm um die eigene Brust schlingen. Ich ziehe ihn nicht mehr aus.

Irgendwo in diesem Gebäude befindet sich Alé bei der öffentlichen Aufbahrung in einer Kapelle, starrt auf die Leichname, verfolgt den Gottesdienst und weint. Mittlerweile steht sie wahrscheinlich im hinteren Teil des Raums bei den Essenstischen, schnappt sich einen Teller und ein paar Servietten, die sie zu füllen beginnt, selbstverständlich diskret, um ihren Schmerz in einem vollen Magen zu begraben. Bald wird sie sich zum Hinterausgang hinausschleichen, Joy's verlassen und im San Antonio Park auf mich warten.

Ich stöbere weiter durch die Regale auf der Suche nach etwas, was mich an sie erinnert. Ich kann mir Alé in nichts so Förmlichem vorstellen, bis ich einen schwarzen Herrenpullover finde. Am Handgelenk hat er ein einzelnes Loch, eine Einladung zum Mitnehmen, und er ist weicher als alles, was ich je besessen habe, schlicht auf eine Weise, auf die alles schlicht ist, womit Alé sich ausstattet. Sie braucht nichts Ausgefalleneres, mit ihren Tattoos und der Feinheit ihrer Gesichtszüge.

Ich habe meinen Teil nun erledigt, habe uns die Kleidung besorgt, die ich zur Beerdigung meines eigenen Vaters hätte tragen sollen, aber ich will noch nicht gehen. Ich will nicht aus dieser Tür treten und an Menschen mit großen Händen vorbeigehen, die mich kurz berühren und ein summendes Seufzen von sich geben, als würden wir unsere eigenen inneren Erdbeben miteinander teilen und ihnen gemeinsam die Stirn bieten. Ich lasse mich auf den Fußboden gleiten und grabe mich in die Reihen voller Schwarz, wo ich von Dunkelheit umschlossen werde. Es fühlt sich gut an, vor den Blicken verborgen zu sein. Der Beerdigungstag ist ein Tag der Abrechnung, an dem wir Diebe nachahmen, aber eigentlich nur eine Ausrede für unsere Tränen suchen, bis es uns besser geht, dann essen wir, bis wir so satt sind wie nie zuvor, und machen einen Ort zum Tanzen ausfindig. Der Beerdigungstag gehört all unseren früheren Ichs, wir halten unsere eigenen Gedenkfeiern für jene Menschen ab, die wir nie ordentlich beerdigt haben. Aber irgendwann ist die Beerdigung vorbei, und wir müssen alle zurück in die Wirklichkeit, also atme ich ein letztes Mal die Luft in diesem Raum tief ein und stehe dann auf.

Draußen werde ich vom Himmel geblendet. Alles bewegt sich schnell, Autos und Motorräder wirbeln Wind und Staub auf, als hätten sie vergessen, wie man stillsteht. Manchmal weiß ich nicht mehr, wie man seine Beine bewegt, aber mein Körper überrascht mich jedes Mal und bewegt sich trotzdem, bewegt sich ohne meine Erlaubnis. Ich beginne die Straße hinunterzulaufen bis zu dem Park dort, inmitten des Freeways mit seinen Stoppschildern und den kleinen Wohnblöcken, in denen mehr Menschen wohnen als hineinpassen.

Alé sitzt auf einer der Schaukeln, balanciert einen Pappteller auf den Knien, isst jedoch nicht davon. Sie blickt hinauf in den Himmel, der nun mehr Nebel als Wolke ist, und ich glaube, sie lächelt.

Ich gehe den kleinen Hügel zu ihr hinauf, und als ich nah genug dran bin, werfe ich ihr den schwarzen Pulli zu. Er landet vor ihren Füßen. Alé hebt ihn auf, ihr kleines Lächeln breitet sich über ihr ganzes Gesicht aus, denn am Beerdigungstag dürfen wir all die toten Dinge besitzen und all die Pullover wiederbeleben, die bereits an ein Geisterdasein übergeben wurden.

»Da lief Sonny Rollins. In Dauerschleife«, sagt sie, und ihr Lächeln ist eine vertraute Spiegelung meines eigenen Gesichts. Wir achten immer darauf, welche Musik bei der Trauerfeier gespielt wird; sie sagt vielleicht nichts über das verlorene Leben aus, wohl aber über die Menschen, die zurückgeblieben sind.

»Welches Lied?«, frage ich, um es in meinem Trommelfell zu hören, das Heulen des Saxofons, das körnige Geräusch der Stereoanlage meines Daddys tief in einer Erinnerung ohne Kanten, noch ganz rein.

»God Bless the Child.« Sie schüttelt eins ihrer Knie ein wenig, als sie es ausspricht, der Teller kippt leicht.

Ich setze mich auf die Schaukel neben Alé, und sie hebt den Teller mit Essen von ihren Knien auf meinen Schoß. Es gibt Käse und Chips und Sellerie, den sie mit Erdnussbutter bestrichen hat, weil sie weiß, wie sehr ich das liebe. Wir beginnen uns den Bauch vollzuschlagen, schaufeln Essen in uns hinein, kauen geräuschvoll und lassen unsere Kiefer und Zungen und unser Schlucken den Refrain zu Sonnys Jazz bilden, der sich in meinem Kopf wiederholt, wie er es in der Kapelle getan haben muss. Alé und ich sind der Ansicht, dass Beerdigungen entweder die genialsten DJs haben oder als Soundtracks für ein leeres Schauspiel fungieren, als Katalysator für Schluchzer und Abschiedsbriefe.

»Vernon verkauft das Royal-Hi«, sage ich und kaue krachend meinen letzten Chip.

Alé blickt mich abwartend an.

»Die erhöhen die Miete um mehr als das Doppelte.« Ich kann ihr kaum in die Augen sehen, als ich es ausspreche, da es sich anfühlt, als würde ich es mir damit selbst eingestehen. Als könnte es nur allzu real sein.

»Scheiße.«

»Jaa.« Ich blicke in den Himmel hinauf. »Deshalb muss Marcus sich einen Job besorgen.«

Alé greift nach meiner Hand und berührt sie leicht am Handgelenk. Ich frage mich, ob sie meinen Puls spüren kann, ob sie danach sucht. »Was wirst du nun tun?«

»Ich weiß es nicht. Aber wenn uns nichts einfällt, landen wir auf der Straße.«

Ich fange an, meine Beine ungleichmäßig vor und zurück zu bewegen, wobei ich nah am Boden bleibe. Alé holt Papers und eine kleine Dose mit Weedklümpchen aus ihrer Tasche. Ich sehe ihr gern beim Rollen zu, es ist wie meditieren. Dazu der Geruch, wenn er noch süß und unaufdringlich ist, als würde man Zimt mit Mammutbaumholz mischen. Ich habe nie gelernt, wie man es richtig macht, wie man den Joint fest genug rollt, damit er nicht auseinanderfällt, aber locker genug, um atmen zu können. Alé dabei zuzusehen ist besser, es erinnert mich daran, wie meine Mama ihre Kleider zusammenlegte, so fest entschlossen, die Falte genau richtig hinzubekommen.

Sie hält inne, um mir einen Blick zuzuwerfen. »Mach dir keine Sorgen, uns fällt schon was ein.«

Sie streut Weed aus der Dose auf ein Paper, und mir steigt ein Hauch Lavendel in die Nase. Sie nennt das mit Lavendel parfümierte Weed ihre Sonntagsschuhe, und das muss nicht einmal Sinn ergeben, denn wenn ich es einsauge und wieder ausblase, stelle ich mir vor, wie meine Füße in etwas Ruhiges, Heiliges, Lavendelfarbenes gehüllt sind. Sie ist fertig, hält ihr Werk hoch, um es zu begutachten, und lächelt leicht, wobei sie vor Stolz beinahe die Lippen spitzt.

Sie zieht ein Feuerzeug hervor, und ich schütze den Joint mit meiner Hand vor dem Wind. Alés Daumen drückt auf den Anzünder, bis er Funken schlägt und der untere Teil der Flamme den gleichen Blauton hat wie unser Pool vor all der Scheiße. Sie führt die Flamme an die Spitze des Joints, bis dieser schließlich Feuer fängt.

Wir reichen den Joint hin und her, bis er zu klein ist, um

ohne zu krümeln zwischen unsere Lippen zu passen. Ich mochte Weed eigentlich noch nie, aber ich fühle mich Alé dadurch näher, also rauche ich mit ihr und versuche so tief in meinem High zu verschwinden, dass es alles ist, was ich spüre.

Alé beginnt mit den Beinen Schwung zu holen, und ich folge ihrem Beispiel, hinauf in den Himmel. Oben angekommen, habe ich das Gefühl, gleich in eine dieser Wolken einzutauchen. Ich blicke hinunter, sehe ein Zelt hinter den Basketballplätzen und einen alten Mann, der an einen Baum pinkelt, ohne sich die Mühe zu machen, erst nachzusehen, ob ihn jemand beobachtet. Ich wäre gern so unbekümmert, so anspruchslos, dass ich an einem Donnerstagmittag in den San Antonio Park pinkeln könnte, ohne auch nur den Blick zu heben.

»Weißt du, was ich mir überlegt habe?«, fragt Alé mich.

Wir befinden uns an entgegengesetzten Enden des Himmels, schwingen aufeinander zu und verpassen uns, und zum ersten Mal an diesem Tag denke ich nicht an den Zettel an unserer Tür, an Marcus' schlafendes Gesicht oder daran, wie weit Dees Mund aufgeht.

»Was hast du dir überlegt?«

»Niemand repariert mal eine dieser verdammten Straßen.«

Als sie es ausgesprochen hat, fange ich sofort an zu lachen, da ich dachte, sie würde eine philosophische Frage über die Welt mit mir teilen.

»Du hast ja noch nicht mal ein Auto, was juckt es dich also?«, rufe ich zurück, über den Wind und den Raum zwischen unseren Schaukeln hinweg.

Aber noch während ich es ausspreche und dabei auf die Straßen blicke, die sich vom Park ausstrecken wie die Beine einer Spinne, verstehe ich, was sie meint. Brocken von Straßenbelag sitzen neben den Löchern, die sie hinterlassen haben, in denen die Reifen von schrottigen Volkswagen versinken, und eine Sekunde lang weiß ich nicht, ob sie es wieder herausschaffen werden, bis es ihnen gelingt und nur noch das leichte Klappern der Stoßstange auf ihre Not hinweist. All die Löcher in Oakland scheinen niemanden allzu lange festzuhalten, sie vermitteln lediglich die Illusion von Kaputtheit. Aber vielleicht gilt das auch nur für die Autos.

»Denkst du nie darüber nach, dass seit Jahrzehnten keine der Straßen hier in der Gegend erneuert worden ist?« Alé, durch und durch Skaterin, verbringt mehr Zeit damit, in Schlaglöcher hinein- und wieder daraus aufzutauchen, als ich es jemals getan habe.

»Wen interessiert das denn? Die Straßen tun doch niemandem weh.«

»Keinen. Ich meine nur, so ist es nirgendwo sonst, weißt du? Wieso ist der Broadway nicht so aufgerissen? Oder San Francisco? Weil Geld in die Stadt gesteckt wird, genauso wie Geld downtown gesteckt wird. Hast du damit kein Problem?« Alés gesamter Körper hat sich aus ihrer krummen Haltung aufgerichtet, und wir werden nun beide langsamer und kehren aus unserem Himmel zurück.

»Nein. Ich hab kein Problem damit, so wie ich auch kein Problem damit habe, dass Onkel Ty sich einen Maserati und eine Villa unten in L. A. kauft und uns hier draußen alleinlässt. So wie ich auch kein Problem damit habe, dass Marcus in einem Studio Reime ausspuckt, während ich versuche, irgendwie unsere Miete zu bezahlen. Es steht mir nicht zu, ein Problem damit zu haben, wie irgendjemand anderes sich über Wasser hält. Wenn die Stadt Geld kriegt, weil sie dafür bezahlt, dass der Belag in irgendeiner Straße voller reicher Säcke glatt gemacht wird, dann soll sie das ruhig machen. Wenn mir jemand einen Haufen Kohle anbietet, werde ich ganz sicher an niemand anderen denken.«

Ich wackele mit den Zehen in meinen Sonntagsschuhen, während die Schaukel zur Ruhe kommt, und spüre Alés fest entschlossenen Blick auf mir.

»Ich glaube dir kein Wort«, sagt sie.

»Was soll das heißen, du glaubst mir nicht?«

Sie schüttelt den Kopf, da ihr eigenes High sie langsam macht. »*Nah*, du hast zu viel Herz, um dich kaufen zu lassen, Ki, dafür bist du nicht grausam genug. Ich weiß, dass du Marcus oder Trevor oder mich nicht einfach im Stich lassen würdest, nur um abzukassieren.«

Ich würde gern glauben, dass sie damit falschliegt, aber wenn es so wäre, würde ich den ganzen Tag auf dieser Schaukel bleiben und so high werden, dass ich an nichts anderes denken müsste als an Alés Tattoos und den Zerfall der Straßen, die sich so lange auflösen, bis wir über Staub laufen.

Stattdessen denke ich an Marcus, wie wir früher an Straßenecken Bilder verkauften, die ich auf Pappe gemalt hatte. Es brachte uns kaum genug ein, um neue Farbe zu kaufen, aber Marcus und ich waren dabei zusammen, hatten uns füreinander entschieden. Es ist Zeit, Marcus klarzumachen, dass ich nicht all die harten Sachen für ihn übernehmen kann, wenn er nichts für mich tut. Ihm zu sagen, dass er das Mikrofon liegen lassen und sich diesen Straßen stellen muss, genau wie ich in den letzten sechs Monaten.

»Ich muss zu Marcus«, erkläre ich, springe von der Schaukel und sehe die Welt verschwimmen und wieder klar werden, alles ist scharf umrissen und dreht sich zugleich. Ich lasse Alé auf der Schaukel zurück, während ein Stoß Rauch ihren Lippen entweicht, als hätte sie ihn die ganze Zeit über zurückgehalten, und sie braucht mich gar nicht ein weiteres Mal anzuschauen, da nun dieser Blazer nach ihren Sonntagsschuhen riecht und das heute am Beerdigungstag alles ist, was ich brauche.

Es hört sich an, als würde gerade jemand ein Kind zur Welt bringen. Ich gehe vorsichtig die Treppe zum Aufnahmestudio hinunter, da ich mir nicht sicher bin, ob ich dort nicht irgendeine fremde Frau mit den Schenkeln über dem Kopf vorfinden werde, aus der es gerade hervorbricht.

Stattdessen führen die Stufen in den Keller, der ausgefüllt wird von Shauna, der Freundin von Marcus' bestem Freund, die stöhnt, To-go-Becher von Taco Bell mit mehr Wucht als nötig in den Mülleimer schleudert und darauf wartet, dass jemand sie fragt, was los ist. Die Limoreste aus den Bechern tröpfeln auf den beigefarbenen Teppich, und niemand fragt Shauna irgendwas, weil Marcus im Nebenzimmer rappt und alle versuchen, in dem Wirrwarr aus seinem Mund ein einziges Wort zu verstehen.

Ich habe Alé im Park zurückgelassen und bin nach Hause gegangen, um mit Marcus zu sprechen, aber er war nicht da, also blätterte ich stundenlang durchs Telefonbuch, um zu planen, wo ich noch nach einem Job fragen könnte, bis es anfing dunkel zu werden, und ich wusste, dass ich ihn im Studio finden konnte. Jetzt bereite ich mich darauf vor, das Heiligtum der Jungs zu betreten, um zu schauen, ob ich

Marcus dazu bringen kann, mich wieder an sich zu drücken, wie Alé es tut, und herauszufinden, wie wir uns aus diesem Schlamassel befreien können.

Marcus' bester Freund heißt Cole, und sein Aufnahmestudio befindet sich hinter einer geschlossenen Tür versteckt in einer Ecke des Kellers im Haus seiner Mutter, das in eine verlassene Straße des Stadtteils Fruitvale gezwängt ist, einen kurzen Fußweg entfernt vom Royal-Hi und East Oaklands eigener Art von Innenstadt: immer lebendig. Die Jungs bezahlen Cole alle für die Stunden im Studio, tauschen Abende in der Woche, um Lieder aufzunehmen, die es nie weiter als bis auf SoundCloud schaffen.

Shaunas Neugeborenes liegt in einem Bettchen in der Mitte des Zimmers und schläft, während Shauna schnaubt, stöhnt und versucht, Marcus' schnellen Sprechgesang zu übertönen, aber ich bin die Einzige, die sie wirklich hört. Unten angelangt, scheint die Decke nur noch niedriger zu werden, und die konkurrierenden Stimmen erfüllen den leeren Raum, bis das ganze Zimmer kurz vorm Platzen scheint. Die Luft ist stickig, aber die vertraute Stimme meines Bruders erinnert mich daran, weshalb ich hier unten bleibe, die verbrauchte Old-Spice-Luft einatme und Shaunas Geräuschen lausche.

Ich betrete das Studio und werde sogleich in eine Welt aus Männern und Musik geworfen, die in jeden Winkel des Raumes sickert, in die Wiedergabe eines Tracks, den Marcus in der Kabine einsingt. Ich sehe ihn dort, hinter dem Glas, die Augen geschlossen und die Arme ausgebreitet, eine mythische Version einer Umarmung meines Bruders. Tupac erschaudert vermutlich gerade in seinem Grab, weil mein

Bruder keine Ahnung hat, wie man spittet, und die einzigen Wörter, die ich in dem Chaos seiner Zunge verstehen kann, sind *bitch* und *ho* und *this brother got chains*, und ich möchte ihm sagen, dass alle in diesem Raum wissen, dass er nach Daddys Tod zwei Wochen lang unser Klo vollkotzte, weil sein Körper Trauer nicht ertragen kann. Alle in diesem Raum wissen, dass die einzigen Ketten, die er besitzt, aus den Automaten stammen, die in der Spielhalle für fünfzig Cent Plastikbehälter ausspucken. Alle in diesem Raum wissen, dass ich seine einzige *bitch* bin, und ich sinke in mich zusammen und versuche im Türrahmen zu verschwinden, so wie Marcus vor uns in seinen Lyrics verschwindet.

Das Studio ist weder sauber noch teuer genug, um nach irgendwelchen professionellen Standards als Aufnahmestudio zu gelten, aber mein Bruder und seine Jungs haben daraus ihren Zufluchtsort gemacht und beschlossen, dass sie in diesem Raum göttlich sind, so wie ich mich ganz oben auf der Schaukel neben Alé göttlich fühlte, bis ich von der Realität eingeholt wurde. Eine Illusion, die sich immer weiter selbst nährt.

Marcus versinkt in Schweigen, und der Beat verstummt, während sein Blick sich durch die Scheibe auf mich richtet. Die Jungs rufen im Chor meinen Namen, Tony steht vom Sofa auf, um den Arm um mich zu legen, wobei sein Körper meinen mit seiner Muskelmasse und seiner Ruhe umschließt. Marcus nickt mir hinter dem Glas zu, und ich verlasse Tonys Arme, drücke die Tür zur Aufnahmekabine auf und finde die Wärme meines Bruders, seinen Körper hinter dem Beat.

Meine Faust berührt seinen Bauch nur leicht, aber ich spüre nichts als den festen Druck seiner Muskeln. Marcus hält sie ständig angespannt. »Hey, wir müssen reden«, versuche ich zu flüstern, damit die Jungs es nicht mitbekommen, auch wenn Cole durch seine Kopfhörer sowieso alles hören kann.

»Reden wir.« Marcus' Gesicht verrät mir alles, was ich wissen muss. Es ist verschlossen, jeder Raum für Gefühle abgesperrt.

»Hör zu, Mars, wir haben nicht genug Geld für eine Mieterhöhung. Du hast keinen Job, und ich schaff's nicht mehr, also —«

Wie meistens, wenn ich etwas sagen will, unterbricht Marcus mich. Seine Stimme erfüllt den ganzen Raum, und es ist, als wäre er mit der Luft in den Krieg gezogen, ohne mir etwas übrig zu lassen. Marcus tut so, als würde ich nicht hier stehen, als wäre der Zettel, den ich ihm am Morgen hingelegt habe, nichts als ein Flyer, auf dem nach einer vermissten Katze gesucht wird.

»Okay, Ki, hör auf mit dem Ich-hab-keinen-Job-Scheiß. Ich habe einen Job, also wie wär's, wenn du nach Hause gehst und mich meinen Track fertig machen lässt. Scheiße.«

Ohne Luft zu holen, faselt er von seinen neuen Reimen, erzählt mir, wie er groß rauskommen werde.

Es war nicht immer so. Vor ungefähr sechs Monaten stand Marcus gerade an einer Bar, als er auf einmal aus den Lautsprechern die Stimme unseres Onkels Ty hörte, der genauso rappte, wie er es schon immer getan hatte. Marcus schaute nach und fand heraus, dass er ein Album veröffentlichen würde, dass er bei Dr. Dres Label unter Vertrag stand und in L. A. Geld scheffelte. Das veränderte irgendetwas in Marcus, und am nächsten Tag kündigte er seinen Job bei Panda Express und fing an, jeden Tag mit Cole abzuhängen, wild entschlossen, sich in Onkel Ty zu verwandeln. Ich habe versucht ihm Raum zu geben, ihn seine Wut ausleben zu lassen, aber es dauert nun schon zu lange, und ob es ihm gefällt oder nicht, er muss wieder anfangen, sich wie ein Erwachsener zu benehmen.

Ich blicke zu ihm auf, versuche auch nur ein kleines bisschen von mir in seinem Gesicht zu erkennen, sehe aber nichts als meinen Fingerabdruck unter seinem Ohr.

Er seufzt. »Es ist alles okay, Ki.«

»Wir haben jetzt schon zu wenig Geld, um jeden Monat die Miete zu bezahlen. Wenn wir in zwei Wochen auf der Straße sitzen, ist mit Sicherheit nicht mehr alles okay.« Ich stecke meine Hände zurück in meine Hosentaschen, damit er nicht sehen kann, was ich damit angestellt habe, wie ich an ihnen herumgezupft habe, während seine Worte mich trafen. »Ich bin jeden Morgen schon auf Arbeitssuche, bevor du überhaupt aufstehst, und du hängst bloß mit Cole und Tony ab und tust so, als würde das irgendwohin führen. Du verhältst dich nicht einmal mehr wie mein Bruder.«

»Oh, die Scheiße schon wieder.« Seine Augen werden glasig, während sie einen Punkt an der Wand fixieren.

»Marcus, bitte.« Ich will ihn nicht anbetteln, nicht während Tony und Cole auf der anderen Seite der Glasscheibe sitzen und kichern und an ihrem Bier nippen.

Zum ersten Mal heute sieht Marcus mich direkt an, starrt

mir in die Augen, und endlich erkenne ich seinen Blick wieder. Als er erneut die Stimme erhebt, zittert sie.

»Weißt du noch, wie Onkel Ty uns früher zu diesem Skatepark mitgenommen hat und wir da versucht haben, die Wand hochzurennen und wieder rauszuklettern? Und du warst kleiner, also hast du es zwar immer wieder probiert, konntest den Rand der Halfpipe aber nicht erreichen und bist andauernd zurück nach unten gerutscht, und dann hast du dich in die Mitte gesetzt, all die Skater sind hin und her gepeitscht und um dich herumgeflogen, und du hast geweint.«

Er spricht es nicht aus wie eine Frage, aber ich weiß, dass es eine ist. Er will wissen, ob ich mich an das Brennen in meinen Handflächen oder an die hinter meiner Stirn pochende Angst erinnern kann.

»Das weiß ich noch.«

Marcus zögert, leckt sich die Lippen und fährt dann fort: »Ich hab dir nicht geholfen aufzustehen, aber nicht, weil es mir egal war oder weil ich gewinnen wollte, *nah*, so war das nicht. Ich hab bloß drauf gewartet, dass Onkel Ty mir ein paar Tricks zeigt, und wenn ich dir geholfen hätte, wenn ich auf dich gewartet hätte, dann hätte ich meine Chance verpasst. Das verstehst du doch, oder?«

Die Luft zwischen uns ist dick. Er bittet um meine Erlaubnis.

»Kann sein.«

Mein ausgetrockneter Mund sucht in der Dürre zwischen uns nach etwas Festem und Vollem, bevor ich zu seinem zerknitterten Gesicht aufblicke.

»Schon okay, Mars.« Irgendetwas an der Art, wie seine Augen in ihren Höhlen versinken, weckt in mir den Wunsch, alles auszulöschen, es einfach loszulassen. »Ergreif deine Chance oder was auch immer. Es ist bloß …« Ich blicke durch die Glasscheibe, von deren anderer Seite aus Tony uns direkt anstarrt. »Vergiss es«, sage ich. »Wirklich.« Ich wende den Blick von Marcus ab.

Er winkt die Anspannung aus der Aufnahmekabine. »Kann ich dir jetzt ein Bier holen, oder willst du weiter eingeschnappt hier rumstehen?« Sein Körper strafft sich, der Schmerz verschwindet und lässt lediglich ein schiefes Grinsen zurück. Ich nicke und folge ihm aus der Kabine, um mich in den Kreis um das Soundboard herum einzureihen, wo Marcus eine Dose aufmacht und ext. Ich setze mich zwischen Marcus und Tony, Cole gegenüber, und versuche herauszufinden, ob Cole ein Problem mit seinen Ohren hat oder wieso er nicht auf Shaunas Gebrüll reagiert.

Cole ist groß und dünn, sein Körper sieht aus, als könnte er sich bis zur Decke strecken, würde man nur fest genug daran ziehen. Seine Wangen verschwinden in seinem Gesicht, und ich weiß, dass er sie einzieht, damit sie seinen Grill berühren. Cole ist großspurig, vielleicht sogar gewinnend, er hat es geschafft, kann seine Babymama unterstützen und sich ein Auto leisten, selbst wenn er noch im Haus seiner eigenen Mama lebt. Er behauptet, er bliebe dort freiwillig, und wenn ich sehe, wie seine Mama ihn in den Arm nimmt, kaufe ich ihm das auch ab.

Ich erwische Marcus dabei, wie er mich anstarrt und zusieht, wie ich an dem Bier nippe, das Tony mir gegeben hat, und aufpasst, dass ich mir keine weitere Dose nehme. Er mag es nicht, wenn ich trinke. Sobald unsere Blicke sich treffen, wendet er sich ab.

Als er sein Bier geleert hat, kehrt Marcus in die Aufnahmekabine zurück, und wir sehen alle dabei zu, wie er mit dem Beat nickt, während ihm die Spucke aus dem Mund fliegt und seine Brust aus einer Muskelmasse besteht, für die er härter gearbeitet hat als für irgendetwas anderes. Ich bin nun allein mit den Jungs, und Tonys linker Arm hängt ihm an der Seite herunter. Er hebt ihn ein paarmal, um ihn um mich zu legen, zögert dann und klopft mir nur zweimal leicht aufs Bein. Seine Hand ist schwer. Wenn Tony den Mund aufmacht, entweicht seine Stimme mit dem Hauch eines Knurrens, als hätte sich tief in seinem Rachen ein Löwe versteckt, der nun versucht hinauszuklettern.

»Hast du heut Abend schon was vor?«

Tony wiederholt seine Bewegung, schlingt mir den Arm um die Schultern, sodass ich gegen seine Brust gedrückt werde, mein Mund von seiner Jeansjacke bedeckt wird und seine Körperwärme mich beinahe erstickt. Tony klopft mir zum Beat des Tracks auf die Schulter, und ich habe das Gefühl, nicht entkommen zu können, während Marcus' Reime meine Wirbelsäule hinaufkriechen. Ich wende mich zu Tony um, und sein Blick ist auf mich gerichtet, er starrt mich an wie immer.

»Denkst du, du könntest mit Marcus reden? Versuchen, ihn dazu zu bringen, sich einen Job zu suchen?«, frage ich, mir überaus bewusst, wie Tonys Hand meinen Arm hinuntergleitet.

»Du hast nicht mal meine Frage beantwortet.«

Er riecht nach Eierlikör, obwohl Weihnachten vorbei ist, und ich bin mir nicht sicher, ob ich es mag oder nicht. Tony steht schon seit Monaten auf mich, seit dem Tag, an dem er und Marcus Freunde wurden, und er ist der einzige Typ, der mir je eine Frage gestellt hat und auch meine Antwort darauf hören wollte. Wenn er vorbeikommt, lasse ich zu, dass er versucht, meine Hand zu halten, aber ich verstehe immer noch nicht, wieso er mich nicht in Ruhe lassen kann, obwohl ich ihm nie einen Grund zur Hoffnung gegeben habe.

»Ich weiß nicht, ob ich etwas vorhabe, Tony, ich muss mich um anderen Scheiß kümmern.«

Ich blicke in meinen Schoß und starre auf meine Hände. Während Marcus immer lauter wird und Tony mir Löcher ins Gesicht starrt und mir über den Arm streicht, kann ich an nichts anderes denken als an meine eigenen Finger. Ich habe meine Nägel immer ganz lang getragen und ziemlich spitz. Ich habe an ihnen herumgeknabbert, um dafür zu sorgen, dass die Spitzen genau richtig waren, wie Klauen.

Jetzt will ich meine Hände einfach nur verbergen, mich auf sie setzen, aber ich weiß, dass das Tony nervös machen und auf den Gedanken bringen würde, ich versteckte mich vor ihm, also lasse ich sie stattdessen einfach in meinem Schoß liegen. Die Nägel sind schartig, an den Rändern eingerissen. Sie sehen nackt und schutzlos aus, wie die Nägel von Sechsjährigen, die zu beschäftigt damit sind, Räuber und Gendarm zu spielen, um sich auf all die echten Räuber und Gendarmen vorzubereiten.

»Okay«, sagt Tony, sein Mund nah genug an meiner Wange, dass ich seinen Atem spüren kann. »Ich rede mit Marcus, wenn du heute Abend vorbeikommst.«

Ich neige den Kopf, um Tony zu betrachten, der mich mit hoffnungsvollen Rehaugen anschaut. Er ist ein Koloss aus einer feinen, weichen Materie, und ich glaube nicht, dass irgendjemand anderes in diesem Zimmer schon einmal so meinem Atem gelauscht hat wie er.

»Vielleicht«, sage ich und tauche unter seinem Arm hervor. Bei meiner Bewegung öffnet Cole die Augen und hebt sich die Kopfhörer von den Ohren.

»Wo willst du hin, Ki? Hast du schon genug von uns?« Cole zeigt seinen kompletten Grill.

»Du weißt doch, dass ich nie genug von euch kriege«, erwidere ich mit einem Zwinkern. »Hab das Baby gesehen, ist echt süß.«

Cole richtet sich auf dem Sofa auf, sein Lächeln verschwindet und weicht einer sanften Art des Staunens, als träumte er mit offenen Augen.

»Jaa, sie ist wunderschön.«

Marcus kommt aus der Aufnahmekabine, um sich ein weiteres Bier zu schnappen, und kichert mit erhobenen Augenbrauen. »Wenn dein Mädchen sich bloß mal zusammenreißen und aufhören könnte rumzujammern.«

In meinem Kopf blitzt Shaunas Gesicht auf, ihr hungriger Blick und ihr Stöhnen. Cole taucht aus seiner Benommenheit auf und macht ein Geräusch, zwar kein zustimmendes, aber auch keine Verteidigung. Marcus' Tattoo verzieht sich erneut und versucht ihm aus der Haut zu springen. Er sieht mich an, da wir beide die Einzigen sind, die stehen.

»Du gehst?« Ich bin es nicht gewohnt, dass er mir seine volle Aufmerksamkeit schenkt, die Lippen geschürzt wie ein Kind vor einem Wutanfall, als wollte er mich nicht gehen lassen.

»Hatte ich vor«, antworte ich.

Er kippt die Dose zurück und leert sie in seinen Mund. »Komm her.« Er führt mich zurück in die Aufnahmekabine und dreht sich zu mir um. Ich beobachte ihn, während ich Gänsehaut bekomme und meine Haare sich aufstellen, als würde meinen Armen erst jetzt auffallen, wie nackt sie hinter der Glasscheibe sind, ohne Tonys Körperwärme.

»Du brauchst nicht zu gehen«, sagt er.

»Was interessiert es dich?« Manchmal, wenn ich mit Marcus zusammen bin, entwickele ich mich zurück in mein zehnjähriges Kleine-Schwester-Selbst, das zu seinem Bruder aufblickt, in das, was ich gewesen bin, bevor bei uns alles den Bach runterging, bevor meine Fingernägel anfingen einzureißen und Marcus beschloss, er brauche dringender einen Beat als meine Hand zum Halten.

Marcus zieht eine Grimasse, sein Kiefer holt aus, um loszulegen, und auf einmal gerät mein Fingerabdruck auf seinem Hals in Bewegung. »Was soll das heißen? Natürlich interessiert es mich, Ki. Ich mache das hier, um uns ein ganz anderes Leben zu ermöglichen, wie Onkel Ty. Du musst mir einfach vertrauen, okay? Gib mir einen Monat, um mein Album rauszubringen. Einen Monat kriegst du hin, oder?«

Marcus war schon immer besser im Reden als im Rappen, und heute ist es nicht anders. Mein Fingerabdruck hat Beine bekommen und bewegt sich schneller als sein Atem.

»Ein Monat.«

Ich lasse mich von ihm in eine Umarmung ziehen, die sich mehr wie ein Ersticken anfühlt als wie eine Verabschiedung.

Auf der anderen Seite der Scheibe kichern Tony und Cole über irgendetwas, boxen einander und tun so, als hätten sie uns nicht zugehört. Als Tony mich sieht, hellt sein Gesicht sich auf.

»Ich muss los«, erkläre ich.

»Du kommst aber nachher vorbei, oder?« Seine Größe bildet einen Kontrast zu seinem kindlichen Benehmen, zu dem Jungen, der auf seine Belohnung wartet. Ich weiß, dass es nicht richtig ist, ihn weiter hoffen zu lassen, ich würde mich eines Tages an seine Brust lehnen, um mehr als nur Wärme zu bekommen. Ich gehe auf die Tür zu, die mich zurückbringt zu Shauna, der Treppe, der Stadt.

»Vielleicht«, antworte ich und halte inne, um Marcus hinter dem Glas bei einem letzten Reim zuzusehen.

Er steht da, neigt sich von Seite zu Seite und beginnt zu reimen, aber ich höre nur einen Satz, ehe ich gehe: *My bitches don't know nothing, don't know nothing.* Ich versuche, die Irrtümer zu entziffern, die darin liegen, die zerfaserten Ränder von Erinnerungen, die zu seinen Worten gehören mögen, aber ich finde nichts, weiß nichts. Nichts.

Im Keller stöhnt Shauna noch immer und greift nach einer Milchpumpe, die auf dem Fußboden liegt. Ich sage nichts, bücke mich jedoch, um ein Paar dreckige Boxershorts aufzuheben und sie auf einen Haufen mit Coles Schmutzwäsche zu werfen, ehe ich die Kissen vom Fußboden zurück auf das durchgesessene Sofa lege. Shauna sieht zu mir auf, und unsere Blicke treffen sich. Etwas in ihrem Gesicht sagt mir, dass sie einsam ist, aber ich weiß nicht, was es ist, vielleicht ihre Art, die Stirn zu runzeln, als würde sie meinen Händen nicht trauen. Vielleicht, wie sie mit dem Stöhnen aufhört, als ich zu helfen beginne, als wäre verbrauchter Atem das Einzige, was versucht, sich aus ihrem Körper zu pressen.

»Du brauchst nicht zu helfen«, sagt sie in monotonem Tonfall, nur leicht schleppend. Ich kenne Shauna schon seit wir noch mehr Mädchen als Frauen waren, kurz nachdem sie aus Memphis hierhergezogen war, um bei ihrer Schwester und ihrer Tante zu leben, und ich hatte vergessen, wie sehr die Worte aus ihren Lippen nach Heimat klingen.

»Hab sonst nichts zu tun.« Ich werfe einen Blick in das Bettchen, auf einen kleinen Hügel aus Stoff, in dem der Säugling steckt. »Wie alt?«

»Sie wird bald zwei Monate.«

Ich nicke, da ich nicht weiß, was es sonst noch über die Winzigkeit des Babys zu sagen gibt. Mir fällt das Foto im Beerdigungsunternehmen ein, und ich frage mich, ob Shauna je darüber nachdenkt, wie leicht es wäre, nicht mehr zu atmen, in einem Augenblick da und im nächsten fort zu sein, jemanden zu lieben und zu verschwinden.

Shauna hebt ihr Kind hoch und geht zum Sofa, die Jogginghose unter die Hüften gerutscht, darüber der hervortretende Bauch. Sie setzt sich und versinkt, bis sie vom hellen Rot des Sofas umhüllt ist und ihr Baby von ihren Brüsten. Shauna schiebt rasch ihren BH zur Seite, und das Kind dockt an und saugt so tief, als wäre es am Verhungern gewesen und lernte nun erneut, wie man am Leben ist, wie man trinkt.

Ich überlege wegzuschauen, aber es scheint Shauna nichts auszumachen, und es ist faszinierend, dabei zuzusehen, wie die Lippen ihres Säuglings pulsieren. Shauna hält den Blick noch immer auf ihr Mädchen gerichtet, das so fest saugt, dass ich mich frage, weshalb es nicht außer Atem ist. Shaunas freie Brustwarze ist trocken und schorfig, aber in ihrem Gesicht zeigt sich kein Hinweis auf diesen Schmerz, keine Sorge darum, aufgerissen zu werden.

»Kiara.« Ich weiß nicht, wann sie meinen vollen Namen zum letzten Mal ausgesprochen hat. Ich sehe sie an, die schweren Tränensäcke unter ihren Augen. »Lass dich nicht in deren Scheiße reinziehen.«

Sie starrt nach wie vor ihr Kind an, als würde das Baby ersticken, wenn sie den Blick abwendet, also bin ich mir nicht sicher, wovon sie redet, bis der Beat schneller wird und durch meine Füße vibriert.

»Du hättest kein Baby kriegen müssen.«

Sie wirbelt den Kopf zu mir herum. »Du hast keine Ahnung, was ich musste. Ich tu dir bloß einen Gefallen, wenn ich dir jetzt sage, dass du nicht alles für die aufgeben sollst.« Ihr Kind hört auf zu nuckeln und fängt an zu schreien, und Shauna springt sogleich vom Sofa und nimmt ihr Stöhnen wieder auf, wartet, dass jemand sie fragt, dass einer der Männer sie wahrnimmt und wissen will, was los ist.

Mama sagte immer, Blut sei das Wichtigste, aber ich glaube, wir alle hier draußen verlernen gerade dieses Gefühl, schlagen uns die Knie auf und bitten Fremde, uns zu verarzten. Ich verabschiede mich nicht von Shauna, und sie dreht sich nicht einmal um, als ich gehe, hinaustrete in einen mittlerweile tiefblauen Himmel, nachdem mein Bruder mich um die eine Sache gebeten hat, von der ich weiß, dass ich sie ihm nicht geben sollte, die eine Sache, vor der mich zu warnen Shauna wichtig genug war: mich selbst aufzugeben für einen anderen Menschen, den es einen Scheiß interessieren wird, wenn ich nicht mehr ich selbst bin.

Die Frau im Café schiebt sich den Stift hinters Ohr, wo ihr Undercut von Blau in Pink und dann Blond übergeht, und lächelt auf die gleiche Weise wie die fiesen Mädchen in der Grundschule, bevor sie mir mitteilten, ich könne nicht an ihrem Tisch sitzen, als würde sie erwarten, dafür einen Schlag ins Gesicht oder irgendeinen Preis zu bekommen.

»Wir können wirklich nichts machen, wenn du keinen Lebenslauf hast.«

Durch den Eingang des Cafés strömt eine Gruppe Zwanzigjähriger, die alle aufeinander abgestimmte Chucks tragen, und die Undercutfrau winkt sie herein und schnappt sich von ihrem Platz hinter der Kasse aus ein paar Speisekarten. Allein ihre Art, die Speisekarten mit spitzen Fingern statt der ganzen Hand hochzuheben, weckt in mir den Wunsch, ihr den Stift hinter dem Ohr wegzuschlagen.

»Ich habe nichts, was ich in einen Lebenslauf schreiben könnte, also ergibt es wohl kaum Sinn, wenn ich hier mit einem leeren Blatt Papier auftauche, oder?« Meine Hände liegen auf der Glastheke, unter der mich der symmetrisch angeschnittene Süßkartoffelpie spöttisch anstarrt.

Die Frau bewegt sich auf die Ecke zu, in die sich die

Zwanzigjährigen gesetzt haben, reicht ihnen die Speisekarten und kommt zurück, um einen Wasserkrug zu holen. Ihr Lächeln ist verblasst, sodass nur noch die Grimasse übrig ist, die die fiesen Mädchen aufsetzen, bevor sie einem sagen, man solle sich verdammt noch mal verpissen. Schon komisch, wie einen der Schulhof verfolgt.

»Hör zu, ich habe nichts, was ich meiner Chefin geben könnte, und ehrlich gesagt halte ich es für höchst unwahrscheinlich, dass wir jemanden mit so wenig Erfahrung einstellen.« Sie verstummt und spitzt die Lippen. »Vielleicht versuchst du es bei Walgreens?«

Bevor ich gehe, balle ich die Faust und lasse sie auf die Glastheke knallen. Nicht so fest, dass sie zerbrechen könnte, aber fest genug, dass die Zwanzigjährigen sich mit Angst in den Augen zu mir umdrehen, ehe ich aus der Tür und zurück auf die Straße rausche.

Bei Walgreens habe ich es letzte Woche versucht, bei CVS in der Woche davor. Ich habe es sogar bei dem MetroPCS probiert, der im selben Gebäude ist wie der Tabakladen. Niemand betritt es, außer auf der Suche nach einem Deal oder einem Telefon, das billig genug ist, um es nur so lange zu behalten, bis man aus der Stadt draußen ist.

Es läuft immer gleich ab: Ich frage nach dem Manager, und entweder kommt irgendein schnaufender, rotgesichtiger Mann aus dem Hinterzimmer, der schon will, dass ich verschwinde, bevor ich überhaupt den Mund aufgemacht habe, oder man sagt mir, der Manager sei nicht da, und ich versuche mit einer oder einem der Angestellten zu verhandeln. Sobald ich sage, dass ich keinen Lebenslauf habe, schütteln sie den Kopf, und auf dem Weg nach draußen klingelt die Türglocke wie ein Timer, der mir mitteilt, wie wenig Zeit mir noch bleibt, ehe meine Welt auseinanderzufallen beginnt. So geht das stundenlang, und dabei zerbricht in mir etwas, bis ich mir nicht einmal mehr sicher bin, was ich eigentlich tue, und irgendwann wird mir bewusst, dass ich nur herumziehe, ohne ein Ziel.

Im Zentrum von Oakland herumzuwandern ist so, als suchte man auf dem Grund des Meeres nach einem sicheren Halt. Hier ist alles riesig, nicht wie zu Hause im Osten, wo wir unsere Gebäude niedrig und unsere Füße auf dem Gehweg halten. Downtown wirkt so, als befände sich dort alles in der Luft oder unter der Erde. Gäbe es einen Kompass, würden wir alle frei über dessen Ausrichtung schweben. Marcus und ich haben mit Daddy viel Zeit im Stadtzentrum verbracht, bevor man die Gebäude auf den Kopf stellte und Gold über den Gehweg streute. Bevor wir unsichtbar wurden. Damals war es eine Geisterstadt, und die einzigen Menschen hier draußen waren Typen, die Daddy auf den Rücken klopften und uns anboten, uns auf der Rückbank von Taxen mitzunehmen, die sie fuhren, ehe Uber auftauchte. Damals gehörten wir einfach durch unsere Verbindung zu Daddy zum Königshaus und folgten ihm in Wohnungen von alten Freunden, die niemand haben wollte, weil sie vor Dreck starrten und zum Dealen herhielten.

Jetzt gibt es auf diesen Straßen zu viele Cafés, zu viele einander gleichende Gesichter mit gebeugten Nacken, denn im Zentrum schert man sich nicht darum, wohin man unterwegs ist, wem man begegnen oder über wen man stolpern könnte. Alle haben ihre Augen auf ihre Bildschirme gerichtet und die Schuhe so fest gebunden, dass ihre Füße wahrscheinlich längst taub sind.

Was Downtown im Gegensatz zum Rest dieser Stadt besitzt, sind eine Menge Bars, Klubs, Löcher, in denen Menschen sich zudröhnen und tanzen können. Um zwei Uhr morgens macht hier immer irgendjemand ein Barbecue kurz bevor die Klubs schließen, und das Weed mischt sich mit dem Rauch vom Grill.

Unter einem Yogastudio an der Straßenecke gibt es einen Stripklub, dessen Metalltür glitzernd schwarz gestrichen ist. Ich höre leise Musik, und obwohl es erst fünf Uhr nachmittags ist, ist die Tür nur angelehnt. Ich betrete einen Raum, der schwach erleuchtet wird von diesen Glühbirnen, die ein bisschen an Kerzen erinnern. Ein paar vereinzelte Leute sitzen auf Barhockern oder um runde Tische herum, kauern in den verstecktesten Ecken, während die Mitte des Raums von den Stangen eingenommen wird, an denen eine Frau in der Luft schwebt und eine andere gelangweilt wirkt.

Ich gehe hinüber zur Bar, hinter der ein Mann mit einem Lappen in der Hand steht und den Tresen abwischt. Er sieht aus wie jeder andere Barkeeper, den ich je gesehen habe, und irgendwie ist es beruhigend, wie vorhersehbar Downtown ist, wie es sich auf eine Art verändert, die nur immer mehr vom Gleichen hervorbringt, wie jedes Gebäude sich zu verdoppeln scheint, genau wie die Tattoos am Arm dieses Mannes.

Er blickt zu mir auf, und ich fühle mich klein in der sich ausbreitenden Dunkelheit. »Kann ich dir helfen?«

Ich hole Luft. Ich bin mir nicht sicher, ob ich so einen Job will oder ob ich ihn überhaupt bekommen könnte, aber ich bin verzweifelt. »Ich suche nach einem Job«, sage ich, ohne mir die Mühe zu machen, nach dem Manager zu fragen, als würde das etwas an meiner Situation ändern.

Er nickt, und bei der Bewegung blitzt sein Tunnelpiercing im linken Ohrläppchen auf. »Ich kann meinem Boss deine Bewerbung geben, wenn du willst. Der ist immer auf der Suche nach neuen schönen Mädchen.«

»Ich hab keine Bewerbung«, erwidere ich und erwarte das übliche mitleidige Lächeln. »Und auch keinen Lebenslauf.«

»Oh«, macht er und klemmt sich eine Haarsträhne zurück in seinen Pferdeschwanz. »Na, dann könnte ich ihm wohl deinen Namen und deine Nummer geben.« Er schnappt sich hinter dem Tresen einen Stift und einen Zettel und beugt sich zum Schreiben bereit nach vorn. Dann blickt er mich noch einmal an und zieht die Nase kraus. »Wie alt bist du, Süße?«

Bei der Bezeichnung zucke ich zusammen. »Siebzehn.«

Er richtet sich wieder auf, und schließlich macht sich eine leichte Grimasse auf seinem Gesicht breit. »Wir können niemanden unter achtzehn einstellen. Tut mir leid, Liebes.«

Ich nicke und drehe mich zurück in Richtung des Lichts, das durch die geöffnete Tür sickert. Früher dachte ich, das Wahlrecht wäre das Einzige, was man vom Achtzehnwerden hat, aber nun ist mir klar, dass man danach mehr darf als nur wählen, und ich wünschte, mein Geburtstag käme ein bisschen schneller. Bevor ich nach draußen treten kann, höre ich meinen Namen. Ich wirbele herum und sehe eine Frau, die plötzlich hinter der Bar aufgetaucht ist. Ihr Gesicht ist mir fremd, bis ich die Augen fest genug zusammenkneife und sie mir plötzlich vertraut ist.

»Kiara?«

»Lacy?«

Sie lächelt mich an, wobei ihre Augenbrauen sich zusammenziehen, wie ich es in Erinnerung habe, ehe sie mich zurück zur Bar winkt, hinter der sie nun hervorkommt, um mir einen Hocker hinzustellen. Ich setze mich, und sie tätschelt mein Bein.

»Was treibst du so, Mädchen? Ich weiß, dass du nicht alt genug bist, um hier zu sein.« Sie sagt das mit diesem Strahlen, das niemals aufzuhören scheint.

Ich kannte Lacy im Grunde kaum, zumindest nicht so wie Marcus. Sie war damals in der Skyline High sein bester Kumpel, und die beiden waren unzertrennlich, fast vier Jahre lang. Dann brachen sie beide wenige Monate vor dem Abschluss ab, weil sie niemanden hatten, der sie dazu drängte, in diesen Fluren um ihr Zeugnis zu kämpfen, und sie in Hut und Robe zwängte. Die Schule hat genauso viele Schlaglöcher wie die Straße, die immer mehr bröckeln und uns zu Fall bringen.

»Na ja, leben halt«, antworte ich, weil ich nicht lügen will, wie Marcus es tun würde, aber die Wahrheit zu intim wirkt, um von diesem Raum mitgehört zu werden: wie alles zu zerfasern scheint.

»Und dein Bruder?« Ich sehe, wie sich ihr Gesichtsausdruck verschließt und ihre Mundwinkel sich verdrehen.

»Na ja, dasselbe.«

Marcus ließ Lacy fallen, sobald er Cole fand, sobald ihm

klar wurde, dass die echte Welt uns nichts schenken würde, wie er gedacht hatte. Onkel Ty ließ Marcus glauben, auch uns könnten Wunder geschehen, und er schien überzeugt davon zu sein, dass Cole seine Eintrittskarte war, dass bei Lacy zu bleiben bedeutete, sich einem Leben zu ergeben, in dem es keine Hoffnung auf Besserung gab. Sie fand einen Job und arbeitete vierzig Stunden die Woche, aber Marcus wollte damit nichts zu tun haben. Alles, was er hat, sind ein halbes Dutzend SoundCloud-Tracks und keinen Gehaltszettel, und hier sind wir nun: sie mit dem Haar zu zwei Knoten aufgebunden, das Gesicht voller Piercings und mit einer Haltung, als würde ihr der Laden gehören. Als bräuchte sie kein Licht, um zu sehen. Und Marcus wartet immer noch da draußen, als würde irgendetwas sich verändern.

Lacy steht abrupt auf. »Willst du was trinken?« Sie trägt klassisches Barkeeperschwarz, dennoch leuchtet sie. »Ich sag's keinem.« Sie zwinkert mir zu und kehrt auf die andere Seite der Bar zurück, wo vorher der Mann stand. Er ist irgendwann nach hinten verschwunden, und selbst wenn er zurückkäme, sagt mir irgendetwas, dass Lacy hier mehr Einfluss hat als er. Irgendetwas an ihrer Art, sich zu bewegen: mit dem Rücken so gerade wie ein Mammutbaum, als würde sie einfach immer weiter emporwachsen.

Ich nicke. »Klar.«

»Was möchtest du?«

»Überrasch mich.« Ich weiß nicht, wie ich mir selbst einen Drink bestelle, bin es nicht gewohnt, dass jemand mich fragt, was ich möchte. Normalerweise bekomme ich einfach eine Flasche oder einen Plastikbecher in die Hand gedrückt und zögere nicht lange genug, um Fragen zu stellen. Lacy greift nach einer Flasche hinter dem Tresen, dann nach einer zweiten, schüttet und schüttelt und rührt alles zusammen in ein Glas mit einem dieser Strohhalme, die so dünn sind, dass ich mich frage, wie irgendetwas durchkommen soll. Sie fügt noch eine Kirsche hinzu, eine von denen, die zu süß sind, um zu glauben, dass sie von einem Baum stammen, und schiebt mir das Glas entgegen. Der Drink ist hellrot, beinahe pink, würde die Kirsche nicht die Farbe bestimmen.

»Was ist das?«, frage ich sie.

Sie beugt sich vor. »Eine Überraschung. Keine Angst, du wirst es mögen.«

Ich senke den Kopf, bis meine Lippen den Strohhalm berühren, und sauge. Das Getränk erreicht meine Zunge, und Euphorie breitet sich in meinem Mund aus, als würden sich alle Geschmäcker der Welt in einer leuchtenden Hitze versammeln. »Scheiße«, sage ich, nachdem ich herunter- geschluckt habe, und blicke zu Lacy auf.

Sie lacht. »Du mochtest schon immer gern Süßes.«

»Seit wann arbeitest du hier?«, frage ich.

»Habe als Stripperin angefangen, etwa als Marcus und ich uns zerstritten haben, aber hinter der Bar kommt ver- lässlicher Geld rein, also habe ich die letzten paar Monate hier gearbeitet.« Die Tür schwingt erneut auf, und eine kleine Gruppe von Männern mit Krawatten tritt ein. Lacy richtet sich auf. »Jetzt wird's langsam voller, aber du kannst gern bleiben. Sag Bescheid, wenn du noch einen willst. Geht auf mich.«

Sie lächelt und folgt den Männern an einen Tisch direkt

vor der Bühne. Einer von ihnen lockert seine gepunktete Krawatte und blickt mich dabei direkt an, die Mundwinkel nach oben gezogen. Ich weiß nicht, warum, aber sein Gesicht ist interessant zu betrachten, und ein Teil von mir will es anfassen, will fühlen, ob er Bartstoppeln hat, ob seine Haut so weich ist, dass sie allein von meinen Fingerspitzen rosa anläuft. Ich richte meine Aufmerksamkeit wieder auf meinen Drink und frage mich, ob ich bleiben soll, ob es diese Nacht noch verschlimmern könnte, ein junges Mädchen zu sein, das allein und ohne Geld in einem Stripklub ist. Aber ein kostenloser Drink ist ein kostenloser Drink, und ich bin müde vom Herumlaufen und den endlosen Absagen von jedem einzelnen Arbeitgeber in Oakland, also nehme ich einen weiteren Schluck. Und noch einen. Ich schlürfe, bis das zuckrige Rot verschwunden ist, und bitte Lacy dann, mir einen zweiten zu machen.

Seit der Sache mit Mama kann Marcus kein Rot mehr sehen. Nicht dass er der Einzige gewesen wäre, der es hatte sehen müssen, aber er war derjenige, der versuchte, Mamas blutende Handgelenke abzubinden, der den Rasierer vom Fußboden aufhob. Er war derjenige, der ihnen sagte, sie sollten mich nicht mitnehmen, wobei sein gerade achtzehnjähriger Körper sich straffte, als könnte seine Größe ihm helfen, die Nacht zu überstehen, ohne an die Farbe des Wassers zu denken. Seitdem setzt Marcus keinen Fuß mehr ins Badezimmer. Er duscht sich bei Freunden und pinkelt im Spirituosenladen auf der anderen Straßenseite.

An jenem Tag ließen uns die Sirenen an der einzigen unmarkierten Stelle unserer Wohnung zurück, in der Mitte des

Teppichs hinter dem Sofa, wo sowohl Marcus als auch ich auf das Neonklebeband starrten, das einen weiteren Flecken DNA kennzeichnete, als bestünde nicht die gesamte Wohnung aus uns und unserem Blut. Die Sozialarbeiterin ging gemeinsam mit der Polizei, die nach einer Stunde voller Fragen Mama und dem Krankenwagen folgte. Marcus hatte mir den Arm um die Schultern gelegt, und jedes Mal, wenn ich wieder anfing zu zittern, kratzte er mich am Arm, um mich daran zu erinnern, dass er noch immer derselbe war. Das war zwei Monate vor meinem fünfzehnten Geburtstag. Er war der jüngste Erwachsene, den ich je gesehen hatte, und eine Woche später schmiss er die Schule. Marcus war fest entschlossen, mich irgendwie zu versorgen, der Mann zu sein.

Wir ließen uns auf dem Flecken ehemals beigefarbenen, nun braunen Teppichs nieder, und Marcus flüsterte mir ins Ohr: »Ich kümmere mich um dich.« Es war, als hätte das Licht endlich seinen Weg in Marcus' Mund gefunden, denn seine Worte ließen die Sonne in mich dringen, und wenn Mama nicht mehr da sein würde und Daddy längst nur noch unfruchtbare Erde war, dann brauchte ich meinen Bruder umso dringender. Er fragte mich, was ich zum Abendessen wolle, und als ich ihm sagte, ich habe keinen Hunger, kramte er Mamas Notgroschen aus dem Kissenbezug hervor und bestellte uns drei verschiedene Sorten Pizza. Er aß zwei Stücke von jeder, pickte all die Wurst von einer und hinterließ mir seinen Teller zum Spülen. Vielleicht hätte mir da schon klar sein müssen, dass es genau so kommen würde, dass ich sein Geschirr spülen und sein Chaos beseitigen würde, aber sein Arm um mich und sein Flüstern genügten, um es in den

Hintergrund zu rücken. Marcus hatte mich als seine Familie deklariert. Ich gehörte ihm.

Danach glaubte ich, Marcus würde alles sein, was ich brauchte. Er hielt meine Hand während Mamas Verhandlung, als Onkel Ty die Stadt verließ, als wir Mama im überbelegten Dublin Prison besuchten. Und dann, zwei Jahre später, ließ er sie los. Marcus verschwand bei Cole, sah mir nicht mehr in die Augen und ließ die Zeitungen, in die er sich immer vertieft hatte, in einem Haufen neben der Tür liegen. Seither renne ich ihm hinterher und versuche ihn dazu zu bringen, mich anzuschauen.

Als in meinem vierten Glas nicht mehr als Eis übrig ist, hat sich der Klub mit sich drängenden Körpern gefüllt, jeder Barhocker und jeder Tisch sind besetzt, und die Musik dröhnt unentwegt, ohne dass ich ein einzelnes Lied heraushören kann. Alle drei Stangen werden betanzt, und Dollarscheine verschwinden im String jeder Frau, die einen Lapdance macht. Aus irgendeinem Grund fühle ich mich im Trubel des Ladens lebendig, nicht wie ein Mädchen, das kaum über die Runden kommt, sondern wie eine freie Frau. Das Licht behält genau die richtige Mischung aus warm und nicht ganz da. Die Musik verschmilzt mit dem Geplapper, erzeugt einen Chor aus gedämpftem Summen, wie ein melodisches Rauschen. Jedes Mal, wenn die Tür aufgeht, um eine weitere Menschentraube einzulassen, sickert auch das Außen von Oakland herein: ein Trommelschlag, jemand, der schreit, wir sollen auf die Risse im Gehweg achtgeben, eine Sirene.

Lacy kehrt mit einem Tablett halb leerer Weingläser von ihrer Runde zurück, und es ergibt keinen Sinn für mich, wieso jemand für etwas bezahlt, das er dann nicht mal trinkt. Ich fange ihren Blick ein und deute auf meinen leeren Drink, kann jedoch die Worte nicht finden, um sie um einen neuen zu bitten.

Sie lacht. »Ich glaube, du hattest genug, Ki«, ruft sie.

Ich schmolle und drehe mich mit dem Barhocker um. Pünktchenkrawatte fällt mir erneut ins Auge. Er unterhält sich mit seinen Anzugträgerfreunden, starrt dabei jedoch direkt in meine Richtung. Ich vollende meine Drehung und sehe wieder Lacy beim Mixen von Drinks, und auf einmal erscheint mir der Raum übervoll, als wäre bei dieser einen Umdrehung alle Luft daraus entwichen. Ich rufe Lacy über den Lärm hinweg zu: »Ich muss hier raus.«

Sie zieht die Augenbrauen hoch und wirkt noch größer, als ich sie in Erinnerung hatte, wenn sich ihr Gesicht so in die Länge zieht. »Sicher, dass du es nach Hause schaffst?«

Ich winke ihr zu. Weniger ihr als ihrem Umriss, der Figur, die sich bis zur Decke hinauf erstreckt. Ich lasse mich vom Stuhl gleiten und konzentriere mich auf meine Schritte, während ich auf die Tür zulaufe, als würde sich dahinter etwas Glorreiches verbergen. Ich reiße sie auf und trete hinaus auf die Straße. Mir wird beinahe schlagartig bewusst, dass es nach zehn sein muss, weil Oakland bereits alle Läden runtergelassen und alle Lichter ausgeschaltet hat. Die einzigen Menschen auf der Straße sind jene, die dort leben. So wird es auch uns, Marcus und mir, allzu bald ergehen. Der Straße entkommt niemand.

Die Kälte des Windes dringt in meinen Körper und schlüpft unter mein T-Shirt direkt in meinen Bauchnabel.

Manchmal frage ich mich, wo mein Bauchnabel wohl hinführt. Vielleicht bis in den Magen, wo er auf das schwappende Kirschrot trifft, oder zu meiner Gebärmutter.

Hinter mir schwingt die Tür zum Klub auf, und da steht Pünktchen, sein Haar ein wenig aus der Gelfrisur gelöst, was an ihm natürlicher wirkt, als wäre es nicht dafür geschaffen, so festgebunden zu sein.

»Hey.« Ich bin mir noch nicht einmal sicher, ob er mit mir redet, bis er »graues Shirt« hinzufügt und ich an mir herunterschauen muss, um zu begreifen, dass er mich meint. Ich versuche ihn anzulächeln, aber mein Mund fühlt sich taub an, und ich glaube, dass das Lächeln schief wird, worüber er lacht, ein tiefes Lachen, das nie einen richtigen Höhepunkt erreicht.

»Jaa?« Es ist das einzige Wort, das meine Lippen in diesem Augenblick formen können, die einzige kohärente Abfolge von Lauten.

Ich weiß nicht, wann ein weißer Mann zum letzten Mal freiwillig mit mir geredet hat, ganz zu schweigen davon, mir hinaus auf die Straße zu folgen, aber ich habe weder im Kopf noch im Bauch genügend Platz, um darüber nachzudenken, da es sich anfühlt, als würde der rote Drink in mir überlaufen.

Er lächelt erneut, genau wie in der Hitze des Klubs. »Hör zu, es ist spät, und ich will nicht so tun müssen, als wären wir nicht beide wegen derselben Sache hier.«

Er redet zwar, aber das Einzige, was ich aufnehmen kann, ist sein Haar, das immer wieder vom Wind zurückgeweht wird. Ich weiß nicht, was er meint, und habe auch nicht genügend Energie, um seinen Worten auf den Grund zu gehen.

»Ich kenne eine Stelle«, erklärt er.

»Eine Stelle?« Mit dem Schwappen in meinem Inneren fühlen sich meine Knie immer unzuverlässiger an.

Ich weiß nicht, ob ich ihm folge, weil es kalt ist und ich glaube, er würde mich vielleicht an einen windgeschützten Ort bringen oder ob die letzten paar Tage und die Drinks in mir irgendwie ein Verlangen nach diesem Mann geweckt haben, einen Hunger nach etwas Wärme, der von dem Teil meines Selbst Besitz ergreift, der noch bei Verstand genug sein könnte, um zurückzuweichen und nach einem Bus oder einer belebten Straße Ausschau zu halten. Aber ganz egal, warum ich es tue, Tatsache ist, dass meine Füße sich weiterbewegen. Allerdings bewegen sie sich wahrscheinlich zu langsam, denn Pünktchen greift nach meiner Hand und zieht mich auf ein Gebäude zu.

Das Gebäude ist so riesig, dass ich beim Hinaufschauen nicht einmal sehen kann, wo es aufhört. Er führt mich direkt auf den Fahrstuhl zu, und wir steigen ein. Ich bin nicht mehr mit einem anderen Mann als Marcus allein gewesen, seit ich vierzehn war und ein Junge mir auf dem Schulklo beizubringen versuchte, wie ich ihm einen runterhole, aber dann tauchten die Schuhe unserer Chemielehrerin in der Nachbarkabine auf, und er bekam keinen hoch. Als der Aufzug anfährt, schwappt die Flüssigkeit in meiner Magengrube, katapultiert sich nach oben und gibt mir das Gefühl, das ganze Meer verschluckt zu haben.

Der Aufzug macht *ping*, und ich erwarte ein Büro oder

vielleicht sogar die Wohnung dieses Mannes, irgendeinen Ort, der bis zum Rand vollgestopft ist mit Geld. Stattdessen treten wir hinaus und sind wieder an der frischen Luft. Nur dass der Himmel uns diesmal näher ist und sich ein Garten vor uns ausbreitet, der von Zementmauern begrenzt wird.

»Wo?« Ich kann anscheinend nicht mehr als ein einziges Wort am Stück formen. Er gibt keine Antwort, zieht mich jedoch näher an die Mauer. Der ganze Garten ist ausgestorben, Bäume breiten ihre Äste aus, in der Mitte befindet sich ein ruhiger Teich, und ich denke, dass wir uns wohl auf dem Dach dieses niemals endenden Gebäudes befinden.

Nah am Rand der Mauer zieht er mich an sich heran. Als er mich küsst und dann zum Luftholen zurückweicht, bildet seine Silhouette einen Umriss vor dem Himmel. Ich bin seit Jahren nicht mehr geküsst worden, und es ist schleimig und feucht auf eine Art, dass ich wünschte, er würde sich den Mund abwischen.

Er küsst mich erneut und tauscht kurz darauf den Platz mit mir, drückt mich an die Mauer, sodass ich nun gegen den Himmel lehne, in den Himmel hinein. Er knöpft meine Hose auf, und plötzlich hält der Wind mich fest, gemeinsam mit seinen Händen, und greift nach meiner Haut. Er dreht mich um und beugt mich nach vorn, sodass meine Wange gegen den Zement gepresst wird, aber aus dem Augenwinkel kann ich auf Oakland hinunterblicken, das sich vor mir ausbreitet, und in der Ferne ein einzelnes Blaulicht erkennen: zu weit weg, um es zu hören, aber das Blinken lässt sich nicht übersehen. Noch ehe mir bewusst wird, dass es passiert, stößt er in mich hinein, und das Einzige, was ich spüren kann, ist die Kirschflüssigkeit, die mich noch immer ausfüllt, die mich noch immer ertränkt. Ich mache noch nicht einmal mit, lasse mich einfach nur vom Himmel trösten, während es geschieht, und ich weiß nicht, wie dies das erste Mal sein kann, dass ich den Penis eines Mannes in mir spüre, und ich zugleich so wenig fühle, dass ich mir noch nicht einmal sicher bin, ob ich überhaupt hier bin.

Es dauert nicht lange, dann ist es vorbei, und meine Hose ist wieder oben. Er schließt seinen Gürtel und sieht mich nicht mehr an, klopft sich lediglich auf die Hosentasche, und ich gehe davon aus, dass er auf seinen Geldbeutel verweist.

»Ich habe bloß ein paar Hundert dabei.« Ein paar Hundert. Dollar. Dieser Mann will mich bezahlen. Seine Finger drücken mir ein Bündel zusammengerollter Geldscheine in die Handfläche, und auch wenn ein Teil von mir weiß, dass ich es wahrscheinlich nicht tun sollte, nehme ich es an, schließe meine Faust, während jeder Zentimeter meines Körpers zittert, meine Zähne klappern und er nichts weiter sagt, sich aber seinen Schal vom Hals nimmt und ihn um meinen legt. Er verabschiedet sich noch nicht einmal, zumindest höre ich es nicht, ehe er zum Aufzug zurückkehrt und verschwindet.

Ich muss pinkeln. Das Meer ist in mir angeschwollen.

Ich stolpere auf den Teich zu, schlüpfe aus meinen Schuhen, ziehe die Hose aus und wate hinein. Ich lasse alles raus, mein Körper fließt, als wären mit diesen Geldscheinen alle Stöpsel herausgezogen worden, und die rote Flüssigkeit ergießt sich gelb in den Teich, und ich weiß nicht, wie Körper eine Sache konsumieren und eine andere produzieren können, aber heute Nacht ist wahrscheinlich alles möglich.

Ich ziehe meine Hose wieder an, schlüpfe zurück in meine Schuhe und mache mich auf den Weg zum Rand des Dachs, wo ich über die Stadt hinausblicke, der Nebel lichtet sich gerade genug, um die Brücke in der Ferne zu erkennen. All die verborgenen Dinge zeigen sich, und als ich einatme, rieche ich weder Pisse noch Zigarettenrauch oder Weed. Ich rieche lediglich die Überreste des roten Drinks, die noch immer an meinem Atem kleben.

Ich begegnete Camila in derselben Nacht wie Pünktchen, als ich auf dem Heimweg war und gerade herauszufinden versuchte, wie ich zurück nach East Oakland kommen sollte, wenn die Busse nicht mehr fuhren. Weder Marcus noch Alé gingen ans Telefon, und ich fror bitterlich, mit aufgesprungenen Lippen. Ich wusste nicht, was ich tat, während ich auf das Rauschen des Freeways zustolperte.

Ein schwarz glänzender Wagen fuhr vor mir ran, und von der Rückbank kletterte diese Frau, zog ihren Mantel aus, beugte sich zurück in den Wagen, um ihn einer Person zu reichen, die ich nicht sehen konnte, und schloss dann die Tür, ehe das Auto davonfuhr. Ihre Extensions waren leuchtend pink und passten zu ihrem Outfit, das Kleid matt und eng. Ihr Gang erinnerte mich daran, wie man gegen den Wind läuft: fest entschlossen, sich wiegend.

Ich stand da in meinem grauen T-Shirt und mit dem Schal, der immer noch um meinen Hals baumelte, und versuchte so zu tun, als würde ich sie nicht anstarren, aber Camila sah alles durch diese Wimpern, sah alles mit dieser Art von Neugier, die aus den Augen kriecht und einen einsaugt. Sie schritt auf mich zu und fragte: »Was guckst du so?« Wären diese Worte von irgendjemand anderem gekommen, hätte ich wahrscheinlich zugeschlagen oder wäre weggerannt, aber ihre Art zu sprechen verleitete mich nicht zum Kämpfen. Es war, als würde sie mich lustig finden, als würde ich in einer Menge stehen, deren Sprache ich nicht sprach, und sie wäre die Erste, die meine Zunge zu Gesicht bekäme.

»Nichts.«

»Bist eine Baby-Ho, hm?« Camilas Lippen kräuselten sich und enthüllten eine durchsichtige Zahnspange, die ich nicht gesehen hatte, bevor sie so nah vor mir stand. »Hör mal, du wirst nicht viel verdienen, wenn du einfach nur so durch die Straßen ziehst. Richtig Kohle macht man als Escort. Ich hab mir einen Zuhälter besorgt, und der würde dich bestimmt auch aufnehmen, wenn ich ihn frage. So wird dich hier draußen niemand ernst nehmen. Und das sag ich dir gleich: Niemand wird einen Finger rühren, wenn dir was passiert. Verstanden?«

Sie leuchtete so hell, dass ich nicht zu ihr sagen konnte: Nein, ich bin nicht so wie sie, ich habe es nicht gewollt, denn was, wenn ich ihre Art von Frau war? Pünktchens Scheine steckten noch immer in meiner Hosentasche, und mein Körper war noch immer unsicher, wie er dieses Dach und diesen Mann begreifen sollte.

Camila ergriff meine Hand und achtete sorgsam darauf, mir ihre Acrylnägel nicht in die Haut zu bohren. Sie rief einen Wagen für uns und sagte, sie werde mich auf dem Weg zum Haus ihres Freiers mitnehmen. Im Auto erklärte sie mir, was ich tun müsse, um wie sie zu sein, wo ich hingehen müsse und wann, wie ich mich kleiden müsse, und ich dachte, vielleicht ist das der Ort, an den Mädchen gehen, wenn sie müde sind. Vielleicht finde ich dort meine Stimme, lasse meinen Körper so laut werden wie Mama.

*

Am nächsten Tag konnte ich nicht aufhören, an Pünktchen und Camila zu denken, wie leicht es ihr zu fallen schien. Wie viele Scheine Pünktchen mir für die paar Minuten überreicht hatte. Ich rief drei verschiedene Escortagenturen und Telefonsexfirmen an, aber alle sagten, mein Alter wäre ein Problem, ich könne sie anrufen, wenn ich volljährig sei. Sie sagten, ich solle es online probieren, aber wir hatten im Vorjahr aufgehört den Internetanschluss zu bezahlen, und ich habe weder ein Smartphone noch einen Computer. Wie Camila gesagt hatte, wenn ich jemanden hätte, der dafür sorgte, dass ich in Sicherheit war, wäre es nicht so schlimm. Vielleicht könnte ich es noch ein paarmal machen, solange ich versuchte, Marcus davon zu überzeugen, sich einen Job zu suchen. Ich hatte jetzt schon einmal Sex und kann es wieder tun, es ist ja nicht mehr als ein Körper, sage ich mir. Haut. Mehr muss ich daraus nicht machen. Bloß bis wir keine Mietschulden mehr haben.

Tony zu überzeugen dauerte nicht lang. Gestern Abend bin ich vor seiner Tür aufgetaucht, und er strahlte, als wäre ich der Überraschungslottoschein, den seine Mama ihm zu Weihnachten gekauft hatte. Als ich mich neben ihn aufs Sofa setzte, versuchte Tony, seinen Arm lässig um mich zu legen, als wäre seine Körpermasse zu einer so gekonnten Bewegung fähig. Ich rutschte vor, damit sein Körper nicht mit meinem zusammenstieß, und wandte mich ihm zu, Camilas Worte im Kopf.

Tony erkannte, dass etwas nicht stimmte, und die Haut auf seinem Nasenrücken kräuselte sich.

»Du musst was für mich tun«, sagte ich und wickelte mir einen losen Faden von Pünktchens Schal so fest um den Finger, dass er in meine Haut einschnitt.

»Ich hab schon mit Marcus gesprochen«, erwiderte Tony und löste den Faden von meinem Finger.

»Dachte, das würdest du erst tun, wenn ich hier auftauche.«

Er zuckte die Achseln. »Hab mich umentschieden. Ist nur im Grunde auch egal, er hört eh nicht auf mich.«

Ich zog fester an dem Faden, und mehr davon löste sich vom Schal. Dieses Mal wickelte ich ihn um meinen Daumen, hoch und runter, bis er ganz in Faden gehüllt war. »Ich hab einen neuen Plan.« Ich wandte mich von ihm ab, denn Tony anzublicken ist in etwa so, wie in einen Gewehrlauf zu schauen: zu nah.

»Jaa?«

»Wird dir wahrscheinlich nicht gefallen, aber ich werde es tun, also wenn du mir nicht hilfst, mach ich's trotzdem.«

Er kicherte. »Das machst du immer.«

Als ich es ihm erzählte, blieb er eine Weile stumm. Saß einfach nur da, einen Arm noch immer um die Rückseite des Sofas gelegt, sein Blick auf meinen Daumen gerichtet.

»Scheiße.«

Für jemanden, der nicht viel sagt, ist alles, was aus Tonys Mund kommt, präzise und auf den Punkt. Das ist eins der Dinge, die ich an Tony mag. Das, und wie klein ich mich fühle, wenn ich neben ihm stehe, als könnte er mich mit seinen Armen umschließen, und ich müsste nie wieder den Weg zurück nach draußen finden.

»Du kannst mitkommen und dafür sorgen, dass ich nicht im Graben lande. Oder du kannst es lassen, dann ziehe ich eben allein los. Deine Entscheidung.« Der beste Weg, um einen Mann dazu zu bringen, dass er tut, was man von ihm will, ist, ihm das Gefühl zu vermitteln, er habe eine Wahl, er habe die Kontrolle, er habe das Ende des Fadens in der Hand.

»Dein Bruder wird mir die Fresse polieren.«

»Nicht, so lange er in meinem Haus wohnt.«

Und dann griff Tony nach dem Faden und zog ihn von meinem Daumen, riss ihn ganz unten ab, sodass nur noch der Schal übrig war sowie ein zerfranster Rest von etwas, was ein Faden sein könnte, wenn man genau genug hinsah.

**

Heute Nachmittag hole ich Trevor nach der Schule von der Bushaltestelle ab. Er ergreift wie üblich meine Hand und bewegt bei jedem Wort seinen Kopf, während er mir erzählt, dass Ms. Cortez ihn nicht besonders mag und ihm heute sogar seine Basketballkarten abgenommen hat, die mit den Gesichtern von jedem einzelnen Warrior darauf, und sie ihm erst am Ende des Schultages zurückgegeben hat. Alles fühlt sich so normal an, sogar der Blick, den er mir schenkt, als würde er mein Gesicht einsaugen, um sich in seinen süßesten Träumen daran zu erinnern, während wir die High Street entlanglaufen. Ich hatte erwartet, er würde es mir ansehen, würde erkennen, dass alles sich verändert hat, aber entweder fällt Trevor nichts auf, oder es ist ihm egal. Als ich ihn vor seiner Wohnungstür absetze, schlingt er mir die Arme um den Hals und drückt mich an sich, dann zieht er mir am Haar, tritt zurück und lacht, als hätte er mich gerade wirklich erwischt. Ich lache auch und schiebe ihn und seinen Rucksack durch die Tür. Der Augenblick ist so normal, dass ich ihn beinahe für real halte, als hätte es kein Rot gegeben, keine Pisse, keinen Mann. Ich glaube beinahe daran, er würde von Dauer sein.

Jetzt ist es Abend, und ich bin draußen auf der Straße, ungefähr fünf Minuten von dem Punkt entfernt, an dem Kälte zu Taubheit wird. Mein Rock verrät mich, lässt alles eindringen und streift meine Haut wie 7-Eleven-Slushies im Winter. Ich habe versucht, mich wie die Schaufensterpuppen in den Läden von Fruitvale Village zu kleiden, in Netz und Röcken, die so kurz sind, dass der Wind jeden Zentimeter Haut erreicht. Hier draußen entsteht jene Art von Stille, wenn man nirgendwohin kann, die Straßen sind noch immer belebt, also beobachte ich den gesamten Block und präge mir jeden einzelnen Menschen ein.

Tony steht auf der anderen Straßenseite und sieht mich an. Ich versuche, nicht zurückzustarren und so zu tun, als würde ich weder Angst noch Nervosität spüren, als wären meine Knochen dichter, als sie sind, widerstandsfähiger gegenüber Brüchen. Während ich hastig den International Boulevard hoch- und runterlaufe, vorbei an der Kosmetikschule und den identischen Geschäften mit den übertrieben aufgebauschten Abendkleidern in den Schaufenstern, folgt Tony mir auf der anderen Straßenseite. Ich verkneife mir ein Lächeln darüber, wie dieser große Mann versucht, sich auf- und ablaufend in den Schatten der Straße zu halten. An jedem anderen Ort hätte ihm jemand die Polizei auf den Hals gejagt, aber kein Mensch würde es wagen, die Sirenen auf den International zu locken, wo sie behaupten würden, wir alle wären irgendeine Form von Kriminellen.

Draußen ist es noch hell, aber es sind bereits reichlich Männer unterwegs, die sich an mir ergötzen. Sie alle zusammen sind so viel schlimmer als Pünktchen, sie wissen, dass ich ein Mädchen bin, das sich anbieten wird, während ich mir selbst noch gar nicht sicher bin, ob ich das möchte. Ich frage mich, ob Camila recht hatte, ob ich online einem der Männer hätte antworten sollen, die mich bloß zwischen den Zehen ablecken wollten, oder ob ich zu ihr und ihrem Zuhälter hätte gehen sollen. Aber ich befürchte, dann zu tief hineinzurutschen, um wieder herauszukommen.

Die Männer pfeifen.

»Ay, Hübsche, komm her.«

»*¡Mamí! ¡Ven aquí!*«

»Wieso läufst du so hier draußen rum? Ich sorg dafür, dass dir schön warm wird, Baby.«

Sie sind unnachgiebig und schmierig, und Tony sieht bei jedem Rufen oder Pfeifen aus, als würde er gleich über die Straße schießen und sie in der Luft zerreißen. Er will mich vor genau der Sache bewahren, in die ich mich gerade selbst hineinbegebe.

»Kia!« Die Stimme kommt von hinten, gleitet heran. Camilas Absätze sind gefährlich hoch, silbern und glitzernd, und sie schreitet mit ausgestreckten Armen und offenem Mund auf mich zu, als wollte sie gleich singen oder mich küssen. Stattdessen greift sie nach meiner Hand und beginnt zu tanzen, ihre Hüften zu wiegen. »Was machst du hier, *hija*?«

Ich lehne mich gegen Camila und vergesse Tony, auch wenn ich weiß, dass er zusieht.

»Weißt schon«, antworte ich.

»Was hab ich dir über die Straße gesagt? Hast du dir einen Daddy gesucht?« Camila wirbelt mich herum und überragt mich mit den zusätzlichen Zentimetern, die ihre Cinderellaschuhe ihr schenken.

Ich beende die Drehung. »So was in der Art.«

Camila schnalzt mit der Zunge, ihre Wimpern sind lang und dicht. »Auf mich wartet ein Freier.«

Camilas Atem ist schwer, erfüllt von all ihrem Weed. Sie bläst ihn in die Luft, und ich erkenne, dass sie schon so lange dabei ist, dass ihre Taubheit sich in einen Rausch verwandelt hat und ihr Körper aus dem Nichts Hitze generiert. Sie spielt dieses Spiel nun schon seit so vielen Jahren, dass ich glaube, sie könnte den Schlüssel haben, könnte ihn einfach besitzen. Niemand ruft ihr etwas hinterher. Alle wissen, dass sie nicht für ihre Kommentare, für ihre Zungen oder ihre Zähne da ist. Camila würde jedem ins Fleisch schneiden, der dumm genug wäre, sich mit ihr anzulegen, und ihn dann blutend zurücklassen. Ihr Haarteil ist mit blauen Extensions geschmückt, und ihr Make-up ist ein Kostüm für sich.

Sie ist bereit für den Laufsteg, ihre Stimme heiser und magisch. Camila winkt mir mit spitzen Fingern zu, sagt: »Wir sehen uns«, und schon bin ich wieder allein, bis auf die Blicke: Tony, Fremde, Plakatwände, die für Casinos werben, an deren Existenz ich nicht glaube. Ich wünschte, sie würde zurückkehren und mir das Gefühl geben, dies sei einfach eine Nacht wie jede andere und ich könnte immer noch Trevor zur Bushaltestelle bringen und mit Alé auf der Schaukel schale Chips essen.

Seit ich vor ein paar Tagen im Klub war, bin ich Alé aus dem Weg gegangen, habe ihre Textnachrichten und Anrufe unbeantwortet gelassen. Ich befürchte, sie wird es mir ansehen können, wird mir das hier ansehen können, und wir werden nie wieder in der Lage sein, denselben Joint zu rauchen, über die Stadt zu blicken und dasselbe zu sehen. Dennoch wünschte ich, sie wäre jetzt hier und würde mich zum Lachen bringen. Könnte der Kälte etwas von ihrer Schärfe nehmen.

Als der Mann plötzlich auf der Straße auftaucht wie extra für mich bestellt, frage ich mich, ob ich leichtsinnig bin, ob ich einfach nach Hause gehen sollte, aber dann erinnere ich mich an die Rechnung, die Vernon aufgestellt hat. Und ich habe Tony bei mir, also wird schon alles gut gehen. Es ist bloß ein Körper.

Der Mann vor mir ist klein, kaum so groß wie ich in diesen Schuhen, und sein Schnurrbart riecht nach Benzin, was mich denken lässt, er habe den ganzen Tag an Autos gearbeitet, in irgendeiner öligen, schmutzigen Werkstatt. Als Camila meinte, ich bräuchte einen Zuhälter oder zumindest irgendeinen Schutz, dachte ich, dass ich große Männer auflesen würde, solche mit mehr Muskeln und Kohle, als ich je für möglich gehalten hätte in dieser Stadt, auf dieser Straße. Aber beim Anblick dieses Mannes mit seinen Augen ohne

Tiefe kommt mir der Gedanke, dass mein Körper womöglich dafür sorgen wird, dass kleine Männer sich groß fühlen. Wenn sie mich haben können, wächst ihnen ein Ego aus dem Hals und spuckt Geld aus, das sie wahrscheinlich lieber für die Miete oder für den Windelfonds ihrer Babymama ausgeben sollten.

Ich versuche mich zu sammeln und mir einzureden, es sei in Ordnung, dass ich auf dieser Straße stehe, und es sei in Ordnung, dass dieser Mann mich bezahlt. Ich sage ihm meinen Namen, und er fragt mich, wie alt ich bin.

Camila sagt, die erste Regel laute, nichts über sich selbst zu offenbaren.

»So alt, wie du mich haben möchtest.«

Er fragt nicht weiter, und das merke ich mir, dass er es nicht wissen möchte. Camila meinte, manche von ihnen würden mein Alter erfahren wollen, um ihren Kleine-Mädchen-Fetisch zu befriedigen, und ich könne mehr Geld verdienen, wenn sie es wüssten. Das seien jene Männer, denen am Höhepunkt ihrer Lust die Tränen kämen und deren Haut so weich sei, dass man sie aufreißen kann.

»Wie soll ich dich nennen?«, frage ich ihn. Das ist der erste Schritt. Camila zufolge zeigt einem das mehr als jede andere Frage, was von einem verlangt wird.

Der kleine Mann lässt die Schultern sinken und streckt den Hals. Er gerät kurz ins Stocken, ehe er einen Namen nennt. Er sagt, ich solle ihn Davon nennen, und ich bin ein wenig überrascht, hauptsächlich weil ich etwas erwartet hatte, das nach Acid und Sex riecht, etwas, was er sich nirgendwo sonst auszusprechen traut.

»Dein erstes Mal?«, frage ich ihn und ergreife seine Hand, als hätte ich irgendeine Ahnung, was ich hier tue. Ich werfe einen Blick auf Tonys Schatten auf der anderen Straßenseite und kann beinahe die Anspannung in seinen Muskeln spüren, die die Kontur seines Körpers nachzeichnet.

Davon zuckt mit den Achseln und sagt, sein Auto parke einen Block weiter, von der 37th abgehend. Ich lasse mich von ihm führen und schaue hin und her zwischen ihm und Tony, der nun von der anderen Straßenseite aus in unsere Richtung schlendert, darauf bedacht, alles im Blick zu behalten.

Ich habe nicht viel Ahnung von Autos, aber ich weiß, dass Davons alt und klapprig ist und wahrscheinlich einen ächzenden Motor hat. Er macht die Hintertür für mich auf, und ich krieche hinein. Erneut schlägt mir der Geruch von Öl entgegen, aber nun ist er vermischt mit etwas Süßlichem, als hätte Vanille ihren Weg in diesen Wagen gefunden und mit den Maschinenteilen Sex gehabt. Er klettert nach mir hinein, und wir sitzen nebeneinander, zwei wartende Fremde.

Meine Brust verkrampft sich in der Stille, also breche ich das Schweigen: »Sag mir, was du willst.«

Er zögert, sagt kein Wort, und ergreift meine Hand.

Wir sitzen weiter so da, nur unsere Hände ineinander verschränkt, und ich denke schon, ich müsse seine Einsamkeit mit Verlangen verwechselt haben. Meine Panik wächst, und ich frage mich, ob ich einen Fehler gemacht habe, ob ich überhaupt wieder aus diesem Wagen steigen und zurück zu Tony rennen könnte, wenn ich es wollte. Noch bevor ich irgendetwas tun kann, kriecht Davons andere Hand an meine

Taille und zieht mich an ihn heran, so nah, dass ich nun die Spuren von Vanille an seiner Haut riechen kann. Ich beuge mich vor und küsse ihn fast so, als würde es etwas bedeuten. Aber er beginnt seine Hände schnell zu bewegen, zerrt und reißt an mir. Haut an Haut an der Innenseite von Haut, und die Langsamkeit löst sich im Quietschen des Wagens auf. Ich kann das rissige Leder der Sitze an meinem Rücken spüren und seinen tropfenden Schweiß.

Wir sagen nichts, machen kaum einen Laut, aber das Auto spricht. Es quietscht und rumpelt, als würde es angesichts unserer Körper zum Leben erweckt, und ich wünschte beinahe, es würde von selbst losfahren, mich oben auf die Hügel bringen und mir zeigen, wie sich die Bucht weiter erstreckt, als meine Blicke jemals reichen werden. Aber das Auto bleibt an seinem Fleck und schaukelt nur leicht. Tony ist ein Schatten vor dem Fenster, und ich bin ein Haufen Gliedmaßen.

Davon hat mich nicht mehr angesehen, seit er meine Hand losgelassen hat. Als er fertig ist, starrt er mich erneut an, aber seine Augen sind ein feuchter Glanz, ein schwebender Körper. Er sieht mich nicht.

Beim Aussteigen stolpere ich, da ich vergessen habe, wie hoch meine Absätze sind. Ich beuge mich zurück in den Wagen, und er reicht mir ein Bündel Geldscheine, legt sie mir direkt in die Hand, genau wie Pünktchen. Ich zähle sie. Es sind bloß fünfzig Dollar, nicht einmal annähernd das, was Pünktchen mir gezahlt hat.

»Wo ist der Rest?«

»Mehr bist du nicht wert.« Er sieht mich nicht an, grunzt nur leicht. »Aber du warst gut. Ich kann dir die Nummern von ein paar meiner Cousins geben, dir mehr Kundschaft verschaffen.«

Davon tippt neue Nummern in mein Telefon, dann richte ich mich auf und laufe wieder zurück in Richtung International. Ich nehme mir vor, beim nächsten Mal direkt am Anfang das Geld zu verlangen, um sicherzugehen, nicht beschissen zu werden. Nun, da es vorbei ist, fühlt sich alles gedämpft an. Der kalte Wind ein bisschen weniger eisig, mein Herzschlag kaum vernehmbar, meine Haut taub, eingeschlafen. Nur ein Körper. Nur Sex.

Ich überquere die Straße auf Tonys Seite und bleibe stehen. Er tritt aus dem Schatten eines Ahornbaums und hat die Hände in die Taschen seines Hoodies gestopft wie ein frustriertes Kind. Ich nehme das Geld aus meinem BH und übergebe es Tony in dem Wissen, dass er mich genügend liebt, um mir beim Überleben zuzusehen, dass ich ihm alles geben kann, ohne befürchten zu müssen, er könnte damit abhauen. Wenn das nichts wäre, wofür mein Onkel sich schämen würde.

»Kiara, kann ich dich was fragen?« Tonys Stimme ist ein Beben in einem Tornado des Schweigens. Auf seinem Hoodie steht in Blockbuchstaben der Name eines Colleges, von dem ich noch nie gehört habe, und mir wird bewusst, dass ich noch nicht einmal weiß, ob Tony auf dem College gewesen ist.

Ich nicke ihm zu, da Nein keine Antwort auf diese Frage ist.

Seine Unterlippe schiebt sich hin und her.

»Wenn ich, äh, mir einen Job suchen würde – einen richtigen, weißt du – und eine Weile sparen, dürfte ich mich dann um dich kümmern? Also, mich wirklich um dich kümmern, so wie meine Mama mir beigebracht hat, dass ein Mann sich um eine Frau kümmert?«

Seine Stimme wird zu einem Murmeln, und ich wackele auf einem meiner Absätze, suche nach meinem Gleichgewicht, suche nach einem Ausweg. Es ergibt keinen Sinn für mich, weshalb er mich das jetzt fragt, wo ich noch wund bin von Davons Stößen, kaum angezogen und verletzlich.

»Wir wissen beide, dass das nicht geht. So einfach ist das nicht. Ich muss auch an Marcus denken.« Marcus ist noch nicht einmal bewusst, wie sein Leben sich auflösen würde, wenn ich nicht mehr für die Miete und für seine Telefonrechnung aufkäme.

»Nur weil's nicht einfach ist, muss es trotzdem nicht kompliziert sein.«

»Wir reden hier von Blut, Tony.«

»Das ist nicht alles.« Seine Finger wollen nach meinen greifen, halten dann jedoch inne.

»Wenn alles andere den Bach runtergeht, ist er das Einzige, was ich habe. Und du und ich können niemals das Gleiche sein, verstehst du?«

Diesmal nickt Tony noch nicht einmal und sagt kein Wort. Stattdessen greift er in die Tasche seines Hoodies und holt das Geldbündel heraus, um es mir wieder in die Furchen meiner Hand zu drücken. Er zieht sich in die Schatten zurück, bis er nicht mehr als Dunkelheit ist, und ich weiß, dass er nicht mehr da ist, aber ich kann nicht aufhören mir vorzustellen, wie er zusieht und wartet. Wenn Tony nicht mehr auf mich wartet, dann wird es niemand tun.

Ich mache auf dem Absatz kehrt und gehe zurück auf den International, ganz allein. Und beim lieben Gott im Himmel, wenn alles den Bach runtergeht, dann soll besser Marcus mein Schatten sein. Dann soll er besser alles für mich sein.

Gegen Mittag wache ich vom Geräusch spritzenden Wassers auf. Das ist mir hier fremd, der Lärm von klatschendem Wasser ist so deutlich erkennbar wie fehl am Platz. Irgendetwas weckt mich stets am Höhepunkt meines Glücks auf, gerade dann, wenn meine Träume zu tanzen beginnen. Während meines Schlafs von letzter Nacht, der im Grunde nicht vor vier Uhr morgens begann, habe ich eine Wiese voller Blumen erträumt, in Farben, die ich in echt noch nie gesehen habe. Ich konnte einen melodischen Soundtrack hören, so einen Van-Morrison-artigen Blues, und war mir nicht sicher, wo er herkam, bis ich mich in die Blumen legte und erkannte, dass er direkt vom Himmel fiel. Und dann lachte ich, weil der Himmel für mich sang. Gott spaziert aus den Wolken wie Musik. Ich war nackt. Ich bin immer nackt. Und dann war da ein Klatschen, heller Mittag durch die Jalousien, diese leere Wohnung.

Ich stolpere von meiner Matratze, schwinge die Tür auf und lehne meinen Oberkörper weit über das Geländer, sodass mein Körper sich am Bauch zweiteilt: in Beine und Brüste. Kruste krümelt aus meinen Augenlidern, während ich auf den Pool hinunterstarre, und die Szene entsteht vor mir, wie wenn ein Fernseher von Rauschen auf ein bewegtes Bild umschaltet. Trevors Kopf taucht auf und ab, ins Wasser hinein und wieder heraus. Er ist mittlerweile groß genug, um am flachen Ende zu stehen, taucht aber immer wieder den Kopf unter und lässt ihn kreisen, die Bewegungen eines in einen Fisch verwandelten Jungen.

»Was machst du da, Junge? Das Wasser ist voller Scheiße«, rufe ich zu ihm hinunter. Auch wenn das Braune verschwunden ist, wahrscheinlich durch den Filter, schwöre ich, dass ich noch immer die Fäkalien in der Luft riechen kann. Was mich angeht, sind die Hundescheiße von Dees Typen und der Pool ein und dasselbe.

Trevors Kopf kommt wieder hoch, und er beugt ihn zurück, um mich anzusehen. Oben auf dem Scheitel hat er ein Muttermal, einen dunklen Fleck in der Form eines überlaufenden Kreises, und ich kann es heute genauso deutlich erkennen wie an jenem Tag, an dem er aus seiner Mama herauskam.

Das ganze Wohngebäude lag gemeinsam mit Dee in den Wehen, als ihr Stöhnen sich seinen Weg durch die Luftschächte und aus den Fenstern bahnte. Wir alle schwitzten mit ihr, liefen im Kreis und zählten die Minuten zwischen jedem Ersticken ihres Körpers. Mama blickte auf die Uhr in unserer Wohnung und wartete ein paar Stunden, ehe sie mich ansah und sagte: »Es ist Zeit. Komm, Kind.« Und schon waren wir aus der Tür und klopften an Dees Wohnung, in einem Rudel aus Frauen, die alle in Richtung dieser Geburt drängten, während meine achtjährigen Schultern zitterten. Alle Frauen aus dem Royal-Hi zwängten sich in Dees Einzimmerwohnung, wo sie auf dem Boden ausgebreitet lag, so offen wie der Himmel, ehe der Regen herunterprasselt, bereit, aufzuplatzen und sich zu erleichtern.

Dee sagte immer wieder: »Gib es mir, bitte, nur damit ich's überstehe, Ronda.«

Sie wiederholte es zwischen den Wehen wie ein Mantra und meinte damit die kleinen Klumpen und die Pfeife, die auf der Küchentheke auf sie warteten. Sie hatte behauptet, sie habe ihre Gewohnheit aufgegeben, als sie von ihrer Schwangerschaft erfuhr, aber mit »aufgegeben« meinte sie, dass sie nur noch gelegentlich etwas rauchte, nur wenn die Morgenübelkeit oder die Rückenkrämpfe wirklich schlimm wurden. Ronda, ihre Sandkastenfreundin, weigerte sich, Dee das Crack zu geben, und eine Gruppe Frauen stand in einer Reihe zwischen der Theke und Dees Körper, um das Kind vor seiner Mutter zu beschützen.

Mama drängte sich durch die Menge, die langen Arme ausgebreitet, und ich folgte ihr in die Mitte des Zimmers, auf Dees Getöse zu.

»Es dauert noch einen Moment, bis er rauskommt, okay, Baby? In etwa einer Stunde ist es vorbei. Noch eine Stunde, noch eine Stunde.« Mama wiederholte diese Worte, ließ sich neben Dee auf den Fußboden sinken und summte, bis der gesamte Raum erfüllt war vom Dröhnen aus den Lungen meiner Mama, berauschend und himmlisch, und ich wünschte mir nur noch, zurück in ihren Körper zu klettern und diese Vibrationen zu spüren wie meinen eigenen Atem.

Dee heulte und presste und zitterte, bis das Summen meiner Mama alles übertönte, und dann sah unsere versammelte Truppe das Haar, sah die winzige Rundung, die aus ihrem Körper kroch und ihr Innerstes nach außen kehrte. Das Kreischen begann, und das Summen verwandelte sich in Gesang, während wir alle zusahen, wie dieses Kind aus dem Körper seiner Mama schwamm, auf dem Kopf mehr Blut als Haar, und meine Mama nahm es auf den Arm und legte es auf Dees Brust, und das war das Süßeste und Vollkommenste, was je in unserem Gebäude stattfand, und der Regen schüttete und schüttete und schüttete, bis Dee wieder zu betteln begann und ihr mit einem Muttermal gezeichnetes Baby sich wand und Ronda aufgab und Dee die Pfeife reichte, worauf diese sich in den Himmel auflöste, als könnte sie ihr eigenes Baby nicht schreien hören. Und Trevor schrie, und sie lächelte, und wir alle fingen wieder an zu summen.

Trevor lässt unter mir Wasser aufspritzen und blickt zu mir auf.

»Hab meinen Ball verloren«, ruft er.

»Wovon redest du? Wieso bist du nicht in der Schule?«

»Mama ist nicht da, und ich hab verschlafen, und dann wollte ich gehen, hab aber meinen Schlüsselanhänger in den Pool fallen lassen, und wenn ich den nicht habe, dann gewinnen die Jungs das Spiel nicht, und ich verliere mein Geld.«

Ich frage ihn: »Welches Geld?«, aber er taucht einfach erneut unter Wasser, bis das Einzige, woran ich ihn noch unzweifelhaft erkenne, jenes herumwandernde kreisrunde Mal auf seinem Kopf ist. Sein Kleiderhaufen ist mittlerweile nass gespritzt, und als er mit einem kleinen metallenen

Basketballschlüsselanhänger in der Hand wieder auftaucht, rutschen ihm seine Boxershorts herunter. Ich sehe die Umrisse seiner Rippen, als wären sie aus ihm herausgemeißelt, und der Rest meines Tages verblasst wie ein Traum.

Ich laufe in Richtung Treppe, die zum Pool hinunterführt, während Trevor mir entgegenkommt, den Kleiderhaufen in einem Klumpen im Arm. Wir begegnen uns in der Mitte der Treppe, Trevor mit seinen zehn Jahren einen Kopf kleiner als ich und mit Armen und Beinen, die sich weiter zu erstrecken scheinen, als er kontrollieren kann, während sein Gesicht noch immer kindlich ist.

»Geh und zieh dir was anderes an«, fordere ich ihn auf und beginne ihn die Treppe hinaufzuführen.

»Gehen wir irgendwohin?« Trevors Zähne blitzen auf, stets begierig darauf zu entkommen.

Ich nehme ihm den Schlüsselanhänger aus der Hand und betrachte ihn, nehme wahr, wie er glänzt, als hätte ihn jemand sauber geschrubbt und jeden Abend mit ins Bett genommen. »Du willst unbedingt Ball spielen, also komm, lass uns spielen.«

Bei diesen Worten fliegen die Glieder des kleinen Jungen die Treppe hinauf und in seine Wohnung, genau wie immer. Seine Beine sind nun länger, und er weiß mehr darüber, was für eine Art von Leben er führt, als er es mit drei Jahren tat, durch das Gebäude rennend und bei allen an die Türen klopfend, aber er ist noch immer derselbe lebensfrohe kleine Mann.

In den ersten paar Jahren von Trevors Leben versuchte Dee noch, seine Mutter zu sein, zumindest genügend, um die Hälfte der Zeit zu Hause zu bleiben und Milchpulver zu kaufen und sich die Mühe zu machen, jemanden zu suchen, der auf ihn aufpasste, während sie in irgendeiner anderen Wohnung high wurde. Sie ließ Trevor dann bei einer der Frauen, manchmal Mama oder irgendeine der *aunties*, die alle Kinder des Royal-Hi übernahmen, sobald ihre eigenen groß waren. Zwischen Daddys Tod und Mamas Festnahme verschwanden dann all die *aunties*. Es war, als hätte irgendetwas sich des Hauses bemächtigt, und all die Frauen zerstreuten sich, lösten sich in Luft auf. Manche zogen freiwillig fort, andere wurden zwangsgeräumt, einige starben, und ein paar heirateten noch einmal, aber bis Trevor sieben war, waren all die Frauen, die geholfen hatten, Marcus und mich großzuziehen, verschwunden, und wir waren nun ganz allein, mutterlos.

Von da an kam Trevor immer öfter zu uns herüber, und dann brachte ich ihn zum Bus und trieb für ihn ein paar Extra-Doritos für nach der Schule auf. Ich war fest entschlossen, dafür zu sorgen, dass niemand ihn einfach wegwerfen konnte. Nachdem wir die Benachrichtigung über die Mieterhöhung bekommen hatten und nachdem Pünktchen erschienen war und mir gezeigt hatte, was mein Körper wert war, glaubte ich, dies könnte für uns beide womöglich die Fahrkarte nach draußen sein. Vielleicht könnten wir uns auf diese Weise befreien.

Ich kehre in die Wohnung zurück, in der Marcus nun aufgewacht ist und sich auf dem Sofa die Augen reibt.

»Morgen«, begrüßt er mich.

Ich setze mich neben ihn und denke daran, wie es sich

letzte Nacht im Wagen des zweiten Mannes anfühlte, denke an Tonys Rücken, als dieser sich entfernte. Allein war es anders gewesen, die Angst sprunghaft angestiegen, und ich musste so fest die Zähne zusammenbeißen, dass ich nach meiner Rückkehr nach Hause länger duschte als je zuvor, ohne mir über die Wasserrechnung auch nur Gedanken zu machen. Ich weiß nicht, ob ich es noch einmal tun kann, aber ich weiß auch nicht, wie ich uns am Leben halten soll, wenn ich es nicht tue.

»Marcus, ich muss dich um was bitten.«

Er sieht mich an, stützt die Wange auf die Hand und wartet.

»Ich weiß, dass ich gesagt habe, ich gebe dir einen Monat, um an dem Album zu arbeiten, aber du musst dir einen Job suchen.«

Marcus nickt langsam, blickt hinunter auf den Teppich und dann wieder zu mir auf.

»Okay, Ki. Ich fang an zu suchen.«

Ich hatte nicht erwartet, dass er Ja sagen würde, und als er es tut, fühlt es sich plötzlich an, als wäre mehr Luft im Zimmer, und sein Nicken ist ein Trost, der alles wiedergutmachen könnte.

»Ich hab tatsächlich eine Idee für dich. Bin vor ein paar Tagen Lacy über den Weg gelaufen. Die arbeitet in einem Stripklub downtown, und ich wette, sie verhilft dir da zu einem Job, wenn du sie darum bittest.«

»Du weißt, dass Lacy und ich nicht mehr so dicke sind.«

»Und du weißt, dass du keinen anderen Job finden wirst.« Ich zupfe etwas Grind von meinem Knie. »Bitte.«

Marcus nickt erneut, und ich beuge mich vor und schlinge

die Arme um ihn, wie ich es seit der Sache mit Pünktchen hatte tun wollen. Er gibt mir einen Kuss auf den Scheitel, murmelt etwas davon, er müsse pinkeln, und zum ersten Mal seit Monaten glaube ich daran, es könnte noch alles gut werden.

Marcus geht im Spirituosenladen pinkeln, und ich ziehe eine Jacke über und trete hinaus auf die Galerie, die all die Wohnungen in einem Kreis um den Scheißepool miteinander verbindet. Trevor ist noch nicht aus seiner Tür gekommen, also beschließe ich, dahinter nachzusehen, und platze in die Szene eines Kleiner-Junge-Blues: Trevor tanzt in seiner Unterhose. Wiegeschritt, Kopfwippen.

Die Musik fließt aus einer alten Stereoanlage auf der Matratze auf dem Fußboden, halb Rauschen, halb Discosong, den Trevor garantiert noch nie zuvor gehört hat. Und dennoch, wie in meinem Traum tanzt er dazu. Ich eile ins Zimmer, direkt auf ihn zu, und werfe ihn mit meiner Umarmung um, die bald erfüllt ist von Schreien, in denen eine ganz und gar kindliche Form von Glück widerhallt, ehe er mich von sich schiebt.

»Zieh dich an, damit wir gehen können.« Mein Atem geht schwer, meine Wirbelsäule liegt flach auf dem fleckigen Teppich, der unseren Sturz gedämpft hat. Trevor ist fröhlich, schnell und wach und in Sekunden angezogen. Ich stehe auf und gehe ihm voran aus der Tür, hinaus ins Tageslicht, wo Trevor und ich allein unter dem sanften Schein der Sonne stehen.

*

Sogar so früh am Nachmittag, wenn wir alle eigentlich in irgendeinem Klassenzimmer sitzen sollten, ist der Basketballplatz erfüllt von Schweiß und Geschiebe. Sneakers bewegen sich so schnell, dass der Asphalt zu rauchen scheint, und mein Blick schnellt von Haut zu Haut, während alle mit dem Himmel verschmelzen. Trevor steht neben mir, den übergroß wirkenden Basketball an seine knochige Brust gedrückt, und sieht nur zu. Sieht zu, wie ich Alé beim Skateboarden zusehe: so fasziniert, dass ich mich nicht rühren kann.

Wir stehen noch am Rand des Platzes, als ein Mädchen auf uns zukommt, dessen Basketballshorts vom Schweiß des Mittagsspiels an ihren Oberschenkeln kleben. Sie hat Braids, die ihr bis zur Taille gehen und zu einem Pferdeschwanz zusammengefasst sind, und sie tropft salzig, riecht nach der Bucht, kann nicht älter als zwölf sein, wirkt jedoch unendlich.

»Hab euch beide noch nie hier gesehen«, spuckt sie aus.

»Hast wahrscheinlich nicht richtig geguckt.« Ich lege Trevor die rechte Hand auf die Schulter, um uns aneinanderzubinden und ein Sicherheitsnetz zu erzeugen.

Trevor tritt nach vorn. »Hab seit Monaten auf das Morgenspiel gewettet. Du und deine Mädchen habt mir einen ganzen Haufen Geld eingebracht.«

So habe ich Trevor noch nie zuvor erlebt, mit einer Klinge in der Kehle.

Sie lässt den Ball in der Hand kreisen, und Trevor macht es ihr mit seinem nach. Die Bälle sind gleich groß, bloß wirkt seiner neben seinem Körper riesig.

»Du hast auf mich gewettet?«, will sie wissen.

»Eigentlich gegen dich. Kann kein Geld auf jemanden verschwenden, der keine Ahnung hat, wie man spielt.«

Der Salzgeruch des Mädchens wird durch ihre Hitze verstärkt. »Du weißt ja noch nicht mal, wie man einen Ball hält, also hör auf zu quatschen.«

Wir wissen alle, wie eine Herausforderung klingt. Wir suchen alle nach Kämpfen ohne Fäuste. Das ist Überleben. Buchtmädchen scheint breitbeinig ihren Körper auszudehnen, als würde es ihr irgendeine Art von Sieg bescheren, wenn sie mehr von dieser Luft einnimmt. Trevor teilt ihr die Regeln des Spiels mit, als hätte er jemals mehr getan, als nur dabei zuzusehen: zwei gegen zwei, wer elf Punkte hat, gewinnt, wer foult, ist draußen. Die Teamkameradin des Buchtmädchens erscheint an ihrer Seite, als hätte sie uns die ganze Zeit über belauscht: Sie ist kleiner, aber ihre Arme sind kräftig und beben, bereit loszuspielen. Ihr Schweiß riecht süßlich, wie Jasmin, was wohl bedeutet, dass sie ihrer Mama heute Morgen das Parfüm geklaut hat.

»Ich hab nicht den ganzen Tag Zeit«, erkläre ich und strecke die Hände aus, damit Trevor mir den Ball zuwirft. Er kreist durch die Luft direkt in meine Handflächen.

Jasminmädchen neigt ihren schweren Kopf, kneift die Augen zusammen und ruft einen der Jungen auf der anderen Seite des Platzes. Der Junge ist älter, vielleicht vierzehn, und erscheint mir zu mager für diesen Sport. Es wäre zu leicht, einen Knochen zu brechen, jede einzelne seiner Rippen splittern zu lassen.

»Sean, wir brauchen dich als Schiri.«

Magerjunge zockelt herbei, und ich blicke Trevor ins Gesicht, um dort nach einem Hauch von Panik Ausschau zu halten. Aber da ist nichts davon. Stattdessen sehe ich eine Entschlossenheit, die so fest ist, dass sie sich in einer finsteren Miene manifestiert. So jung zu sein entfesselt manchmal den Zorn. Ich fahre mir mit der Zunge über die Lippen, schmecke mein eigenes Salz und bin bereit, die ganze Bucht mit Haut und Haaren zu verschlingen.

Wir teilen uns auf unsere jeweiligen Seiten des Platzes auf, stellen uns nebeneinander, mit Sean in der Mitte. Ich werfe ihm den Ball zu.

»Ihr baut hier besser keinen Scheiß. Ist zu früh für 'ne Schlägerei.« Ich hätte mit einer höheren Stimme gerechnet, aber sie scheint aus einem tiefen Graben in seiner Kehle zu stammen und kommt rau auf seiner Zunge an.

»Wir werden nichts anfangen«, spuckt Buchtmädchen aus.

Ich übernehme Trevors finsteren Gesichtsausdruck und nicke. »Nee, wir spielen fair.«

Trevors Finger zucken an seinen Seiten, er steht breitbeinig, der ganze Junge ist bereit, sich ins Spiel zu werfen. Ich weiß nicht mehr, wann ich das letzte Mal Ball gespielt habe, aber wenn Trevor gewinnen soll, dann muss ich mich besser in Steph Curry im letzten Viertel verwandeln. Dann muss ich alles sein, was er sich je gewünscht hat.

Sean startet das Spiel rasch, wirft den Ball Buchtmädchen zu, die ihn fängt und erst rechts, dann links dribbelt, ehe sie ihren Körper nach vorn schießen lässt, zu schnell für Trevor und mich, um es zu realisieren und sie aufzuhalten. Sie wirft, und der Ball saust direkt ins Netz, als würde er genau dort hingehören. Wir stehen wie benommen da, nicht darauf vorbereitet, dass Buchtmädchen auch die passenden Füße aus Salz hat.

Ich trete auf Trevor zu und flüstere ihm ins Ohr: »Es kommt nur darauf an, wie du dich bewegst. Denk nicht drüber nach, beweg dich einfach.«

Beim nächsten Spiel verfehlt Trevor den Ball erneut, und die Partnerin des Buchtmädchens fängt den Ball und rennt damit davon. Trevor schüttelt den Kopf, und ich denke schon, er werde gleich anfangen zu weinen, aber als er mich anschaut, ist sein Blick grimmig.

Der Ball ist nun wieder in unserem Besitz und fühlt sich schwerer an. Ich werfe ihn Trevor zu, der ihn fängt, dribbelt und damit über den Platz wirbelt. Buchtmädchen hat ihn gerade eingeholt, als er den Ball von der Dreipunktelinie aus losschickt, dabei so hoch springt, als wäre er schwerelos, und der Ball über unsere Köpfe fegt, bevor er direkt in den Korb rauscht.

Trevor landet schwer atmend von seinem Sprung, kommt zu mir gerannt, und wir klatschen ab, versuchen konzentriert zu bleiben, sind jedoch so beschwingt, dass wir es kaum aushalten. Trevor wippt auf den Zehenspitzen, genau wie Alé es tat, als wir noch jünger waren und auf demselben Platz hier spielten, uns gegenseitig mit in die Rippen gerammten Ellbogen blaue Flecken machten und hinterher darüber lachten, wenn sie lila wurden. Wir spielen nicht mehr, aber nicht etwa, weil wir zu alt dafür geworden wären. Es ist nur so, dass Alé es nicht mehr ertragen konnte, meine Haut so zu sehen und zu wissen, dass ihre Knochen sie auf eine Weise verfärbt hatten, wie Haut nicht aussehen sollte. Sie berührte die Flecken auf meinem Bauch, wie man ein halbtotes Eichhörnchen anfassen würde, und selbst wenn ich ihr sagte, sie solle den Scheiß lassen, konnte sie es sich nicht verkneifen. Manchmal sieht sie mich immer noch so an.

Zurück auf dem Platz sehe ich Trevor von Seite zu Seite springen und weiß, dass der Junge auf eine Weise fiebrig und selbstbewusst ist, auf die einen das Gewinnen selbstbewusst macht, während er den Ball in den Händen hält wie ein Geschenk des Himmels. Buchtmädchen merkt, dass sie uns noch weniger leiden kann, als sie dachte, und wie ein Wirbelwind hat sich das Spiel in einen Kampf verwandelt, bei dem Trevor und ich uns abwechselnd vor ihren Anremplern wegducken und werfen. Das Geräusch, mit dem der Ball ins Netz schlägt, ist wie ein tiefer Atemzug, und bald schon sind unsere Lungen gefüllt. Am Ende des Spiels sind wir beide schweißnass, verkneifen uns ein Lächeln, während wir den Mädchen zunicken, und schlendern vom Platz. Trevor erscheint mir wie der strahlendste Junge, den ich je gesehen habe, wie er mit dem Ball unter seinem linken Arm nach Hause läuft.

Während wir auf das Tor des Royal-Hi zugehen, kann ich fast dabei zusehen, wie die Freude von ihm abfällt. Die Kurven in seinem Gesicht verwandeln sich in einen steifen Schmollmund, und der einzige Hinweis darauf, dass dieser Körper vor weniger als zehn Minuten noch durch die Luft schwebte, ist der Schweiß, der ihm nach wie vor vom Gesicht tröpfelt. Beim Entriegeln des Tors drücke ich ihm die Schulter, aber Trevor kann sich noch immer nicht aus seiner Stimmung befreien, auch nicht, als wir vor dem Scheißepool

stehen und der Rest der High Street nur noch als Geräusch-
kulisse existiert. Ich beuge mich vor, um ihm direkt in die
Augen zu sehen. Er neigt den Kopf, um meinem Blick aus-
zuweichen, also greife ich nach seinem Hinterkopf, der irgendwie sogar noch verschwitzter ist, und halte ihn so, dass
er nicht anders kann, als mich anzuschauen.

»Was ist los mit dir?« Es sollte nicht harsch klingen, auch
wenn sein Blick mir verrät, dass es das tat. »Alles okay? Hast
du dir wehgetan?«

»Nein, ich hab mir nicht wehgetan«, flüstert er mit noch
immer piepsiger Stimme.

»Was hast du dann?«

Ich kann sehen, wie es geschieht. Wie dieser Ballon sich
in seinem Inneren aufbläst. Ich kann sehen, wie er gegen alle
Seiten seines Körpers drückt, ihn von innen heraus dehnt
wie die Blasen an der Oberfläche des Lake Merritt, die dort
sitzen und gegeneinanderdrücken, bis eine irgendwann auf-
platzt, spritzt und an die glänzende Oberfläche zurückkehrt.
Trevor ist kurz davor zu platzen, seine Haut verrät ihn, indem sie Wellen dieser schweren Form der Einsamkeit durch
die Luft sendet.

»Ich will einfach nicht gehen.« Und es ist, als würden seine eigenen Worte seine Nähte aufreißen, während Tränen in
seinen Schweiß strömen.

Ich ziehe ihn an mich und drücke ihn an meine Brust. Der
Basketball fällt ihm aus der Hand und hüpft über das Pflaster.
»Wie meinst du das, Junge?«, flüstere ich ihm ins Ohr.

Seine Antwort besteht zur einen Hälfte aus Schluchzen,
zur anderen aus Worten. »Mama ist nicht mehr nach Hause

gekommen, und Mr. Vern klopft ständig an unsere Tür und sagt, wir müssen bezahlen oder gehen, also hab ich mich versteckt, damit er mich nicht sieht.« Trevor erklärt, er habe gewettet, um Geld für die Miete einzunehmen, habe dann aber alles davon für das Mittagessen in der Schule ausgegeben, von dem er einen Teil heimlich eingepackt habe, um ihn sich fürs Abendessen aufzusparen. Seine Brust hebt und senkt sich mit seinen tiefen Schluchzern, und ich umfasse ihn noch fester, so fest, dass ich mich frage, ob ich ihm wohl das Blut abgeschnürt habe, als er zu zittern aufhört und seinen Körper schwer gegen meinen lehnt. Sein Gesicht ist eingesunken, und er lässt sich von mir in seine Wohnung führen, wo ich ihn auf der Matratze zurücklasse, auf der er aussieht, als würde er gleich entweder einschlafen oder erneut in Tränen ausbrechen.

Die flüchtigen Momente verfestigen sich in meiner Brust wie ein Fotoalbum im Körper. Trevor und ich in der Hitze zerfließend, springend, stets ganz nah am Himmel. Alé und ihr Weed, dieses rasche Lächeln, Sonntagsschuhe, Beerdigungstag. In diesen Augenblicken vergesse ich, dass mein Körper eine Währung ist, und es ergibt überhaupt keinen Sinn mehr, weshalb ich all die Dinge von letzter Nacht getan habe. Trevors Körper, der sich mit Luft füllt und wieder leert, erinnert mich daran, wie heilig es ist, jung zu sein. An jene Momente, in denen ich nichts anderes will, als dass meine Mama mir ein Schlaflied vorsummt, an das ich mich allein im Traumland erinnern werde.

Marcus arbeitet seit einer Woche im Stripklub und hat mir mitgeteilt, wenn ich heute Abend vorbeikäme, würde er den Koch dazu bringen, mir etwas zu essen zu machen. Ich betrete den Klub, der nun anders aussieht als bei meinem ersten Besuch, öliger und weniger dunkel, als hätten die Glühbirnen endlich begonnen richtig zu leuchten. Als Marcus mich sieht, kommt er hinter der Bar hervor, um mich zu umarmen, und drückt meinen Kopf an seine Brust, wie er es tat, als ich noch jünger war.

»Setz dich, Ki.« Marcus kehrt auf seine Seite der Bar zurück, und ich setze mich auf denselben Hocker wie beim letzten Mal und lasse meinen Blick durch den Raum schweifen, um sicherzugehen, dass Pünktchen nicht da ist. Das ist er nicht, aber die Erinnerung hängt noch immer an der Stelle, an der er saß, und mir dreht sich der Magen um. Der Klub ist gefüllt mit seinem Feierabendpublikum, alle sitzen, und die Musik ist noch leise und funky.

Es ist interessant, Marcus beim Arbeiten zuzusehen, während sein schwarzes Shirt sich an seine Muskeln schmiegt, so viel passiver, als ich es gewohnt bin. Ich wusste noch nicht einmal, dass er so anders sprechen und sogar seinen Gang steif und bewusst formen kann. Marcus erklärt mir, meine Pommes kämen gleich, dann schenkt er mir ein Club Soda ein, bevor er die Bestellung eines neuen Gasts aufnimmt.

Nach etwa zehn Minuten kommt Lacy aus der Küche und bringt mir meinen Teller Pommes.

»Hab gehört, die sind für dich«, sagt sie und stellt sie vor mich.

»Danke.« Ich lächele. »Nicht nur für die Pommes, sondern auch für deine Hilfe.«

Lacy nickt. »Ist doch egal, wie die Sache mit Marcus geendet hat. Ihr beide gehört zur Familie.«

Sie zieht ihren Block hervor, um die Bestellung einer jungen Frau am anderen Ende der Bar entgegenzunehmen. Marcus kehrt hinter die Bar zurück und klaut sich ein paar von meinen Fritten.

»Du wirkst glücklich«, stelle ich fest.

»Ist okay hier.« Marcus zuckt die Achseln. »Wäre zwar lieber im Studio, aber das hier ist auch gar nicht so übel.«

Sowohl Marcus als auch Lacy drehen weiter ihre Runden, kreisen von der Küche zur Bar und zu den einzelnen Tischen, wobei sie stets meisterhaft zehn Dinge auf einmal in zwei Händen balancieren. Marcus bringt mir eine Art von Jalapeño-Poppers, und ich bin so eingenommen vom Geschmack des Essens, dass mir fast Marcus' leichtes Zittern entgeht, als er an einem Tisch vor der Bühne steht, von dem aus zwei Männer in Anzügen zu ihm aufstarren und versuchen, ihm einen Teller mit Chickenwings darauf zurückzugeben. Marcus schüttelt den Kopf, nimmt den Teller entgegen und kehrt mit geschmeidigen, dramatischen Schritten an die Bar zurück, wo Lacy gerade einem Pärchen Drinks einschenkt.

Marcus knallt den Teller auf die Bar und knurrt: »Diese Scheißkerle wollen mir erzählen, ich hätte keine Ahnung, wovon ich rede.« Er schreitet auf und ab, und sein Gemurmel wird immer lauter, bis er mit seinem Gebrüll den ganzen Klub zum Verstummen bringt.

Lacy versucht seinen Arm zu ergreifen. »Scheiße, was soll das?«

Marcus schubst sie weg.

»Hör auf, Marcus«, sage ich, und er sieht mich an, sein wütendes Knurren deutlich sichtbar auf seinen Lippen. Er spuckt auf den Fußboden.

»Ich muss mich von niemandem herumkommandieren lassen.« Marcus schnappt sich den Teller mit den Chickenwings und läuft erneut um die Bar herum, um ihn vor die Männer im Anzug auf den Tisch zu knallen. Wings und Sauce fliegen durch die Gegend. Marcus dreht sich im Kreis, breitet die Arme weit aus und brüllt erneut: »Ihr ganzen Scheißkerle werdet meinen Namen schon bald kennen. Ich bin Marcus *motherfucking* Johnson, und ich werd euch einen Scheiß servieren, *nah*.« Er schüttelt den Kopf heftiger als nötig, ehe er schnurstracks aus der Tür marschiert, ohne mich auch nur zu fragen, ob ich mitkommen will.

*

Nach Hause zu gehen fühlt sich heute Abend an, als befände ich mich unter Wasser. Als wäre alles zäh und kalt und im Fluss, während ich kaum einen Straßenblock vom nächsten unterscheiden kann. So wie das Meer einen leuchten lässt, bis einem einfällt, dass das Leuchten eigentlich nur eine Spiegelung der eigenen Haut ist, und die Finger ganz verschrumpelt sind. So fühlen sich die Straßen heute Abend an, als ich ganz allein bin.

Ich hätte wissen müssen, dass Marcus es nicht lange aushalten würde. Wahrscheinlich hat er nicht einmal genug verdient, um davon Lebensmittel einzukaufen, aber ich bin weniger wütend darüber, dass er sich nicht wie ein erwachsener Mann verhalten kann, als darüber, dass ich dachte, er würde es tatsächlich versuchen. Ich glaube, dass er es wollte, und ich glaube auch, dass dieser Wunsch vor allem mit mir zusammenhing, aber Marcus hat noch nicht herausgefunden, wie er seine Wut unterdrücken kann, um einen Job zu erledigen. Ich kann es ihm nicht mal verübeln. Er hat Jahre damit verbracht, jedes Gefühl in sich hineinzufressen, um sich um uns zu kümmern, aber seit er erfahren hat, dass Onkel Ty groß rausgekommen ist, kann er seine Ausbrüche nicht mehr kontrollieren. Er begreift nicht, dass uns der Luxus, Scheiße zu bauen, nicht vergönnt ist, nicht jetzt.

Ich hatte mich bei Lacy entschuldigt und den Bus nach Hause genommen. Die Wohnung war leer, und ich zog mich rasch um und textete meiner kleinen Liste an Männern, um zu sehen, wer heute bereit wäre zu zahlen. Ich versicherte mir, dass ich mich gleich morgen nach neuen Stellenausschreibungen umsehen würde, aber es für den Moment eben nicht anders ginge, dass wir nur so überleben können. Es ist nicht so, als hätte ich keine Angst. Die habe ich. Aber ich weiß, dass wir noch so viel mehr verlieren werden, wenn ich uns nicht über Wasser halte, dass Trevor mit einem Mal niemanden mehr haben wird, der dafür sorgt, dass er etwas zu essen bekommt, und Marcus kein Sofa mehr, auf dem er schlafen kann, während ich meinem eigenen Beerdigungstag näher sein werde als je zuvor.

Einer von Davons Freunden holte mich gegen acht Uhr abends ab und parkte seinen Wagen in einer Seitenstraße. Er klappte den Beifahrersitz nach hinten, sodass wir in der Horizontale waren, und wollte, dass ich mich auf ihn lege. Die Fenster beschlugen von unserer Körperwärme gerade so sehr, dass die Lichter der vorbeibrausenden Sirenen durch den Dunst schienen und dadurch irgendwie noch heller wirkten. Ich erstarrte in der Bewegung, als könnte ich sie so davon abhalten, mich zu sehen, aus ihrem Polizeiwagen zu steigen und gegen die Scheiben zu klopfen. Ich kenne die Geschichten darüber, was passiert, wenn die blauen Anzüge jemanden wie mich dabei erwischen, etwas wie das hier zu tun. Der Mann unter mir fragte mich, weshalb ich aufgehört hätte, und ich gab keine Antwort, da ich noch immer darauf wartete, dass ein Cop ausstieg und seine Taschenlampe anmachte, um mich damit zu blenden.

Die Sirenen verhallten jedoch in der Nacht, und niemand klopfte ans Fenster, aber ich bekam das Bild davon, wie sie meine Handgelenke mit Kabelbindern fesseln und mich auf den Rücksitz ihres Wagens schubsen würden, nicht aus dem Kopf, also stieg ich von dem Mann, der einen Wutanfall bekam und mich als Schlampe beschimpfte, und da ich dachte, er würde mich gleich schlagen, machte ich die Autotür auf und floh. Die Straßenlaternen kommen mir nun vor wie

Scheinwerfer, und ich habe das Gefühl, verfolgt zu werden, auch wenn ich weiß, dass das Meer einen alle möglichen Dinge glauben lässt, wenn es einen ausfüllt, und heute bin ich am Überlaufen.

Ein Teil von mir hofft, Alé wäre so spät noch unterwegs und würde mir zufällig begegnen, mich auf der Straße einsammeln und mit nach Hause nehmen. Ich will nicht, dass sie mich so sieht, und wahrscheinlich würde sie mir nicht einmal in die Augen blicken, aber zumindest würde sie mich irgendwohin bringen, wo ich sicher wäre. Zumindest wären ihre Arme warm. Aber Alé wird mich nicht finden, und da ich nicht mehr ans Telefon gegangen bin, wenn sie anrief, würde sie es wahrscheinlich auch gar nicht wollen.

Alé hat schon immer groß geträumt und bescheiden gelebt.

Ich lernte Alé kennen, als ich Marcus einmal zum Skatepark gefolgt war und dort nur noch Augen für sie hatte. Marcus und sie hingen auch zusammen ab, bis Marcus in die Highschool kam und Alé plötzlich zu jung war, um mit ihm befreundet zu sein. Bereits in der Mittelschule wies sie auf die Handlungslücken in jedem Film hin und hinterfragte all ihre Lehrerinnen und Lehrer, dachte über diese Stadt hinaus, während sie so vollständig in ihr lebte wie niemand sonst von uns. Alés Abschluss war der atemberaubendste und zugleich niederschmetterndste Tag in meinem Leben, da ich ihr dabei zusah, wie sie etwas tat, wozu Marcus und ich nicht die Fähigkeit oder auch den Mut besessen hatten. Während des gesamten letzten Jahres wartete ich darauf, dass sie mir mitteilte, auf welches College sie gehen würde, und machte mich auf ihren Weggang gefasst, aber in der Mitte ihres letzten Schuljahrs erlitt ihre Mutter einen kleinen Schlaganfall, und ich denke, das brachte Alé zum Stillstand und ließ sie hierbleiben, auch wenn es wahrscheinlich anders besser gewesen wäre.

Alé ist nicht unglücklich, aber ich weiß, dass sie noch immer träumt. Sie denkt immer an andere Leute, wie viele von uns auf der Strecke bleiben. Sie versorgt heimlich Familien, die zu Hause nichts zu essen haben, lässt sie zum Hintereingang der Taquería herein und gibt ihnen Tüten voller Essen mit, das sie mit ihren eigenen Händen zubereitet hat. Ich weiß, dass sie noch mehr tun möchte, dass sie ihr Skateboard nehmen und raus auf die Straße möchte, um wieder heil zu machen, was sie bei mir und ihrer Schwester nicht geschafft hat.

Alés Schwester verschwand, als sie zwölf war. Clara war zwei Jahre älter als Alé und gerade auf die Castlemont Highschool gekommen. Alé meint, ihre Schwester habe sich in jenen ersten Schulmonaten verändert, bis Clara eines Tages im November nicht zu ihrer Nachmittagsschicht im La Casa auftauchte. Die Familie rief die Polizei, die nicht viel tat, außer ein paar grundlegende Informationen einzuholen und Clara in irgendeine Datenbank einzutragen. Keine Nachrichtenmeldung, kein AMBER-Alarm, nur eine Polizistin, die versprach, ihren Job zu machen.

Zwei Tage nach Claras Verschwinden fertigte ihre Mama Plakate an, die Alé und ich auf Facebook und Myspace hochluden, ehe wir durch die Stadt fuhren, um sie an Pfosten und Stoppschilder zu kleben. Jene ersten Wochen nach Claras Verschwinden fühlten sich an, als wäre aller Sauerstoff aus der Stadt entwichen, als gäbe es nicht mehr genügend Raum zum Atmen für uns und als warteten wir auf unseren nächsten Zug. Im Laufe der Monate, in denen das Oakland Police Department weiterhin nichts zu Claras Fall zu sagen hatte, wurde uns langsam bewusst, dass sie fort war, und das bedeutete mehr, als dass sie tot war, denn in dieser Stadt ist es ebenso wahrscheinlich, dass sie entführt wurde und nun irgendwo da draußen durch die Straßen läuft, wie ich es gerade tue.

Vielleicht ergibt es keinen Sinn, dass ich für heute aufgebe, obwohl ich Geld verdienen muss und es noch früh ist. Aber die Dinge, die der Körper am dringendsten braucht, ergeben selten Sinn, also lasse ich meinen Körper vom Wind auf einen Weg wehen, der mich direkt zurück zur High Street führt, direkt zurück zum Royal-Hi. Manchmal halte ich beim Laufen Ausschau nach Clara, versuche in den Schatten dieser Straßen einen Blick auf sie zu erhaschen. Ich versichere mir, ich sei ganz und gar nicht wie sie, da dies meine eigene Entscheidung ist und ich alt genug bin und mich klug verhalte. Langsam frage ich mich, ob ich überhaupt etwas davon glaube.

Ich drücke das Tor auf und werde vom Pool begrüßt, als wäre er mir nicht die Straßen hoch und runter gefolgt: dasselbe Blau, dasselbe Leuchten. Die Treppe erscheint auf diesen Absätzen riesig und endlos, und jeder Schritt lässt meine Knöchel knacken, als versuchten die Gelenke den Anstieg irgendwie zu umgehen. Auf dem Treppenabsatz angekommen, eile ich weder auf meine Wohnung noch auf Trevors zu. Stattdessen gehe ich langsam und nah genug an den Türen vorbei, um die gedämpften Laute zu hören, die mich dahinter rufen. Ein kreischendes Kind. Ein Strom aus Gelächter. Etwas, was wie die Standpauke vor dem Prügeln klingt. Ein Teekessel.

Als ich Trevors Tür erreicht habe, lausche ich erst gar nicht nach einem Geräusch, weil es keins gibt. Wie Trevor gesagt hat, ist Dee seit Wochen nicht zu Hause gewesen, und soweit ich weiß, schläft Trevor da drinnen oder mampft eine weitere Schüssel Cheerios.

An ihrer Tür hängt ein neuer Zettel: MIETE FÄLLIG INNERHALB VON 7 TAGEN, SONST DROHT RÄUMUNG. Vern hält es kurz und knackig und macht sich nicht einmal die Mühe zu unterschreiben. Ich gehe weiter auf meine Tür zu, auf den gleichen Zettel, den ich vom Wind nach oben wehen lasse, als die Tür hinter mir ins Schloss fällt. Ich werfe meine High Heels durchs Zimmer und lasse mich neben den schlafenden Marcus aufs Sofa sinken.

Marcus wacht auf, blinzelt und gähnt, sodass die schwache Spur der Tinte unter seinem Ohr sich kräuselt. »Alles okay?«

Ich rühre mich nicht, halte die Luft an und blicke auf meine Schenkel hinunter, und ein Teil von mir wünscht sich, dass er mich fragt, wo ich war. »Nein.«

Er bewegt sich nicht aus seiner krummen Haltung. »Wird alles wieder gut.«

»Nein.«

Er verlagert sein Gewicht auf dem Sofa. »Hör zu, es tut mir leid, okay? Ich weiß auch nicht, wie man das hier macht, Ki. Aber ich habe Vertrauen. Schlaf einfach.« Er dreht sich um, presst sein Gesicht gegen das Rückenpolster.

Ich stehe auf und verschwinde im Badezimmer.

An meinem sechzehnten Geburtstag erklärte Marcus, er habe eine Überraschung für mich. Wir saßen auf demselben Flecken Teppich hinter dem Sofa, der Stelle, an der wir seit Mamas Verschwinden die meiste Zeit zusammen verbrachten, und aßen meinen Kuchen mit Plastikgabeln aus der Verpackung. Wenn er gerade nicht arbeitete, machte Marcus immer irgendwelchen Scheiß, aber er sagte, an meinem Geburtstag sei er nur für mich da, und er hielt sein Versprechen. Es war, bevor ich die Schule abbrach, ich übernahm einige kurze Schichten bei Bottle Caps, und Marcus arbeitete bei Panda Express. Gemeinsam kamen wir über die Runden, bis Marcus Cole traf und Onkel Tys Album erschien und Marcus alle Bemühungen fallen ließ.

»Was ist es?« Als Marcus mir sagte, er habe eine Überraschung für mich, ging ich davon aus, ich würde nichts außer seiner Gesellschaft bekommen, die sowieso das Einzige war, was ich mir wünschte.

Er grinste über das ganze Gesicht, und ich konnte seine Silberkrone besser erkennen als an jenem Tag, an dem er sie bekommen und den Mund stolz aufgerissen hatte, um sie mir zu zeigen. Er erhob sich vom Fußboden und ging aus dem Zimmer, in Richtung Bad. Das hatte er seit Jahren nicht mehr getan, und ich dachte, ich sollte ihn vielleicht begleiten, sollte seine Hand halten, damit er keine Panik bekam, wenn er Bilder von Wasser, das auf den Fußboden lief, vor sich aufblitzen sah. Ich blieb jedoch, wo ich war, und er kehrte eine Minute später mit einer Nadel in der Hand zu mir zurück.

»Soll ich dir jetzt deine Hose nähen, oder was?«

»Nee, ich werd dir ein Ohrloch stechen.«

»Bitte?«

»Du hast doch immer gesagt, dass du dir Ohrlöcher wünschst. Ich hab kein Geld, um dich dafür irgendwohin zu bringen, aber ich hab mir Videos darüber angeschaut und sogar Lacy dazu gebracht, mir die hier zu geben.« Er griff nach seiner Jacke, die über dem Sofa hing, und zog einen Beutel heraus, den er über seiner Hand ausschüttete. Zwei blattförmige Ohrstecker fielen darauf.

»Dein Ernst?«

Sein Lächeln wurde nur noch breiter. »Ja, verdammt, das ist mein Ernst. Bereit?«

Ich setzte mich auf den Teppich, und Marcus kniete sich neben mich, eine Schüssel Eis und ein Stück Apfel zur Hand.

»Sicher, dass diese Nadel sauber ist?« Ich hatte mir noch nie einen Teil meines Körpers piercen lassen, hatte Mama zwar jahrelang angebettelt, aber sie hatte sich geweigert. »Wird es wehtun?«

Marcus winkte ab. »Ich hab sie sauber gemacht, hör mit den bescheuerten Fragen auf.«

Er stand auf und ging in die Küche, wo er die Flamme am Herd anzündete und die Nadel ins Feuer hielt, ehe er zu mir zurückkehrte und meinen Kopf in seine Richtung neigte. »Was hab ich gesagt, Ki? Ich kümmere mich um dich.« Er hielt meinen Blick fest, und es war, als wäre ich wieder neun und würde ihm zwischen die Bäume am See folgen und dabei zusehen, wie seine Freunde und er eine Bong anzündeten, wie er inhalierte, als hätte ein Teil von ihm schon immer gewusst, wie das geht. Wenn man Marcus beobachtet, hat man den Wunsch, sich ihm anzuschließen und ihm überallhin zu folgen.

»Leg los.« Ich kniff die Augen zusammen und krallte meine Fingernägel in seine Schulter, während er den Apfel hinter mein Ohrläppchen schob.

»Okay. Ich zähl von drei runter.«

Bei drei umklammerte ich seine Schulter fester, bei zwei noch mehr, und bei eins schrie ich, obwohl er mich angelogen und die Nadel schon bei zwei durch meine Haut gestochen hatte. Es war nicht mehr als ein Zwicken. Er zog die Nadel heraus und schob einen Eiswürfel hinter mein Ohr, während er mit dem Stecker kämpfte, ihn schließlich in das Loch bekam und die Rückseite daraufsetzte. Er zog eine Pfanne unter dem Herd hervor und hielt sie vor mich, damit ich darin mein Ohr betrachten konnte, rot und angeschwollen, mit diesem winzig kleinen Blatt in der Mitte. Ich blickte strahlend zu ihm auf. Es war perfekt.

»Bereit für das andere?«

Ich nickte, und als ich mich umsetzte, um ihm mein anderes Ohr entgegenzustrecken, erwischte ich Marcus dabei, wie er durch das Zimmer auf den kleinen Tisch zwischen der Küche und der Tür blickte, wo das einzige Familienfoto der Johnsons unberührt stand, Mama in der Mitte mit den Armen um uns alle. Daddy stand da mit seinen leuchtenden Zähnen, als wollte er sich gleich ein Saxofon schnappen und eine neue Melodie hineinblasen. Ich hatte Marcus seit Monaten nicht mehr so sanft und klein gesehen, und irgendetwas daran erleichterte mich.

Aber diesmal zählte er nicht, und statt jenes kleinen Kneifens zerriss ein fürchterliches Brennen mein Ohr, gefolgt von einem steten warmen Tröpfeln, das meinen Hals herunterfloss, und Marcus' geflüstertem *fuck*. Ich schrie nicht, sondern starrte ihn nur an, wie er die blutige Nadel in der Hand hielt. Auf dem Teppich ist noch immer eine Spur aus Blutflecken zu sehen, und mein Ohrläppchen hat noch immer eine dünne Narbe, von der nur Marcus weiß, dass er sie zu verantworten hat. Ein paar Tage später durchstach Alé das Ohr ganz langsam und sorgfältig.

In den fünf Tagen nach meinem Geburtstag brachte Marcus mir jeden Abend ein gefaltetes Blatt aus einem Notizblock mit seinen neuen Texten mit. Darin ging es nicht um mich oder so, aber sein Gefühl wurde deutlich. Über ein Jahr nachdem er die Verantwortung für mich übernommen hatte, gab er sich noch immer Mühe, zumindest genügend, um überhaupt irgendwelche Worte für mich zu haben. Manchmal taucht heute noch kurz jener Bruder auf, der alles tun würde, um meinen Schmerz ungeschehen zu machen, wie etwa, als er sagte, er werde für mich nach einem Job suchen, aber er wird mir immer fremder.

Ich starre auf die ungenutzte Badewanne, in deren Ecken sich Schimmel gebildet hat. Als Nächstes halte ich mein Telefon ans Ohr, als wäre ich wirklich bereit für eine Antwort. Als die Nachtschwester abhebt, muss ich nicht mal darum betteln, mit Mama sprechen zu dürfen, da gerade anscheinend ihre »freie Stunde« ist, und kurz darauf habe ich sie in der Leitung. Alles Blut scheint aus meinem Körper gesogen zu werden, gemeinsam mit allem anderen, und sich in nichts aufzulösen.

Auch wenn jede andere Erinnerung zerfällt, vergisst man nie die Stimme seiner Mama. Ihre ist rau, auf diese Cassandra-Wilson-Art tief, und umschlingt meine Taille, hält mich fest.

Ich sage: »Mama?«

Ohne Zögern antwortet sie: »Hi, Baby«, und es fühlt sich an, als würde Gott aus ihrer Kehle klettern. Als würde jede Angst verschwinden.

»Ich brauche dich, Mama.« Meine Stimme ist ein Murmeln, und ich frage mich, ob sie mich überhaupt hören kann.

Mama hustet. »Was brauchst du, Kind?« Diese raue Stimme ist erfüllt von ihrem Stolz, und ich weiß, dass mein Anruf all ihre Hoffnungen befriedigt hat.

»Ich weiß nicht, was ich hier draußen tue.«

»Kenne niemanden, der das weiß.« Mama schweigt einen Augenblick. Ich denke, ich sollte vielleicht noch etwas sagen. Oder einfach auflegen und vergessen, dass ich sie überhaupt angerufen habe. Dann erklingt ihre Stimme erneut, und ich lasse mich in sie hineinsinken. »Ich hab an dich gedacht. Hab letzte Woche einer der Frauen hier drinnen erzählt, wie du immer diese Bilder für mich gemalt hast, weißt du noch? Die immer dieselbe verdammte Farbe hatten, und ich meinte zu dir, die müssen in deiner Schule doch mehr als nur einen roten Filzstift haben, aber du hast immer geantwortet, du würdest das Rot mögen.«

»Jaa.« Ich kann mich kaum noch an die eigentlichen Bilder erinnern, aber ich weiß noch, wie meine Lehrerin die roten Filzstifte vor mir versteckte, damit ich nicht noch mehr davon anfertigte, und wie ich eins der anderen Kinder dazu bringen musste, mir seinen zu geben, im Austausch für irgendetwas, woran ich mich auch nicht mehr erinnere.

»Kümmert dein Bruder sich gut um dich?«, fragt Mama.

»Er hat heute seinen Job geschmissen.«

»Wieso besorgst du dir dann keinen? Ich weiß, dass ich kein unfähiges Kind erzogen habe.« Mama wagt es, ihre Stimme in jene Oktave zu erheben, die sie jedes Mal vor einer Predigt verwendet.

»So einfach ist das nicht«, erwidere ich. »Ich hab einen Job, aber der bringt nicht viel ein, und unsere Miete wird erhöht.«

Mama lacht.

»Was?«

Sie klingt viel zu fröhlich. »Es ergibt jetzt einfach mehr Sinn, wieso mein Mädchen plötzlich beschlossen hat, mich zum ersten Mal anzurufen. Baby braucht Geld.«

»Ich bin nicht blöd, ich weiß, dass du kein Geld hast«, fauche ich sie an.

»Heißt nicht, dass ich keine Leute kenne, die welches haben.«

Ich lache verächtlich. »Ich will kein Geld von einer deiner Knastfreundinnen.«

»Du weißt, dass dein Onkel Geld hat.«

»Ich weiß auch, dass er im selben Augenblick verschwunden ist wie du.«

»Ich hab immer noch seine Nummer«, antwortet sie, und ich kann das auf ihr Gesicht getackerte Grinsen spüren. »Familie beschützt sich gegenseitig, oder nicht?«

Ironisch, wie sie weiter Familienwerte predigt, als hätte

sie diese Familie nicht selbst zerstört. Unsere Familie begann und endete mit Mama, mit derselben Stimme, die mir nun erklärt, wie wir uns gegenseitig beschützen, obwohl sie selbst dazu nie in der Lage war. Manchmal fühlt es sich an, als wäre Daddy der Einzige gewesen, den sie je geliebt hat.

An ihrer Liebesgeschichte war nichts zufällig.

Dafür, dass sie so sehr fokussiert auf das Schicksal und Gottes Plan war, wusste Mama sich stets in alles einzumischen und Dinge ins Rollen zu bringen. Daddy war 1977 gerade den Panthers beigetreten, mit neunzehn etwas spät dazugestoßen und mit der Revolution noch in der Flitterwochenphase, sodass er »Genossin« oder »Genosse« in jedem Satz verwendete und sogar bei dreißig Grad im Schatten noch Schwarz trug. Hauptsächlich verkaufte er die Parteizeitung und half im Büro, aber er ergriff auch jede sich ihm bietende Gelegenheit zur Aktion.

An der Ecke der 7th Street in West Oakland war ein Kampf ausgebrochen. Daddy war mit ein paar Freundinnen und Freunden auf dem Weg zur Arbeit, Gewehre geschultert und Barette auf dem Kopf. In Leder gehüllt. Daddy beschrieb es immer als einen Angriff, die Cops kamen einfach herangeschlendert und fingen an sie zu beschimpfen. Bald darauf saß Daddy mit Handschellen auf dem Rücksitz eines Polizeiwagens, beschuldigt des Widerstands gegen seine Festnahme.

Daddy sagte, sein Freund Willie sei derjenige gewesen, der angefangen habe, der einen Brief über Daddy und seinen Fall geschrieben und ihn an jede Ortsgruppe der Panthers im ganzen Land geschickt habe. Der alle von ihnen in allen

Städten auf die Straße holte, wo sie Schilder hochhielten und Fäuste ballten. Auch wenn er es nie sagte, glaube ich, Daddy war stolz auf seine Verhaftung, darauf, dass die rechte Hand von Elaine Brown seinen Namen aussprach und ihn im Gefängnis besuchte.

In jenem Sommer lebte Mama bei ihrer Cousine in Boston. Ihre Cousine Loretta sagte, sie habe ein paar Dinge in Kalifornien zu erledigen, und meine dreizehnjährige Mama kam einfach mit. In den Straßen Oaklands sah Mama dann Daddys Gesicht auf Schildern und Plakaten in der ganzen Stadt. Sagte, er sehe aus, wie die Bayous in Louisiana schmeckten: gehaltvoll und überwuchert, die Haut wie ein ganzer sumpfiger Fluss. Und jenes dürre, vorpubertäre Mädchen behauptete, sie werde diesen Mann zu ihrem machen, damit er ihr zeige, wo in Oakland das Wasser fließt.

Nachdem die *New York Times* die Geschichte aufgegriffen hatte, beschloss das Oakland Police Department, keine Anklage zu erheben, und Daddy wurde zwei Wochen nach seiner Festnahme wieder freigelassen. Ein paar Panthers schmissen für ihn auf der Straße eine Entlassungsparty, danach grillten sie in einem Park in West Oakland. Es war Mamas letzter Tag in der Stadt, und sie flehte ihre Cousine an, mit ihr dorthin zu gehen.

Mama marschierte direkt auf Daddy zu und sagte: *Hi. Ich bin Cheyenne und freue mich, dich kennenzulernen.*

Daddy schenkte ihr keine Beachtung, aber Mama beobachtete ihn den ganzen Tag. Beobachtete, wie er beim Lachen die Arme ausbreitete. Beobachtete, wie er mit seinem perfekt ovalen Mund sang. Beobachtete, wie er mit einer Frau tanzte, die doppelt so alt war wie sie, als der Jazz erklang.

Mama machte es nichts aus zu warten. Sie kehrte nach Louisiana zurück, arbeitete fast zehn Jahre lang in einem Krankenhaus, wo sie Anrufe beantwortete, und sparte genug Geld, um nach Oakland zu ziehen. Dann ging Mama auf die Suche nach Daddy, zwölf Jahre nachdem sie ihn in dem Park zum ersten Mal getroffen hatte. Sie fand ihn schließlich in einem kleinen Pub in einer Seitenstraße des MacArthur Boulevard, wo er als Barkeeper arbeitete. Das war 1989, als Downtown voller Crackheads und verlassener Gebäude und Cops war, die es noch immer auf Daddy abgesehen hatten, was zu seiner späteren Verhaftung führte.

Mama wusste, dass sie auf eine Weise schön war, als wäre sie gerade aus einem Gemälde gestiegen. Ihre Haare waren zu einem Irokesen gestylt, als wäre sie gerade einem Musikvideo von Whitney Houston entsprungen, und sie nahm mit ihren langen Beinen stets große, anmutige Schritte. Als Mama loszog, um sich in Daddy zu verlieben, trug sie rote Hosen mit weitem Bein, die sie später noch behielt, als sie bereits auseinanderfielen. Als Mama damals auf ihn zuschritt, war er so in den Bann geschlagen, dass er beinahe eine Whiskeyflasche fallen ließ. Nicht aufgrund ihres Aussehens, sondern aufgrund ihrer Existenz. Mama war wie eine aus einem Samen gewachsene Frau, bestand aus geschwungenen Armen und Früchten und Brüsten, allem, was unwiderstehlich war. Daddy wollte die Arme um ihren Stamm schlingen, und Mama wusste, dass er es tun würde.

Eine koordinierte Liebe ist fast noch kostbarer als eine

natürliche, da es schwerer ist, etwas aufzugeben, woran man so lange gearbeitet hat.

Mama heiratete Daddy, und als Marcus geboren wurde, zogen sie ins Royal-Hi. Wenn Mama Daddy anschaute, sah sie Plakate mit dem Gesicht eines leuchtenden Jungen. Sie sah nie, wie Daddy sich im Winter verdüsterte oder wie er eher einen Dollarschein sparte, bevor er ein Familienfoto rettete. Ich sah immer nur Daddy und seine Musik: tanzend in der Küche. Als ich zwischen sechs und neun Jahre alt war, saß Daddy in einer Zelle in San Quentin, und ich erinnere mich kaum an eine Zeit, in der er nicht dort war. Marcus geht es allerdings anders. Er bekam jedes Mal einen Wutanfall, wenn Daddy ihn nach dem Gefängnis anfassen wollte. Mama sagte stets zu ihm: *Hast Glück, dass dein Daddy rausgekommen ist, bevor dir auch nur ein Haar im Gesicht gewachsen ist.*

Und sie hatte recht: Wir hatten Glück, dass alle Daddys Namen kannten, bis wir eines Tages kein Glück mehr hatten und Mamas Stamm zersplitterte.

»Du würdest mir wirklich Onkel Tys Nummer geben?«, frage ich sie.

Am anderen Ende der Leitung hustet Mama erneut. »Klar würd ich das. Ich will nur, dass meine Babys mich erst mal hier besuchen kommen.« Sie spricht es aus, und es bleibt in meinem Magen kleben, wie Mama aus allem einen Deal machen muss.

»Mama, wir versuchen nicht noch mal, dich rauszukriegen. Ich kann nichts machen, selbst wenn ich es wollte. Du bist jetzt in der Resozialisierung, darüber solltest du dich freuen. Und du weißt, dass Marcus dich nirgendwo besuchen wird.«

Meine Zähne knirschen, und ich habe keine Ahnung, weshalb sie mich immer wieder dazu bringt, es auszusprechen und all jene Teile von mir auszulöschen, die nichts anderes wollen, als dass sie mich im Arm hält und summt.

»Du musst mit ihm reden, Kiara, wirklich mit ihm reden. Ich weiß, dass du es kaum versucht hast, und das ist schon okay, Baby, ich will nur, dass ihr herkommt. Gib mir eine Stunde, dann kriegst du jeden Scheiß von deinem Onkel. Samstagmorgen ist hier Besuchszeit. Ich weiß, dass ich meine Babys dann hier sehen werde. Ihr werdet da sein.«

Mama wiederholt es immer wieder und redet unablässig von all den Dingen, die wir gemeinsam tun werden. Ich sage nichts mehr, denn ihre Stimme ist hier und atmet in mich hinein. Ich setze mich auf den Kachelfußboden, schließe die Augen, lehne mich an die Wand und lasse das Telefon ihre Stimme direkt zu mir senden, lasse mich von der Hitze davonschmelzen. Irgendwann hängt Mama auf, irgendwann geht das Licht aus, und irgendwann schlafe ich ein. Die Nacht wird zu einem Strom aus Mamas Stimme.

Die Busfahrt hinauf zu Mama ist laut. Die Fenster lassen sich nicht öffnen, und das gesamte Fahrzeug ist erfüllt von fiebrigem Lärm und Dreck und ziellosen Körpern. Ich wusste noch nicht einmal, dass es einen Bus nach Stockton gibt, aber ich habe ihn herausgesucht und heute Morgen den ersten genommen, der von Oakland aus durch Dublin direkt bis zu Mama führt. Beim Einsteigen wusste ich bereits, dass ich die nächsten Stunden nur darauf warten würde, wieder zu entkommen. Ich habe zwar einen Platz am Fenster ergattert, aber eine Frau mit drei Müllsäcken voller Kleidung hat beschlossen, sich neben mich zu setzen, und ich schwöre, diese Säcke riechen wie der Abschnitt von West Oakland direkt neben der Kläranlage.

Gestern bin ich auf der Suche nach Marcus ins Studio gegangen und habe ihn dort vorgefunden wie immer, irgendeinen Unsinn rappend. Ich flehte ihn an, mit mir zu Mama zu fahren, aber er weigerte sich wieder und wieder, wie viele Tränen mir auch übers Gesicht rannen, und meinte, er habe mir zuliebe bereits versucht, im Klub zu arbeiten, und brauche den Freiraum, um sein Album aufzunehmen.

Kurz nachdem ich Marcus zurückgelassen hatte, rief Alé

an und fragte mich, ob ich mir im Waschsalon um die Ecke mit ihr eine Maschine teilen wolle. Ich hatte Alé schon eine Weile nicht mehr gesehen, aber nach der Sache mit Marcus konnte ich mir nicht vorstellen, allein in der Wohnung auf den Einbruch der Nacht zu warten, also sagte ich zu. Als ich allerdings vorher nach Hause ging, um einen Kissenbezug mit meinen dreckigen Kleidungsstücken zu füllen, konnte ich nur welche von Marcus finden. Also nahm ich Marcus' Wäsche mit, um mich mit Alé zu treffen, und als ich sie in ihren Korb schüttete, sah sie mich an, als wäre gemeinsam mit den Kleidungsstücken ein blutiges Messer dort hineingefallen.

»Was?«

»Das sind nicht mal deine Sachen.«

Statt mich auszulachen oder zu kreischen oder zu einer der Frauen hinüberzugehen, die auf der Stuhlreihe der *Lavandería* saßen, und zu ihr zu sagen: *Sieh dir mal dieses Mädchen an, wäscht noch nicht mal ihre eigenen Sachen*, nahm Alé mich in den Arm. Trat einfach auf mich zu und hüllte mich in den feuchten Schweiß ihres Shirts.

Wir saßen nebeneinander und beobachteten, wie das Wasser über die Stoffe flutete, sie alle dunkler färbte und dann im Kreis drehte. Alé versuchte von mir zu erfahren, was los sei, wo ich gewesen sei, was mit unserer Miete sei, aber ich hielt den Blick starr auf den Seifenschaum gerichtet, der sich hinter dem Glas sammelte. Sie gab es auf und starrte mit mir, bis es Zeit wurde, die Ladung zu wechseln.

In Stockton steige ich aus dem Bus, und dort sieht es aus, als hätte die Wüste ihren Weg in den Norden Kaliforniens gefunden, was mich an jenen Tag oben in Marin County erinnert, als wir Daddy wiedersahen. Der Staub in der Luft gerät mir in die Augen, und ich hoffe, Mama hat noch genügend Herz übrig, um über Marcus' Abwesenheit hinwegzusehen.

An jenem Tag, an dem Daddy aus San Quentin entlassen wurde, lieh Mama sich Onkel Tys staubigen Honda und fuhr mit Marcus und mir nach Marin, um ihn abzuholen. Marcus hatte nicht mitkommen wollen. Mama drohte ihm mit allem, was ihr in den Sinn kam, bis er schließlich einwilligte, als sie sagte, sie werde ihm ansonsten verbieten, sich mit Onkel Ty zu treffen. Wir saßen auf der Rückbank des Wagens, während Mama vor uns auf dem Parkplatz neben den gleichförmigen cremefarbenen Industriegebäuden auf und ab ging. Ich sah zu, wie Marcus' in die Länge wachsende zwölfjährige Finger die Ritzen um den mittleren Sitz herum absuchten und Crackerkrümel, Weedreste und einen abgebrochenen Bleistift zutage förderten.

Daddy kam mit ausgebreiteten Armen aus dem Tor, die Hände zum Himmel geöffnet, die Zähne so strahlend weiß, dass ich glaubte, er müsse da drinnen Aufhellstreifen benutzt haben, aber Daddy meinte, Gott habe sie sauber gehalten, damit er für seine Babys hübsch aussehe. Sein Gesicht war so unvertraut, dass ich ihn nicht einmal erkannte, bis Marcus neben mir schnaubte und Mama über den Parkplatz in seine Richtung rannte. Sie rannte schnell, sprintete auf ihn zu, und er stolperte zurück, hielt sie jedoch um die Taille fest. Mama griff in seinen mit silbernen Strähnen durchzogenen kurzen Afro, und wir konnten noch auf die Entfernung sehen, wie sie zitterte.

Nach einer Weile kamen sie Hand in Hand auf uns zu. Mama bedeutete uns, aus dem Auto zu steigen, aber Marcus sagte, ich solle sitzen bleiben. Er ergriff meine Hand. Als die beiden in den Wagen kletterten, blickte Mama zu uns zurück, zog ihre Augenlider so weit auseinander, wie sie konnte, und sagte: »Ihr begrüßt jetzt euren Daddy.«

Ich piepste ein »Hi«, während Marcus neben mir stumm blieb und seinen Griff um meine Hand noch fester schloss, als hätte er Angst, ich würde ihm sonst entgleiten.

»Bereit, nach Hause zu fahren?« Mamas Stimme war voller Erleichterung, ihr Lächeln so breit, dass all ihre Zähne zum Vorschein kamen.

Daddy schüttelte den Kopf. »Nee, Baby, ich kann noch nicht wieder zurück nach drinnen. Lasst uns zum See fahren, ja? Was sagt ihr, Kinder?« Er blickte sich zu uns um, und auch wenn dieser fremde Mann sich noch immer nicht wie mein Vater anfühlte, weckte die Art, wie sein Gesicht sich öffnete und aufhellte, in mir den Wunsch, zu ihm zu gehören.

»Jaa, Mama, zum See!«, nickte ich.

Marcus schüttelte den Kopf, aber als Daddy ihn fragte, ob es für ihn in Ordnung sei, wenn wir zu einem Abenteuer aufbrächen, antwortete er: »Wo Ki hingeht, gehe auch ich hin«, und ich glaube, er hat bis heute nichts gesagt, das mir mehr das Gefühl gegeben hätte, etwas Besonderes zu sein.

Mama fuhr zurück nach Oakland und parkte in einer Seitenstraße in der Nähe der Grand Avenue. Als wir auf den See zuliefen, hörten wir schon die Geräusche. Daddy hatte den Arm um Mama gelegt und steuerte sie bereits auf die

Pergola zu, während Marcus und ich ihnen Hand in Hand folgten und die Trommeln unsere Ankunft untermalten.

Wir hätten wissen müssen, dass Daddy den Trommelkreis hören und sofort davon angezogen werden würde. Daddy schlenderte auf einen der Trommler zu und zog ihn in eine Umarmung, klopfte ihm auf den Rücken, beschwatzte ihn leise so lange, bis der Mann Daddy seine Trommel überreichte und dieser in den Rhythmus der Gruppe einfiel, als wäre er in ihn hineingeboren worden.

Daddy wusste immer, wie man in die Musik hineinfand, mit trommelnden Händen und sich in alle Richtungen neigendem Kinn. Dieser frisch freigelassene Mann wippte vor sich hin, als hätte er nicht gesehen, was er gesehen hatte. Mama stand ganz gerade und still, wiegte sich nur leicht, und ich konnte sehen, wie sie darauf wartete, dass etwas passierte. Wie sie darauf wartete, dass Daddy zusammenbrach. Aber das tat er nicht. Er schlug einfach weiter auf jene Trommel und grinste uns an. Irgendwann gab Daddy dem Mann sein Instrument zurück, ging hinüber zu Mama und flüsterte ihr etwas ins Ohr, bis sich endlich Mamas Mund weit öffnete und eine Melodie herauskam, als wäre sie soeben aus dem Käfig gelassen worden. Daddy trat einen Schritt zurück und begann zu klatschen, blickte alle Umstehenden an, als wollte er sagen: *Verdammt, das ist meine Frau, seht nur, wie sie singt.*

Als Nächstes traf Daddys Blick auf meinen, und er schritt direkt zu uns herüber, wo Marcus und ich mit verschränkten Händen zusahen.

»Mein kleines Mädchen kann doch tanzen, oder?« Er beugte sich hinunter und hielt mir eine Hand hin. Ich ergriff sie, aber Marcus' Zug an meinem anderen Arm hielt mich zurück. Ich blickte zu ihm auf, und er schüttelte den Kopf, also ließ ich Daddys Hand wieder los.

Daddy wandte sich an Marcus: »Ich höre, du hast selbst ein Talent, Sohn. Wie wär's, wenn du uns ein paar Reime hören lässt?«

Zuerst blickte Marcus ihn finster an. Daddy drehte sich um und rief dem Trommelkreis zu: »Bereit für ein paar Reime?« Die Antwort kam laut und einstimmig im Chor, während noch mehr Leute von der Straße unter die Pergola traten, ihre Körper im Tanz verdrehten und in die Musik einstimmten.

Marcus hatte noch nie erlebt, dass jemand ihm so unbedingt zuhören wollte, und ich konnte sehen, wie er sich das Lächeln verkneifen musste. Ich ließ seine Hand los, und er trat nach vorn und brach in Takte aus, die ich bereits millionenfach gehört hatte, wenn er dachte, wir würden schlafen, und sie im Badezimmer auswendig lernte. Daddy beatboxte für ihn, und die Trommler taumelten in seinen Rhythmus, der sich alle paar Verse zu ändern schien. Trotzdem applaudierte Daddy, als Marcus fertig war, und klopfte ihm auf den Rücken, und Marcus nickte und protestierte nicht, als Daddy mich auf seine Füße zog und mit mir Walzer tanzte. Ich glaube nicht, dass Marcus Daddy jemals vergeben hat, aber nach dieser Sache akzeptierte er ihn. Wir spazierten um den See, und als Daddy ihn fragte, wie es in der Schule laufe, antwortete Marcus.

Für mich gab es nichts, das Daddy hätte tun können, damit ich ihn hasste. Als er starb, dachte ich, dies sei womöglich eine Folge davon, dass ich es ihm nicht stärker verübelt und dem Karma nicht in die Hände gespielt hatte wie Marcus, damit die Welt ihn nicht hätte töten müssen, um das Gleichgewicht zwischen Gut und Böse zu halten. Das war, bevor ich lernte, dass das Leben einem keine Gründe für irgendetwas gibt, dass Väter manchmal verschwinden und kleine Mädchen ihren nächsten Geburtstag nicht mehr erleben und Mütter vergessen, Mütter zu sein.

*

Wann immer ich Oakland verlasse, vermisse ich die Bäume. Hier draußen in Stockton ist der graue Himmel hell. Das Licht sticht in meinen Augen, sticht wie meine Verbrennungen aus der Kindheit, als Alé mir *frijoles* machen wollte und die gesamte Schüssel kochender Bohnen direkt über mein Shirt verschüttete. Auf meinem Bauch sind bis heute feine Narben zu sehen, die Alé mit dem Finger nachzeichnet, wenn ich sie lasse. Manchmal fühlt es sich an, als versuchte sie noch immer, meine Verbrennungen und Verletzungen wiedergutzumachen.

Nach nur vier bis fünf Minuten Fußweg erreiche ich das Blooming-Hope-Rehabilitationszentrum. Der Name lässt seine Erscheinung nur noch ironischer wirken: All die Blumen davor verdorren, und das Gebäude sieht aus, als wäre es vor dreihundert Jahren erbaut und seitdem nicht mehr renoviert worden. Ich schwöre, dass das Dach kurz vorm Einsacken ist, und die Veranda könnte man ebenso gut als Gräberfeld bezeichnen, da sie mit Erde von sonst woher bedeckt ist. Dennoch sehe ich darauf beim Näherkommen eine Ansammlung von Menschen, die nicht breiter strahlen könnten. Vielleicht ist alles besser als eine Zelle.

Wenn man im Internet nach Blooming Hope sucht, liest man, es sei eine »Einrichtung, die die Wiedereingliederung gefährdeter Personen unterstützt«, aber eigentlich ist es nur ein gesetzlich vorgeschriebenes Rehabilitationszentrum, in dem die Wärterinnen und Wärter Jeans tragen und alle ihre eigenen Kleider sowie ihre eigenen Fußfesseln haben. Mama hat wahrscheinlich Glück, hier zu sein, insbesondere für das, was sie getan hat, aber ich komme trotzdem nicht darüber hinweg, wie tot dieser Ort sich anfühlt, ein Gefängnis ohne Gitter.

Als ich nahe genug bin, damit sie bemerken, dass ich eintreten will, verstummen die drei Personen und drehen sich zu mir um.

Der Mann, dessen Bart lang genug ist, um eine ganze Pfeife darin zu verstecken, nimmt seine Zigarette aus dem Mund und ruft mir zu: »Kommst du zu Besuch?«

Ich nicke und ducke mich unter dem wild wuchernden, ehemals wunderschön bepflanzten Eingangsbogen hindurch, der mittlerweile aus verfaulten Blättern und in alle Richtungen wachsenden Zweigen besteht. Ein paar Treppenstufen führen zu den dreien hinauf. Eine der Frauen ist klein, hat rotes Haar und Piercings entlang ihrer gesamten Unterlippe. Sie lächelt mir schwach zu. Die andere Frau hat Hände, die so groß sind, dass sie wahrscheinlich Trevors ganzen Basketball bedecken oder Shaunas Baby in nur einer Handfläche halten könnten. Sie passen nicht zum Rest ihres Körpers, der zwar nicht klein ist, aber auch nicht so groß, dass er die

Ausmaße ihrer Hände rechtfertigen würde. Sie trägt am gesamten Kopf Bantuknoten, und in jeden von ihnen ist unten eine einzelne Blume gesteckt.

Die Rothaarige ergreift als Nächstes das Wort: »Geh rein, das Besuchszimmer findest du dann auf der linken Seite.«

Ich nicke erneut, als hätte meine Kehle den Dienst quittiert: Sie ist verstopft von all der Luft und der Spur von Mamas Stimme und davon, wie allein ich mich hier ohne Marcus fühle.

Die Tür knarrt genauso, wie ich es erwartet habe. Häuser verraten all ihre Geheimnisse bereits an der Tür. Dees ist voller Kratzer. Meine hat nicht einmal mehr ein funktionierendes Schloss.

Sofort bin ich von Lautstärke umgeben. Aber nicht wie im Bus. Diesmal sind die Geräusche eine Harmonie aus Kreischen und Weinen und Lachen, das in unzusammenhängende Laute übergeht, und es sind zu viele Stimmen, um ein einzelnes Wort herauszuhören, aber ich weiß, dass dieses Zimmer aus Freude besteht. Wenn ich an Mama denke, empfinde ich alles, nur keine Freude.

Das Zimmer ist Chaos im Rohzustand: Körper an Körpern. Körper nebeneinander auf Sofas und Sesseln. Körper, die sich umarmen. Körper, die Kaffee schlürfen. Körper, die schluchzen und sich aneinanderklammern und lächeln. Ich sehe Mama zwar nicht, aber ich höre sie. »O bitte, Miranda.« Mamas Stimme ist dröhnend, aber ihr Lachen ist kühl, beinahe roboterhaft.

Ich gehe darauf zu, durch die verstreuten Menschen, deren Gliedmaßen vor meinen Augen auftauchen, aber niemals ihre Gesichter. Ihre Lippen verschwimmen mit ihren Nasen, und sie sind nur noch Körper. Körper an Körpern. Und Mama.

Mama sitzt auf einem grünen Sofa in der hinteren Ecke, die nackten Füße auf einem Beistelltisch ruhend, den Kopf nach hinten geworfen in einem Lachen, das überhaupt kein Geräusch mehr zu verursachen scheint und nur aus einem leicht zuckenden, geöffneten Kiefer besteht. Ich beobachte sie: diese Frau, aus deren Haut ich gekrochen bin.

Ihr Körper ist aufgedunsen, sodass Mama nun weich ist, wo sie früher nur aus Schlüsselbein bestand. Die Frau neben ihr, Miranda, ist eine Minimama mit grauen Box-Braids und Lippen, die sich zu einem festgefrorenen Schmollen nach unten kräuseln. Sie liegt zusammengekauert auf dem Sofa, den Kopf auf seiner Kante, als sie mich erblickt. Mamas Gesicht gerät von ihrem Mund aus in Bewegung. Ihre Zunge zittert, dann zucken ihre Augenbrauen. Dann lässt Mama ein einzelnes Kreischen ertönen, das mehr wie ein Gurgeln klingt, und steht auf.

»Kiara!«, ruft sie mir durch das Zimmer zu. Der Laut verfängt sich irgendwo im Gewirr der Geräusche. Ich gehe auf Mama zu, bis wir nahe genug voreinander stehen, um uns zu berühren, und sie mich in den Arm nimmt und drückt. Für eine dermaßen vertraute Stimme könnten ihre Arme sich nicht weniger nach Zuhause anfühlen. Aber ihr Fleisch fängt mich auf, ich kann mich nicht daran erinnern, dass Mama sich jemals so sicher angefühlt hätte, wie eine Barriere für das Geräusch.

Als die Umarmung zu Ende ist, zieht Mama mich zurück

zum Sofa und drückt mich auf sein grünes Polster, direkt zwischen sie und Miranda, die in den Kissen zu versinken scheint. Mama hält meine Hände fest und spielt an meinen Fingern herum, fährt mit ihrer Fingerspitze am unteren Rand jedes meiner Nägel entlang. Ich kann mir nicht verkneifen sie anzusehen, meinen Blick auf jenes Gesicht zu fixieren, an das ich mich seit so vielen Jahren zu erinnern versuche. Irgendetwas daran ist seltsam, als wäre ihre Haut unter der Oberfläche lila verfärbt, als würde sie leuchten.

Mama nimmt sich nicht einmal die Zeit, mich richtig in Augenschein zu nehmen. Sie hat was zu sagen, hat immer was zu sagen. »Wie schön, das Gesicht meines Babys so erwachsen zu sehen. Wie alt bist du jetzt, neunzehn? Zwanzig? So erwachsen. Weißt du, in deinem Alter hab ich genauso ausgesehen wie du, hübsch und so. Die Zeit verfliegt echt, Kind, genau wie deine Grandma immer sagte. Wo ist mein Marcus? Hast du mit ihm geredet, wie ich's dir gesagt hab?«

Ich habe keine Ahnung, wie sie einfach immer weiterreden kann, woher sie genügend Atem dafür hat.

Ich blinzele ein paarmal und versuche mich an alles zu erinnern, wonach sie gefragt hat. »Ich bin siebzehn, werde in ein paar Monaten achtzehn. Und ja, ich hab mit ihm geredet, aber ich kann ihn nicht kontrollieren, also glaube ich nicht, dass er kommt. Hör zu, ich bin hergekommen, weil ich Onkel Tys Nummer brauche, und ich weiß, dass du auch Marcus sehen wolltest, aber ich bin alles, was du bekommst. Okay?« Ich starre sie noch immer an, ihre Wangen, das Lila darunter.

Mamas Lächeln gerät nicht ins Wanken, und sie redet weiter, als hätte ich nichts gesagt. »Ich komm bald hier raus. Ich komm nach Hause, nur noch ein paar Monate – allerhöchstens ein Jahr –, dann bin ich frei.«

Mama zu Hause. Auf den Gedanken war ich noch nicht einmal gekommen: sie zurück in unserer Wohnung.

Miranda ergreift zum ersten Mal das Wort. »Jaa, Chey hat echt Glück, dass ihre Bewährungshelferin sie leiden kann.«

»Das ist schön, Mama. Aber ich brauch wirklich Onkel Tys Telefonnummer –«

»Weißt du, dass dein Onkel immer auf mich gestanden hat? Dein Daddy wollte es nicht sehen, aber der Mann war echt scharf auf mich.«

Ich schüttele den Kopf, ganz benommen von der Hitze oder der Lautstärke oder der Art, wie Mamas Stimme in jeden Kanal meines Körpers dringt. »Nein, du hörst mir nicht zu, Mama, ich –«

»*Nah*, erzähl mir nicht, ich würd nicht zuhören, *chile*. Alles, was ich gemacht hab, war dir zuzuhören. Du hast keine Grundlage, so was zu behaupten, Baby. Darüber haben wir schon geredet, als ich dort reingekommen bin: Mama hat einen Fehler gemacht. Als ich einfach nur versucht habe, mich um euch zu kümmern, diesen Mund hier zu füttern. Heißt nicht, dass ich nicht immer noch deine Mama wär.« Mama klopft mir mit dem Daumen leicht auf die Unterlippe.

Ich mache den Mund erneut auf, um etwas zu sagen, aber Mama ist bereits aufgestanden, hat mich mit sich hochgezogen und schleift mich nun durch das Labyrinth. Als sie mich aus dem Zimmer führt, kribbeln meine Füße in meinen Schuhen, und mir wird bewusst, dass ich anscheinend ein wenig Angst vor meiner Mutter habe. Als Kind hatte ich nie

Angst vor Mama. Sie war eine heilige Figur, und selbst wenn sie kurz davor war, uns zu verprügeln, wusste ich, dass sie hinterher unsere gerötete Haut streicheln würde.

Wir treten hinaus in den Flur, gehen eine Treppe hinauf und in ein Zimmer, das ihres sein muss, da die Wände mit Postern von Prince bedeckt sind, und wenn es eine Sache gibt, die sich bei meiner Mama niemals ändern wird, dann ist es ihre Liebe zu Prince. Wenn wir sonntagmorgens zur Kirche liefen, stimmte sie stets seine Lieder an, und auch wenn sie melodische Verzierungen und schmetternde Vokale einfügte, bis diese nicht mehr wiederzuerkennen waren, wollte ich nie, dass meine Mama aufhörte, um weiter ihre Stimme anbeten zu können.

»Setz dich aufs Bett.« Mama lässt meine Hand los, und ich stolpere mit nach wie vor kribbelnden Füßen auf das Einzelbett zu. In dem Zimmer stehen noch drei weitere Betten, eins in jeder Ecke, und jeder Abschnitt des Zimmers hat durch Porträts und Fotos und Poster seinen eigenen Charakter. Es hat etwas von einem Kinderzimmer, aber ich erkenne Mamas Stolz darauf. Sie steht nun an einer Kommode und wühlt in den Schubladen, bis sie schließlich eine Bürste und eine Sprühflasche hervorholt, die mit etwas anderem gefüllt ist als Wasser.

»Erinnerst du dich noch an Mamas Spezialmischung?«

Ich hatte sie vergessen. Aber nun erinnere ich mich daran, beinahe im selben Augenblick, in dem sie es ausspricht, wie ich auf dem Fußboden saß, an meine schmerzende Kopfhaut und Mamas Erklärung, sie werde mich mit einem Zauber belegen, der mich wahnsinnig hübsch mache. Oder vielleicht erinnere ich mich auch an gar nichts davon, weil Mama diese Geschichten wiederholt und Erinnerung im Grunde nichts anderes ist als all die Dinge, bei denen wir darauf vertrauen, dass sie uns gehören. Anscheinend wünsche ich mir, dass dies eine Geschichte von Mama und mir ist, also ist sie es.

Ich erwarte, dass Mama sich neben mich aufs Bett setzt und mich fragt, ob sie mir das Haar bürsten dürfe, aber stattdessen setzt sie sich direkt vor meinen Füßen auf den Boden und reicht mir Bürste und Flasche.

»Ich hab so viele Knoten da drin, also dachte ich, du magst mir vielleicht helfen, während wir uns unterhalten.« Mama beugt sich vor, sodass ich ihren Nacken sehen kann. Ihr Hals besteht aus fünf verschiedenen Braun-, Schwarz- und Lilatönen, und ich weiß nicht, ob es aussieht, als wäre sie verprügelt worden oder als wäre ihr Körper eine ganze Galaxie.

Als ich ihr Haar einsprühe, steigt mir der Geruch der Mixtur aus Lavendel und Sheabutter in die Nase. In meiner Kindheit nahm Mama uns mit unter die Dusche und schäumte uns mit einer Seife ein, von der sie behauptete, sie habe sie selbst gemacht, auch wenn wir nie sahen, wie sie sie herstellte. Ihre Seife roch nach einer Mischung aus neuen Schuhen und Wald.

Nachdem wir aus der Dusche gestiegen waren, rieb sie ihren gesamten Körper mit Sheabutter ein, die sie in dem westafrikanischen Laden die Straße hinunter kaufte, nahm uns dann nacheinander auf den Schoß, ihre nackten, glatten Beine selbst in ihrer Knochigkeit ein süßer Trost, und rieb uns ebenfalls damit ein, damit wir weiche, glänzende Babys waren. Manchmal tanzten wir danach zu Prince, oder Mama ließ uns Daddys alte CDs hören, und wir waren nichts als Haut. Mit all dem hörten wir auf, als Daddy nach Hause kam, und ich glaube, Marcus ließ Mama nie wieder nah an sich heran, da er ihr die Schuld gab für Daddys Rückkehr und seinen Tod, für Onkel Ty und für das, was sie getan hatte. Auch ich gab ihr die Schuld, zumindest für einen Teil davon, aber zugleich brauchte ich sie. Sie war die Einzige, die wusste, wie es sich anfühlte, dabei zusehen zu müssen, wie Daddy aus unserem Leben verschwand, und ich hatte damals keinen Onkel Ty, der mich fortbrachte. Ich hatte nur Mamas Summen.

»Wie wär's, wenn du deiner Mama jetzt mal erzählst, was los ist?« Ihre Stimme ist so sanft, lullt mich ein in all die Schlaflieder, die sie einst sang.

Ich schniefe. »Die haben unsere Miete so sehr erhöht, dass ich keine andere Wahl hatte, als auf die Straße zu gehen, und, ich weiß nicht, Mama, ich habe einfach Angst.«

Mama greift nach hinten und reibt mein Knie mit ihren Fingern. »Und jetzt willst du, dass Mama dir hilft.«

Ich kann hören, wie hoffnungsvoll diese ganze Sache sie macht, wie aufgeregt sie darüber ist, gebraucht zu werden.

»Ich dachte, mit Onkel Tys Nummer und so könntest du's vielleicht.« Meine Stimme ist nun so leise, dass sie vom Geräusch ihres Atems übertönt wird. Mamas Haar sieht noch genauso aus wie immer, und während ich die Mixtur in jede einzelne Strähne einziehen lasse, frage ich mich, wie meine Mama getan haben konnte, was sie getan hat, und dabei ihr Haar und ihre Stimme behalten. »Warum hast du es getan?«

»Was getan, Baby?«

»Unsere ganze Familie verraten.«

Ohne innezuhalten erwidert Mama: »Hat keinen Sinn, sich den Kopf über was zu zerbrechen, das niemand von uns mehr ändern kann. Wie gesagt, ich hab ums Überleben gekämpft.«

Ich ziehe die Bürste einmal durch ihr Haar, wissend, wie sehr es wehtun wird. Mama gibt keinen Laut von sich.

»Wir kämpfen seitdem jeden Tag ums Überleben, und ich bin trotzdem nicht eingesperrt worden.«

»Ruf mich an, wenn sich das ändert. Hier draußen zu überleben hat seinen Preis, und nur weil du noch zu jung bist, um das zu wissen, heißt das nicht, dass ich mich für die Wahrheit entschuldigen muss. Ich hab jahrelang jeden Tag mit Entschuldigen verbracht, hab zu irgendeinem Himmel gebetet, er möge mir verzeihen. Ich hab keinen Atem mehr übrig für so was.«

Mama hebt die Hände, und ich betrachte sie hinter ihrem Haar, das weniger stark gekräuselt ist als meins oder Marcus'. Die Linien auf ihren Händen sind blass mit einer Spur Lavendel, eine Farbe, die auf einer Handfläche eigentlich nicht existieren sollte.

Während ich auf Mamas Hände blicke, erinnere ich mich an die Zeit, als Alé vierzehn war und ich dreizehn, und sie beschloss, Handlesen zu lernen. Sie nutzte meine Hände zum Üben, in dem Versuch, mich von Daddys näher rückendem Tod abzulenken. Sie wies auf die Linie, die von meinem Handgelenk aus vertikal nach oben führte, und sagte: »Siehst du, wie sie dort auseinandergeht? Heißt, du hast zwei *caminos de la vida*, verstehst du, zwei Wege, wie es laufen könnte.« Dann warf sie einen Blick in das Handlesebuch aus der Bibliothek in ihrem Schoß. »Und eines Tages wirst du dich entscheiden müssen.«

Mamas Linie teilt sich nicht so wie meine. Sie biegt nach links ab, auf ihren Daumen zu, als wäre sie auf dem Weg nach oben abgelenkt worden.

»Ich komme nach Hause. Hast du das gehört?« Mamas Hand wedelt zurück, um meinen Arm zu tätscheln, um mich aufzurütteln, damit ich es begreife. »Es wird alles wieder normal.«

Ich bürste schneller, bewege die Borsten durch jede einzelne Locke.

»Ich brauche wirklich nur Onkel Tys Nummer von dir, Mama. Bitte.«

Mama schnaubt. »Immer willst du was. Tut niemandem gut, ständig was zu wollen.«

Ich denke daran, wie Trevor dem Basketball hinterherjagt, wie seine Füße auf dem Platz herumspringen. Wie es jedes Mal endet. Wie der Ball immer wieder zurück nach unten kommt.

»Hast recht, Mama«, sage ich. Ihr Haar, das normalerweise von den Wurzeln aufspringt, fällt schlaff und verfilzt nach unten. »Gibst du mir Onkel Tys Nummer jetzt oder nicht? Denn ich werd nicht hier rumsitzen und warten. Was zu wollen tut niemandem gut, richtig?«

Mama scheint meine Worte überhaupt nicht aufzunehmen. »Hab ich dir je erzählt, wie dein Daddy mir mal meine Lieblingsblumen mitgebracht hat?« Das Summen ihrer Stimme legt sich um mich, als würde Gift aus ihrem Mund tropfen, und anscheinend kann sie mich nicht anschauen und mir sagen, was ich hören muss.

Ich weiß nicht, wie sie von Daddy sprechen kann, ohne die einzige Sache zu erwähnen, die nun zählt, dass Soraya bei Daddys Tod in ihr bereits halb ausgewachsen war. Eine späte Überraschung in Mamas Mittvierzigern. Ein letzter Rest von Daddy, den sie zerstört hat.

»Mama«, sage ich. Ihre Zunge hält nicht inne.

»Wie auch immer, das waren die hübschesten Blumen. Ich glaub, ich werd welche für die Wohnung besorgen, wenn ich hier rauskomme. Apropos, du musst was für mich tun, Baby. Die Bewährungshelferin braucht ein paar Empfehlungsschreiben für meine Entlassung. Wie's aussieht, kannst du Mama zu Hause gebrauchen, als Unterstützung.«

Ich schließe die Augen, weil es ja irgendwann dazu kommen musste, dass Mamas Maske bröckelt, und hier sind wir nun: Sie zwischen meinen Beinen bittet mich, ihr zu helfen, obwohl ich doch diejenige bin, die hergekommen ist, um Halt zu finden. Hier sind wir nun, und Mama will noch den letzten Rest aus mir raussaugen, während sie gemütlich und satt dasitzt.

Ich kann das nicht mehr.

Ich versuche es erneut, diesmal lauter: »Mama.« Sie hört nicht auf zu reden. Jetzt lasse ich es donnern: »Mama.« Sie verstummt mitten im Satz. »Ich weiß, dass es keine gute Idee war herzukommen, aber du willst mich wirklich bitten, dir hier rauszuhelfen, obwohl du Sorayas Namen noch nicht mal aussprechen kannst? Du wirst dich nie ändern.«

Mama schluckt und schnalzt mit der Zunge. »Das ist schon lange her.«

Der Geruch von Mamas Mixtur sorgt dafür, dass mir schwindelig ist, aber ich rede weiter, während alles zusammenwirbelt. »Letzte Woche drei Jahre.«

»Nein.«

»Sie war meine Schwester, Mama. Ich weiß, wann sie gestorben ist, und das war am sechzehnten Februar 2012. Das war letzten Montag vor drei Jahren.«

Mama schüttelt den Kopf. »Nein.«

»Doch.«

Sie schüttelt den Kopf heftiger, und ihre Haare fliegen durch die Luft.

Ich nicke. »Marcus und ich sind von der Schule nach Hause gekommen, und die Tür zu unserer Wohnung stand offen. Dieselbe Wohnung, in die Daddy die Blumen mitgebracht hat.« Ihr Kopf ist nach oben in meine Richtung geneigt, und ich blicke ihr direkt in die Augen, in die so stark geweiteten Pupillen, dass in ihnen keine andere Farbe mehr sichtbar ist. »Wir sind reingegangen, und ihr Bettchen war leer, und wir dachten, ihr wärt nicht zu Hause, dachten, ihr wärt vielleicht einkaufen gegangen, aber dann sind wir ins Badezimmer gegangen, und da warst du, in der Wanne, und hast nur an die Decke gestarrt und geblutet. Und wir hatten solche Angst, Mama.«

Ich zittere nun, ein Erdbeben in meinem gesamten Körper.

»Und wir fragten immer wieder, wo Soraya war, aber du hast nicht geantwortet, also bin ich rausgegangen und habe nach ihr gesucht und mich erinnert, dass die Tür offen war, also bin ich nach draußen und runtergegangen, und ich habe sie erst nicht gesehen, aber dann hörte ich Marcus von oben schreien und schaute ins Wasser, und da war sie. Trieb darin. Ich bin reingesprungen und habe sie rausgezogen und festgehalten, aber sie ist einfach nicht aufgewacht, und ihr Körper war kalt, und sie war so klein, Mama. Sie war so klein. Ich habe immer wieder ihren Namen gesagt, und Marcus ist runtergekommen, und als er sah, wie ihr Kopf zur Seite hing, musste er sich übergeben, und ich habe den Notdienst angerufen, und als sie reinkamen, saß ich auf dem Fußboden und hatte sie immer noch im Arm, habe ihr bloß in die Augen geblickt, aber sie waren wie Glas und hatten keine Seele, und als sie mit ihren Stiefeln reinkamen, sind sie nicht mal mehr mit ihr ins Krankenhaus geeilt. Sie haben dieses Tuch über sie gelegt, und ich hab immer wieder ihren Namen gesagt, weil sie ihren Namen wissen mussten, aber sie haben gar nicht darauf geachtet und gefragt, wo du wärst, und Marcus antwortete: in der Badewanne, und sie sind rein und haben dich rausgeholt und mitgenommen, weil deine Handgelenke bluteten, und du hast ihnen gesagt, dass du dachtest, du hättest die Tür abgeschlossen, aber du wusstest, dass das Schloss kaputt war, und dann hast du das Tuch gesehen und geschrien, dabei warst du schuld daran. Und du hast uns nicht angesehen, hast kein Wort zu uns gesagt, und dann waren wir ganz allein. Marcus war gerade achtzehn geworden, und sie ließen uns dortbleiben, aber wir wussten nicht, wie man irgendwas macht, und du warst weg, Mama.«

Mamas Körper scheint schrittweise und auf einmal zugleich nach unten zu rutschen, bis sie ausgebreitet auf dem Teppich liegt, das Haar noch immer tropfend.

Hinterher zahlte Onkel Ty Mamas Kaution, und wir dachten, alles würde wieder gut werden, aber sie kam nicht mal nach Hause. Sie ging feiern, bis sie erneut festgenommen wurde, und wir kamen trotzdem zu ihrer Verhandlung. Wir sagten trotzdem für sie aus, damit sie mit Fahrlässigkeit davonkommen und nach einigen Jahren hier im Rehabilitationszentrum landen konnte, statt für den Rest ihres Lebens weggesperrt zu werden.

Mittlerweile klappern meine Zähne, und ich muss mir einen Moment Zeit nehmen und meine Worte langsamer aussprechen, damit sie sie hören kann, sie wirklich hören kann.

Ich stelle meine Füße auf den Fußboden und beuge mich hinunter, sodass mein Gesicht auf einer Höhe mir ihrem ist, direkt an ihrem Ohr. »Wir haben uns selbst am Leben gehalten. Ohne dich. Und jetzt komme ich hierher und bitte dich um eine Sache – eine einzige Sache, Mama –, und dir ist es so egal, dass du dich nicht mal an den Tag erinnerst, an dem du sie umgebracht hast? Wär dir wahrscheinlich auch scheißegal, wenn ich sterben würde, was? Und Marcus? Hilfst du uns deshalb nicht?«

Ich kräusele meine Lippen, jedes meiner Worte ist ein tiefer Schnitt. »Also weißt du was, Mama? Du setzt dich jetzt hin und sprichst ihren Namen aus. ›Ich habe Soraya letzten Montag vor drei Jahren umgebracht.‹ Das sagst du, dann kannst du deinen Scheißbrief haben, und ich werd aufstehen und nach Hause gehen, denn Gott weiß, dass du mir nicht helfen wirst. Hast du Onkel Tys Nummer überhaupt?«

Sie liegt noch immer in derselben Position da, schüttelt einmal den Kopf, und all das Haar und die Farbe fallen durcheinander. Dann hebt Mama den Kopf und blickt mir direkt ins Gesicht. Ihre Augen werden feucht, und ich schwöre, ihre Tränen sind lila.

»Sie ist vor drei Jahren gestorben.« Mamas Stimme ist nicht mehr dieselbe, hat sich in ein kehliges Mahlen verwandelt.

Ich kauere mich neben sie auf den Fußboden. »Nein. ›Ich habe Soraya letzten Montag vor drei Jahren umgebracht.‹«

Mamas Gesicht zerspringt in Scherben, wird feucht, ihre Augen riesengroß und überlaufend. »Ich habe sie letzten Montag —«

»Ihren Namen, Mama. Sag ihren Namen. Der Name bedeutet mehr als alles andere.« Mir laufen ebenfalls die Tränen herunter, während meine Stimme sich von Donner in eine Klinge verwandelt hat.

Sie nickt mit einer raschen Kopfbewegung und macht den Mund auf: »Ich habe Soraya letzten Montag vor drei Jahren umgebracht.«

Am Ende des Satzes entweicht Mama ein Schluchzen direkt aus ihrem Bauch, doch ich zucke nicht einmal zusammen. Ich stehe auf, ohne mich darum zu scheren, Mama vom Fußboden aufzuhelfen, und sobald ich die Tür hinter mir geschlossen habe, erklingt gedämpft ihre Stimme, wie sie »Pink Cashmere« singt und dann heult.

Stolzieren, Stürmen, Galoppieren: Es gibt so viele Möglichkeiten, eine Straße entlangzulaufen, aber keine von
ihnen macht einen kugelsicher. Ich kam von Mama zurück
und fand mich gefangen zwischen Straße und Gosse, als
Trevor früh am Sonntagmorgen bei uns klopfte und sagte,
Vern sei wieder da gewesen und habe ihnen mitgeteilt, wenn
sie nicht innerhalb von drei Tagen zahlten, würden sie raus-
fliegen. Ich weiß, dass es nicht mehr lange dauert, bis er
auch bei mir klopft. Nach Davon und den anderen habe
ich Vernon jeden Cent gegeben, aber es ist nicht einmal
annähernd genug, um Dees oder meine Mietschulden zu
begleichen, und kommt auch nicht in die Nähe dessen, was
nach dem Verkauf an Miete verlangt wird. Trevors Gesicht,
das an diesem Morgen zu mir aufblickte, zog mich schließlich raus aus dem Loch, in das Mama mich geworfen hatte.

Ich habe nichts als einen Körper und eine Familie, die
mich braucht, also habe ich mich mit dem abgefunden, was
ich tun muss, um uns beieinanderzuhalten, zurück auf dieser
blauen Straße. Ich habe Schlagseite, halb gehend und halb
stolpernd. Den gesamten International hoch und runter:
keine Musik, kein Tony, nur ich und ein Bauch voll Tequila.

Ich zappele und hüpfe und versuche meine Hände zu wärmen unter einem Himmel, der nur Kälte hervorbringt, und ganz plötzlich bricht mein Absatz von der Sohle von einem der Schuhe, die ich von der Heilsarmee gestohlen habe, und der Gehweg trifft auf meine Wange. Brennt. Glas in der Wunde. Blutstrom. Blutgerinnsel. Stimme.

»Ich helf dir, Mama.« Er zieht mich hinauf.

Seine Augen sind grau umrandet, als würde er nur in der Iris altern, und seine zu glatte Hand zupft Glas aus meiner Wange und wirft es weg. Er fragt mich nicht, ob es mir gut gehe, aber das erwarte ich auch nicht. Ich erwarte kaum noch etwas. Er fordert mich auf, ihm den intakten Schuh zu reichen, und das mache ich, sehe zu, wie er den Absatz abbricht und fortwirft. Er kullert auf die Straße direkt vor ein heranrasendes Auto, das ihn in kleine Stücke einer Persona zersplittert. Ich bin zehn Zentimeter weniger von einer Frau. Er ist so groß.

Der Mann gibt mir meinen anderen Schuh zurück, und ich schlüpfe hinein. Er ragt vor mir auf, seine Zähne umhüllt von einem Grill in irgendeiner Trophäenfarbe, die jedoch nicht Gold ist.

»Danke«, sage ich, und der Schnitt in meiner Wange beginnt zu jucken, wie Schnitte es tun, wenn sie sich daran zu erinnern versuchen, wie man heilt.

Er nickt. »Jetzt, wo ich dir geholfen habe, kann ich etwas von deiner Zeit in Anspruch nehmen?« Er fragt es, als wäre es eine Frage, als würde er nicht nach wie vor meine Hand festhalten. Ich blicke nach unten und sehe Spuren meines Bluts an seinem Finger.

»Ja.« Das sagen meine Lippen. Das sagt mein Atem.

Er verrät mir seinen Namen nicht, und aus irgendeinem Grund vergesse ich zu fragen. Ich folge ihm einfach, lasse mich von ihm führen wie ein Kind an einem fremden Ort. Er wartet, bis wir auf der 34th sind, näher beim Foothill Boulevard als beim International, und drückt mich dann gegen ein Gebäude. Es ist kalt draußen, und ich dachte, er würde mich zu einem Auto führen, aber manchmal hat der Körper keinen Schutz für sein Tier, und hier sind wir nun, hier ist er, draußen. Er presst mich gegen die Ziegelsteine. Er küsst mich nicht, und ein Teil von mir ist erleichtert, nicht welches Metall auch immer seinen Mund ausfüllt schmecken zu müssen, aber ein anderer Teil von mir wünscht sich einen Grund zu glauben, dieser Fremde könne sich um meine verkrustete Wunde sorgen.

Ich versuche mich unter ihm zu befreien und erkläre ihm, so mag ich es nicht, ich brauche das Geld zuerst und ein Haus oder einen Wagen. Er macht weiter, schnallt seinen Gürtel auf, fährt mit den Händen unter meinen Rock und stößt in mich hinein. Er drückt meine Arme zurück, und mit einem Stoß prallt mein Hinterkopf gegen einen Stein, der aus dem Gebäude herausragt. Ich kann jeden einzelnen Riss in dem Ziegelstein so deutlich spüren wie jeden einzelnen Riss in meinem Schädel. Ich winde mich und murmele, mein Kopf schmerze. Er stößt weiter. Er grunzt weiter. Mein Körper sagt, was mein Atem nicht kann. Er ist so groß. An meinen Fußsohlen bilden sich Blasen. Meine Wangen brennen, mein Schädel ist ein scharfer Schmerz. Er stößt. Er stößt. Er besteht nur aus Metall.

Sirenen.

Das Fahrzeug erschreckt mich zwar nicht, aber es ist laut. So laut wie ein Echo in einem leeren Raum, und wenn man eine Straße als leer bezeichnen könnte, dann wäre diese es. Zu meiner Linken steht Saint Catherine's Church: ihre Statue die Zeugin des Wagens, des Mannes, des Metalls.

Die Beifahrerseite des Polizeiautos schwingt auf, und ein Mann steigt mit dem Gürtel zuerst aus. Als wäre jeder Horrorfilm zum Leben erweckt worden. Wir, die Straße, zu viele Brüche, um Angst zu haben, und noch immer ist mein Atem ein flaches Piepsen. Wenn das nicht der schlimmste Albtraum meines Daddys ist.

»Zurücktreten.« Cop legt die Hand an die Waffe, und ich habe Glück, dass Metallmann an einen Abzug glaubt, denn er tritt zurück und lässt mich meinen Schädel vom Dolch des Steins entfernen. Noch immer dreht sich alles.

Cop nähert sich Metallmann, als wäre er selbst die Waffe, und mit einer raschen Bewegung hat Metallmann die Hände durch Cops Faust auf dem Rücken verdreht, und Cops Mund spuckt Metallmann direkt ins Ohr.

»Ich will dich hier nicht noch mal sehen, verstanden?«

Cops Haar ist dicht und dunkel. Er ist nichts Ungewöhnliches, bloß eine Uniform und eine Schaufensterpuppe.

Metallmann spuckt direkt durch seinen Grill und nickt einmal. Cop schubst ihn und lässt ihn mit einem Stolpern zurück ins Licht rennen. Ich sehe ihm nach, denke daran, wie er meinen Schuh repariert hat, denke daran, wie klein ich bin.

Nun bin ich allein mit Cop und Wagen. Ist es nicht komisch, wie viel Angst man davor hat, gerettet zu werden? Cop nähert sich mir, die Hand noch immer an der Waffe.

»Was machst du hier draußen? Du weißt doch, dass es spät ist.«

Ich setze zu einer Antwort an, aber dann fühle ich eine Blutlache an meinem Hinterkopf, morgen wird mein Haar wahrscheinlich rot verkrustet sein, und außerdem gibt es keine Antwort auf etwas, was keine Frage ist.

»Du weißt, dass Prostitution eine Ordnungswidrigkeit ist.« Er grinst und leckt sich die Lippen. »Wir müssen dich mitnehmen, zu deinem eigenen Besten.«

Die Schaufensterpuppe redet, und Saint Catherine muss ihr antworten, denn ich tue es nicht, ich schweige, ich bin zwei Beerdigungstage jenseits des Vergessens.

Cop kommt und greift nach meinem Arm, drückt seine Finger in die Prellungen, die Metallmanns Abdrücke auf meinem Körper hinterlassen haben. Catherines Statue winkt mir mit einem fehlenden Nagel zu, während Cop mich auf die Rückbank zerrt und dann hinterherklettert. Vorne sitzt ein weiterer Polizist, und Cop macht ihm gegenüber eine Bemerkung von wegen die Straßen sicher machen, bevor er lacht und der Fahrer mit den Fingern auf etwas trommelt, das ich nicht sehen kann, und ganz leise einen Countrysong vor sich hin singt. Und Cop ist auf mir, Cop gräbt sich in meine Haut, und ist es nicht genauso, wie es einem immer gesagt wird, und ist es nicht traurig, wie vertraut es ist. Ist es nicht einfach ein weiterer Abend.

So viele Möglichkeiten, eine Straße entlangzulaufen, aber ich bin noch immer nichts weiter als ein Mädchen mit Haut.

Hotelzimmer schmecken nach Kreide. Die Luft ist erfüllt von Jahrzehnten voller Schweiß und Sperma, und vom Fenster, wo einer der Männer sich gerade eine Zigarette anzündet, kommt Rauch herangeweht. Wir sind alle um den Tisch versammelt, auf jedem meiner Schenkel liegt eine ihrer Hände. Als sie das Kartenspiel hervorzogen, legten die Männer ihre Dienstmarken vor sich wie Namensschilder, mit denen sie ihr Territorium markieren. Sie haben gerade eine Partie Texas Hold'em beendet, und der Gewinner jeder Runde bekam einen der Plätze neben mir. Jetzt machen sie mit Blackjack weiter, und die Finger von Officer 220 wandern hoch zu meinen Shorts, während 81 seine Hand näher an meinem Knie als meinem Oberschenkel hat und versucht, mich nicht anzusehen.

Noch nie wollte ich eine Entscheidung so sehr rückgängig machen wie in diesem Augenblick. Nein sagen, als Cop aus der Gasse meine Nummer haben wollte, als er fragte, ob er die Nummer ein paar seiner Freunde geben könne, als jene Freunde mich in ihre Autos einluden, als ich einstieg. Letzte Woche, als sie mir mitteilten, dass sie mich als Unterhaltung auf dieser Party haben wollten. Sie sagten, sie bräuchten mich, und ich würde finanziell entschädigt werden für diese Feierabendentspannungsrunde mit zehn Cops vom Oakland Police Department, ohne Fluchtmöglichkeit, und ich wünschte, ich hätte irgendetwas gesagt, bloß nicht *okay*.

Aber welche Wahl hatte ich denn. Die Polizisten behaupten, dass sie mir nicht wehtun, dass sie mich bezahlen werden, und zumindest in der Hälfte der Fälle tun sie das auch. Ihre Pistolen und Taser haben in diesem Zimmer eine stärkere Präsenz als ihre Körper, und selbst wenn ich versuche, Nein zu sagen, lachen sie mich nur aus. Es gefällt ihnen, dass ich jung bin und keine Ahnung habe, was ich tue, und ich sage mir immer wieder, dass es nur für eine Weile sei, dass sie mich werden aufhören lassen, wenn ich es will. Bloß weiß ich, dass ihre Dienstmarken ihnen wichtiger sind als ich, dass ich nichts weiter bin als ein Preis in ihrem Spiel.

Die Cops haben sich eine Suite in einem heruntergekommenen Motel am Freeway gemietet, das alle nur das Hurenhotel nennen, und auf der anderen Zimmerseite steht drohend das Kingsize-Bett. Mittlerweile ist es vermutlich kurz vor Mitternacht, und sie sind allesamt betrunken und werden schlampiger darin, Blickkontakt zu halten und wohin sie ihre Blicke schweifen lassen. Ich weiß, dass es bald so weit sein wird.

Der Unterschied zwischen den Cops und den Männern auf der Straße ist, dass die Cops gern ein Spiel daraus machen. Sie warten damit, mich zu ficken, und beobachten mich stattdessen geifernd, versuchen herauszufinden, wie sie mir gerade genügend Angst einjagen können, damit diese mich verschluckt und nur einen Körper übrig lässt, der es wert ist, bestiegen zu werden, Hände, die sie mir hinter dem Kopf zusammenhalten, und Furcht, die sie davonlecken können. So sind die meisten von ihnen, und dann gibt es noch ein paar wie 81 mit seinem sauber getrimmten Bart und schüchternen Lächeln oder 612 mir gegenüber mit den roten Locken und einem Blick, der auf den Tisch gerichtet bleibt. Nicht dass diese nicht auch jenes Etwas in ihrem Inneren finden würden, das sich auf mich legen und mir einen oder zwei Finger in den Mund stecken möchte. Aber es ist verlässliche Arbeit, die in der letzten Woche mehr für uns getan hat, als mein Job bei Bottle Caps im gesamten letzten Jahr. Ich habe immerhin genug verdient, um Vernon die Hälfte von dem zu geben, was ich ihm schulde, damit er uns nicht rauswirft.

220 ist an der Reihe, und er hat einen Pikbuben und eine umgedrehte Karte vor sich liegen. Er drückt meinen Oberschenkel und knallt mit der Hand auf den Tisch.

»Teil aus.«

Der Kartengeber dreht eine Karte vor ihm um: eine Herzsechs. Er ist drei Punkte davon entfernt, mich zu gewinnen, und sechs Punkte davon, alles zu verlieren. Das Spiel läuft schon seit ein paar Runden, und auf dem Stapel müssen mindestens dreitausend liegen. Drei von ihnen sind bereits ausgestiegen, und sie alle sehen nun zu, wie 220 sich nervös darauf vorbereitet, die letzte Karte umzudrehen.

Er beugt sich näher zu mir und flüstert mir ins Ohr: »Denkst du, du bist mein Glücksbringer, Schätzchen?« 220 dreht die Karte um und legt eine Karovier auf den Tisch, reißt die Arme hoch, schreit: »Das ist meins, ihr Wichser!«, und zieht die Scheine zu sich.

Die anderen Männer fluchen und stecken ihre Hände in die Hosentaschen, während 220 aufsteht und meine Hand ergreift, sodass ich mit ihm hochgezogen werde.

»Hab nichts dagegen, mir meinen Preis abzuholen.« Sein Haar hängt schlaff herab und wippt mit, als er jedem einzelnen der Männer zunickt, die ihre Verluste vergessen und grölen und ihre Blicke nicht abwenden, während er mich auf das Bett zuführt und mich auszieht, wobei die Schwielen an seinen Fingerspitzen meine nackte Haut berühren.

Er schubst mich auf die Matratze und greift nach seinem Gürtel, und ich denke, dass er ihn ausziehen will, aber seine Hand geht direkt an sein Holster und zieht seine Pistole heraus. Schwarzes Metall, das so glatt ist, dass ich seine Fingerabdrücke darauf erkennen kann. Er macht den Reißverschluss seiner Hose auf, zieht diese jedoch nicht aus, und klettert aufs Bett, wo er über mir schwebt. 220 dreht sich mit einem Lächeln zu den anderen um und konzentriert sich dann wieder auf mich, um mir die Mündung seiner Pistole an die Schläfe zu halten.

»Gefällt dir das?« Seine Stimme ist ein Knurren.

Ich spüre, wie mir die Tränen in die Augen treten, und will ihn von mir runterhaben. Irgendwo in mir finde ich etwas, was noch an einen Gott glaubt, und ich bete für ein Ende. Er ist auf mir, sein Penis in mir, seine Hände ganz rau und die Mündung der Pistole kalt und bedrohlich oberhalb meiner Augen, wo ich sie nur spüren kann, nur sein Grunzen und das Kichern der Männer hinter ihm hören kann. Ich bete, dass es aufhört, dass ich mit all dem aufhöre und wieder pleite bin und Marcus anflehe, sich einen Job zu suchen. Alles, wenn nur die Pistole zurück in ihr Holster kommt.

Ich merke, dass ein Teil des Reizes für ihn das Wissen darum ist, dass die anderen zusehen. Solche wie 81 und 612 wenden zuerst den Blick ab, aber irgendwann glotzen sie alle und warten darauf, was 220 als Nächstes tun wird. Noch schlimmer, als wenn sie zusehen, ist es nur, wenn sie sich zu langweilen beginnen und sich über die kommende Meisterschaft unterhalten oder darüber, wen von ihnen die Ehefrau ständig damit nervt, er solle den Abwasch machen. 220 richtet noch immer die Waffe auf meinen Kopf, während er zustößt, aber die anderen scheinen es gar nicht zu bemerken und hören einfach dabei zu, wie mein Körper nur wenige Meter von ihnen entfernt verwelkt.

Sie wechseln sich ab, und Sex fühlt sich an wie wiederholte Faustschläge in meine Magengrube. Die Cops halten sich für unverletzlich. Sie wollen mich nur, um sich selbst zu beweisen, dass sie mich haben können, dass es keine Konsequenzen hat, mir eine Pistole an den Kopf zu halten, mich zu nehmen. Sie wollen, dass ich mich klein fühle, damit sie sich groß fühlen können, und in diesem Augenblick ist es ihnen gelungen.

Nachdem alle an der Reihe waren, geben sie mir keinen Moment zum Verschnaufen. Einer von ihnen wirft mir meine Kleider zu, während ein anderer ein paar Scheine aus seiner Hosentasche zieht und mir nicht einmal genügend Zeit lässt, sie zu zählen, ehe sie mich durch die Moteltür schieben und mich nach Hause laufen lassen, wobei ich mich noch nackter fühle als auf jenem Bett. Da erst zähle ich die Scheine und erkenne, dass sie mir nur einen Bruchteil dessen gegeben haben, was 220 heute Abend gewonnen hat, und ich kann nichts dagegen tun. Selbst wenn ich versuchen würde, mich mit ihnen anzulegen, sind dies keine Männer, denen das etwas ausmachen würde. Dies sind Männer, die ihre Pistolen laden und sie mit einem Grinsen auf einen richten, die ein Mädchen in einer Gasse finden und beschließen, dass es ihnen gehört.

*

Die Cops rufen mich weiter an und wollen, dass ich hierhin oder dorthin komme, und auch wenn alles in mir rebelliert, ich mich fast übergeben muss, bis ich mit einem Daumen in Kreisen über meinen Bauch fahre und einen Drink hinunterstürze, um den Geschmack von Erbrochenem wegzuspülen, sage ich weiter Ja. Es erinnert mich an das jährliche Dilemma, ob wir unsere Steuern zahlen sollen, bei dem ich jedes Mal mit den spärlichen Gehaltszetteln von Marcus und mir dasitze und auf die Zahlen starre, und der starke Drang wegzulaufen hochkommt und ich in den sauren Apfel beißen und eine Entscheidung treffen muss, denn wenn ich die Steuern zahle, dann fehlen Miete, das Geld für neue Schuhe oder den Bus. Auch wenn ich weiß, dass die Steuerbehörde mich erwischen könnte, habe ich lieber Angst in der Magengrube wegen einiger nicht unterschriebener Dokumente als keine Chance, den Steuermonat zu überleben. Also zahle ich meist keine Steuern, und meistens antworte ich, wenn die Cops anrufen, trotz des Ekels und der Scham und des kaum zu bekämpfenden Drangs wegzulaufen.

Die Partys finden stets nachts statt, eine wechselnde Besetzung von Dienstmarken und Männern, die nacheinander drankommen und mir dann Umschläge mit Geld überreichen. Für gewöhnlich gibt es noch ein paar weitere Mädchen oder Frauen, in verschiedenen Zimmern, damit wir nicht miteinander reden können. Manchmal bezahlen sie mich noch nicht einmal, sagen nur, sie würden mich vor der nächsten Razzia bewahren. Erzählen mir von den Undercovereinsätzen, vom nächsten Mal, wenn all die Uniformen sich von der Leine lassen, als könnte ich davon Frühstück kaufen oder Trevors und meine Miete bezahlen. Als würde das, was ich tue, sich dadurch wie irgendetwas anderes anfühlen als Dreck, der sich unter Fingernägel schiebt, etwas, von dem ich nicht weiß, wie ich je wieder herauskommen soll.

Ich konnte Vernon genug geben, damit er auch Dee nicht zwangsräumen ließ, und sagte Trevor, er solle Vernon meinen Umschlag mit Bargeld aushändigen, wenn er das nächste Mal anklopfte, aber nun rückt der April näher, und immer mehr von ihnen tauschen irgendeine Art von Schutz gegen meinen Körper ein, behaupten, ich würde kein Geld brauchen, obwohl es das Einzige ist, was ich brauche.

Das ist mein Job, mein Dach über dem Kopf, die Kleider an Trevors Leib. Das ist nun jeder Abend, ein ganzer Kreis von ihnen, mein eigener Clan Männer, und ich mache mir nicht mehr so große Sorgen darüber, genügend Geld für die Warmwasserrechnung zu haben. Stattdessen mache ich mir Sorgen über die Prellungen und die Waffen und was Marcus denken mag. Habe aufgehört, mir zu erzählen, es sei nur Sex, nur Haut, da es so viel mehr geworden ist: Da ist der Sex, und dann ist da der Schrecken, die Angst, das Marmorweiß ihrer Augen.

Nachdem ich die Miete für den März bezahlt hatte, kaufte ich Trevor einen neuen Ball, einen von den schicken, schwarzen. Gab mir ein wenig Hoffnung zurück, als er direkt in die Luft sprang und aussah, als wäre er glücklich genug, um seinen ganzen Körper erneut in den Scheiße-pool zu schleudern. Sein Lächeln macht es leichter, mir zu sagen, dass es das wert sei, wenn ich eine Sirene höre und sich ein neuer Teil meines Körpers verkrampft. Ein ganzes Seil wickelt sich um all meine Rippen, als bereiteten meine Knochen sich darauf vor, gebrochen zu werden. In letzter Zeit kann ich eine Nacht mit den Männern nur überstehen, indem ich Kurze trinke und versuche in der Benommenheit zu versinken, damit ich nicht sehe, was sie machen, damit mein Körper nicht genügend von dem mitbekommt, was los ist, um es zu fürchten. Ich weiß nicht, ob es funktioniert, aber ich weiß, dass ich beim Aufwachen am nächsten Morgen noch am Leben bin und Trevor noch immer darauf wartet, dass ich ihn an die Bushaltestelle bringe, und für den Augenblick ist das genug.

Tony will sich immer wieder für seine schlechte Laune entschuldigen und mir meine Tätigkeit ausreden, als hätte ich groß eine Wahl. Der Beerdigungstag wäre eine Erinnerung an die Blutflecken auf den Rückbänken all ihrer Autos, wenn sie ein bisschen zu grob waren, und ich kann es nicht ertragen, neben Alé in einem Bestattungsunternehmen zu stehen, in dem Wissen, dass ich immer näher an den Tag heranrücke, wenn ich es nie mehr verlassen werde. Alé darf mich nicht an die Zeit erinnern, bevor die Statuen sich zu bewegen begannen, bevor ich das Mädchen war, das die Haut eines Mannes trug und nicht nur seine Kleider.

An den Tagen, wenn keiner der uniformierten Männer anruft, in den Zeitabschnitten, in denen ich zu glauben beginne, ich sei frei, und eine Mahlzeit zu mir nehmen kann, ohne dass sie sofort wieder Übelkeit in mir auslöst, male ich mir aus, wie ich mir ohne die Cops oder Sex ein Leben aufbaue, in dem ich vielleicht zu Bottle Caps zurückkehre und Ruth anbettele, mir nur ein paar Stunden Arbeit zu geben.

Heute ist einer dieser Tage. Tatsächlich ist es der siebte Tag, an dem sie nicht angerufen haben, und ich habe kein Geld mehr in der Reserve. In mir formt sich wieder ein Knoten, und ich weiß, dass ich mehr Geld auftreiben muss, mit Cops oder ohne. Auf dem Weg zu Bottle Caps schaue ich bei La Casa Taquería vorbei. Es ist noch nicht ganz Mittagessenszeit, und in dem Lokal sitzen nur ein paar verstreute Gäste. Ich entdecke Alé, die gerade an einem Tisch die Bestellung aufnimmt, und als sie aufblickt und mich erkennt, weiten sich ihre Augen. Ich stecke meine Hände in die Taschen von Daddys alter Cordjacke, der einzigen, die Onkel Ty nicht mitgenommen hat, und gehe hinüber zu Alé.

Sie schließt die Bestellung ab und nimmt mich in den Arm. »Hey«, flüstert sie mir inmitten der Umarmung ins Ohr, und es ist so einfach, aber irgendetwas daran wärmt mich auf.

»Hey.« Ich habe Alé nicht mehr gesehen, seit der erste Cop mich gefunden hat, und ich weiß nicht, wie ich so vor ihr stehen soll, ohne das Gefühl zu haben, als wäre ich von einer Schicht aus Scham bedeckt, als könnte sie, wenn sie mich ansieht, die Abdrücke all der Hände erkennen.

»Was machst du hier? Ist 'ne Weile her.«

Ich nicke.

»Bin auf dem Weg zu Bottle Caps und dachte, vielleicht willst du mich begleiten?«

Sie blickt lächelnd zu Boden und hebt den Kopf dann wieder. »Ja, okay.« Sie beginnt zu nicken, sieht sich im Raum um und gibt einer ihrer Tanten ein Zeichen, dass sie rausgeht. »Ich hol schnell mein Board«, sagt sie zu mir und drückt meinen Arm.

Ein paar Minuten später kommt Alé die Treppe wieder heruntergerannt, ihre Stirn glänzend und feucht. »Los geht's«, sagt sie und folgt mir nach draußen.

Alé schlingt den Arm um meine Schulter und zieht mich an sich, hebt ihr Skateboard in die Luft und seufzt. »Ist das nicht schön?«, ruft sie in die frische Luft hinaus, und ich drehe den Kopf, um alles wahrzunehmen. Entlang der Gasse befindet sich noch immer die Baustelle, wo Holz in noch mehr Holz gehämmert wird, und ich schwöre, es ist, als würde die Stadt um uns kreisen, die Skyline ein glorreiches Porträt von Fenstern und Rädern entfalten, die nicht so groß sein müssten, wie sie sind. Alés Arm um mich weckt in mir den Wunsch zu hüpfen, meine Knie in die Luft zu heben, während wir uns gemeinsam wiegen.

Oakland ist nicht als Raster angelegt. Hier schlängeln wir uns. Die Straßen führen uns näher an die Bucht, wo das Salz mit dem Asphalt verschmilzt, und die Motorräder verwandeln sich in Laster, die vor jeder Ampel stöhnen und dann nach vorn springen. Schließlich schieben die Straßen uns zurück zu den Gebäuden, wo Rufe den Rand der Gehwege säumen, aber mit Alé an meiner Seite kümmert es mich nicht, was sie sagen oder zu wem. Ich lasse die Geräusche zerspringen wie Asphaltbrocken aus der Straße. Ich finde meine Lieblingswandbilder, mit neuen Wirbeln im Hintergrund, gesäumt von Tags.

»Du hast mir gefehlt«, sagt Alé.

»Jaa, du mir auch. Viel zu tun.«

Sie sieht mich an, und ich kann erkennen, wie die Sorge in ihr aufsteigt, aber sie drängt mich nicht. Sie drängt mich nie.

»Während du arbeitest, werde ich ein bisschen skaten«, sagt Alé und verlagert ihr Skateboard auf die andere Seite ihres Körpers, lässt meine Schulter jedoch nicht los, als wir uns der Ecke MacArthur und 88th nähern, ganz in der Nähe der Castlemont High. Bottle Caps ist leuchtend orange angestrichen, wie eine Rettungsweste oder die Sonne in einem Traum.

Alé entlässt mich aus ihrem Arm und winkt mir nach, dann macht sie sich auf den Weg zum Skatepark auf der anderen Straßenseite, der von den Castlemont-Kids genutzt wird. Alé hat ihren Abschluss auf der Castlemont gemacht. Das hat uns so weit in den Osten geführt, während der Rest von uns oben auf die Skyline ging. Als Marcus auf der Mittelschule war, nahm er mich ein paarmal mit zum Skatepark, und sobald ich Alé sah, dieses Mädchen, das die Rampen hoch- und runterpeitschte und meinen Bruder mit Handshake und Schulterklopfen begrüßte, wollte ich sie kennenlernen, zutiefst kennenlernen.

Als ich noch auf die Highschool ging, kamen wir alle nach der Schule raus zu Bottle Caps und versammelten uns vor dem Laden, nachdem wir eine Packung Limos oder ein paar Chips gekauft hatten. Wir brachten einen Lautsprecher mit und drehten die Musik auf, und Ruth hatte nichts dagegen, dass wir dort waren, weil wir nie etwas anstellten. Wir lebten bloß. Manchmal gab Ruth uns sogar einen Preisnachlass, und als Lacys kleine Schwester einmal hinfiel und sich das Kinn auf dem Asphalt aufschlug, machte Ruth Bottle Caps zu, um sie ins Krankenhaus zu bringen, damit ihre Mama nicht die Rechnung für den Krankenwagen bezahlen musste.

Ich öffne die Tür von Bottle Caps und werde von dem vertrauten Dingdonglaut empfangen, der in jedem Spirituosenladen beim Eintreten ertönt. Ich laufe direkt auf die Ladentheke zu, wo ein Mann auf den Minifernseher an der Wand starrt. Es laufen Cartoons, anscheinend *South Park*, und der Mann lacht so heftig, dass seine Locks hüpfen.

»Hey«, sage ich, um seine Aufmerksamkeit auf mich zu ziehen.

Er wirkt verärgert darüber, seinen Blick vom Bildschirm abwenden zu müssen. »Kaufst du was?«

»Ich bin auf der Suche nach Ruth«, erkläre ich ihm, und sobald ich ihren Namen ausspreche, weiß ich, dass irgendetwas nicht stimmt. Seine Lippen öffnen sich, aber ihnen entweicht kein Laut.

»Ähm«, beginnt er, »sie ist nicht mehr da.«

»Wie meinen Sie das?«

»Ruth ist letzte Woche gestorben.«

»Oh.« Nicht als hätte ich es nicht schon in dem Augenblick gewusst, in dem sein Gesicht sich nach unten zog, aber es zu hören trifft einen immer noch mal anders, gräbt ein kleines Loch irgendwo im Körper, um sie darin zu begraben.

»Woran ist sie gestorben?«, frage ich.

»Macht das einen Unterschied?«

Er dreht die Lautstärke des Fernsehers auf, aber ich rühre mich nicht vom Fleck.

»Kaufst du jetzt was oder nicht?« Ganz offensichtlich will er mich loswerden, aber in meinem Kopf scheint nichts anderes Platz zu haben als: *Wie zum Teufel soll ich jetzt die Rechnungen bezahlen?* Vielleicht ist es mies, so was zu denken, wenn diese Frau, die mir einen regelmäßigen Job gab, als ich nichts anderes hatte, plötzlich fort ist.

»Ich habe mal hier gearbeitet«, erzähle ich ihm, und er zieht die Augenbrauen hoch, als würde er mir nicht glauben oder vielleicht auch nur, als ginge es ihm am Arsch vorbei. »Ruth hat mir immer eine Schicht gegeben, wenn ich eine brauchte.«

»Na ja, der Laden gehört jetzt nicht mehr Ruth. Und wir können's uns nicht leisten, jemanden extra zu bezahlen. Sorry.« Er dreht die Lautstärke so dröhnend laut auf, dass er mich wahrscheinlich nicht einmal mehr hören könnte, wenn er es versuchte. Ich klopfe mit der Handfläche auf die Ladentheke und trete durch die Tür nach draußen, zurück ins Licht.

Es fühlt sich an, als würde ich von Erinnerungen überflutet, als wäre jede einzelne Zelle in meinem Körper eingeschaltet und würde nicht aufhören, sich zu bewegen. Trevor, der den Ball aufprallen lässt. Unser Swimmingpool. Morgen, an denen wir an der Küchentheke sitzen und uns

Frühstücksflocken in den Mund schaufeln. Atmen. Alles ist so vergänglich, dass es mir vorkommt, als bewegte ich mich auf irgendeinen zukünftigen Nichtort zu, an dem ich nicht mehr in diesem Körper existiere. Ohne Bottle Caps, ohne Cops, ohne Marcus, welche Möglichkeiten bleiben mir da? Ich wandere auf den Skatepark zu, aber mein Körper scheint nicht mitzukommen, wo ich ihn hinschicke. Meine Beine sind wacklig, gehen im Zickzack auf das Geräusch von Rädern auf Asphalt zu.

Als ich es geschafft habe, schwebt Alé in der Luft, landet wieder auf der Halfpipe, springt erneut ab, wobei ihre Hand den vorderen Teil des Boards festhält, während ihr Körper sich verdreht, ehe sie wieder unten ankommt. Ich setze mich mit baumelnden Beinen auf den Rand der Halfpipe, und als sie mich sieht, rutscht sie auf dem Brett nach hinten, fällt auf den Rücken und schlittert hinab. Unten angekommen, rappelt sie sich stöhnend auf und schüttelt die Arme aus, ehe sie zu mir hochklettert.

Als Alé im ersten Highschooljahr war und ich in der achten Klasse, fing sie an, ein Mädchen mit grellblondem Haar zu daten, jene Art von Blond, die weder zu ihrer Haut noch zu ihrem Gesicht passte und sie einfach nur majestätisch aussehen ließ, auf diese künstliche Weise, die ich nicht begreifen konnte. Das Mädchen und ich saßen stets gemeinsam am Rand der Halfpipe und sahen Alé zu, und ich weiß noch, wie ich versuchte, viel intensiver zu schauen, meinen Blick eindeutig und machtvoll werden zu lassen, damit Alé wusste, dass ich mehr in ihr sah, als ihre Freundin es je könnte. Nach ein paar Monaten kam das blonde Mädchen nicht mehr, und als ich Alé fragte, weshalb sie sich getrennt hätten, zuckte sie nur mit den Achseln.

Alé stellt ihr Skateboard auf dem Asphalt ab und setzt sich neben mich, wobei sie ihre Beine auf der Halfpipe hängen lässt.

»Du hast mich erschreckt«, sagt sie. »Was ist los? Wieso arbeitest du nicht?«

»Ruth ist tot«, erwidere ich. Es kommt mir falsch vor, die Sache mit weiteren Worten zu verkomplizieren, aus dem Tod mehr zu machen, als er ist. Ich stelle mir Ruths Foto vor, das in der Empfangshalle irgendeines Bestattungsunternehmens auf Pappe gedruckt ist, ihren in Puder gehüllten, aber kalten Körper. Den Geruch von Käse, den niemand essen will.

Alé blickt auf die anderen Skaterinnen und Skater und dann wieder zu mir. »Scheiße.«

»Jepp.«

»Geht's dir gut?«

»Nein.«

»Sie wusste, wie lieb du sie hattest.«

Alé zieht mich an sich, aber ich schüttele den Kopf und winde mich aus ihrer seitlichen Umarmung. Ich wünschte, ich könnte Alé sagen, wie beschissen die ganze Sache ist, dass ich hier sitze und über Geld nachdenke, während diese Frau tot ist und Alé mich nur im Arm halten will.

Wir sitzen eine Weile Seite an Seite, ohne einander zu berühren. Sehen zu, wie die paar anderen Skaterinnen und Skater da draußen Flips üben und hinfallen, sich die Schultern reiben und weitermachen.

Wir sitzen in Richtung Straße, nah genug, um alle zu sehen, die vorbeischlurfen, aber die Gesichter sind aus der Entfernung schwer auszumachen. Als ich sie sehe, versuche ich mir daher einzureden, sie sei es nicht. Dass irgendjemand anderes hier draußen in diesem blauen, funkelnden Outfit herumlaufe, das Haar verziert in einer Farbe, die aussieht wie der heißeste Teil des Feuers. Aber beim Näherkommen nimmt ihr Gesicht Gestalt an, und ich weiß, dass sie es ist. Camila, die auf mich zukommt, mich sieht, die Hand hebt und den einzigen Namen ruft, unter dem sie mich kennt, Kia. Die Halfpipe steht zwischen uns, und Camila läuft mit ihren Riesenabsatzschritten den ganzen Weg um sie herum, bis sie vor Alé und mir steht.

»Kommst du und gibst mir eine Umarmung, Mädchen?« Camila streckt die Hände aus, um mir hochzuhelfen, und ich ergreife sie, aber da sie keine Anstalten macht, tatsächlich zu ziehen, sondern einfach nur dasteht, hieve ich mich selbst hoch. Sie legt locker die Arme um mich, sorgsam darauf bedacht, sich nicht an meiner Wange ihren Lidschatten zu ruinieren, und lässt mich dann los. Sie legt ihre Krallenfinger um mein Gesicht und nimmt mich gründlich in Augenschein, als hielte sie nach Narben Ausschau. »Wie geht's dir?«

Ihre Hände an meinem Gesicht erschweren das Sprechen, dennoch versuche ich es, während meine Worte verschluckt werden. Mir ist allzu deutlich bewusst, wie Alé dasitzt und uns beobachtet, direkt auf meinen Rücken starrt. »Gut, du weißt schon.«

»Oh, nein, mach mir bloß nichts vor.« Camila schnalzt mit

der Zunge. »Sag mir, was wirklich hinter diesem hübschen kleinen Gesicht vor sich geht.«

Ein Teil von mir fragt sich, ob Camila von den Cops weiß, ob sie auch schon auf ihren Partys gewesen ist, aber es fühlt sich noch immer wie ein Geheimnis an, das ich nicht weitererzählen darf, also gebe ich ihr eine Antwort, die nah genug an der Wahrheit ist, um sie zufriedenzustellen und Alé gleichzeitig nicht zu viel verrät. »Hab nur in letzter Zeit nicht viel Arbeit gehabt, das ist alles.«

»Ich hab dir doch gesagt, Süße, du brauchst einen Daddy. Hör zu, ich hab meinem von dir erzählt, und er hat Interesse. Sein Name ist Demond. Er schmeißt nächstes Wochenende eine Party, und er will dich kennenlernen, um dir zu helfen, damit du dir da draußen um nichts mehr Sorgen machen musst. Wie hört sich das an?«

»Ich weiß nicht −«

»Ach, komm schon, Kia, tauch einfach auf der Party auf. 38th Avenue 120, nächsten Samstagabend.«

»Ich −«

Camila lässt mein Gesicht los und wackelt mit den Fingern. »Ich will nichts davon hören. Wir sehen uns nächstes Wochenende.« Und damit ist Camila herumgewirbelt und läuft am Rand der Halfpipe entlang, als würde sie ihr gehören, zurück auf die Straße, wo sie zu einem blauen Umriss verschwimmt, der sie sein könnte oder auch Feuer oder irgendetwas dazwischen.

Ich bleibe stehen, starre auf die Leerstelle, die Camila hinterlassen hat, und weiß, dass Alé mit angespanntem Kiefer mit den Zähnen knirscht. Ich kann beinahe spüren, wie es in ihr brodelt: all die Fragen, ihr Blick in meinem Rücken. Wenn ich nur lang genug stillhalte, kann ich mich vielleicht in Luft auflösen, und sie wird vergessen, dass ich je existiert habe, dass ich heute ins La Casa Taquería spaziert bin. Vielleicht wird sie vergessen, wie sie bei meinem Anblick von ihrem Board fiel, wie sie auf dem Rücken schlitterte, wie er ihr morgen früh wehtun wird.

Ich schließe die Augen und verschwinde noch immer nicht. Ein paar Minuten vergehen, ehe sie spricht.

»Hätte wohl wissen sollen, dass du in irgendeine Scheiße geraten bist.« Ihre Stimme kommt direkt aus der Kehle, als hielte sie noch so vieles mehr zurück.

Ich drehe mich um und blicke sie an.

»Wolltest du es mir sagen?«, fragt sie, und ihr Kiefer schiebt sich nun von Seite zu Seite, als würde er, wenn sie ihn nur lange genug bewegte, all den Schmerz loslassen, den ich in ihr sehe.

»Ich weiß es nicht«, antworte ich, und das ist die Wahrheit. Wenn ich es ihr erzählt hätte, hätte ich damit bestätigt, dass dies nun mein Leben ist, hätte mich damit festgelegt auf die Straße. Sich der Straße zu übergeben heißt, seine eigene Beerdigung zu planen. Ich wollte die Helligkeit der Straßenlaternen, das Geld am Morgen, nicht die Seitengassen. Nicht die Sirenen. Aber hier sind wir nun. Die Straßen finden einen auch bei Tageslicht, wenn man es am wenigsten erwartet hätte. Die Nacht schleicht sich an mich heran, während die Sonne noch scheint.

»Ich versteh's einfach nicht, Ki. Du weißt, was mit Clara passiert ist, wieso verhältst du dich nur so dumm?« Sie schüttelt den Kopf und sieht zu den beiden Jungs hinüber, die auf dem Geländer hinter der Halfpipe noch immer irgendeinen Trick üben. »Wieso machst du das?«

»Hab keine andere Wahl«, erkläre ich.

»*Nah.*« Alés Kopfschütteln wird heftiger, bis es ein volles Schwingen ist, und sie steht auf und schnappt sich ihr Skateboard, wobei sie am ganzen Körper zittert. Sie steht nun vor mir und sagt noch einmal mit sich schüttelndem Körper »*Nah*«, ehe sie ihr Brett auf den Asphalt stellt, aufsteigt, sich wieder und wieder abstößt, bis sie einen halben Block entfernt ist und ich über einer Halfpipe im Skatepark stehe und nirgendwo mehr hinkann.

Ich verließ den Skatepark, nachdem ein paar männliche Teenager dort zum Skaten erschienen waren und mich mit Rufen belästigt hatten. Es ist etwas anderes, mitten am Tag allein durch die Stadt zu laufen. Gibt mir das Gefühl, Augen in alle Richtungen zu brauchen und lernen zu müssen, mehr aus den Beinen und weniger aus der Hüfte heraus zu gehen. Nach ein paar Blocks steige ich in einen Bus, der mich direkt vor dem Royal-Hi rauslässt, das um diese Zeit eine abstoßende Farbe hat, so nah an Weiß, dass ich mich frage, ob ich mir die ganze Zeit nur eingeredet habe, es sei blau.

Beinahe sofort nachdem ich die Wohnung betreten habe, beginnt mein Telefon zu klingeln. Ich ziehe es so schnell ich kann aus der Hosentasche, da ich hoffe, es könnte Alé sein. Stattdessen leuchtet SHAUNA auf dem Display auf, und ich gehe ran, auch wenn jede Zelle meines Körpers sagt, ich solle es nicht tun.

»Kiara.« Ihre Stimme klingt müde, und ich bin mir nicht sicher, ob es die Müdigkeit einer jungen Mutter oder noch etwas anderes ist.

»Jaa?«

»Ich weiß nicht, was für eine Scheiße die am Laufen haben, aber letzte Woche sind sie mit neuem Equipment aufgetaucht, und jetzt erzählt Cole was von irgendeinem Deal und dass sie ganz kurz vor dem Durchbruch wären, und ich weiß nicht, Mädchen, ich will so ein Leben nicht.«

»Wovon redest du?«

»Ich weiß nicht, was los ist, aber die bringen sich gerade in irgendeine Scheiße, und ich glaube nicht, dass sie da wieder rauskommen. Du musst mir helfen.« Shaunas Stimme steigert sich in der Tonlage.

Ich seufze. Mir ist bewusst, was mit einem passieren kann, wenn man in die Fänge der Straße gerät, aber ich weiß nicht, wie man wieder rauskommt, wie man jemandem hilft, insbesondere Marcus. »Hör zu, ich hab keine Ahnung, was ich dagegen unternehmen soll.« Ich sage ihr, ich müsse auflegen, jemand sei an der Tür, obwohl das nicht stimmt, und würge sie mitten im Satz ab, worauf die gesamte Wohnung verstummt.

Wir versuchen dauernd, Männer zu besitzen, über die wir keine Kontrolle haben. Ich bin es leid. Ich bin es leid, hier hocken und an all diese Leute denken zu müssen, all diese Dinge, um mich am Leben zu halten, um sie am Leben zu halten. Ich habe keine Luft mehr für all das. Vielleicht hat Camila recht, vielleicht ist es Zeit loszulassen, einen von ihnen übernehmen und sich um mich kümmern zu lassen.

Allerdings kann ich nicht aufhören, an Shaunas Anruf zu denken, mich zu fragen, ob bei Marcus alles in Ordnung ist, ob er womöglich genug Geld hat, um uns aus der Patsche zu helfen. Ein Teil von mir ist noch immer sauer auf ihn, weil er nicht mit zu Mama gekommen ist, aber wenn Alé nun nicht mehr mit mir redet, brauche ich ihn.

Es ist jetzt zwei Uhr nachmittags, und auch wenn es gerade erst Frühling geworden ist, hat die Hitze bereits zu uns gefunden, ein unerwartet warmer Tag nach der Kälte. Noch am Nachmittag wird die Wohnungstür aufgerissen, und Marcus tritt ein, ein stolzes Lächeln im Gesicht, mein Fingerabdruck nach oben gezogen und verzerrt. Marcus läuft direkt auf mich zu, hebt mich an der Taille hoch und dreht mich einmal im Kreis. Wieder auf dem Boden ist mir schwindelig, und ich weiß nicht, wann er mich zum letzten Mal so herumgewirbelt hat, als wäre ich seine kleine Schwester und wir könnten immer noch jung sein.

»Wofür war das denn?« Ich klatsche ihm lachend auf die Brust. Er wirkt heute größer als sonst.

Seine Augen starren mich an, und auch in ihnen leuchtet das Lächeln auf.

»Wovon redest du, ich hab meine kleine Sis vermisst.« Er sieht mich an, als wollte er mich gleich noch mal hochheben. »Ich muss dir was zeigen.«

In Sekundenschnelle hat Marcus meine Hand ergriffen, sich einen Rucksack und sein Skateboard aus dem Schrank geschnappt und mich aus der Tür gezogen. Marcus zerrt noch ein wenig stärker an meinem Handgelenk, und es kommt mir fast so vor, als würde ich es mir einbilden. Er scheint die ganze Scheiße vergessen zu haben, die sich in den letzten paar Monaten zwischen uns aufgestaut hat. Und da er im Grunde kaum daheim gewesen ist, hat er ja vielleicht nicht einmal mitbekommen, wie ich mich anstrenge, den Umschlag mit der Miete für den nächsten Monat zu füllen, oder gespürt, wie das Chlor und die Scheiße zu einem Teil der Luft geworden sind, des natürlichen Geruchs der Wohnung. Ich frage mich, ob er weiß, wo ich gewesen bin, was ich getan habe.

Ich hole mein Scraper Bike vom Ständer am Pool, das Fahrrad, das Marcus und ich aus Klebeband und altem Schrott zusammengebastelt haben. Mit diesen neonfarbenen Rädern, die heller leuchten als der Himmel, fahren wir stolz durch ganz East Oakland. Ich steige auf und folge ihm hinaus auf die Straße. Marcus führt uns in Schlangenlinien durch Straßen, die ich nicht wiedererkenne, was komisch ist, da ich schwören könnte, schon jeden Zentimeter dieser Stadt abgelaufen zu haben. Vielleicht habe ich nie nach oben geschaut. Vielleicht war ich zu sehr mit Suchen beschäftigt.

Ich rufe ihm zu: »Wo, zur Hölle, bringst du mich hin, Marcus?«

»Mach dir keine Gedanken, wir sind gleich da.«

Vielleicht wird er mir auf diese Weise mitteilen, er habe etwas Geld für uns, selbst wenn Shauna recht hat und er etwas getan hat, was er nicht hätte tun sollen. Straßengeld bleibt immer noch Geld. Mittlerweile kann ich die Autos auf dem Freeway hören, und da wir nach wie vor in East Oakland sind, muss die 880 ganz nah sein, aber noch sehe ich sie nicht. Manchmal hört oder fühlt man Dinge, die sich niemals vor den Augen manifestieren. So etwas ist Mamas Stimme in meinem Kopf: etwas Unsichtbares.

Unter einer Überführung bleibt Marcus abrupt stehen. Es kommt so unerwartet, dass ich beinahe die Kontrolle über die Pedale verliere und in ihn hineinkrache. Ich schlittere, bremse, springe ab. Unter der Überführung ist es dunkel und vollkommen leer, bis auf zwei Zelte, eine Miniaturstadt. Hier werden wir bald sein, wenn Marcus mir nicht hilft: in Zelten schlafend, während meine Hüften mich offen stehend zurücklassen, weil mich kein Reißverschluss beschützen kann. Nicht einmal Marcus' Ego könnte meinen Körper vor den kältesten Nächten hier draußen retten, und in der Feuersaison könnten wir uns nirgends verbergen, der Rauch würde uns einholen.

»Was machen wir hier?«, frage ich Marcus und lehne mein Fahrrad gegen die Mauer.

Er antwortet nicht. Marcus setzt seinen Rucksack ab, hockt sich hin und macht den Reißverschluss auf. Darin befindet sich dosenweise Sprühfarbe von der teuren Sorte, die wir manchmal bei Home Depot klauen, wenn wir uns wirklich unverletzlich fühlen. Er beginnt sie auf dem Boden aufzureihen: ein ganzer Regenbogen.

»Wo hast du die her?«

»Mach dir darüber keine Gedanken. Schau mal, ich hab ein kleines Geschenk für dich, und ich werde dir sogar dabei helfen. Du hast eine ganze Wand. Tob dich aus. Du sagst mir, was ich malen soll, und ich mach es. Das ist dein Tag, Ki.« Marcus blickt aus seiner Hocke strahlend zu mir auf.

Ein Teil von mir fragt sich, ob ich protestieren und ihn zur Rede stellen sollte, aber stattdessen lächle ich zurück, schnappe mir als Erstes die grüne Farbe und sage Marcus, er solle mit der gelben anfangen. Ich beginne mit den Umrissen und gebe ihm Anweisungen. Marcus macht sonst nie, was ich sage, aber heute fährt er meine Linien nach und folgt mir. Heute ist er mein Bruder.

Ich schließe die Augen beim Sprayen. Marcus und Alé lachen mich dafür aus. Sie denken, man müsse sehen, um zu sprayen, aber das Sehen lenkt nur ab von dem, was es wirklich braucht, um ein Bild in Kunst zu verwandeln. Ich lasse es aus meinen Fingern strömen, meinem Atem entfliehen, und ich brauche nicht hinzuschauen, wenn es doch mein gesamter Körper fühlt.

Ich tagge, seit ich dreizehn bin. Damals hätte ich es noch nicht einmal als Taggen bezeichnet, da ich lediglich ein paar Marker und den Willen hatte, meinen Namen an jeden Block zu setzen. Dann schenkte Alé mir zum vierzehnten Geburtstag eine Dose mit blauer Sprühfarbe, und ich tobte mich einen Monat lang damit aus, bis ich sie eines Tages schüttelte und sie leer war. Es wurde zu einer Tradition, und seither bekam ich jedes Jahr eine andere Farbe zum Geburtstag.

Marcus war derjenige, der mich zu Radtouren mitnahm und mir erklärte, es gebe im Grunde keinen Unterschied zwischen den Wandgemälden und den geschwungenen Tags, die wir setzten, dass Kunst unsere Möglichkeit sei, unseren Abdruck auf der Welt zu hinterlassen, damit man uns nicht einfach auslöschen könne. Er sagt, dafür seien auch seine Texte da.

Als ich fünfzehn war, in den ersten Monaten, in denen wir beide allein waren, fuhren wir mit dem Fahrrad die billigsten Lebensmittel einkaufen, stopften sie in unsere Rucksäcke und brachten sie in die Wohnung. Ich war immer diejenige, die kochte, falls wir irgendetwas mitbrachten, was zubereitet werden musste. Marcus setzte sich mit seinen Skittles aufs Sofa.

Eines Tages, etwa einen Monat nachdem ich zu Marcus gehörte, entschied er, wir müssten erfinderisch sein, wenn wir genug verdienen wollten, um uns die Lebensmittel von Farmer Joe's anstelle derer von Grocery Outlet zu leisten. Er beschloss, wir müssten unsere Kunst verkaufen. Damals war er Cole noch nicht begegnet, hatte also keine Möglichkeit, seine Musik aufzunehmen, was bedeutete, dass ich den Anfang machen musste, indem ich Pappe mit Farbe bemalte, die wir für einen Dollar pro Tube beim East Bay Depot for Creative Reuse kauften. Das war der einzige Grund, aus dem wir je nach Temescal fuhren, ein Viertel, das stolz auf sein Pistazieneis ist, als würden die Leute dort nicht das Land besiedeln und es Unternehmungsgeist nennen.

Wenn ich aus der Schule kam, fand ich Marcus nun auf unserem Platz auf dem Teppich mit meiner Pappe und der Secondhandfarbe vor sich ausgebreitet, bereit, mir einen Pinsel zu reichen. Mir die Farben zu geben war das Beste, was Marcus für mich hätte tun können. Manchmal erlaubte ich mir sogar den Gedanken, ich könnte mehr als nur seine Schwester sein, könnte die Sorte Künstlerin sein, die einen Rahmen für ihre Kunst hat.

Wir begannen meine Bilder an den Wochenenden mit rauszunehmen und für zwanzig Dollar das Stück anzubieten. Marcus behauptete, dies sei der übliche Preis, aber niemand kaufte sie. Ein Wochenende nach dem anderen standen wir ungeschützt in der Sonne und ließen den Preis herunterhandeln, bis schließlich ein paar alte Frauen Mitleid mit uns hatten und uns ein paar Bilder für fünf Dollar pro Stück abkauften. Ich entschuldigte mich bei Marcus, und er sagte immer wieder, es sei in Ordnung, auch wenn ich wusste, dass es das nicht war. Er verbrachte ein paar Nächte bei Lacy und kehrte mit einem angespannten Lächeln zurück. Seitdem habe ich kaum noch gemalt, bloß hin und wieder einen geschwungenen Tag an einer Bushaltestelle oder Porträts von Alé mit meiner Geburtstagsfarbe.

Ich hebe das Grün an die Mauer, mit genügend Abstand, um es jene eine Millisekunde durch die Luft sprühen zu sehen, ehe es auf dem Zement auftrifft. Es klingt wie das Meer, wenn dieses künstlich hergestellt wäre, wenn wir eine Welle kontrollieren könnten. Die metallene Dose beginnt in dieser kurzen frühen Frühlingshitze in meiner Hand zu brennen, und ich hatte noch nie stärker das Gefühl, irgendwohin zu gehören.

Ich male meinen wiederkehrenden Traum, in dem ich auf einer Wiese sitze und alles um mich herum blüht und es sich anfühlt, als wäre jede Zelle in jedem Grashalm zum Leben erweckt worden. Ich trage Marcus auf, die Blumen zu malen: gelb, Blütenblatt auf Blütenblatt auf Blütenblatt, bis man keins mehr vom anderen unterscheiden kann.

Auf dem Gras, oder eigentlich eher im Gras, fange ich an das Mädchen zu malen. Ich schüttele meine Dose und halte sie an die Wand, überlege es mir jedoch anders. Ich sprühe ein wenig auf meine Hand und benutze dann meine Finger, um die Umrisse des Mädchens zu zeichnen, das ich bin und zugleich auch nicht. Dieses Mädchen ist jünger, und sein Mund ist offen, weit offen.

Ich sage Marcus, er solle dem Mädchen auch ein gelbes Kleid malen. Ich will, dass es aussieht, als würde es mit den Blumen verschmelzen. In meinem Kleiderschrank gibt es nichts so Lebendiges, aber mein Traum teilt mir mit, dass ich in dieser Farbe begraben werde, mit offenem Mund. Auf meinen Händen mischen sich Grün und Braun und Gelb, und nun füge ich auch noch Blau hinzu, lasse meine Finger große Kreise ziehen. Ich bin nicht groß genug, um weit genug nach oben zu kommen, aber Marcus hebt mich an den Beinen hoch, sodass ich sogar noch größer bin als er und den Himmel an eine Überführungsmauer male.

Hinter uns öffnet sich an einem der Zelte der Reißverschluss. Bei dem Geräusch stellt Marcus mich wieder ab, und als wir uns umdrehen, sehen wir zwei junge Frauen aus ihrem Unterschlupf klettern. Ich stehe mit erhobenen Händen da, die Farbe wie Blut.

»Was macht ihr da draußen?«, fragt eine von ihnen, und mir wird bewusst, dass der Stoff um ihren Körper ein Tragetuch ist und kein Schal. Ein kleines Kind wimmert leise.

»Wir tun euch nichts. Wir malen bloß«, ruft Marcus und streckt seine mit Farbe bedeckten Hände vor sich aus. Ständig zeigen wir fremden Leuten unsere Hände, als wären sie der Beweis dafür, dass wir Menschen sind.

Die andere Frau kneift die Augen zusammen, und ich weiß nicht, ob unseretwegen oder ob die Sonne einfach zu hell ist. »Macht das fertig, und dann kommt nicht wieder hierher und weckt das Baby auf und so ein Scheiß.«

Marcus und ich murmeln Entschuldigungen und wenden uns wieder der Wand zu. Irgendwie fühlt es sich jetzt verdorben an, wie wir in einen Raum eingedrungen sind, der nicht uns gehört.

»Komm schon, lass uns fertigwerden«, drängt Marcus mich halb flüsternd.

Er hebt mich erneut hoch, und ich fülle den Rest mit Farbe, sodass die Wand ein ganzer Himmel ist. Marcus stellt meinen Körper zurück auf den Boden, und ich begegne dem Blick der Mutter im Zelt. Sie lächelt, ganz schwach nur, aber sie lächelt, bevor sie den Reißverschluss wieder schließt und verschwindet.

»Yo, Ki, okay, wenn ich noch was hinzufüge?« Marcus lenkt meine Aufmerksamkeit wieder auf die Wand. Er ist einen Schritt zurückgetreten, um sie zu betrachten.

Ich nicke, und er schnappt sich eine Dose mit schwarzer Farbe und streckt den Arm bis zum Himmel aus. Er zeichnet ein einzelnes Notenzeichen. Dann bewegt er die Hand nach unten und fügt noch eins hinzu. Und noch eins. Marcus malt eine Musiksequenz, die bis zum Mund des Mädchens hinunterreicht, wo ein Violinschlüssel an ihrer Lippe hängt. Er sieht aus, als würde er gleich ihren Hals hinuntersickern, und die Wand wäre das Einzige, was ihn an seinem Platz hält.

»Ja?« Marcus dreht sich mit hochgezogenen Augenbrauen um, sein Gesichtsausdruck erwartungsvoll, und ich kann mir den Gedanken nicht verkneifen, dass er ein bisschen aussieht wie Daddy.

Ich nicke. »Es ist wunderschön«, sage ich, und das ist das Ehrlichste, was ich zu Marcus gesagt habe, seit Mama uns verlassen hat.

Marcus und ich treten gemeinsam zurück und betrachten das Wandgemälde.

Ich denke, heute könnte der Tag sein, auf den ich gewartet habe. Der Tag, an dem Marcus beschließt, sein Rückgrat aufzurichten und zu lernen, wieder einen Teil dieses Lebens aufrechtzuhalten. Der Tag, an dem er seinen Kopf in meinen Schoß legt und von mir streicheln lässt. Vielleicht ergreift er sogar meine Hand und fragt mich, weshalb ich Prellungen auf der ganzen Brust habe. An manchen Tagen fühlt es sich an, als wäre ich gefangen zwischen Mutter und Kind. An manchen Tagen fühlt es sich an, als wäre ich nirgendwo.

Ich muss ihm etwas sagen. Ich hatte es mir geschworen, und auch wenn ich mich an die meisten Dinge, die Mama uns beigebracht hat, nicht mehr erinnere, weiß ich doch noch, wie sie immer sagte, dass wir unser Wort halten müssen. Nicht nur Mama. Diese ganze Stadt weiß, dass die eine Sache, die man nicht tun darf, ist, sein Wort zu brechen. Genauso, wie man sich nicht das letzte Stück Hühnchen nimmt, ohne zuvor jede Person, die alt genug ist, um die eigene Mama zu sein, zu fragen, ob sie es haben möchte. Vielleicht sind es hinaufgereiste Bräuche aus dem Süden. Vielleicht ist es die Etikette Oaklands. Vielleicht ist es nur das Lernen aus unseren Fehlern.

Wenn ich nur Marcus in dieser Sache an meiner Seite haben könnte, würde es mir vielleicht gelingen, so aus diesem Schlamassel herauszukommen, dass wir alle noch intakt genug sind, um richtig lieben zu können. Ich mache den Mund auf, um zu sprechen, aber die Hitze findet ihren Weg in meine Kehle, bis ein Geräusch zu machen das Letzte ist, was ich will. Ich schlucke.

»Mars.«

»So hast du mich schon eine Weile nicht mehr genannt.«

Meine Stimme kommt leise genug heraus, um als Flüstern bezeichnet zu werden. »Warst ja kaum da, damit ich dich irgendwas hätte nennen können.«

Er seufzt und wendet den Kopf von dem Wandgemälde ab, um mich anzuschauen. »Du aber auch.«

Ich starre ihn an, sehe diese Augen zurückstarren, die sich normalerweise abwenden. Ich drehe mich zurück zur Wand. Für eine Weile sagt er kein Wort und ich auch nicht.

»Wo bist du gewesen, Ki?«

Ich habe so lange darauf gewartet, dass er mich fragt. Mich fragt, was ich brauche. Mir sagt, dass er bereit sei, mir zu helfen.

»Straße«, antworte ich. In dem Himmel des Wandgemäldes gibt es nichts außer Notenzeichen und Blau, und das Blau scheint kein Ende zu nehmen, als würde das Blau gemeinsam mit der Musik vom Himmel fallen und immer näher rücken. »Wusste nicht, wo ich sonst hinsoll.«

Aus dem Augenwinkel sehe ich Marcus den Kopf schütteln. »Also dachtest du dir, du läufst rum und fickst wahllos Männer wie irgendeine Hure? Tony hat's mir erzählt, aber ich wollte es nicht glauben. Scheiße, Kiara.«

»Du hast kein Recht, mich zu verurteilen. Ich bin für *dich* da draußen gewesen, weil du hier in einer beschissenen Fantasievorstellung lebst. Du hast gesagt: einen Monat für das Album, und den habe ich dir gegeben. Eigentlich habe ich dir sogar mehrere Monate gegeben, um Scheiße zu bauen, aber es dauert zu lang, Marcus, und wir sind keinen Schritt weitergekommen.«

Marcus' Blick ist fest und hart. »Also dachtest du dir, du verkaufst dich selbst?«

»Ich hab getan, was ich tun musste, während du nur rumgesessen hast. Und ich müsste gar nichts davon tun, wenn du mir helfen und mit deinem Quatsch aufhören würdest«, antworte ich.

»Du meintest, es wär okay, wenn ich's probiere.« Irgendwie wird seine Stimme immer höher. »Denkst du, ich hätt's nicht versucht? Ich hab versucht dich zu beschützen, schon bevor Mama Scheiße gebaut hat, verdammt, ich bin der Einzige, der sich je wirklich für dich interessiert hat. Kannst du's mir verübeln, dass ich auch mal was für mich wollte?«

»Nein, kann ich nicht. Aber wir leben jetzt nicht in Onkel Tys Welt, und es bringt auch nichts, so zu tun, als ob. Bald haben wir beide nicht mal mehr einen Ort zum Schlafen, und zumindest geb ich mir Mühe, das zu verhindern.«

»Deshalb dachte ich ja auch, ich nehm dich heute mal mit raus, du weißt schon, als Wiedergutmachung.« Seine Stirn besteht aus verdrehten Linien, die auf mich hinabstarren. Er glaubt wirklich, ein wenig Farbe könnte alles auslöschen. Vor meinen Augen verschwimmt es, und ich bemerke, dass ich weine: leise, langsam, aber ich weine.

»Farbe bezahlt unsere Miete nicht, Marcus. Ich weiß nicht, was du von mir hören willst, dass ich dir vergebe? Ist doch egal, ob ich dir vergebe, wenn wir nichts zu essen haben.«

»Was soll ich denn dagegen unternehmen? Ich hab's ja schon mit einem Job probiert. Zweimal.«

Ich seufze und versuche mir den Schleier von den Augen zu wischen. »Ich bin zu Mama gefahren. Sie hat Onkel Tys Nummer nicht, aber dich mochte er immer am liebsten.« Ich spüre, wie sich sein gesamter Körper anspannt. »Hilf mir, Mars. Ist mir egal, was du tust, aber du musst irgendwas versuchen. Mach Ty ausfindig oder einen anderen Job oder irgendwas. Bitte.«

»Scheiß drauf.« Marcus tritt mit seinem ungeschnürten Sneaker gegen die Erde. »Du weißt, dass er uns einen Scheiß helfen wird.«

»Besseren Plan hab ich nicht.«

Als Marcus dreizehn wurde, nach Daddys Rückkehr zu uns, fing er an die Schule zu schwänzen, um mit Onkel Ty abzuhängen. Das war, bevor Onkel Ty aus der Stadt zog, bevor er bei einem Major-Plattenlabel unterzeichnete und seinen Maserati kaufte. Er war damals bloß Daddys kleiner Bruder, das Baby der Familie, unsere einzige Verbindung zu etwas Größerem.

Onkel Ty ist die Art von Mensch, dem man so nahe kommen will, wie man kann, im Grunde wie ein Magnet. Er braucht nicht einmal den Mund aufzumachen. Es ist fast so, als könnte man seine Gedanken sehen, die Intensität jeden Glaubens, wie er den Blick auf etwas richtet und nicht wieder abwendet. Als Kinder waren wir von Onkel Ty geradezu verzaubert, und Mama hielt es für das Beste, wenn wir nicht zu viel mit ihm sprachen. Hörte auf, an Weihnachten zu kommen, als ich neun war. Dieses ganze erste Weihnachten ohne ihn weinte Marcus, wälzte sich auf dem Fußboden unserer Wohnung und hielt sich den Bauch, als würde die Entfernung einen physischen Schmerz auslösen. Vielleicht tat sie das ja wirklich.

Niemand von uns wusste, dass Marcus den Unterricht schwänzte, um Zeit mit Onkel Ty zu verbringen, bis der Verweis wegen unentschuldigten Fehlens mit der Post kam. Während eines ganzen Halbjahrs hatten sie fast jeden Tag gemeinsam verbracht. Als unser Onkel nach Mamas Festnahme aus der Stadt verschwand, zerstörte Marcus in der Wohnung alles, was ihn an Onkel Ty erinnerte.

Nachdem Marcus letztes Jahr Onkel Tys Song im Klub gehört und von seinem Ruhm erfahren hatte, kam er betrunken und verheult nach Hause und strich mir über die Stirn, während er mir erzählte, was sie damals gemeinsam unternommen hatten. Wenn sie nicht im Skatepark waren, traf Onkel Ty sich mit vielen großen Männern mit noch größeren Ketten, rauchte Weed, redete Unsinn und spielte ihnen seine Musik vor. Marcus saß in einer Ecke, atmete den Rauch ein und wartete darauf, dass Onkel Ty ihn zum Skatepark zurückbrachte. Er sagte, manchmal seien sie in diese schicken Häuser gegangen, wo reiche Typen ihm Zigarren anboten, und Onkel Ty habe Marcus gesagt, er solle eine probieren. Marcus inhalierte, obwohl man Zigarrenrauch eigentlich nicht einatmen sollte, und endete kotzend im Badezimmer. Auch wenn Onkel Ty Marcus nichts als Kummer brachte, liebte er unseren Onkel mehr als alles andere. Verehrte ihn richtiggehend.

Marcus schüttelt den Kopf. »Ohne mich.«

»Ernsthaft? Du kannst nicht mal diese eine Sache für mich tun?«

Marcus sieht mich mit dem gleichen verängstigten Blick an wie damals, als Daddy beim Trommelkreis meine Hand ergreifen wollte. Er schüttelt den Kopf. »Tut mir leid.«

Ich schnappe mir mein Fahrrad, und mein einziger Gedanke ist, dass ich irgendwohin muss, wo es nicht so blau ist.

Ich habe die Entscheidung getroffen, aber muss sie auch für mich selbst erst noch in Worte fassen, und blicke Marcus an, der noch immer den Kopf schüttelt. »Daddy wäre wirklich enttäuscht davon, was aus dir geworden ist. Wenn du dein Glück probieren willst, Marcus, bitte schön, aber ich werd dir kein Bett mehr zur Verfügung stellen, wenn du nach all dem Große-Jungs-Scheiß mit leeren Händen nach Hause kommst. Du willst allein sein? Dann zieh woandershin. Wenn du bei mir bleiben willst, dann komm klar und hilf mir.«

Ich klettere auf mein Bike, dessen Sitz noch immer warm ist, und beginne zu treten, fester und fester, bis meine Beine ein verschwommener Fleck aus Muskel und Frau und Schweiß sind. Ich weiß, dass ich etwas zwischen uns zerschnitten habe, das Abkommen zerrissen, das unsere Wohnung dargestellt hat, indem ich diese Worte direkt nach etwas so Heiligem aussprach. Vielleicht wird das Wandgemälde diesem Tag ein Denkmal setzen, wird uns zurückbringen dazu, wie es früher war, zurückbringen zueinander.

Oaklands Sonne ist wieder zu ihrem üblichen milden Summen verblasst. Alé ist seit dem Skatepark nicht mehr ans Telefon gegangen, und ich fürchte mich davor, sie zu fragen, ob sie mich noch genauso liebt wie früher. Mit jedem Tag, an dem wie einander nicht sehen, fühlt es sich an, als könnten wir uns immer weniger wiedererkennen. Wahrscheinlich hat sie mittlerweile ein paar neue Tattoos. Vielleicht riecht sie sogar anders.

Marcus ist fort. Seit dem Wandgemälde ist offiziell eine Woche verstrichen, und gestern hat er die Kleidungsstücke abgeholt, die ich für ihn gewaschen habe. Er muss bei einem seiner Jungs übernachten, und ich fühle mich wie die letzte Überlebende unserer Familie, die letzte, die noch in dieser Wohnung ist.

Ich kann nicht aufhören, an die Party zu denken, zu der Camila mich eingeladen hat, an die Disco. Wahrscheinlich wird es nicht einmal eine Disco geben, aber das Blitzlicht erweckt in mir den Wunsch hinzugehen, nur um zu sehen, ob mir von dem Glitzern schwindelig wird oder ob das womöglich das passende Leben für mich ist. Vielleicht kann ich jeden Abend Camilas Hand halten, genügend Geld verdienen, damit Trevor sich im Leben nie wieder um etwas Sorgen machen muss, Geborgenheit aufgeben für etwas Stabiles und Hartes.

An den meisten Tagen hole ich Trevor nach der Schule von der Bushaltestelle ab, und wir gehen zum Platz, wo wir eine ganze Reihe von Wetten laufen haben. Nachdem wir Buchtmädchen geschlagen haben, hat diese all ihren Freundinnen und Freunden aus der Mittelschule gesagt, irgendjemand solle es diesem kleinen Jungen und seiner erwachsenen Babysitterin zeigen. Ich dachte, sie würde bloß Scheiße erzählen, aber wie sich herausgestellt hat, sind sie jung genug, um all ihr Geld in Wetten zu stecken, von denen wir ohnehin schon wissen, dass wir sie gewinnen werden. Damit haben wir genug verdient, um die Miete für den März zu bezahlen, zusammen mit etwas Geld von den Cops.

Manchmal trainieren Trevor und ich spätabends, wenn Dee zurückkommt und anfängt durchgedreht zu lachen. Dann klopft er an die Tür zu meiner Wohnung, und wir gehen mit dem Ball nach draußen, dribbeln um den Pool herum. Manchmal stelle ich mir vor, wie er an meine Tür klopft, wenn ich nicht da bin, wie er dort wartet, auch wenn er keine Antwort bekommt.

Es wird bald dunkel, und die Party beginnt bei Sonnenuntergang. Ich mache mich fertig und ziehe das einzige Kleid an, das ich besitze, mehr Nachthemd als irgendetwas anderes. Es war ein Geschenk von einem der Cops, und es erinnert mich daran, wie ich in den letzten Monaten ein ganzes Jahrhundert durchlebt habe. Zeit bewegt sich in so viele Richtungen.

Im Badezimmer blicke ich direkt in den Spiegel. Mein Körper trägt alle Schattierungen von Braun. In meinem Haar sind noch Überreste von Rot zu finden, von dem einen Mal, als ich versuchte, es kastanienfarben zu färben, und ich schminke mir das Gesicht mit verwässertem Mascara und Eyeliner, von dem ich nicht genau weiß, wie man ihn benutzt. Schließlich sehe ich aus wie eine erwachsene Version meiner selbst: kantiger. Mein Gesicht ist nun schärfer gezeichnet als gewöhnlich, und meine Schultern mit ihren durchscheinenden Knochen betonen die Blöße des Kleides. Eigentlich bin ich gar nicht so dünn, aber meine Schultern scheinen es zu glauben. Der Rest von mir ist weich gepolstert, hält meine Organe geschützt und sicher.

Es ist nun zehn Uhr, und ich schlüpfe in meine neuen High Heels. Diese hier sind silbern, und die Stilettoabsätze sind fünf Zentimeter niedriger als die alten, die Metallmann auf die Straße geworfen hat. Ich nehme keine Jacke mit, da ich weiß, wie schwülwarm es sein wird in dem Haus, der Hütte, der Lagerhalle oder wo auch immer diese Party stattfindet, und schlimmer als Frieren ist nur der Schweiß unentrinnbarer Hitze.

Als Camila mir die Adresse gab, kam es ihr vermutlich nicht in den Sinn, dass ich hier draußen ganz auf mich gestellt bin, kein Auto habe und nicht einmal eine Fahrkarte, seit auf den Chipkarten, die Alé und ich geklaut haben, kein Guthaben mehr ist. Vor meinem Aufbruch habe ich mir die Route zu der Adresse eingeprägt, aber hier draußen auf der High Street erscheint mir dieser Zweimeilenfußweg wie ein Marathon, den meine Füße nicht schaffen.

Wenn man keine andere Wahl hat, bleibt einem nur zu laufen. Die Sohlen meiner Füße schmerzen auf jene vertraute Weise, die mir sagt, dass ich am nächsten Morgen nicht nur Blasen haben werde: Meine Füße werden sich auch wundscheuern zu einem Lila, das dem Hals meiner Mama näherkommt, als Haut es sollte.

Ich setze jeden einzelnen Schritt bewusst und wiederhole zu mir selbst: *Hacke, Spitze, Hacke, Spitze.* Macht es einfacher. Jeder Schritt wird begleitet vom Hupen all der Arschlöcher in ihren Autos, aber ich schenke ihnen keinerlei Beachtung, bis eins neben mir anhält. Das Fenster fährt herunter. Ich spanne mich an, bis ich erkenne, dass es sich um eine Frau handelt. Aus ihren Lautsprechern dröhnt Kehlani, und ihre Wimpern sind mit blauem Glitter geschmückt.

»Sollen wir dich mitnehmen?«, fragt sie.

Ich nicke, dann werfe ich einen Blick auf die Rückbank. Dort befindet sich ein ganzer Zirkus, nur der mittlere Sitz ist noch frei. Sie öffnen die hintere Tür für mich, und das Mädchen auf meiner Seite rutscht in die Mitte. Ganz offensichtlich sind sie auf dem Weg zu einer Party und tragen Kleider, an denen kaum mehr Stoff ist als an meinem.

Ich schließe die Tür.

»Wo willst du hin?«, fragt die Fahrerin, die sich zu mir umgedreht hat.

Ich nenne ihr die Adresse, und das Mädchen neben mir beugt sich zur Fahrerin vor. »Ist das nicht Demonds Haus?«, versucht sie zu flüstern, aber es ist laut genug, um im ganzen Auto gehört zu werden, sogar über das Donnern der Stereoanlage hinweg.

Die Fahrerin nickt leicht und ruft mir dann zu: »Ich bin Sam. Du weißt, in was für ein Haus du dich da begibst, ja?«

»Weiß alles, was ich wissen muss«, rufe ich zurück. »Ich bin Kia.«

Den Rest der Fahrt verbringen wir, abgesehen von der Musik, in Stille. Als sie mich vor dem Haus rauslassen, dreht Sam sich zu mir um und berührt mein Knie.

»Wenn Demond versucht, dir irgendwas zu geben, nimm es nicht.« Ihre blauen Wimpern klappen auf und zu, dann dreht sie sich zurück zum Lenkrad, und die Tür schwingt auf. Das Mädchen neben mir rutscht ein wenig zur Seite, und ich stolpere hinaus auf den Gehweg, wo ich mich ausbalanciere, obwohl die Stilettos mir das Gefühl geben, auf Stelzen zu gehen.

Das Haus erinnert mich daran, wie Hauspartys in Cartoons dargestellt werden: Das Gebäude sieht aus, als würde es auf und ab hüpfen, Stroboskoplicht leuchtet durch die Fenster, Menschen lungern auf der Vordertreppe. Der Rest der Straße ist dunkel bis hinauf in die Sackgasse, und wenn drinnen nicht diese wilde Party im Gange wäre, hätte ich geglaubt, in dem Haus mit seinem Palisadenzaun und dem ganzen Scheiß würden Kinder leben.

Ich sehe das Zirkusauto davonfahren.

»He, bist du eins von Demonds Mädchen?«, ruft mir einer der Männer zu, die auf der Vordertreppe Backwoods-Zigarren rauchen.

»Nee, bin nur wegen Camila hier«, rufe ich zurück und gehe auf sie zu.

Angst richtet nichts aus, außer einem den Hals rot anzumalen und ihnen allen zu zeigen, wie leicht sie einen zerstören könnten.

Der Mann nickt, und sein Freund fällt ein und nimmt einen Zug von der Zigarre. »Camila.« Er zieht ihren Namen in die Länge und kichert ein wenig. »Die ist schon so lange im Spiel, hat wahrscheinlich ein paar nette Tricks drauf.« Ich weiß nicht, mit wem er redet, da er in den Himmel hinaufblickt, als erwartete er, dieser würde ihm antworten.

Der Mann neben ihm trägt kein Shirt und blickt mir in die Augen. »*Yeah*, kostet auch 'nen schönen Batzen Geld.«

Himmelmann wendet sich ihm zu: »Du hattest sie noch nicht?«

»Kein Mann, der Camila hatte, ist noch da, um davon zu berichten. Wenn du so viel Geld hast, dann ist auch irgendjemand hinter dir her.« Er konzentriert sich wieder auf mich. »Bist wahrscheinlich eins von Camilas neuen Mädchen. Sie weiß sie auszusuchen.«

Sein Blick schweift über jeden Teil meines Körpers, und ich fühle mich so nackt, als käme ich gerade aus der Dusche, bevor die Sheabutter in meine Haut eingezogen ist.

»Wenn ihr mich entschuldigt, ich werde erwartet«, erkläre ich ihnen und schiebe mich durch ihre Körper die Treppe hinauf, auf die Haustür und die dröhnende Trapmusik zu. Oberkörperfrei ruft mir hinterher: »Sehen uns später, Mädchen!«, und ich weiß, dass ich aus genau diesem Grund hier bin, dennoch jagen mir Nadelstiche den Rücken hinauf wie eine Warnung.

Innen drückt die Hitze des Raums von der Decke herab, und hier herrscht eine andere Art von Körpern an Körpern:

Diese hier reiben, und anstelle von Freude ist hier so viel Verlangen, alles, wovor Mama immer warnt. Allerdings wollen wir alle etwas; die meisten von uns ersetzen das, was sie wirklich wollen, durch Haut, was so lange funktioniert, bis man aufwacht und im Spiegel verschwommen die um den Hals gewickelte Zeit sieht.

Ich bewege mich durch den ersten Raum, dann den zweiten. Jemand tanzt auf der Küchentheke, und jeder Winkel des Hauses ist von halb bekleideten Menschen besetzt. Ich gehe auf einen Tisch zu, der den Geruch von übergeschüttetem Wodka verströmt. Nach der saubersten Flasche Ausschau haltend, finde ich Tequila und schütte ihn in einen Plastikbecher. Ich kippe ihn hinunter, und sobald er meine Lippen berührt, schmecke ich eine Süße, die harten Alkohol eigentlich nicht begleiten dürfte, aber ich bin zu müde, um darüber nachzudenken. Ich trinke mehr, als ich sollte, in der Hoffnung, der Alkohol werde auch noch ausreichen, nachdem ich getanzt und die Hälfte davon wieder ausgeschwitzt habe, in der Hoffnung, er werde schnell wirken, damit meine Paranoia verblasst.

Als die Wärme in meine Brust vorgedrungen ist, wende ich mich erneut dem Chaos zu. In diesem Raum sind so viele Augenpaare, und mein Blick streift immer wieder eins von ihnen, nimmt jedes Zwinkern und mehrmalige Hinschauen auf, erwidert es jedoch lediglich mit einem kalten Starren. Ich suche nach ihr, weiß, dass sie die meisten im Raum überragen wird, auf welche glitzernden Schuhe auch immer sie sich in ihrer ganzen Länge gestellt hat.

Sie steht auf der Terrasse, die Arme über dem Kopf, und

verdreht ihren Körper zu den Klängen einer anderen Musik, die in diesem Universum wahrscheinlich gar nicht existiert. Camila ist strahlender, als die Bassline dieses Tracks bewältigen kann. Ich schlingere auf sie zu, schlüpfe an einem kleinen Mann vorbei, der an der Terrassentür Wache zu stehen scheint. Camila sieht mich, hält inne in der gleitenden Bewegung ihres Kopfes zu ihrer Schulter und kreischt: »¡Mija!«

Und ich fühle mich wirklich wie die ihre.

Camila nimmt mich in den Arm, und heute ist sie von Kopf bis Fuß in Orange gekleidet. Ich hätte nicht gedacht, dass Orange eine Farbe ist, in der man sich anziehen kann, ohne dass es nach Alés billigem Quinceañera-Kleid aussieht, aber Camila trägt es perfekt. Ihr Outfit besteht aus Shorts und einem Tube-Top, beides in einem leuchtend tiefen Blutorange. Es ist, als würde der Saft daraus auf ihre Füße tropfen, die in Neonstiefeln stecken, die dunkler und gesättigter werden, je weiter sie zu ihren Schenkeln hochreichen.

»Wie geht's dir? Hast du was zu trinken?«

Ich nicke, und Camila wendet sich dem Halbkreis aus Leuten zu, die sich um sie versammelt haben. »Das ist eine meiner kleinen Hoes, Kia. Versucht's erst gar nicht bei ihr, wenn ihr nicht das nötige Geld dafür habt. Meine Mädels kosten was.«

Die meisten der Camila umringenden Männer murmeln Hallos, aber ihre Blicke bleiben weiter auf sie gerichtet. Sie starren noch nicht mal auf ihren Arsch oder ihre Titten. Camilas Gesicht ist genug, um jeden Raum in einen Rausch zu versetzen: das Kinngrübchen, das all die anderen Grübchen in ihrem Gesicht betont, ihre ausgeprägten, aber mit weichen Kurven versehenen Kanten. Ihre braunen Augen sind riesig, und Camila trägt ihre Wimpern wie ein Accessoire für sich.

»Hast du Demond schon getroffen?«, will sie wissen.

Ich schüttele den Kopf. Camila erklärt mir, ich müsse lernen, ein bisschen mehr den Mund aufzumachen, und ich lache.

Sie unterrichtet alle auf der Terrasse davon, sie werde zurückkommen, und führt mich dann wieder hinein, durch die Küche und bis zu einer geschlossenen Tür, die sie öffnet, als könnte dies genauso gut ihr Haus sein.

Sobald wir das Zimmer betreten, schlägt mir der Rauch entgegen. Sie machen darin Hotboxing, und ich schwöre, es ist keine Luft mehr zum Atmen übrig. Das Bett steht im Mittelpunkt des Zimmers, garantiert Kingsize, und darauf sitzen und liegen verstreut um die zehn Personen. Es sind alles Mädchen, bis auf den Mann in der Mitte, der eine Sonnenbrille trägt und feinste Muster auf den Kopf rasiert hat. Er ist dünn, aber größer als jeder Mann, den ich im echten Leben getroffen habe. Seine Füße reichen bis zum Ende des Bettes. Ich weiß nicht, wo er unter seiner Sonnenbrille hinschaut, aber ich fühle mich beobachtet.

Camila führt mich zu einem Sofa in einer Zimmerecke, das ich unter dem Nebel aus Rauch nicht einmal wahrgenommen hatte, und wir setzen uns zwischen zwei Mädchen.

»Demond, das ist mein Mädchen Kia. Die, von der ich dir erzählt habe.«

Demond schiebt sich die Sonnenbrille auf die Nasenspitze, und endlich kann ich seine Augen sehen, sogar durch den

Rauch hindurch. Sie sehen aus, als wären die Augäpfel fettgetränkt, glatt und glitschig. Sie sind schwarz, aber da ist noch etwas hinter dem Schwarz, ein Aufblitzen vom Silber der Schneide eines Messers. Er dreht ein paarmal an seinem Nasenring, dann hustet er.

»Ist was Besonderes.« Seine Stimme ist ein durchdringendes Krächzen, das durch das ganze Zimmer ertönt.

Camila zeichnet mit dem Finger geschwungene Muster auf meinen Handrücken und beugt sich mit überschlagenen Beinen zu Demond vor. »Und sie hat keinen Daddy.«

Ich verlagere mein Gewicht auf dem Sofa, dessen Leder an meinen Oberschenkelrückseiten klebt, unbehaglich und unsicher, was Camila gerade zu tun glaubt, mich so zu verkaufen.

»Komm gut allein klar«, sage ich, und alle Blicke im Raum richten sich auf mich, in den Augen all der anderen Mädchen flammt es auf.

Demond richtet sich auf, schubst eins der Mädchen von sich und stellt seine Füße auf den Boden. Er faltet die Hände und starrt mich an. Wir können nun kaum mehr als eineinhalb Meter voneinander entfernt sein, aber der Dunst ist noch immer so dicht.

»Baby, ich kann dich auf ein ganz anderes Level holen.« Sein Atem ist eine Mischung aus Pfefferminz und Weed, entströmt ihm gemeinsam mit seiner heiseren Stimme.

Camila wendet sich mir zu und flüstert mir ins Ohr: »Hör ihm einfach zu. Du musst heut Abend noch keine Entscheidung treffen. Gib ihm zehn Minuten, dann komm wieder zu mir.«

Ihr Oberkörper rollt sich erneut hoch, und sie steht auf, zieht ihre Finger von meiner Hand zurück. Orange und leuchtend verlässt sie mich. Ich sehe sie durch den Rauch und aus der Tür verschwinden, und dann bin ich allein mit Demond und einem Hexenzirkel aus Mädchen.

Demond greift nach der Hand, die Camila zurückgelassen hat, und zieht sie zu sich. Er klappt jeden einzelnen meiner Finger von der Faust aus auf und starrt auf die offene Hand, als würde er darin lesen.

»Bist jung.« Es ist keine Frage. »Hab nichts gegen jung, aber ich kann sehen, dass du Ärger machen wirst, stimmt's?« Die Knochen seiner einzelnen Finger stoßen in meine Haut.

»Mag's bloß nicht, wenn man mir sagt, was ich tun soll«, antworte ich, den Schauer, der mir bis in den Magen gewandert ist, mit einer tiefen Stimme überdeckend.

Darüber muss er lachen, und innerhalb von Sekunden brechen die Mädchen in einen ganzen Chor aus Gekicher aus. Sobald er aufhört, verstummen auch sie.

Ich entziehe meine Hand seinem Griff und lehne mich auf dem Sofa zurück. »Ich will nicht deine kleine Bitch sein und über Scheiß lachen, der nicht lustig ist.« Aus diesem Zimmer komme ich nur wieder raus, wenn ich genauso große Töne spucke wie er. Ich versuche meine Stimme kehlig klingen zu lassen. Bevor ich hier ankam, dachte ich, ich würde das hier womöglich wollen, aber nun, da ich ihn anschaue, weiß ich, dass er mich nicht beschützen wird, die Sache nicht einfacher machen wird, selbst wenn ich mehr Geld verdiene. Ich würde meine Chance auf jegliche Form von Freiheit vertun, auf ein Leben außerhalb der Nachtwelt.

»Du bist echt Camilas Mädchen.« Er ahmt meine Bewegung nach und lehnt sich zurück. »Wie viele Abende bist du draußen auf der Straße? Fünf? Sechs?« Ich gebe keine Antwort, aber er kann meine Schwäche sehen, die Müdigkeit in mir, und redet weiter: »Meine Mädchen sind nur zwei, vielleicht drei Tage die Woche draußen, und jede von ihnen macht über zweitausend Dollar. Lexi kann dir davon erzählen, nicht wahr?«

Er redet mit dem Mädchen direkt neben mir. Durch den Rauch habe ich sie bislang noch nicht genauer angesehen, aber sobald ich meinen Blick auf sie richte, möchte ich zurückweichen.

Lexi ist klein, kaum einen Meter fünfzig, und sie kann nicht viel älter als fünfzehn sein. Ihr Haar sieht genauso aus wie meins, als ich noch ein kleines Mädchen war und Mama sich darum kümmerte: dichte Locken, die ihr rundes Gesicht umrahmen. Man sieht, dass sie versucht hat, dieses zu schminken, sich zu einer Frau zu konturieren, aber sie sieht noch immer so jung aus. Ihre Hände halten ihre Handtasche fest umklammert, an deren Träger sie herumspielt.

»Hi«, sagt sie zu mir, und ich glaube nicht, dass sie absichtlich flüstert, aber ihre Stimme ist flach. Sie will noch etwas hinzufügen, da geht die Tür zum Zimmer auf, und ein Mann tritt ein.

»*Yo*, Demond, ein paar Typen hier draußen versuchen deinen Scheiß zu klauen.« Es ist derselbe Mann, der an der Terrassentür Wache stand, klein und breit.

Demond steht auf und ist noch größer, als ich erwartet hatte, reicht fast bis zur Decke. »*Fuck*, Mann.« Mit zwei großen Schritten ist er aus der Tür und knallt sie hinter sich zu.

Ich bin nun allein mit den Mädchen. Ich beobachte sie, wie sie sich umsehen, als versuchten sie herauszufinden, wo sie sind, als hätten sie zuvor keinen Moment Zeit gehabt, um einmal durchzuatmen und einen Blick auf ihre Umgebung zu werfen. Mir wird bewusst, dass keine von ihnen sich bewegt hat, seit ich das Zimmer betreten habe. Nun stehen ein paar auf und fangen an herumzulaufen, sehen sich Fotos auf dem Regalbrett an oder flüstern einander etwas zu.

»Hat dich auch einer von Demonds Jungs mitgenommen? Ist das dein erster Halt?« Lexis Stimme ist nun ein wenig lauter, aber sie klingt immer noch, als wäre sie unter Wasser und der Laut würde aus ihr heraustreiben.

Ich blicke sie noch einmal an, während der Rauch verfliegt, und erst begreife ich es nicht, bis ich sehe, wie sie an dem Träger herumfummelt und ihre Blicke wild durch den Raum irren.

»Ich bin keins seiner Mädchen. Niemand hat mich mitgenommen.«

Als ich das sage, wird etwas in ihrem Gesicht schlaff, und eine Hoffnung, deren Anwesenheit ich gar nicht bemerkt hatte, verschwindet.

Hastig denke ich an Alé und Clara. »Hast du ein Telefon? Ich kann versuchen, dir hier rauszuhelfen, kann dir einen Platz zum Schlafen besorgen, und du kannst jemanden anrufen, der dich abholen kommt —« Ich taste nach meiner Tasche, um mein Telefon herauszuziehen, aber Lexi streckt ihre fleischige Hand aus, um mich aufzuhalten.

»Nach mir sucht niemand.« Und sie lächelt ein brutales, hohles Lächeln, das nicht zu ihrem Gesicht passt, spielt weiter am Griff ihrer Tasche herum, sieht mich jedoch nicht mehr an.

Das Zimmer hat sich von muffig zu erstickend verwandelt, und ich muss hier raus, zurück zu Camila. Ich stehe auf, und wieder ruhen alle Blicke im Zimmer auf mir, während ich aus der Tür trete und sie einen Spalt offen stehen lasse, damit die Mädchen vielleicht wieder atmen können.

Nachdem ich Camila gefunden hatte, kam Oberkörperfrei von der Vordertreppe nach mir schauen und führte mich hinaus zu einer Hütte hinter Demonds Haus. Als er mich fragte: *Wie viel?*, nannte ich ihm eine höhere Summe, als ich je von einem einzelnen Mann verlangt hatte, und er zuckte nicht einmal mit der Wimper, zog die Scheine einfach aus der Hosentasche und machte seinen Reißverschluss auf. Als ich ihn fragte, wie ich ihn nennen solle, sagte er, ich brauche ihn gar nichts nennen, er möge kein Gequatsche.

Als Oberkörperfrei gegangen war, kam sein Freund – Himmelmann – in die Hütte und verlangte auch eine Runde. Ich fragte ihn noch nicht einmal, wie ich ihn nennen solle, denn in meinem Kopf war er einfach nur Himmelmann, und ein Name hätte diese Fantasie zerstört.

Wieder allein in der Hütte, schlüpfe ich zurück in mein Kleid und meine High Heels. Meine Füße sind im Laufe des Abends angeschwollen, und ich kann sie nur mit Mühe hineinzwängen. Das erste Bild, das ich beim Verlassen der Hütte sehe, ist Camila und ihr Orange, sich schüttelnd – diesmal zur tatsächlichen Musik –, wobei sie sich noch immer anmutiger bewegt, als ich es je getan habe.

Ich erklimme die Stufen hinauf zur Terrasse, und sobald Camila mich sieht, zieht sie mich in ihren Tanz. Ich habe noch ein paar Kurze mehr intus und lasse den leichten Rausch durch meine Brust kriechen, mich von Camilas Lockerheit anstecken, und dann befinden wir uns in der Musik. Die dumpfen Schläge in meiner Brust, Bauch von Seite zu Seite geschwungen, Hüften gerollt, ihr Körper an meinen gepresst.

Zuerst glaube ich, das Summen komme von meiner Brust, eine weitere Welle Tequila oder so. Aber der Rhythmus ist zu gleichmäßig, zu kompakt, um von mir oder dem Tanz produziert zu werden. Ich taste nach meiner Tasche und löse mich von Camila, um mich über das Terrassengeländer zu beugen und an mein Telefon zu gehen. Ich habe noch kein Wort gesagt, da fängt die Stimme am anderen Ende schon an zu reden. Ich weiß, wer es ist, ohne dass er es mir sagen muss. Ich vergesse keine ihrer Stimmen.

»Hab grad einen Anruf bekommen, dass du auf einer Party bist. Zwei von uns sind undercover da, die werden sie in etwa einer Stunde auflösen und eine ganze Reihe Festnahmen machen. Ich parke um die Ecke. Sei in fünf Minuten draußen.«

Er legt auf, ohne auf meine Antwort zu warten. Ich kenne seinen Namen nicht, aber die Nummer seiner Dienstmarke: 612. So nenne ich ihn, so wollte er, dass ich ihn nenne.

Noch nie hat mich einer von ihnen auf diese Weise angerufen, und auf einmal blicke ich mich unter all den Körpern im Haus um, in dem Versuch herauszufinden, wer undercover ist. Ich stecke mein Telefon zurück in die Tasche und drehe mich zu Camila um, die sich noch immer verbiegt, groovt, schüttelt. Sie hat die Augen geschlossen, und alle um sie herum befinden sich allein vom Zusehen in Trance. Mir wird endlich vollständig bewusst, was 612 gesagt hat, und ich tippe ihr auf die Schulter, aber sie macht die Augen nicht auf. Ich versuche es erneut, rüttele leicht, bis sie mich endlich ansieht. Ich beuge mich an ihr Ohr und erkläre ihr: »Du musst hier raus, hier ist ein Undercovereinsatz am Laufen.«

»Wovon redest du, Kia?« Sie wirft lachend die Arme in die Luft. »Mach dich locker.«

Ich versuche noch einmal, es ihr zu sagen, aber ich fürchte, der Beat ist in ihren Kopf gewandert, da sie sich nicht bewegt, sondern nur den Mund öffnet und ein Lachen entweichen lässt, das so melodisch ist, dass es selbst Musik sein könnte.

Schließlich lasse ich sie dort stehen: tanzend auf der Terrasse. Als ich noch einen letzten Blick auf die Szene werfe, wird mir bewusst, dass die Leute um sie herum ihr nicht zusehen, sie bewachen sie, und etwas an meinem Bild von Camila erscheint mir plötzlich so falsch. Sie ist eine Frau, die sich einredet, sie habe die Kontrolle, aber was wäre denn, wenn sie versuchen würde, mit mir fortzugehen? Männer würden sie aufspüren und zurückbringen, genau wie all die anderen Mädchen in Demonds Zimmer. Gefangen.

Ich schlängele mich durch das Haus, das kurz vor zwei Uhr morgens noch voller und lauter geworden ist. Die Blicke sind nun ein heißhungriges Verlangen, als hätte die Nacht sie verschluckt und allein Begierde ausgespuckt. Raus aus der Tür und die Treppe hinunter, jemand ruft etwas, aber ich höre es kaum durch das Stimmengewirr und die Erleichterung, wieder Luft zum Atmen zu haben.

Ich blicke mich nach Sirenen um, Lichtblitzen, einem Auto. Auf der anderen Straßenseite fährt bei einem dunkelblauen Prius die Fensterscheibe herunter, und da ist er, genau wie ich ihn in Erinnerung habe: rotes Haar und rote Flecken auf den Wangen. Ich überquere die Straße, und die Beifahrertür schwingt für mich auf. Ich steige ein.

»Ist das dein Auto?«

Er kichert, keine Uniform, keine Dienstmarke, nur Jeans. »Du weißt schon, dass wir auch ein Leben außerhalb der Wache haben?«

Ich versuche mit ihm zu lachen, aber es kommt kein Laut heraus, in etwa so, wie Mama ihren Mund aufmachte und ihren Kiefer bewegte, losgelöst von dem Geräusch, das daraus hervorbrach.

Er fährt weg vom Haus, und ich werfe noch einen letzten Blick darauf, denke an Lexi mit ihrem Handtaschenhenkel, Camila, die ihren Körper zu einer Spirale verdreht.

»Wo fahren wir hin?«, frage ich 612 und starre aus dem Fenster. Er ist einer von jenen, die ich nur schwer anschauen kann, weil ein Teil von mir wünschte, dass er das nicht wäre, dass er irgendwo zu Hause wäre und irgendeinem rothaarigen Kind ein Buch vorlesen würde, und nicht hier draußen wäre, bei mir. Seine Art, das Lenkrad zu umklammern, macht mich nervös, als könnte er es nicht fest genug halten, als würde er es gleich auseinanderreißen.

Er hustet. »Es ist spät, ich nehme dich mit zu mir nach Hause.«

Früher hatte ich diese Träume, in denen Mama mich im Supermarkt zurücklässt. Wann immer wir einkaufen gingen, musste sie erst herausfinden, wie viel Geld sie noch auf unserer Sozialleistungskarte hatte, und sich in eine Ecke zurückziehen, um den Kundendienst anzurufen, da sie wie immer die letzte Quittung verschlampt hatte. Dann schlenderte ich stets durch den Laden, manchmal mit Marcus, manchmal allein. Ich holte mir alles aus den Regalen, was ich haben wollte: Schachtel um Schachtel dieser teuren Frühstücksflocken und jene Pizzen, die Familien im Fernsehen in den Ofen warfen, um sie danach um ihre Eichenholzesstische versammelt zu verspeisen. Dann lief ich ein paar Gänge weiter und ließ die Sachen irgendwo, wo sie nicht hingehörten, in der Hoffnung, sie mögen noch immer da sein, wenn ich ein paar Wochen später zu ihnen zurückkehrte. Das waren sie nie.

In den Träumen sitze ich in der Mitte eines Gangs, blicke mich um und warte darauf, dass die Regalwände ihre Gestalt ändern und meine Mama enthüllen. Ich glaube kaum, dass man sich noch gefangener fühlen kann, als inmitten von Essen, das man nicht essen darf, darauf wartend, nach Hause zurückzukehren, ohne zu wissen, ob sich noch irgendjemand an die eigene Existenz erinnern wird.

Jetzt fühle ich mich auf dieselbe Weise eingesperrt, während ich in diesem Wagen sitze und beobachte, wie die Finger von 612 sich langsam ins Lenkrad krallen. Ich frage mich, wie lange Marcus brauchen wird, um mich zu vergessen, ob er dann nur noch an mich denkt, wenn er in den Spiegel blickt und meinen Fingerabdruck sieht.

Wenn man nicht viel hat, ist ein Fingerabdruck alles.

Ich glaube allerdings nicht, dass 612 mich ermorden wird oder so. Tatsächlich ist er vergleichsweise freundlich, bricht stets in diesen nervösen Schweiß aus, der die ganze Angelegenheit klebrig macht. Er ist nicht zu fürchten, nur zu bemitleiden.

Noch nie hat mich irgendjemand mit nach Hause genommen. Nicht die Straßenmänner, die nicht reich genug sind, um eine eigene Wohnung zu haben, die es wert ist, mich dort hinzubringen, und die mich stattdessen lieber in ihre Autos oder in Motelzimmer schleifen. Nicht die Cops, die Frauen zu Hause haben und mich getrennt davon halten wollen, mich gern in Gruppen nehmen. Nicht mein Freund, den ich mit vierzehn hatte, als ich noch versuchte, meine Kindheit auszuleben: saubere Sneakers und Basketballtraining. Nicht einmal Alé nimmt mich mit in ihre Wohnung. Im Grunde war es immer nur meine Wohnung, Coles Studiokeller und die Straße. Hab noch nicht einmal viel darüber nachgedacht, wie sich die Welt darüber hinaus ausdehnt, wie sie alle nach Hause gehen, die Bettdecke über sich ziehen und ein bisschen träumen.

»Keine Angst, es ist leer, nur ein bisschen dreckig.«

Ich nicke, wende mich wieder dem Fenster zu und lächele. Er macht sich Gedanken darüber, wie dreckig sein Schlafzimmer ist. Wir beide, in diesem Wagen, zwei Uhr morgens, und er will nicht, dass ich über seine dreckige Scheißwohnung urteile.

Ich rechne mit einer längeren Fahrt, aber schon nach zehn Minuten biegt er in eine Auffahrt ein. Ich dachte, er würde mich zu irgendeiner kleinen Wohnung bringen, größer als meine, aber passend für ihn und seine Einsamkeit. Genügend Raum für ihn und seine Dienstmarke. Stattdessen starrt ein Haus auf uns herab: frisch grau gestrichen, mit einer Schaukel auf der Veranda. Ich glaube nicht, mir schon einmal gewünscht zu haben, auf einer Verandaschaukel zu sitzen, aber sie lädt mich geradezu ein, und ich muss den Drang abschütteln, einfach draufloszuschaukeln wie mit Alé im Park.

Er kramt im Dunkeln nach seinem Schlüssel, auch wenn die ganze Straße von Laternen erleuchtet wird. Einer der Vorteile, wenn man reich ist, nehme ich an. Hatte nicht gewusst, dass Cops so viel verdienen, bis 612 und 220 und 48 ihre Brieftaschen zückten. Dieses große graue Haus übertrumpft jedoch alles.

612 öffnet die Tür und lässt mich zuerst durchgehen, beinahe wie ein Gentleman. Für so ein riesiges Haus befinden sich darin kaum Möbel. Er führt mich durch den Flur, und in jedem Zimmer steht ein Stuhl, in manchen ein Beistelltisch, aber nichts, das größer ist als der Schaukelstuhl in *Gute Nacht, lieber Mond*, das Marcus mir vorlas, wenn wir darauf warteten, dass Mama von der Arbeit heimkam.

»Magst du Wasser oder so?« 612 steht im Türrahmen zu dem, was die Küche sein muss, und lässt unbeholfen seinen Nacken kreisen, bis er knackt.

»Hast du was Härteres da? Whiskey oder so?« Ich weiß, dass es heißt, man solle Drinks nicht mischen, aber ich mag das Gefühl, wie sie in mir zusammenwirbeln, und wenn ich durchstehen soll, was auch immer als Nächstes passiert, brauche ich etwas, damit es sich verschwommen anfühlt und ich die Chance habe, mich morgen nicht mehr daran zu erinnern.

Er nickt, dreht sich um und geht in die Küche. Ich bleibe im Flur, unsicher, ob ich überhaupt noch einen Schritt gehen kann. Ich will nichts anderes, als die Schuhe loswerden und schlafen. Ich versuche mehrmals zu blinzeln, um mich daran zu erinnern, dass ich gerade im Einsatz bin, dass dieser Mann rotes Haar und ein Verlangen hat, das ich nur für die nächsten paar Stunden befriedigen werde, wenn überhaupt. Ein paar Minuten später kehrt er zurück, nippt an einem Glas Wasser, reicht mir eins mit bernsteinfarbenem Alkohol und führt mich einen weiteren Flur hinunter zu einem Zimmer mit einem Bett. Darüber ist ein Quilt ausgebreitet, der aussieht wie etwas, was Daddy anzufertigen versuchte, als er krank war, dann aber auf halbem Wege aufgab.

»Darf ich mich setzen?«, frage ich 612, da ich unbedingt das Plastik von meinen Zehen schälen muss.

Seine Worte purzeln aus ihm heraus: »Natürlich, bitte«, und ich setze mich auf die Bettkante. Das Licht im Zimmer ist noch immer ausgeschaltet, und ich bete stumm, dass er nicht versuchen wird, den Raum zu erleuchten. Will nicht zusehen, wie sich das Rot auf seinen Wangen ausbreitet.

Nachdem ich die Schuhe ausgezogen habe, klettere ich weiter auf das Bett. Mein Kleid klebt an mir, und ich bin beinahe froh, als 612 beginnt es mir auszuziehen. Mein Rücken liegt auf dem Quilt, der einen ekelhaften Geruch verströmt und kratziger ist, als ich erwartet hatte. Als er auf mich steigt, bemerke ich, dass er versucht, nicht sein gesamtes Gewicht auf mich zu legen. Ich lege meine Hände auf seine Schultern und ziehe ihn etwas herunter, damit er sich fester gegen mich presst. Nicht dass ich sein ganzes Gewicht auf mir spüren möchte, ich mag bloß das Gefühl nicht, wie er versucht sich zurückzuhalten. Schlimmer als ein entfesselter Mann ist nur einer kurz davor.

612 stöhnt, als hätte er noch nie zuvor gefickt. Diese Erleichterung im ganzen Körper, er verdreht den Kopf und kneift die Augen zusammen: ein Löwe beim Brüllen. Ich halte mich am Stoff des Kopfkissens fest, konzentriere mich auf das Geräusch der Sprungfedern in der Matratze. Zu Hause schlafe ich nicht einmal auf einem Bett, habe noch nie gleichzeitig das Kratzen eines Holzrahmens und das Hüpfen einer Matratze vernommen.

Er kommt schnell zum Ende, wie ich es in Erinnerung habe, und greift sogleich an seinen Nachttisch, um die Lampe anzuschalten. Ich wünschte, er würde es nicht tun. Sein Gesicht ist noch tiefer rot angelaufen, und ich verschränke die Arme über der Brust, als würde es noch einen Unterschied machen. Ich hebe mein Kleid vom Fußboden, aber noch ehe ich es über meinen Oberkörper ziehen kann, nimmt 612 es mir ab.

»Das Ding ist eklig. Hier.« Er wirft mir das T-Shirt zu, das er getragen hat, mit Schweißflecken und allem, als wäre das besser. Ich ziehe es an, und es reicht kaum bis zu meinen Oberschenkeln, während es an der Brust weit und schlaff herunterhängt.

»Bezahlst du mich?«, frage ich und greife nach meinen Schuhen, den Heimweg bereits fürchtend.

Er lacht auf der anderen Seite des Zimmers, wo er sich ein frisches T-Shirt anzieht, sauber und grau, wie das Haus.

»Hab dich schon bezahlt. Hab dir von dem Einsatz erzählt, oder nicht?« Er dreht sich um und durchwühlt eine Schublade, wobei er den Kopf schüttelt.

Ich halte in der Bewegung inne. »Hab dich nicht drum gebeten. Ich brauch mein Geld.«

Ich bin mir seiner Uniform deutlich bewusst, die auf einem Stuhl in der Zimmerecke bereitliegt, mitsamt der Pistole. Ich weiß, dass ich das Geld vor dem Sex hätte verlangen sollen, aber ich weiß auch, dass es keinen Unterschied gemacht hätte.

Er sieht mich mit leicht hochgezogenen Augenbrauen an. Starrt einfach nur. Als würde mir gleich ein Gespenst aus dem Mund strömen. Vielleicht bin ich einfach dermaßen anziehend, aber vielleicht legt er sich auch gerade zurecht, wie er meine Verhaftung erklären soll oder meinen Tod oder warum das hübsche Mädchen nicht mehr vorbeikommt.

Und dann lächelt er, und die roten Wangen werden nur noch röter. »Wie wär's damit: Du bleibst über Nacht, und ich bezahl dich morgen früh? Ein paar Stunden mehr, und ein Ort, an dem du dein kleines Köpfchen ausruhen kannst. Passt das für dich?«

Die Vorstellung, mich in dieses Bett zu legen, den penetranten Gestank des Quilts zu riechen, die Überreste eines fremden Parfüms, löst in mir den Wunsch aus, zurück in meine Schuhe zu klettern und weitere fünf Meilen zu laufen. Aber ich werde nicht die letzte Stunde vergeuden, in der ich seine Flecken aufgesaugt habe, und ohne Bezahlung gehen.

»Okay«, sage ich zu 612.

Als er diesmal ins Bett kommt, legt er sich neben mich und zieht den Quilt über uns beide. Ich bleibe auf die Ellbogen gestützt, bis 612 an meinem Arm zieht, damit ich auf seine Höhe hinuntergleite. Ich tue es. Er schlingt seinen Arm um meinen Körper und zieht daran, bis ich gegen ihn gepresst bin. Er ist innerhalb von Minuten eingeschlafen und schnarcht mir ins Ohr, und sein Atem riecht, als hätte Minze darin gelebt. Ich weiß nicht, wie sein Körper es ihm gestattet, auf diese Weise einzuschlafen: so mühelos, als hätte er noch nie einen Albtraum gehabt.

Ich starre an die Decke, bis die Sonne sie mit diesem glorreichen Zu-früh-für-die-Augen-Orange anmalt, das mich an Camila erinnert, bevor das Haus über ihr zusammenstürzte, wie ich weiß, dass es geschehen ist. Ich schlafe nicht ein, aber irgendetwas hinter meinen Augen rollt sich herum, klettert in sich selbst und kommt wieder hervor wie ein neugeborenes Baby.

Trevor steht an der Küchentheke meiner Wohnung, reicht hinauf zum Oberschrank und öffnet und schließt dessen Tür. Das wiederholt er ein paarmal, als könnte so etwas anstelle von Leere dort auftauchen.

»Hast du echt kein Öl?«, fragt er.

Ich stehe über der einzigen großen Schüssel, die ich besitze, rühre mit jedem Muskel meines Arms und verwandele die Schokolade in einen Wirbelwind.

Meine rechte Hand wird langsam steif, also mache ich mit der linken weiter. »Dachte, da wär welches dabei. Scheiße, wieso muss ich alles selber machen? Hab schließlich extra einen Fertigteig gekauft.«

Es ist mein Geburtstag.

Normalerweise fahren Marcus und ich mit dem Bus hinunter nach San Leandro und gehen in diese Bäckerei, die einem Kindheitsfreund von Daddy gehört, wo wir einen gigantischen abgefahrenen Kuchen mit essbaren Blumen obendrauf kaufen. Aber in diesem Jahr reden Marcus und ich nicht miteinander, und ich habe in meinem Kissenbezug nicht genügend Geld für einen Blumenkuchen. Nach der Nacht, in der ich unter dem Arm von 612 schwitzte, sah ich zu, wie er endlich aufwachte, sich mir zuwandte und mir entgegenspuckte, ich müsse sein Haus verlassen. Ich fragte erneut nach meinem Geld, und er behauptete, er habe mich bereits bezahlt, indem er mich in seinem Bett schlafen ließ.

Ich bin in den letzten beiden Wochen draußen auf der Straße gewesen und habe Camila immer noch nicht wiedergesehen. Irgendetwas liegt in der Luft, in der Art, wie mich all die Freier anstarren, was mir sagt, es ist besser, nach Hause zu gehen. Ich lebe vom Geld von Himmelmann und Oberkörperfrei und den letzten Ersparnissen, die ich hinter dem Badezimmerspiegel versteckt habe.

Letzte Woche fragte Trevor mich, ob er in meiner Wohnung schlafen könne, und er ist seither nicht mehr in Dees zurückgekehrt. Wir haben all seine Kleider zu mir geholt, und jetzt mache ich mir nicht mehr so viele Sorgen darum, seine Miete zu bezahlen, bloß dass Trevor hier nicht mehr gesehen werden darf, sollte Vernon Dee zwangsräumen. Es gefällt mir, ihn um mich zu haben, auf meiner Matratze schlafend, ganz besonders, seit Marcus fort ist.

Nachdem ich ihm erklärt hatte, dass ich weder eine Geburtstagstorte noch Geschenke oder irgendwas bekommen würde, sagte Trevor, er werde mir helfen, einen Kuchen zu backen. Meinte, alle Menschen müssten an ihrem Geburtstag Kuchen bekommen. Ich kann mich nicht erinnern, dass Dee ihm je einen Kuchen gebacken hätte, aber es würde mich nicht überraschen, wenn sie an seinem Geburtstag um Mitternacht mit einer dreistöckigen Schokoladentorte auftauchen wäre, von der sie nicht einmal mehr wusste, wer sie gemacht hatte. Sie ist unberechenbar, erscheint manchmal aus dem Nichts und kann einfach den Mund aufmachen und die ganze Stadt zum Lachen bringen, alles süß werden lassen.

Ich sage Trevor, er solle im anderen Schrank nachsehen, und er klettert herunter, macht ihn auf, murmelt eine scherzhafte Bemerkung darüber, dass ich nicht wisse, wie man sauber mache, und holt dann eine Flasche Sirup hinten aus dem Schrank hervor.

»Scheint ein Pancakekuchen zu werden.« Er bringt die Flasche zu mir an die Küchentheke, und ich könnte schwören, dass er im letzten Monat weitere zweieinhalb Zentimeter gewachsen ist, da er nun fast auf meiner Höhe ist und in die Schüssel blicken kann, ohne das Gewicht auf die Fußballen zu verlagern.

»Wie viel machst du rein?«, frage ich ihn.

Er dreht den Verschluss auf. »Alles. Muss richtig süß werden, Ki.«

Die Flasche ist etwa halb voll, und ich weiß, dass dieser Kuchen schmecken wird, als wäre Aunt Jemima in unserer Küche explodiert. Trotzdem lasse ich ihn den gesamten Inhalt hineinschütten.

Trevor beendet sein Rühren, und ich hebe die Schüssel hoch, um den Teig in eine Form zu gießen, die wir aus Dees Küchenschrank geholt haben. Sie ist geformt wie ein Herz, und ich wette, dass Dee sie in irgendeinem Jahr zum Valentinstag bekommen und danach vergessen hat, da sie rostig und unbenutzt ist. Trevor klappt den Ofen für mich auf, und ich lasse den Kuchen hineingleiten.

»Wie lang dauert es?«

»Auf der Packung steht: zwanzig Minuten. Komm und schnapp dir deinen Ball, dann können wir dribbeln üben oder so.«

Trevor rennt auf die Matratze zu und schleudert auf der Suche nach seinem Ball Laken und Kleidungsstücke beiseite. Dann kehrt er zurück und wirft ihn mir direkt zu. Wir gehen raus und laufen um den Ball kämpfend an der Türreihe entlang, bis er nach unten auf die Poolebene fällt. Ich jage Trevor die Treppen hinunter, und meine Beine mögen zwar länger sein, aber dieser Junge weiß, wie er seinen Körper in einen Pfeil verwandelt.

Als es danach aussieht, dass ich verliere, werde ich langsamer.

»Jetzt krieg ich das erste Stück Kuchen, ja?«, ruft er mir zu.

Ich versuche meine Lippen zusammengepresst zu halten, aber sie verziehen sich zu einem Lächeln. »Beweg besser deinen Arsch zurück nach oben, bevor der Kuchen anbrennt.«

Heute ist mein achtzehnter Geburtstag, auf den ich so lange gewartet habe. Heute darf es nur um Trevor und mich gehen, um unseren Kuchen und die *Sesamstraßen*-Wiederholungen im Fernsehen. Trevor und sein Ball sprinten die Treppe hinauf, und ich höre die Wohnungstür zuknallen, noch ehe ich auf dem obersten Absatz bin. Vielleicht macht einen das Erwachsensein langsamer. Fühlt sich so an.

Trevor hat seine Hand bereits in einen Lappen gewickelt und greift in den Ofen, um die Form herauszuholen. Er lässt sie auf die Küchentheke fallen, und uns schlägt ein überwältigender süßer Duft entgegen.

»Riecht das nicht gut?« Trevor legt neben dem Kuchen

den Kopf auf die Arme und atmet ein, die Augen erwartungsvoll weit aufgerissen.

Ich lache. »Riecht, als hättest du 'ne ganze Flasche Sirup reingekippt. Muss erst mal abkühlen, da können wir uns auch mit was anderem beschäftigen. Worauf hast du Lust?«

Ich schlinge meine Arme um seinen Bauch und hebe ihn hoch, dann stelle ich ihn zurück auf den Boden.

»Können wir schwimmen gehen?«, fragt er.

»Hab dir doch gesagt, dass ich in keinen Scheißepool gehe.«

Trevor bleibt im Türrahmen stehen und sieht sich nach mir um. Sein Gesicht umfasst seine Augen wie etwas Fragiles, das jeden Moment hinauskullern könnte.

»Bitte.«

Trevor ergreift meine Hand und verschränkt seine Finger mit meinen, ehe er sanft daran zieht.

»Weiß nicht mal, wie man Wasser tritt«, erkläre ich ihm.

Sein ganzes Gesicht hellt sich auf, seine Wangen wandern nach oben. »Ich bring's dir bei.«

Ich habe nicht Ja gesagt, aber Trevor weiß, dass meine Abwehr schwächelt, und schleift mich aus der Tür und die Treppe hinunter. Ich versuche mich dagegenzustemmen, aber all das Basketballtraining hat in Trevors sehnigen Armen genügend Muskeln aufgebaut, um gegen mich anzukämpfen.

Unten am Pool sage ich ihm, dass ich keinen Badeanzug habe.

»Niemand schwimmt im Badeanzug.« Und noch ehe ich weiter argumentieren kann, hat er T-Shirt und kurze Hose ausgezogen und steht in seinen Boxershorts da, eine Mischung aus knochigem Kind und wachsenden Muskeln.

Was ich nicht alles für dieses Kid mache.

Ich ziehe mein Shirt aus, dann meine Jeans, sodass ich in Sport-BH und Unterhose dastehe.

»Am besten springst du einfach rein, das macht's ein bisschen leichter.« Trevor greift erneut nach meiner Hand, und wir stellen uns gemeinsam an den Beckenrand. »Zähl bis drei.«

Ich zähle nicht, aber Trevor übernimmt es für uns beide. Bei drei springen wir, und ich fühle mich, als wäre ich direkt ins Meer katapultiert worden. Ich kann nichts anderes denken als: *In diesem Pool ist Scheiße.* Allerdings habe ich seit ein paar Tagen nicht mehr geduscht, und das Wasser ist eine kühle Erleichterung. Da wir am niedrigen Ende hineingesprungen sind, finde ich unter meinen Füßen Halt und stelle mich hin, um mir die Augen zu wischen. Trevor treibt bereits an der Oberfläche und grinst so breit, dass es scheint, als würden ihm die Wangen gleich aus dem Gesicht springen und anfangen zu tanzen.

»Was jetzt?«, frage ich und spucke Wasser aus.

»Beweg deine Arme so, als wärst du ein Frosch.« Trevor schwimmt auf das tiefe Ende zu, formt die Hände zu Schaufeln und fächert seinen Körper auf, vor und zurück, wie ein umgedrehter Schneeengel.

Nach ein paar Minuten dreht er sich um und kehrt zu mir zurück.

»Keine Ahnung, wie du glaubst, dass ich so oben bleiben soll.«

Er greift nach meinem Arm und zieht mich ans tiefe Ende. »Jetzt fang an, dich zu bewegen, ich halte dich.«

Trevor hält meine Hand fest, hält die Verbindung, und ich versuche den anderen Arm so zu bewegen, wie er es tat, koordiniert und froschartig. Bloß hört mein Arm nicht auf mich und schlägt im Wasser ziellos um sich.

»Hab keine Angst vor dem Wasser. Es tut dir nicht weh.« Trevors Hand bleibt in meiner.

Ich lasse meinen Kopf ins Wasser tauchen und komme dann zum Atmen wieder hoch. Es ist wirklich gar nicht so übel, wenn man unter Wasser ausatmet. Ich mag das Geräusch meines Atems, wenn ich unten bin, ein Gurgeln, das ins Nichts aufsteigt. Wäre das hier die Bucht, könnte garantiert jedes Unterwassertier meine Geräusche durch die Moleküle reisen hören. Im Wasser hat nichts ein Ende.

Bald bewegt mein Arm sich ungefähr so wie Trevors, außer dass ich dabei viel mehr Wasser verspritze und meine Füße nicht synchron folgen. Mein freier Arm rudert, während meine Füße im Wasser ungestüme Halbkreise beschreiben. Trevor lässt meine andere Hand los, und ich kann mich über Wasser halten, zumindest für einen Augenblick.

Ich gerate in Panik, und der Rhythmus meines Arms verwandelt sich in jegliche Bewegung, die mich vorm Untergehen bewahrt. Ich beginne zu schwimmen, bis ich den Beckenrand erreicht habe, und drehe dann um. Meine Füße berühren den Rand, und ich stoße mich ab und gleite durchs Wasser, als würde ich fliegen. Ich setze wieder die Handbewegungen ein, komme zum Luftholen hoch und versuche das Wasser von meinen Wimpern zu blinzeln, ehe ich erneut untertauche. Kann nicht viel sehen. Außer ein kurzes Aufblitzen von Schuhen. Wieder unter die Oberfläche. Ein Raum aus tiefem Blau. Wasser überflutet mich. Trevors Augen drehen sich.

Meine Füße erreichen den Grund des Beckens, und beim Aufstehen erwartet mich der Anblick von Uniformen, die mir nicht dermaßen vertraut sein sollten, und Trevor, der bis zur Taille im Wasser steht und auf seinen Bauch hinunterblickt, als wartete er darauf, dass Blut aus einer unsichtbaren Wunde spritzt.

Noch nie bin ich einem weiblichen Cop so nahe gewesen, aber sie ist diejenige, die nun am Beckenrand niederkniet. Sie ist diejenige, die mich anblickt, als sollte ich mich besser anziehen. So sehr ich mich auch zurück ins Wasser sinken lassen möchte, weiß ich doch, dass ich Trevor ankleiden und in Sicherheit bringen muss, ehe sie anfangen, ihn nach dem Verbleib seiner Mama zu fragen. Wir können uns nicht auch noch mit dem Jugendamt herumschlagen.

»Komm schon, Trev. Geh und hol uns frische Klamotten und zwei Handtücher.« Er blickt erst mich an, dann die Copdame, die uns anstarrt, dann wieder mich, und ich erkenne die kurzen Erschütterungen seiner Brust. Ich nicke ihm zu und ziehe dabei meine Lider nach oben, als machte ich mir keinerlei Sorgen.

Trevor stemmt sich mit den Händen am Beckenrand ab und hievt seinen Körper aus dem Wasser, die Boxershorts triefend und kurz davor, ihm vom Leib zu rutschen. Er hält sie mit beiden Händen fest und beginnt in Richtung Treppe zu joggen, hinauf und zurück in die Wohnung.

»Wir geben dir einen Moment«, sagt Copdame, steht auf und stellt sich zurück neben den Copmann hinter ihr. Ihr

Haar ist zu einem so festen Knoten gebunden, dass ich mich frage, ob sie davon Kopfschmerzen bekommt.

Wenige Minuten später kehrt Trevor mit einem Bündel Handtücher und einem T-Shirt zurück. Er hat sich bereits neue Boxershorts und kurze Hosen angezogen. Ich fasse an den Beckenrand und ziehe mich hinauf, nehme das Handtuch entgegen, das Trevor mir reicht. Ich beeile mich, mich ausreichend trockenzurubbeln, um meine Jeans und mein T-Shirt wieder anzuziehen. Trevor zieht auch seins über, auf dem ein Berg abgebildet ist, und sieht damit aus wie ein Pfadfinder. Die Cops stehen betreten da und versuchen uns nicht anzuschauen.

Ich richte mich auf und ergreife Trevors Hand. Er lässt mich kaum noch seine Hand halten, aber in diesem Moment frage ich ihn nicht. Wenn wir durch unsere Haut miteinander verbunden sind, müssen sie uns an den Zellen auseinanderreißen.

»Brauchen Sie was?«, frage ich.

Mir tropft noch immer das Wasser von der Stirn. Beide Cops treten nun vor, und ich kann mich auf nichts anderes konzentrieren als auf ihre Lippen. Irgendetwas an der Art, wie sie sie aufeinanderpressen, wie aufgesprungen sie sind, lässt mich glauben, dass diese Leute perfektioniert haben, wie man einen Satz austrocknen lässt, wie man schlechte Nachrichten mit einer in den Mund gegrabenen geraden Linie überbringt. Die Lippen des Mannes sind nahezu rot, und ich bin mir nicht sicher, ob sie blutig aussehen oder als hätte er am Morgen Lippenstift aufgetragen.

Die Frau führt hier eindeutig das Kommando, sie geht mit

dem Bauch zuerst, alles ist ihrem Mittelpunkt untergeordnet, dem Ziel in ihrem Bauchnabel. »Wir suchen nach einer Kia Holt. Ich nehme an, das sind Sie, Miss?«

Ich weiß, dass einer von *ihnen* sie geschickt hat, da dies der Name ist, den ich Camila genannt habe sowie allen anderen, die mich je auf der Straße sahen. Sie müssen mich gefunden haben. Womöglich ist dies der Tag, an dem sie mich mitnehmen, meinen Fingerabdruck in ihren Computer eintragen und Trevor allein zurücklassen. »Kann sein. Brauchen Sie was?«

Nun übernimmt der Mann, nachdem Copdame den Kopf geneigt hat. Sie sieht ihn noch nicht einmal an, neigt lediglich leicht den Kopf, und sie müssen das zuvor einstudiert haben, da sein Mund sich nur einen Takt darauf öffnet. »Wir unternehmen eine interne Ermittlung und müssen mit Ihnen sprechen. Ich bin Detective Harrison, und das ist Detective Jones.«

Ich reibe mir mit der freien Hand übers Gesicht, wische das Wasser ab, das mir noch immer vom Haaransatz herunterrinnt. »Trevor, geh doch schon mal hoch und fang mit dem Kuchen an. Ich komm gleich nach.« Ich drücke seine Hand und blicke zu ihm hinunter. Auf seinem Gesicht zeichnet sich Angst ab wie ein direkter Weg in eine Panikattacke, aber ich habe keine Zeit, ihn zu trösten, so lange sie dastehen und mich anstarren, frisch aus dem Scheißepool. Ich lasse Trevors Hand los und schubse ihn leicht an der Schulter in Richtung Treppe, sehe ihm den ganzen Weg bis nach oben hinterher und warte darauf, dass die Tür zuknallt.

Die Frau, Detective Jones, zieht die Lippen zur Nase hinauf, sodass sie sich kräuseln. »Tatsächlich wäre es wohl das Beste, wenn Sie mit uns aufs Revier kommen. Wir müssen eine Befragung aufnehmen und ein wenig Papierkram erledigen, und es wäre das Beste, wenn wir alles in einem Aufwasch machen. Finden Sie nicht, dass das viel einfacher wäre?« Sie versucht ihre Stimme höher klingen zu lassen, als sie ist. Das erkenne ich daran, wie die Tonlage am Ende jedes Satzes quietscht und ihre Augenwinkel sich zusammenziehen, in dem angestrengten Versuch, weich zu wirken. Ich wette, sie ist der gute Cop in ihrem Rollenspiel. Wette, das gefällt ihr nicht besonders.

Ich hätte wissen müssen, dass es so enden wird. Das Revier. Als Nächstes werden wohl Handschellen kommen. »Wie lange wird das dauern?« Ich verschränke die Arme, um zu verbergen, wie mein BH durch das T-Shirt scheint, klebrig und nass.

Detective Harrison setzt sein Böser-Cop-Gesicht auf, kräuselt die Nase und senkt das Kinn. »Sie werden sicher vor Einbruch der Dunkelheit wieder zu Hause sein. Außer Sie wollen es sich selbst schwermachen, dann kann es auch länger dauern.«

Ich habe keine Ahnung, wie er das meint, aber sie haben offensichtlich nicht vor, es mir zu erklären, also nicke ich und ziehe meine Sneakers an. Jones deutet mit einer Armbewegung an, ich solle Harrison aus dem Tor hinaus folgen. Ich laufe ihm nach, zwischen den beiden gefangen, und versuche einen letzten Blick auf Trevor auf dem Treppenabsatz zu erwischen. Er ist nicht dort.

Hab mein ganzes Leben hier verbracht, bin aber noch

nie im Präsidium des Oakland Police Departments gewesen. Das Gebäude überragt alle anderen in der Umgebung, als wäre es mitten zwischen Jack London Square, Chinatown und Old Oakland geplumpst. So schwebt es im Zentrum der Stadt, in etwa wie eine getarnte Überwachungskamera. All die in die Gegend ausschwärmenden Polizeiautos kommen aus diesem Präsidium.

Ich habe dem Gebäude jedoch noch nie meine Aufmerksamkeit geschenkt. Habe gehofft, es würde für mich nie einen Grund geben, durch diese Türen zu treten. Im Inneren fühlt sich alles metallisch an, auch wenn es das gar nicht ist. Sogar die Fensterscheiben scheinen aus Metall zu bestehen, aus irgendeiner dünnen Sorte, die sich als Glas ausgibt. Ich möchte dagegenklopfen, um zu sehen, ob sie sich auch wie Metall anfühlen: kalt und undurchdringlich.

Auf dem Weg hierher nahmen sie mich hinten im Wagen mit, und ich bin zwar schon öfter auf der Rückbank eines Polizeiautos gewesen, als mir lieb ist, aber diesmal fühlte ich mich mehr wie eine Kriminelle als wie ein Opfer oder eine Frau. Jones behielt ihren Körper auf dem Beifahrersitz die ganze Zeit über halb zu mir umgedreht und starrte mich durch die trennenden Metallstäbe an. Kein Weg hinaus.

Meine Schuhe quietschen durch die Lobby, vorbei an Uniformen und weiteren Uniformen, und folgen Harrison zum Aufzug. Ich nehme grundsätzlich die Treppen, da man in einem Aufzug nie sicher sein kann, dass die Türen sich auch wieder öffnen werden, und meine Beine verlässlicher sind, als jede Maschine es je sein könnte. Aber Harrison tritt als Erster hinein, streckt den Arm in den Türrahmen aus, um den Aufzug geöffnet zu halten, und wartet auf mich und Jones. Sobald die Türen sich schließen und er auf den Knopf drückt, habe ich das Gefühl, meine Augen könnten gleich aufplatzen.

»Ich hab nichts getan.«

Ich habe kein Wort gesagt, seit ich ins Auto gestiegen bin, und die beiden starren erstaunt darüber, dass ich dazu in der Lage bin, auf meine Lippen.

»Das besprechen wir, wenn wir im Büro sind.« Detective Harrison versucht mich nicht anzusehen. Wahrscheinlich ein Teil der Böser-Cop-Routine.

Jones starrt mir direkt in die Augen, allerdings glaube ich nicht, dass sie mich überhaupt ansieht. Ich könnte schwören, dass ihr Blick verschwommen ist und ich für sie nur ein unscharfer Umriss bin, eine Art Porträt ohne deutliche Linien. Mädchen mit offenem Mund.

Ich balle meine Hände zu Fäusten, nur damit ich spüren kann, wie meine Nägel sich in die Handflächen bohren, und weiß, dass ich noch immer Krallen habe. »Nehmen Sie mich fest?«

»Wenn wir Sie festnehmen wollten, hätten wir das gleich als Erstes getan.« Jones ist bereits gelangweilt von mir.

Wir steigen aus dem Aufzug in einen Korridor, der sich nur dadurch von irgendeinem beliebigen Bürogebäude unterscheidet, dass hier Überwachungskameras von der Decke hängen und es zu still ist. Man hört Telefonklingeln, aber keine Stimmen. Harrison führt uns den Flur hinunter, vorbei an Türen und noch mehr Türen, bis wir eine erreicht haben, auf der in fetten Buchstaben VERNEHMUNG steht.

Das Zimmer dahinter sieht aus wie jeder Vernehmungsraum, der je bei *CSI* oder *Law and Order* gezeigt wurde. Nach Daddys Entlassung erzählte er uns manchmal, wie die Cops ihn in diese Zimmer brachten, wie sie versuchten ihn zu begraben, ihm die Knochen zu brechen, und wie die Panthers in den Siebzigern Pistolen mit auf die Straße nahmen.

Jones sagt, ich solle mich bitte setzen, und von irgendwo am unteren Ende meines Rückgrats kriecht ein Schock durch meinen Körper hinauf, durch meine Haut, und weckt in mir den Wunsch, sie zu schlagen. Hab mich seit der Mittelschule nicht mehr geprügelt, aber wenn ich die Möglichkeit hätte, ihre sich abblätternde Lippe bluten zu sehen, würde ich sie ergreifen. Ich setze mich auf den Stuhl auf der einen Seite des Metalltischs, und Harrison setzt sich mir gegenüber.

Jones dreht sich um und geht zum Schreibtisch, wo sie Becher von einem Stapel nimmt und sie mit Wasser aus einer Karaffe füllt. Sie bringt zwei Becher an den Tisch und stellt jeweils einen vor uns. Ihre Hand wirkt angespannt, als sie mir den Becher reicht, und ich verziehe die Lippen zu einem schwachen Lächeln darüber, wie unangenehm es ihr ist, mich zu bedienen. Harrison leckt sich die Lippen, nimmt einen Schluck Wasser und ist eindeutig derjenige, der hier die Fragen stellen wird.

Jones schiebt Harrison über den Tisch hinweg einen Notizblock zu, und er zieht einen Stift aus seiner Hemdtasche. »Können Sie mir Ihren Namen, Alter und Beruf nennen?«

Mein Blick schweift durch den Raum, wandert rasch in

jede Ecke. Ich dachte, sie würden ein Aufnahmegerät einschalten oder so, aber ich bin von Kameras aufgenommen worden, seit ich dieses Gebäude betreten habe, und das Vernehmungszimmer stellt keine Ausnahme dar. Meine Knie beginnen zu zittern. Ich unterdrücke den starken Drang, den Tisch umzuwerfen und hinauszurennen.

Harrison wird lauter: »Beantworten Sie die Frage.«

»Ich heiße Kia.« Ich halte inne und überlege, wie ich seine Fragen beantworten soll. Die Wahrheit existiert nicht in diesem Durcheinander. »Bin gerade achtzehn geworden, aber das wissen Sie wahrscheinlich.«

Harrisons Stift kritzelt über die Seite und bleibt dann stehen. Er sieht mich zum ersten Mal an, und sein Blick ist schlicht und einladend. Er sieht neugierig aus, studiert mich.

»Und Beruf?«

»Arbeitslos.« Zumindest nach staatlichen Maßstäben.

Harrison beugt sich vor, und seine Brust berührt den Rand seines Wasserbechers, den er umzukippen droht. »Arbeitslos?«

»Ich mach schließlich keine Steuererklärung, oder?«

Er lehnt sich zurück und greift nach seinem Wasser. Er hat begonnen mit dem Bein zu wippen, und ich nehme an, ein Teil von ihm genießt es, wie ich mich wehre.

Jones ist jedoch nicht allzu glücklich darüber, schnappt sich den Schreibtischstuhl und zieht ihn zu uns an den Tisch. »Hören Sie, wir wissen beide, was Sie tun, und ich denke wirklich, es wäre das Beste, wenn Sie uns die ganze Geschichte erzählen.«

Ich beuge mich vor, um so nah an ihre Gesichter ranzukommen wie möglich. Onkel Ty über die Jahre hinweg zu beobachten hat mich eine Menge darüber gelehrt, wie man jemanden allein mit Blicken auseinandernimmt. Muss nicht die Kontrolle haben, um ihnen ein Gefühl von Machtlosigkeit zu vermitteln. Ich wandere mit dem Blick zwischen ihnen hin und her, behalte meine Lippen hübsch nach oben gezogen und lasse das verbleibende Zittern von meinen nassen Braids und diesen Metallfenstern nirgendwo sichtbar werden, außer in meinen Händen, die unter dem Tisch verborgen sind und überall auf meiner Haut Fingernagelabdrücke hinterlassen.

»Und was für eine Geschichte wäre das?«

Jones und Harrison sehen sich zum ersten Mal an. Seine Lippen öffnen sich. Ihre scheinen sich noch fester aufeinanderzupressen. Er wendet sich als Erster ab und lässt seine Zunge rollen, ganz so, wie ich es erwartet hatte. Er ist wirklich nicht besonders gut in dieser Rolle als böser Cop.

»Uns liegen Berichte vor über einen möglichen Vorfall, an dem Sie und ein Teil unserer Einheit beteiligt waren.« Ich beobachte, wie seine Zunge sich beim Sprechen hoch- und runterbewegt, mit seinem Gaumen Fangen spielt.

Ich beuge mich noch weiter vor, bis mein Gesicht sein gesamtes Blickfeld ausfüllt. »Vorfall?«

»Der eine mögliche sexuelle Ausbeutung umfasst.«

Jones' Stuhl schiebt sich mit einem schrillen Geräusch nach hinten und bricht die Schwere in der Luft zwischen Harrison und mir.

Jetzt ergibt alles Sinn. Der weibliche Cop wurde dazugeholt, um den Schein zu wahren, wenn das Mädchen verhört wird, das hinterher in irgendeinem Bericht begraben werden soll.

Jones geht nun auf und ab, sucht nach einem Fenster in einem fensterlosen Raum. Sie dreht sich erneut zu mir um, und ihre Lippen sind wild geworden, verziehen sich in alle Richtungen: »Sie brauchen uns nur zu erzählen, wie Sie sich den Männern verkaufen. Irgendwann sind Sie vielleicht einem Mann begegnet und haben behauptet, Sie wären ein paar Jahre älter, hatten Sex mit ihm, und er hat später erst Ihren Beruf und Ihr wahres Alter erfahren. Vielleicht wusste er es nicht, weil Sie ihn angelogen haben, so wie sonst auch immer, stimmt das etwa nicht?«

»Ich hab keine Ahnung, wovon Sie reden, aber das ist kompletter Schwachsinn.« Ich bohre meine Nägel so tief in meine Handgelenke, dass Blut heraussickert.

Sie redet weiter, und ihre Stimme findet zurück zu ihrer natürlichen Form. Sie spricht rhythmisch, ich kann ihr nicht entkommen, und es fühlt sich beinahe an, als würde sie niemals aufhören. Harrisons Gesicht ist versteinert, und ich bin mir nicht sicher, ob er überhaupt zuhört, jedenfalls ist sie diejenige, die den Raum ausfüllt.

»Sagen Sie es.« Sie legt eine kurze Pause zum Luftholen ein.

Ich weiß nicht, was schlimmer ist: ihr zu sagen, was sie hören will, auch wenn ich weiß, dass es ein Verbrechen ist, dass sie mich einsperren könnten, wenn sie wollten; oder es zu leugnen, womit ich sie noch wütender machen und Dinge riskieren könnte, von denen ich noch gar keine Ahnung habe.

Meine Oberlippe zuckt, als könnte sie sich nicht entscheiden, wie sie sprechen soll. »Einen Scheiß sag ich Ihnen.«

Es fängt von vorne an, eine Lawine aus ihrer Stimme und Geschichte auf Geschichte, und ihre Worte explodieren Sekunden später in meinem Kopf, als wären sie bereits seit Jahrzehnten dort, und schon bald ist mein Wasserbecher leer, Harrison hat den Raum verlassen, und Jones' Lippen sind aufgeplatzt, hören jedoch nicht auf, sich zu krümmen, und es ist Stunden her, seit das Metallgebäude mich verschluckt hat.

Diesmal setzt sie sich auf die Tischkante, und ich ziehe meine Hände darunter hervor, um sie auf dem kühlen Metall abzulegen. Sie sind von Blut und halbrunden Abdrücken überzogen, wo meine Nägel mich daran erinnert haben, dass ich noch immer atme.

»Wie ich gehört habe, steht bei Ihnen zu Hause ein Kuchen. Sie haben doch sicher Hunger.« Ihre Zunge schnellt so rasch aus ihrem Mund, dass ich es fast übersehe. »Sagen Sie es mir, und ich bring Sie hier raus.«

Ich kann meinen Mund nicht mehr spüren. Er ist gemeinsam mit dem Rest meines Körpers taub geworden, und vielleicht bin ich ausgetrocknet, vielleicht schwimme ich auch noch immer oder bin im Scheißepool ertrunken. Mit Sicherheit weiß ich nur, dass der Geruch dieser Frau jeden Zentimeter Luft verbraucht hat und ich hier rausmuss. Ich rede. Höre nichts davon, aber ich sage, was sie sagt, wiederhole es, lasse es aus mir herausströmen, wie es von der Wahrheit behauptet wird. Wahrheit wie Wasser. Die Wahrheit sieht jedoch ganz anders aus, sobald man von Metall umzingelt ist.

Ein Teil von mir ist überrascht, als Jones mir die Tür aufmacht und Harrison vor dem Raum wartet, als sie verschwindet und er mich zurück zum Aufzug bringt. Wir steigen im Empfangsbereich aus, wo uns eine Frau in einem lila Anzug erwartet. Sie sieht mich länger an, als sie sollte, und blickt dann zu Harrison. Er murmelt ein Hallo und schiebt sich an ihr vorbei. Ich folge ihm, während ihr Blick auf uns gerichtet bleibt, bis wir das Gebäude verlassen haben.

Auf dem kurzen Weg vom Ausgang bis zum wartenden Streifenwagen höre ich das Geräusch von Megafonen, Trommeln und Sprechgesängen. Ein paar Blocks entfernt marschieren Hunderte, wenn nicht gar Tausende Menschen auf das Gebäude zu, ihre Stimmen ein dichter Chor, Ruf und Antwort, in deren Zentrum deutlich Freddie Grays Name auftaucht, und ich sehe, wie Harrison den Kopf senkt, als wir den Wagen erreicht haben. Ich klettere auf die Rückbank und blicke aus dem Fenster. Ich frage mich, ob sie auch jemals an die Frauen denken, nicht nur an die ermordeten, sondern an die spezielle Brutalität eines Pistolenlaufs am Kopf. Die Frauen ohne Konturen, mit verfilztem Haar und leerem Blick, bei denen es kein Video als Beweis dafür gibt, was ihnen passiert ist, nur einen Mund und ein paar Narben.

Harrison fährt an, und ich frage mich, ob er womöglich gerade dasselbe denkt: dass sie vielleicht gar kein Geständnis von mir hätten erzwingen müssen, denn wen hätte es schon gekümmert? Aber wahrscheinlich denkt er nur daran, wie er am schnellsten von den Protestierenden wegkommt, daran, wie falsch sie liegen, ihn zu hassen, an die Opfer, die er erbringt, um die Menschen dieser Stadt zu beschützen. Wahrscheinlich denkt er, dass er bereit ist, den Preis von einem oder auch von tausend Leben zu bezahlen. Dass es, wenn ein trauriges Mädchen mit krausen, drei Monate alten Braids dabei draufgeht, ein Preis ist, den er nur zu gern zahlt für dieses Auto, diese Waffe, diese Macht.

Ich erinnere mich nicht an viel mehr von dieser Heimfahrt, außer daran, dass Harrison sich weigerte, mich anzusehen, und ich glaube, dass er die Sirenen angemacht hat, da wir rasten, als befänden wir uns auf einer Verfolgungsjagd. Er ließ mich vor dem Royal-Hi hinaus, das größer aussah als noch am Morgen. Er verabschiedete sich nicht, sah mich jedoch an und biss sich auf die Lippe, und etwas daran sagte mir, dass die Sache noch nicht vorbei war.

Ich mache die Wohnungstür auf und erwarte, Trevor auf dem Sofa vorzufinden oder mit dem Ball dribbelnd durch die Wohnung laufend, aber er liegt auf der Matratze und schnarcht wie ein Motor. Mein Kuchen steht auf der Küchentheke. Unangerührt.

Sein Kontaktname identifiziert ihn lediglich anhand seiner Dienstmarkennummer, 190, und ich nehme nur zögerlich ab. Seit meinem Geburtstag vor ein paar Tagen ist er abgesehen von Trevor die erste Person, mit der ich spreche.

»Uns ist ein anderes Mädchen abgesprungen, und wir brauchen dich heute Abend. Geburtstagsgeschenk für einen Kollegen«, sagt er. Seine Stimme klingt durchs Telefon kalt.

»Ich kann nicht«, antworte ich im Gedanken an Jones und Harrison. Ich will aus dieser Scheiße raus.

»Nein ist heute wirklich keine Option. Wir brauchen ein Mädchen, er mag sie jung, und wir haben keine Zeit, ein anderes zu finden.« Er legt eine Pause ein. »Ich wollte das nicht tun, aber mach dich auf eine Verhaftung gefasst, wenn du nicht bis neun hier bist. Ich bezahl dich auch, fünfhundert im Voraus.«

Ich frage mich, ob es ihm wirklich leidtut, ob er mir wirklich nicht drohen will oder ob es nur Show ist, wie alles andere an ihnen: die Uniformen, das Grinsen, die Guter-Cop-böser-Cop-Routine. Langsam glaube ich, dass es so etwas wie einen guten Cop gar nicht gibt, dass die Uniform die Person darin auslöscht.

Ich bin bereit aufzugeben und mich verhaften zu lassen, nur um die Chance zu haben, nie wieder einen von ihnen in mir spüren zu müssen, aber dann erscheint vor meinem inneren Auge das Bild von Trevors Mund, verschmiert mit altbackenem Sirupkuchen. Ich kann ihn nicht allein lassen, und wir brauchen das Geld. Was ist schon eine Nacht mehr?

»Okay«, sage ich.

Er seufzt, und seine Stimme klingt wieder etwas mehr so, wie ich sie in Erinnerung habe: sanft. »Ich texte dir die Adresse.«

Das Gespräch wird mit einem Piepton beendet, und ich sitze da und denke an all die Augenblicke, in denen ich womöglich hätte verhindern können, hier zu enden, dann gehe ich ins Badezimmer, um mich vorzubereiten und mein ungebundenes Selbst bei Trevor in meiner Wohnung zurückzulassen.

An der Tür des Hauses, das eigentlich eher eine Villa ist, werde ich von Männern in aufgeknöpften Hemden und Stoffhosen empfangen, keine Uniformen, aber ihre Dienstmarken an den Hosentaschen festgesteckt. Sie tragen alle unterschiedliche Marken: von Richmond über Berkeley und San Francisco bis Oakland. Eine Handvoll von ihnen erkenne ich von kleineren Versammlungen in den letzten Monaten wieder.

190 bezahlt mich und führt mich dann an der Hand durch die Tür, und alle in Sichtweite brechen in Applaus und biergetränktes Grölen aus, das mich an Marcus und Cole erinnert, wenn sie glauben, einen Platinsong produziert zu haben. 190s Hand ist kälter als meine, aber sie hat die gleiche Farbe, und

es sieht beinahe so aus, als wäre unsere Haut miteinander verwoben. Wie ich noch von unserer letzten Begegnung im Hurenhotel weiß, redet 190 gern. Führte mich zum Parkplatz und setzte mich auf die Rückbank seines Wagens, wo er mich ein bisschen befummelte, aber hauptsächlich all das ausplauderte, was er im Futter seiner Kehle versiegelt hatte. Erzählte mir, sein Daddy sei nicht glücklich darüber, dass er zur Polizei gegangen ist, meinte, er habe sich um seinen Daddy gekümmert, als wäre er das Elternteil und nicht das Kind, und ließ dabei seine Körperöffnungen überlaufen. Männer haben nicht so ein Problem mit dem Weinen, wenn sie dafür bezahlen, da sie wissen, dass sie mich nicht wiedersehen müssen, wenn sie es nicht wollen.

Bin allerdings nicht überrascht, dass er sich kalt anfühlt. Im Haus läuft definitiv die Klimaanlage, und an den Wänden hängen Gemälde, deren Namen mit Sicherheit niemand kennt. Ich nehme an, dass das Preisschild wichtiger ist als die Kunst, da ich sogar im Dunkeln etwas Besseres malen könnte und es sich trotzdem niemand in sein Haus hängen würde.

»Jungs, das ist Ms. Kia Holt.« 190 hält unsere Hände hoch, als hätten wir gerade eine Meisterschaft gewonnen. Mein erhobener Arm zieht meinen Rock noch weiter nach oben, und keins ihrer Augenpaare ist auf mich gerichtet, nur auf meine Oberschenkel.

Sie begrüßen mich im Chor, auf Ledersofas vor irgendeinem Baseballspiel sitzend, während sie Bier trinken und mich anstarren. Im Obergeschoss, zu dem die Treppe links von mir führt, befinden sich weitere Männer – ich kann ihr Gejohle hören –, und noch mehr von ihnen gehen im

Zimmer ein und aus, kehren mit Tellern voller Essen und mit Getränken zurück, die sie in einem Zug hinunterkippen. 190 führt mich in den Raum mit den Sofas, wo zwei Männer für uns beiseiterücken und mich Platz nehmen lassen. Ich überschlage die Beine, und die Blicke verlagern sich.

Neben uns sitzt der Cop, der beim ersten Mal den Wagen fuhr, in jener Gasse an der 34th. Er kichert. »Nimm sie nicht den ganzen Abend in Beschlag, Thompson.«

190 hustet, nimmt seinen Arm von meiner Schulter und steht auf. »Geh mir ein Bier holen. Möchtest du irgendwas?«, fragt er mich.

Ich schüttele den Kopf. Ich wünsche mir nichts sehnlicher als einen Drink, aber ein Teil von mir fürchtet noch, dass sie mich dann unter Drogen setzen, im Wohnzimmer ausbreiten und ein Gelage feiern.

»Redet sie nicht?«, fragt ein Polizist aus Richmond 190.

190 sieht ihn mit zusammengekniffenen Augen an, antwortet: »Anscheinend nicht mit Arschlöchern«, und verlässt den Raum.

Ich stelle mir vor, dass 190 anstelle eines Herzens einen Mond hat, der zu- und abnimmt und sich nicht entscheiden kann, ob er ganz ist. Ich versteh solche Männer nicht – wie Tony, wie Marcus –, aber anscheinend werde ich sie nicht los. Möchte meinen Kopf in die Nähe ihrer Monde betten, um zu sehen, ob diese auch schlagen.

Heute gibt es ein Zimmer im Obergeschoss, das sie nur für mich freigehalten haben und in dem sich Männer die Klinke in die Hand geben, die sich übereifrig ihrer Gürtel entledigen. Ab und zu kommt 190 hoch, um nach mir zu schauen. Er klopft an die Tür, und ich schlüpfe wieder in meinen Rock, ehe er eintritt.

»Wie wär's, wenn du mit runterkommst und was trinkst? Oder magst du was essen?«

Ich ziehe es erneut in Erwägung, entscheide mich jedoch dagegen. Zu leicht, irgendwas reinzuschütten, mich bewusstlos zu machen, und dann werden sie mich noch nicht einmal bezahlen für was auch immer sie mit meinem Körper anstellen. 190 sieht aus, als wollte er sich aufs Bett setzen, aber er löst seine Hände nicht vom Türknauf, und ich bin gerade zu erschöpft, um ihn zu halten, während er schluchzt.

Ich fahre mir mit der Hand über meinen Haaransatz, um den Flaum dort zu glätten. »Brauch nur ein bisschen frische Luft«, erkläre ich ihm.

Er nickt und bedeutet mir mit einer Geste, durch die Tür zu gehen. Er schließt sie hinter mir. Ich zögere zuerst, dann strecke ich meine Hand aus und ergreife seine. Es ist schön, jemanden zu berühren, ohne dazu gezwungen zu werden. Er lächelt und geht ein wenig aufrechter.

Sobald ich wieder in ihrer Mitte auftauche, beginnt ein neuer widerlicher Ausbruch ihres Gegröles. 190 wirft ein paar von ihnen scharfe Blicke zu, die sie nicht einmal wahrzunehmen scheinen, während sie ihre Drinks kippen. 190 führt mich durch einige Flure, und ich schwöre, dieses Haus ist so groß und endlos wie das Maislabyrinth auf der Alameda County Fair. Es sind viel mehr Menschen hier, als ich ursprünglich gedacht hatte, in den verschiedenen Zimmern versammelt oder in Türrahmen herumstehend. Ich sehe ein paar Frauen mit Augen wie meine, vermutlich auf dem Weg zurück in ihre zugewiesenen Räume, jede einzelne irgendeine Art von Fetisch befriedigend. Ich sehe auch ein paar Frauen in Anzügen und Uniformen und frage mich, ob sie wissen, wofür ich hier bin, aber keine von ihnen begegnet meinem Blick, und ich weiß nicht, ob sie mich nicht bemerken oder bewusst wegschauen.

Endlich schiebt 190 eine Glastür auf, und wir treten auf die riesigste Terrasse, die ich je gesehen habe. Sie erstreckt sich mit Heizlampen, noch mehr Sofas und einem Grill vor mir, und etwa zwanzig weitere Menschen stehen verstreut darauf herum. Ich atme ein und blicke in den Himmel hinauf. Wir sind in Berkeley, und ich vermute, dass die Sterne hier außerhalb der Stadtgrenze ein klein wenig besser sichtbar sind, da ich nach wenigen Minuten den Großen Wagen erkenne.

190 steht eine Weile neben mir, während ich in den Himmel schaue, dann tippt er mich an. »Ist's okay, wenn ich dich hier stehen lasse? Komm wieder rein, wenn du bereit bist.«

Ich nicke.

Er lässt mich allein, was so eine Erleichterung ist, wie frei meine Arme sich fühlen und wie wenig fremd mir diese Terrasse vorkommt, da der Himmel schon immer mein Freund gewesen ist. Weit ausgebreitet. Was auch immer da oben ist, kann einen wohl nur trösten, wenn es dunkel genug ist, um sich vorzustellen, dass es ein Jenseits gibt.

An den meisten Tagen behaupte ich, ich würde an nichts glauben, bloß dass irgendetwas daran, wie die Nacht alles färbt, den Wunsch danach in mir weckt. Nicht an ein Leben nach dem Tod, einen Himmel oder so einen Scheiß. Diese

Sachen lassen uns nur mit einem besseren Gefühl ans Sterben denken, dabei hab ich ohnehin keine Angst vor dem Sterben. Ich glaube lediglich, dass die Sterne sich aufreihen und in eine Anderswelt führen könnten.

Muss ja keine bessere Welt sein, weil es die wahrscheinlich gar nicht gibt, aber ich glaube, dass sie irgendwie anders ist. Ein Ort, an dem die Menschen ein wenig anders gehen. Sich vielleicht durch Summen unterhalten. Vielleicht haben sie alle das gleiche Gesicht, oder vielleicht haben sie auch überhaupt keine Gesichter. Wenn ich genug Zeit habe, um in den Himmel zu schauen, stelle ich mir vor, ich könnte mit ein wenig Glück einen Blick auf dieses Etwas erhaschen. Werde jedoch immer wieder zurück auf diesen Planeten hier gezogen.

Ich mag es nicht, angefasst zu werden, wenn ich nicht damit rechne, und die Frau hinter mir tut mehr als nur das, sie ergreift meine Hand und zieht daran, ohne ein Wort zu sagen. Der Himmel löst sich im Gesicht dieser Frau auf, und ich hebe meine freie Hand, um sie zu schlagen. Hätte ich sie nicht wiedererkannt, hätte ich es wahrscheinlich getan.

Das Gesicht von Lila Anzug ist in mein Gedächtnis gegraben, so wie mein Fingerabdruck dauerhaft auf Marcus' Hals verewigt ist. Sie wird nie mehr daraus verschwinden. Als sie nun vor mir steht, trägt Lila Anzug Jeans und einen Blazer und sieht jünger aus als draußen vor dem Präsidiumsaufzug. Keine Ahnung, ob es bloß daran liegt, dass ich sie in der Dunkelheit nicht besonders gut sehen kann oder so, aber sie wirkt fast genauso alt wie meine Mama, vielleicht fünfzig.

Sie trägt anders als im Polizeipräsidium kein Make-up,

und ich muss mich sehr anstrengen, ihr in die Augen zu blicken und nicht auf die Narben an ihrem Hals. Sie fließen hinab wie ein Schnappschuss von fallendem Regen, in einer bräunlichen Farbe, die nur etwa eine Nuance dunkler ist als ihre Haut und sich daher beinahe mit ihr verbindet.

»Was soll das?« Ich ziehe ihre Finger von meinem Handgelenk und trete einen Schritt von ihr fort.

Sie streckt ihre Hand aus, bittet mich zurückzukommen. »Stell dich nicht ins Licht. Ich kann nur mit dir reden, wenn du wieder hinter die Lampe kommst. Bitte.« Sie steht panisch in der Terrassenecke im Schatten der hinter mir aufragenden Lampe.

»Keine Ahnung, worüber Sie mit mir reden wollen. Sie wissen doch, dass ich schon mit Ihren Leuten auf dem Revier gesprochen hab. Dachte, die Sache wär erledigt.« Ich trete einen Schritt auf sie zu, sodass wir im selben Schatten stehen. Hier kann ich wenigstens ihre Narben besser betrachten.

»Weißt du, wieso sie dich mitgenommen haben?«

Ich nicke. »Wollten mich wegen irgendeiner Ermittlung befragen.«

»Es war ein Suizid.«

Ich gerate ins Schwanken. »Weiß nichts von einem Suizid.«

»Um den Suizid geht's nicht. Er hat eine Nachricht hinterlassen. Ein Polizist hat sich umgebracht und eine Nachricht hinterlassen, und in dieser Nachricht hat er von dir geschrieben. Er hat von dir und von mehr Männern dieser Polizeieinheit, als ich benennen kann, geschrieben, und als man diese Nachricht fand, wurde eine interne Ermittlung aufgenommen. Mein Department kümmert sich um alle Ermittlungen zu internen Angelegenheiten, und wir haben nichts anderes bekommen als ein Protokoll deiner Befragung, bei der du sinngemäß ›Es ist meine Schuld‹ gesagt haben und innerhalb von einer Stunde wieder draußen gewesen sein sollst. Die Sache ist nur, ich hab dich aus diesem Büro kommen sehen, sechs Stunden nachdem unsere Kameras deine Ankunft aufgezeichnet haben, und ich schätze mal, du hast da nicht ganz die Wahrheit gesagt.«

Ein Suizid. Im Dunkeln der Terrasse ist es schwer, das von ihr Gesagte zu verarbeiten, aber dieser Teil bleibt hängen. Dieses Wort. Wie kurz und einfach es wirkt, unschuldig, dabei ist es in Wirklichkeit das blutigste Bild, das ich je gesehen habe. Nicht dass Mama erfolgreich gewesen wäre. Ich stelle mir vor, wie ein Mann die Augen zumacht und darauf wartet, dass sich die Welt um ihn schließt, und alles nur meinetwegen. Ich frage mich, wie er es wohl getan hat, ob er schlauer und reicher als Mama war und ein paar Tabletten geschluckt hat, statt zu versuchen, sich in den Tod zu bluten. Es fällt mir schwer zu glauben, irgendwelche von ihnen könnten bereut haben, wie fest sie mich am Hals packten oder wie sie ihre Gürtel zuschnallten, die Autotür aufmachten und mich mit den Worten hinauswarfen, ich hätte Glück, dass sie mich nicht festnähmen. Schwer zu glauben, dass sie wegen mir bluten würden.

Lila Anzug steht noch immer da und beobachtet mich, wartet darauf, dass ich ihr von jenem Tag auf dem Revier berichte, als sie mich an jenem Tisch festhielten, mit den halbmondförmigen Abdrücken an meinen Handgelenken.

»Hab denen erzählt, was ich musste. Ist mir egal, was sie wissen oder nicht. Ich hab nichts davon, wenn ich denen die Wahrheit sage.« Ich verschränke die Arme vor der Brust und stütze mich auf meine Hüfte. Ich will, dass sie verschwindet und die blutige Szene und den Suizid mit sich nimmt.

Sie nickt. »Darum geht's. Der Rest dieses Polizeidepartments mag keinen Moralkodex besitzen, aber ich habe einen. Und ich wette, sie nutzen dich noch mehr aus, als dir überhaupt bewusst ist. Was denkst du, weshalb sie mit deiner Befragung gewartet haben, bis du achtzehn wurdest? Jetzt bist du nicht mehr minderjährig, und diese Männer werden alles tun, was nötig ist, um die Sache mit deinem Alter zu begraben, aber das ist unethisch und ungerecht, und ich habe zu viel Respekt vor dir, um zuzulassen, dass sie das einfach zu den Akten legen und vergessen. Ein Mann ist gestorben, und in seinen letzten Stunden hat er über dich geschrieben.«

Ich stelle mir einen gesichtslosen Cop vor, der panisch vor sich hin kritzelt, einen Namen niederschreibt, den er für meinen hält. Lila Anzug muss aufhören, ehe er das Einzige ist, was ich sehen kann, ehe ich ebenfalls bluten möchte, nur um nicht noch einen weiteren Tod mit mir herumtragen zu müssen.

»Davon weiß ich nichts. Ist ja auch egal, das hier ist mein Job. Sie bezahlen mich, oder sie geben mir Informationen, die genauso gut sind wie Bezahlung.«

»Blödsinn.« Ihre Zunge ist schnell.

Ich trete erneut zurück, halb ins Licht. »Wieso erzählen Sie mir all das überhaupt?«

Sie blickt zu Boden und dann wieder zu mir auf. Ihre

Augen zittern in ihren Höhlen, und sie spricht leise: »Irgendeine Form von Gerechtigkeit wird es nur geben, wenn diese Sache an die Öffentlichkeit dringt. Kiara, stimmt's? Sie nennen dich Kia, aber dein Name ist Kiara?« Ich gebe keine Antwort. »Kiara, ich werde das leaken.«

Die Stelle zwischen meiner Lunge und meinem Magen zieht sich zusammen, und ich fühle mich beinahe seekrank, als wäre die Bucht in meine Brust gedrungen, als ich gerade nicht hinsah. Ich trete erneut näher an sie heran und spreche durch die geschlossenen Zähne: »Wenn Sie das tun, zerstören Sie mein ganzes Leben.«

»Wenn ich es nicht tue, zerstöre ich dich trotzdem, und auch all die anderen Mädchen, mit denen sie spielen werden, sobald sie mit dir fertig sind. Wir wissen beide, dass sie wahrscheinlich längst eine Handvoll andere Mädchen in die Finger gekriegt haben, die jünger sind als du und von denen niemand weiß. Das hier ist eine Chance, sie zu retten.« In ihren Augen sammelt sich etwas, aber es sind keine Tränen. Könnte Mitleid oder Schuldgefühl sein, jedenfalls sind sie ganz von irgendeinem Film überzogen. »Ich erzähle es dir, weil ich deinen Namen aus der Sache raushalten kann. Ich denke, dass es das Beste wäre, wenn alle ihn wüssten, damit du für dich selbst sprechen kannst, aber es ist deine Entscheidung.«

Sie wartet. Die Hitze der Lampe hinter mir hat mir den Schweiß auf die Stirn getrieben, und meine Zähne beißen so fest aufeinander, dass sie womöglich gleich abbrechen. Ich sehe sie nicht an. Ich weiß, dass sie glaubt, sie helfe mir, aber sie ist nur ein weiterer Anzug mit einem Gottkomplex, und sie wird mich garantiert nicht retten. Die Männer in diesem Haus würden mich umbringen, ehe sie zuließen, dass ich sie ruiniere.

»Was springt für mich dabei raus?«, frage ich.

Lila Anzug zuckt mit den Achseln. »Ein Gefühl von Gerechtigkeit? Ich weiß zu diesem Zeitpunkt nicht, was ich dir anbieten kann, aber ich bin da, um zu helfen, solltest du mich brauchen. Hier ist meine Nummer«, sagt sie und reicht mir eine Visitenkarte. »Um ehrlich zu sein, werde ich die Sache leaken müssen, ob du willst oder nicht, Kiara. Es ist das Beste, was ich tun kann. Also bin ich hier, um dir die Wahl zu lassen: Soll dein Name herauskommen oder nicht?«

Ich schüttele den Kopf, da ich nicht glauben kann, dass man mich schon wieder in die Ecke drängt und mir dabei erzählt, ich hätte eine Wahl. »Wagen Sie es nicht, meinen Namen zu sagen«, spucke ich aus. Ich gehe davon, ohne mich zu verabschieden.

Ich betrete das Haus, laufe durch die gewundenen Flure, hinauf in jenes Zimmer, das für diese paar Stunden meins ist, und beginne erneut. Mit dem Kopf auf dem Kissen, mein Gesicht in den Stoff gepresst, lasse ich die Tränen über meine Wangen strömen. In mein Gesicht schaut sowieso niemand.

In den letzten Tagen hat es auf meiner Stirn gekribbelt, wie wenn man die Augen verbunden hat, der Körper die Blicke jedoch spüren kann. Am Donnerstagabend gehen Trevor und ich zum Spielen auf den Basketballplatz, und sie lauern irgendwo. Könnte nicht sagen, wo, aber meine Stirn sagt, dass sie mich beobachten.

Wir verlieren das erste Spiel, und Trevors Gesicht ist wie verknotet. Er richtet kaum mehr als ein paar Worte an mich. Das zweite Spiel gewinnen wir, und der Riegel vor seiner Zunge löst sich.

Das Kribbeln auf meiner Stirn verläuft in Spiralen, und das Gras verblasst zu einem trockenen Grün. Ich überprüfe jeden Winkel: von der Straße über die Plätze bis zum Gras, und diese Augen müssen gut sein im Verstecken, da sie sich meinen Blicken komplett entziehen. Ich ergreife Trevor an der Schulter, um ihn zurück nach Hause zu manövrieren.

»Können wir nicht noch kurz bleiben?«, bittet Trevor, der keine Ahnung hat, wie sich die Blicke in seinen Rücken bohren. »Ramona sagt, sie holen Wassereis.«

Ich sehe mich um und beuge mich hinunter, damit er mich auch verstehen kann, wenn ich nur flüstere: »Wir müssen nach Hause, Trev. Jemand folgt uns, und du bist nicht sicher, solange sie dich sehen können.«

Ich dränge ihn in einen vollen Sprint, und er dreht sich um und flüsterschreit mir zu: »Bist du verrückt geworden? Benimmst dich wie Mama.« Ich habe keine Zeit, Dees Gesicht mehr als nur kurz in meinen Gedanken aufblitzen zu lassen. Dee hat nie versucht, ihr Baby zu beschützen, wie ich es tue.

Wir rennen, genau wie sonst auch, aber diesmal ist es kein gespielter Wettlauf. Für ein paar Augenblicke zwischendurch verschwindet das Kribbeln, kurze Straßenabschnitte, auf denen wir wieder frei sind. Dann kehren sie zurück. Verfolgen uns. Den ganzen Weg bis nach Hause stöhnt Trevor und beschwert sich, ich würde alles verderben, und ich bleibe stumm, aber sobald wir durch das Tor zum Royal-Hi sind, packe ich ihn am Kragen seines Sweatshirts und ziehe ihn zu mir, sodass er meinen Atem spüren kann. »Junge, nenn mich nicht deine Mama, wenn ich dich hier draußen beschütze. Beweg lieber deinen Arsch nach oben und lies ein Buch, bevor ich mich wirklich wie deine Mama benehme und den Gürtel raushole.«

Trevor rennt die Treppe hinauf, wobei sein knochiger Hintern sich in den Shorts abzeichnet. Ich folge ihm nach oben, betrete meine Wohnung, schließe die Tür und ziehe alle Jalousien herunter, bis wir in Dunkelheit dastehen.

»Wie soll ich denn lesen, wenn du es so dunkel machst?«, jammert seine Stimme etwa eineinhalb Meter entfernt.

»Benutz deinen Kopf und schalt ein Licht an.«

*

Nach weniger als vierundzwanzig Stunden ist der Abschiedsbrief das Topthema der Lokalnachrichten, und bei der Google-Suche poppt ein Artikel nach dem anderen auf. Wie versprochen hat Lila Anzug die Zeile geschwärzt, die meinen Namen nennt. Trotzdem ist es noch keine zwei Tage her, und schon beobachten Augen jeden meiner Schritte, verfolgen mich. Ich hätte wissen müssen, dass die Cops darauf kommen würden, wer gemeint ist, und dass sie mich nicht einfach in Ruhe lassen. Kann nicht mehr lange dauern, bis sie sich auch zeigen. Daddy sagte immer: *Fuck the cops, but don't fuck with them*, außer du hast einen guten Grund. Ich hab wohl einige Cops gefickt und auch mit ihnen gefickt, und nun bin ich nur noch ein paranoides Summen.

Ich hatte zu viel Angst, nachts auf die Straße zu gehen, und habe nun kaum mehr Geld, als Mama gehabt haben muss. Ich habe Lacy angerufen und sie gefragt, ob sie mir einen Job beschaffen könne, aber sie sagte, das ginge nicht, nicht nach der Sache mit Marcus. Dee legt immer noch etwa jede Woche zwanzig Dollar auf die Küchentheke, und Trevor und ich sind dazu übergegangen, ausschließlich Frühstücksflocken und Ramennudeln zu kaufen. Während ich im Dunkeln sitze, fühlt mein Magen sich an wie ein Schwamm. Trevor ist eingeschlafen, sobald er sein Buch aufklappte, und nun bin ich allein und fange langsam an, im Dunkeln zu sehen.

Ich will nicht zu nah an die Fenster herantreten, falls sie dahinter sind und mich beobachten, aber ich habe Hunger. So großen Hunger, dass ich jeden Teil eines Hühnchens essen würde.

Ich starre eine Weile auf mein Telefon, bevor ich endlich Alés Nummer wähle, und sie hebt ab und sagt: »Hey.«

»Hey.« Ich weiß, dass sie nicht viel redet, aber die Stille lässt meinen Magen brodeln. »Bin froh, dass du rangegangen bist.« Ich versuche lässig zu klingen, bloß bin ich gerade das absolute Gegenteil von entspannt, und meine Stimme bricht.

Sie hustet. »Jaa. Was brauchst du, Kiara?«

Ich halte inne. Vielleicht sollte ich nicht zu Alé rennen, wenn alles andere auseinanderbricht. Sie hat schon genügend Scherben aufgesammelt. »Ich habe Hunger«, flüstere ich ins Telefon und hoffe beinahe, dass sie mich nicht hört.

Alés Lachen klingt vertraut. Es verwandelt sich wieder in ihre Stimme: »Du hast Hunger. Scheiße, okay, dann komm her, und ich koch dir was.«

Ich sauge meinen Atem ein. »Kann die Wohnung nicht verlassen.«

»Wie meinst du das?«

»Hör zu, ich werde verfolgt und kann nicht raus, und du musst herkommen, weil ich kein Geld habe und Trev versorgen muss, und ich hab solchen Hunger, Alé. Bitte.« Meine Worte sind so verworren, dass ich mir nicht sicher bin, ob sie mich verstanden hat.

»Gib mir zwanzig Minuten.« Sie legt auf, und ich traue mich nicht, vorher noch *Ich liebe dich* zu sagen.

Aus zwanzig Minuten wurde rasch eine Stunde, und mittlerweile sehe ich im Dunkeln besser als im Licht. Ich sitze neben der Tür, die Knie an die Brust gedrückt, und sehe Trevor zu, der auf der anderen Zimmerseite zu einem Ball zusammengerollt schläft.

Das Klopfen erschüttert mein Zwerchfell, und ich hebe die Hand so schnell, dass sie gegen die Wand schlägt. Ich fluche, wedele mit ihr, bis der erste Schock des Aufpralls zu einem Schmerz abschwillt, und stehe dann auf.

»Wer ist da?«, rufe ich, mit dem Ohr an der Tür.

»Alejandra, wer sonst?« Ihre Stimme verliert sich in einem Murmeln, von dem sie wahrscheinlich glaubt, ich könne es nicht hören. *»No seas cabeza hueca, ay.«*

Ich mache die Tür so weit auf, dass sie hineinschlüpfen kann. Sie trägt eine Tüte, die nach der Küche ihrer Mama riecht, und ich will nichts anderes, als sie ihr aus der Hand zu schnappen und den Inhalt zu verschlingen, aber dann nehme ich mir einen Moment, um sie anzusehen. Alé ist ein malerisches Abbild ihrer selbst, das Weiß ihrer Augen die hellste Sache im Raum. Sie hat Angst.

»Verdammt, machst du nicht mal ein Licht für mich an?« Sie geht langsam, die Arme ausgestreckt wie auf einem Drahtseil, und glaubt garantiert, sie sei im Dunkeln nur verschwommen wahrzunehmen, aber ich sehe sie so klar und deutlich wie immer. Es ist fast zu leicht. Mit der Hand umklammert sie fest die zerknitterte Papiertüte. »Kriegst dein Essen nicht, wenn du mir nicht ein bisschen Licht machst.« Sie spricht noch nicht einmal in meine Richtung, sondern blickt zu Trevor auf der anderen Zimmerseite und ist kurz davor, direkt gegen die Küchentheke zu laufen. Ich schalte die Lampe ein, die mir am nächsten ist, und ein gedämpftes orangefarbenes Licht erhellt eine Hälfte der Wohnung.

Alé strafft die Schultern und dreht sich zu mir um. Sie scheint mich zum ersten Mal wirklich zu sehen, da sich die

Linien in ihrem Gesicht nach unten ziehen und ihre Haut eine weiche Zartheit bekommt, gekräuselt und babyartig.

»Schön, dich zu sehen«, sage ich, noch immer von der Lampe in der Zimmerecke aus. Ecken sind sicherer, denke ich. Zwei Wände anstelle von nur einer.

»Jaa.« Alé seufzt. »Du meintest, du hast Hunger?«

Ich nicke, und sie stellt die Tüte auf die Küchentheke und öffnet sie, wobei ein Wirbelwind aus Dampf aufsteigt sowie der Geruch von Fisch und Carnitas und weiterem Essen, von dem ich seit jenem Tag geträumt habe, an dem »normal« sich plötzlich in das hier verwandelte. Sie holt drei Plastikboxen heraus. »Hab's an Mama vorbeigeschmuggelt, als wollte ich es ausliefern, und sie hat kein Wort gesagt.« Sie lacht, lässt kleine Geräuschbläschen aufsteigen.

»Dabei liefert La Casa nicht mal aus.« Ich lache mit ihr.

Alé greift erneut in die Tüte und zieht eine lila Spraydose hervor. »Übrigens: Alles Gute zum Geburtstag.«

Ich lächele. »Danke schön.«

»Kommst du?« Sie steht noch immer in der Küche, die Augenbrauen hochgezogen.

»Vielleicht könntest du es hierherbringen?« Ich starre auf die Risse im Lampenschirm, scharfe Lichtsplitter, die seine subtile Wärme durchbrechen.

Alé seufzt. »Langsam jagst du mir Angst ein, Ki.« Sie stapelt die Boxen und die Farbe und trägt alles zu mir herüber. »Setz dich wenigstens hin.« Die übliche Leichtigkeit in ihrer Stimme – der gewitzte Ton am Ende jedes ihrer Worte – ist verschwunden, und sie klingt nur noch erschöpft.

Ich setze mich auf den Fußboden, und Alé folgt meinem

Beispiel. Ich will mir bloß das Essen schnappen und anfangen, es in mich reinzuschlingen, aber sie hält es fest, und ich weiß, dass sie mich erst essen lässt, wenn ich rede. Das schweigsamste Mädchen, das ich kenne, will reden. Ich weise mit dem Kinn in Trevors Richtung und lege den Finger auf die Lippen, um ihr zu bedeuten, dass wir leise sein müssen, damit er nicht aufwacht. Sie nickt.

»Wirst direkt wieder aufstehen und gehen, wenn ich's dir erzähle.« Ich kann lediglich auf meine Hände starren. All die Linien auf meiner Handfläche, die Alé einmal las, sind voller Schnitte, manche von ihnen bluten, andere sind verschorft, wieder andere sind so tief, dass sie nicht wissen, wie sie heilen sollen. Ich habe meine Nägel in sie gegraben, nachdem ich damit fertig war, an diesen zu kauen.

Alé stellt die Boxen neben sich und beugt sich mit gekreuzten Beinen zu mir vor, kommt näher, bis unsere Knie sich berühren. Sie neigt den Kopf, sodass er sich direkt vor meinen Händen befindet, und blickt hinauf in mein Gesicht. Sie geht sicher, dass sie meinen Blick eingefangen hat. Das hat sie.

»Ich hätte schon beim letzten Mal nicht gehen dürfen. Sag mir, dass ich bleiben soll, und ich bleibe. Sag, was immer du mir sagen musst, und ich werde bleiben. *Siempre.*« Sie blinzelt nicht.

Ich huste. »Hast du von dieser Geschichte gehört? Der Cop, der sich umgebracht hat?«

Alés Brauen machen eine rasche Wellenbewegung, und ihre Augen werden leicht glasig. »Oh, scheiße.«

Ich erkenne, dass sie sich von mir abwenden möchte, sehe

ihre Lider flattern, als wäre mir in die Augen zu sehen das Letzte, was sie gerade will, und ich kann es ihr nicht verübeln, weil das hier alles ist, wovon sie mir gesagt hat, ich solle es nicht tun, und ich wette, dass ich ihre Knochen gerade zum Splittern bringe, so wie Mama meine. Wenn doch nur ein Paar Sonntagsschuhe und eine Beerdigung genügten, um all diese Scheiße zu betrauern und unsere Wunden zu verbinden.

»Ich hab das nicht gewollt. Sie haben mich gefunden, und das hieß, entweder Gefängnis oder diese Sache, und du weißt ja, was Mama durchgemacht hat, ich wollte mich nicht einsperren lassen.« Alé schließt die Augen, und ich mache den Mund zu. »Es tut mir leid«, flüstere ich.

»Wieso tut es dir leid?« Sie hat die Augen noch immer geschlossen.

»Ich weiß, dass du nicht wolltest, dass ich in diesen Schlamassel gerate, und —«

»Also tut's dir leid, weil du denkst, du hast mich enttäuscht?« Ich höre ein Kratzen in ihrem Hals und kann nicht sagen, ob sie wütend oder traurig ist oder es für die lustigste Sache hält, die sie seit Langem gehört hat.

Ich taste mich vor. »Wahrscheinlich.«

Sie blickt mich an und lächelt, und das Braun in diesen Augen ist magnetisch. »Ich wollte nur, dass du in Sicherheit bist, Kiara.« Sie zuckt die Achseln, und ich frage mich, ob sie an Clara denkt. »Und enttäuscht war ich nur, weil wir nie zur selben Zeit am selben Ort waren.« Sie hustet, womöglich, um sich der Nacktheit in ihrer Stimme zu entledigen, vielleicht aber auch nur, um den Raum mit einem Geräusch zu erfüllen.

»Außer vielleicht zum Essen.«

Alé öffnet die Deckel, in jeder Box stecken drei Tacos, und sie schiebt sie in meine Richtung. Dann rutscht sie zurück, sodass wir einander nicht mehr berühren, und ich hebe einen Shrimptaco aus der Box und verspeise ihn mit drei Bissen. Ich greife nach dem nächsten. Sie könnte auch etwas essen, stattdessen beobachtet sie mich mit einem verstohlenen Lächeln. Ich bemerke das neuste Tattoo an ihrem Hals. Es ist ein Bienenstock, auch wenn ich nicht glaube, dass er voller Bienen ist. Ich beuge mich vor, wobei mir Sauce aus dem Mundwinkel tropft. Der Schwarm besteht tatsächlich aus lauter fliegenden Schmetterlingen. Ich möchte sie anfassen und schauen, ob ihre Flügel schlagen, weil es so aussieht, aber da ist noch das Essen vor mir, außerdem ist es zu gefährlich, Alés Haut zu berühren, solange es so dunkel ist.

»Gibt's auch was für mich?« Beim Klang von Trevors Stimme macht mein Magen einen Satz. Sowohl Alé als auch ich drehen schnell den Kopf zur Seite, um ihn auf dem Bett sitzen zu sehen. Anscheinend sind wir nicht leise genug gewesen.

Alé winkt ihn herbei, und er rennt praktisch auf uns zu. Ich kann mich nicht daran erinnern, dass er sein Shirt ausgezogen hat, aber er trägt es nun nicht mehr, und sein nackter Torso weckt in mir den Wunsch, ihn auf den Arm zu nehmen und zu wiegen, egal wie groß er schon geworden ist. Dieser Junge ist ein Wunder. Er ist mein Herbstregen. Mein letzter Blick auf die Sonne vor dem Untergang. Die Tage wären ohne Trevor unmöglich. Ich bin mir nicht einmal sicher, ob die Sonne ohne Trevor hervorkommt.

Er setzt sich neben uns und nimmt sich seinen eigenen Taco. Ich halte inne, um zuzusehen, wie er hineinbeißt und erwartungsgemäß mit offenem Mund kaut. Er starrt mich an und wartet darauf, dass ich ihm sage, er solle beim Essen den Mund zumachen, aber heute Abend bleibe ich stumm. Wenn der Junge mit rausgestreckter Zunge essen will, hat er dieses Vergnügen dann nicht verdient? Ist eh zu dunkel, um von irgendjemandem dabei gesehen zu werden.

Vor seinem nächsten Bissen blickt Trevor sich in der Dunkelheit um. »Glaubt ihr, es gibt hier Gespenster?«

Alé wirft einen Blick an die Decke, als könnte sie dort welche ausfindig machen. »Nee, nur Spinnen.«

Alé schläft in einer Mischung aus Leichnam und Seestern. Sie hat nie gesagt, dass sie über Nacht bleiben würde, aber wir wussten es beide in dem Moment, in dem sie ihren Kopf auf meinen Schoß legte. Hab noch nie jemanden so auf einem Hartholzfußboden schlafen sehen: die Extremitäten ausgestreckt, ohne sich einen Zentimeter zu bewegen. Den Mund gerade so weit geöffnet, dass man ihre Zähne erkennen kann, aber nicht ihre Zunge.

Ich beobachtete sie die ganze Nacht, während ich darauf wartete, dass mein eigener Körper mich in den Schlaf hinunterzog. Aber das tat er nicht. Als wir die Tacos verspeist hatten, kehrte Trevor zur Matratze zurück und schlief wieder ein. Ich erzählte Alé alles Weitere über die Cops und Lila Anzug und das Kribbeln, und sie meinte, ich müsse Tony oder Marcus bei mir haben, für den Fall, dass das Kribbeln zu einem Erdbeben anwüchse und nicht einmal die Jalousien mich noch beschützen könnten. Ich stritt mit Alé, erzählte ihr von Marcus, aber sie wollte nichts davon hören, also vereinbarten wir, dass ich am Morgen zu Cole gehen würde, während sie Trevor in die Taquería mitnähme und dafür sorgte, dass er etwas zu essen bekäme.

Jetzt warte ich bloß darauf, dass ihr Körper wieder irgendein Lebenszeichen von sich gibt. Draußen ist es hell. Das weiß ich, weil unsere Jalousien durch ihre Risse den Sonnenschein einfallen lassen, der auf dem Fußboden Muster bildet. Diese Strahlen breiten sich über Alés schlafenden Körper aus, sodass sich Licht und Schatten auf ihr verweben.

Es beginnt mit ihrem Kiefer. Er öffnet sich zunächst leicht, schiebt sich dann von Seite zu Seite, vollführt einen kompletten Kreis und endet in einem Gähnen. Als sie blinzelt, möchte ich ihr Gesicht berühren. Es ist fast, als wollte mein ganzer Körper über sie steigen und die Kurve ihrer Wange berühren.

»Morgen.« Ihre Stimme ändert ein paarmal die Tonlage und kommt als Stöhnen heraus.

Ich lache. »Morgen.«

»Schläft Trevor noch?«, will sie wissen.

Ich werfe einen Blick auf Trevors Körper, der noch immer zusammengerollt zur Wand gedreht ist.

»Jaa«, antworte ich.

Alés Haar hat sich vollkommen aus ihrem üblichen Knoten gelöst, und ich greife hinein, glätte es in meinen Händen und drehe es wieder ordentlich auf, wobei ich eine einzelne schwarze Strähne offen lasse. Ich betrachte, wie sie ihr Gesicht umrahmt, und mir gefällt die Vorstellung, dass sie sie manchmal kitzelt und sie manchmal aus dem Nichts lacht und ihre Schmetterlinge anfangen zu singen.

Sie setzt sich auf und blickt mich eine Weile an, ehe sie über den Fußboden auf Trevor zukrabbelt, wobei ihre große Masse kindlich wirkt. Sie schüttelt ihn.

»*Buenos días*«, singt sie, und ihre Stimme ist wieder ein flaches Stöhnen, aber ich bin so froh, in dieser Wohnung nach all den Stunden der Stille ein Geräusch zu hören, dass ich wünschte, sie würde einfach den ganzen Tag weiterreden und singen.

Trevor rollt herum, die Arme über die Augen gelegt. Alé entfernt sie, beugt sich über ihn und ruft ihm erneut »*buenos días*« ins Gesicht, sodass er auf die Beine springt wie ein Ninja und zum Angriff bereit auf mich zurennt. Ich liege lachend auf dem Fußboden, und seine gerade erst aufgewachten Augen sind weit aufgerissen und leuchten.

Schließlich schubse ich ihn weg. »Geh runter, Junge.«

Er klettert von mir und steht auf. »Ich habe Hunger«, sagt er.

»Du hast immer Hunger«, lache ich.

Alé zieht bereits ihre Schuhe an. »Komm und mach dich fertig, Trev. Wir gehen zu La Casa.«

Trevor rennt auf den Kleiderhaufen in der Ecke zu und zieht sich schneller um, als ich es je für möglich gehalten hätte. Er hat seine Sneakers angezogen und steht an der Tür, während ich noch neben der Lampe auf dem Fußboden sitze. Alé kommt zu mir und kauert sich hin, um mit mir reden zu können, ohne von Trevor gehört zu werden.

»Alles okay?«, flüstert sie.

Ich nicke. »Sorg einfach nur dafür, dass er in Sicherheit ist, ja?« Ich neige den Kopf in Trevors Richtung.

Alé drückt lächelnd mein Knie. Das Kribbeln breitet sich aus.

Ich sehe ihnen hinterher und hoffe inständig, dass die Augen auf mich warten und nicht auf ihn, dass sie mir folgen und nicht ihm. Als sie die Tür hinter sich geschlossen haben, graben sich Bilder von Marcus und seinen Fäusten und unserer letzten Begegnung in meine Erinnerung, und ich will nichts weniger als diese Wohnung zu verlassen, um etwas dermaßen Zersplittertes zu reparieren. Hab jedoch keine andere Wahl. Alé hat recht: Wenn sie mich allein finden, bin ich geliefert.

Ich zücke mein Telefon und wähle. Shauna hebt beim ersten Klingeln ab.

»Was willst du, Kiara?« Sie klingt genauso angepisst wie erwartet.

»Hast du immer noch das Auto?« Coles Mama gab Shauna nach der Geburt des Babys ihr altes Auto. Sie ist die Einzige, die ich kenne, die mich abholen könnte.

Shauna schweigt kurz. »Jaa. Wieso?«

»Ich stecke in Schwierigkeiten, und ich muss Marcus sehen, aber ich kann gerade nicht allein auf die Straße. Du musst mich abholen.« Ich füge ein paar Bitten hinzu und biete ihr an, irgendwann mal auf ihr Baby aufzupassen. Eine Weile sagt sie nichts.

»Ich kann in zehn Minuten da sein, aber bitte mich danach nie wieder um einen Gefallen. Gott weiß, dass du dich einen Scheiß gekümmert hast, als ich dich das letzte Mal um etwas gebeten habe.« Sie legt auf, und auch wenn es mir einen Stich versetzt, hat Shauna noch nie richtiger gelegen.

Sie ist in weniger als zehn Minuten da und ruft mich an, um mir mitzuteilen, sie sei draußen. Ich habe die Schuhe an, die Jalousien aber noch nicht hochgezogen. Als ich aus der Tür trete, trifft mich das Licht wie der erste Schluck Wodka auf nüchternen Magen, und ich kann mich nicht entscheiden, ob es wehtut oder ob die Sonne sich noch nie besser angefühlt hat. Kommt mir vor, als würde meine Haut sie aufsaugen. Ohne Kribbeln laufe ich die Treppe hinunter und am Scheißepool vorbei, aber sobald ich vor das Tor trete, fängt es an. Breitet sich vom Scheitel nach unten aus. Ich renne zu Shaunas Wagen, ein alter Saturn-Kombi, und knalle die Beifahrertür zu.

Auf der Rückbank bricht Geschrei aus, und ich drehe mich um, sodass ich das Baby in seinem Autositz sehe.

»Scheiße. Du hast sie geweckt.« Shauna greift nach hinten und tätschelt dem Baby den Bauch, bis es zu schreien aufhört und wieder einschläft.

Ich huste ein paarmal. »Wir können hier nicht so einfach rumstehen.« Ich versuche, nicht zu laut zu sprechen, als könnte die geminderte Lautstärke Shaunas Augenrollen abmildern, die Hitze, die in ihren Nasenhöhlen aufflammt. Ich weiß, dass sie sich nicht gern sagen lässt, was sie tun soll, dennoch richtet sie nun ihre Aufmerksamkeit darauf, den Motor anzulassen, und schon sind wir auf dem Weg zu Coles Haus.

Ich lasse uns ein paar Minuten schweigend dasitzen, während das schlechte Gewissen an meinem Magen nagt, sich anfühlt, als würde es in mich hineingreifen und alle paar Augenblicke zudrücken. Zusammen mit dem Kribbeln, das mich noch immer verfolgt, ist es unerträglich. Ich blicke immer wieder aus dem Fenster hinter uns, kann jedoch nicht erkennen, wo die Augen sind, nur dass sie da sind. Zumindest heißt das, dass sie nicht bei Trevor und Alé sind.

»Hör mal, mir tut das wegen letztens wirklich leid. Hätt auf dich hören sollen, aber du musst verstehen, dass ich auch gerade ziemliche Scheiße durchgemacht habe und nicht in der besten Verfassung war, um jemand anderem zu helfen. War aber dir gegenüber nicht fair, also tut's mir leid. Und ich bin dir wirklich dankbar, dass du das hier für mich machst.«

Irgendwo unter der Motorhaube des Saturns klickt es, und ich tippe mit meinem Finger im Rhythmus des Geräuschs auf meinen Oberschenkel.

Shauna wirft mir an einer roten Ampel einen Blick zu. »Hätt's nicht gemacht, wenn ich nicht eh mit dir reden müsste.«

Ihr Blick ist wieder hungrig, so wie vor viel zu vielen Monaten, als sie stöhnte und aufräumte und ihre Brustwarzen aufgesprungen waren. Allerdings nicht auf eine räuberische Art hungrig, eher wie bei einem kranken Vogel, der darauf wartet, gefüttert zu werden, bevor die Nacht hereinbricht, bevor es zu spät ist.

»Worüber reden?«

Wir haben Coles Haus nun fast erreicht, aber Shauna wird vorher langsam und fährt rechts ran. Sie parkt den Wagen und sieht mich an. Ich lasse meinen Blick hin und her wandern zwischen ihr und ihrer Tochter, die wach ist und uns mit Augen anstarrt, die fast so glitzern wie diese Fenster, die von einer Seite ein Spiegel sind. Man weiß, dass sich dahinter eine ganze Welt befindet, sieht jedoch nichts anderes als sein eigenes Gesicht.

»Sie dealen nicht mehr nur mit weichen Drogen.« Ich kann den schleppenden Tennesseetonfall in Shaunas Stimme hören, verängstigt und piepsig. »Und sie geben sich mit ein paar unheimlichen Männern ab, die sich einen Scheiß um sie oder ihre Familien scheren. Ich hab ein Kind, Kiara. Ich hab ein Kind.«

Und Shauna beginnt zu stöhnen. Diesmal klingt ihr Stöhnen mehr wie ein Klagelaut, der im Inneren des Autos hervorbricht. Ich könnte schwören, dass ihre Klagen direkt aus ihrem Mund in meinen Rachen gleiten, da ich mich fühle, als hätte ich alles Salz des Lake Merritt geschluckt und das Kribbeln nicht mehr von den Stichen der Übelkeit unterscheiden kann.

Shauna schluchzt, und ihr Baby starrt, beide Hände zu uns ausgestreckt, ohne sich zu bewegen, wartend. Ich greife zuerst zu und stecke einen Finger in ihre kleine Handfläche. Shauna sieht es, noch immer zutiefst heulend, und dreht sich um, um einen Finger in die andere Hand zu schieben. Mit der rechten Hand berühre ich Shauna am Nacken und reibe sanft, wie Mama es für mich tat, wenn ich einen Albtraum hatte, der meine Zähne zum Klappern brachte. Wir bilden einen kompletten Kreis innerlichen Klagens. Shauna lässt es laut und brüllend hinaus. Das Kind wimmert so leise, dass ich es über Shaunas Klagen kaum hören kann. Ich bin mir nicht sicher, was aus meinem Mund kommt, nur dass es wie ein Summen oder ein Song oder ein umgedrehtes Schlaflied klingt.

Shaunas Kind lockert den Griff, als die Laute zu einem sanften Murmeln abebben, und Shauna blickt mich an und neigt den Kopf, als wollte sie ein Puzzle lösen, wäre sich jedoch nicht sicher, wo die einzelnen Teile sind.

Meine Stirn beginnt zu pulsieren, richtig zu pulsieren, als würde mein Herzschlag im Kopf beginnen.

»Scheiße.« Ich blicke in den Rückspiegel, und auf der Straße bewegt sich nichts, außer einem Basketballnetz, das vor einem Wohngebäude im Wind raschelt.

Shauna dreht ihren Körper wieder zum Lenkrad um, lässt den Motor jedoch nicht an. »Was zur Hölle ist los mit dir?«

Ich habe sie dasselbe schon eine Million Mal sagen hören, und noch nie erforderte es eine Antwort, aber diesmal sieht sie aus, als wollte sie eine bekommen.

»Ich bin in so eine Scheiße reingeraten, und jetzt glaube ich, ich werde verfolgt.«

In Shaunas Gesicht zeigt sich kein Zeichen von Schock oder Angst oder irgendein anderer Ausdruck, den ich erwartet hätte. Stattdessen fragt sie nur: »Von wem?«

»Cops, glaube ich.«

Bei diesen Worten lehnt Shauna ihren Oberkörper nach vorn auf das Lenkrad und legt den Kopf darauf ab.

»Wie zum Teufel sind wir bloß hier gelandet, Ki?« Ich habe Shauna noch nie so reden hören, alle Schranken heruntergelassen und schutzlos, und ich muss an die Zeit denken, als wir noch jünger waren, wie kalt und selbstbewusst sie da war.

An jenem Tag, an dem ich Shauna zum ersten Mal begegnete, brachte Alé mir gerade Skateboarden bei, und wir waren draußen in einer Seitenstraße der 81st Avenue im tiefen Osten der Stadt. Shauna saß dort auf der Vordertreppe ihrer

Auntie und flocht ihrer kleinen Schwester die Haare, und Alé stieg aufs Brett und raste an ihnen vorbei, ich hinterherrennend, als könnte ich jemals mithalten. Shauna, dreizehn und bereits eine Frau, rief uns etwas zu. Sie sagte: »Wenn ihr so weitermacht, gibt's nur Wind, und ihr ruiniert ihr das Haar«, und wir wurden langsamer, um sie anzustarren, da wir noch nie einem Mädchen begegnet waren, das so redete, oder so aussah oder seine Hand in die Hüfte stemmte, als würde es es ernst meinen. Wirklich ernst meinen.

Ich Klugscheißer wollte das nicht auf mir sitzen lassen, also fragte ich: »Und was willst du dagegen machen?« Und Shauna kam die Treppe runter wie ein Hund auf der Jagd, kam knurrend direkt auf mich zu. Ich war noch immer am ganzen Körper dünn, hatte keinerlei Fleisch auf den Knochen, um Shauna zu schlagen, die ganz aus einem weichen Bauch und Hüften bestand, die ihn hielten, als wüssten sie bereits, dass sie in wenigen Jahren ein Kind tragen würde.

Alé machte kehrt, um sich neben mich zu stellen. Selbst ihre breiten Schultern konnten nicht mit Shauna mithalten. Nicht dass Shauna so riesig gewesen wäre, sie war schlicht bereits dem Körper entwachsen, den wir noch abwerfen mussten. Sie hatte bereits den nächsten erreicht, mit Brüsten, die aus ihrem Tanktop quollen und auf und ab hüpften, wenn sie herumlief oder besser: stolzierte, in den ausgetretenen Sneakers, die alle ihr auszutauschen empfahlen. Shauna sagte immer, eher würde sie barfuß gehen, aber ihre Auntie ließ sie so nicht aus dem Haus. Irgendwann gab sie sich geschlagen und ließ sich von einem der Jungs, die sie anhimmelten, ein Paar brandneue Schuhe kaufen, von denen klar war, dass sie sie nie leiden konnte.

Am Tag unserer ersten Begegnung war Shauna bereit zu kämpfen. Ich wusste nicht einmal, wie man richtig zuschlug, und Alé glaubte nicht daran, sich mit irgendjemandem zu prügeln, stand nur daneben und liebte mich. Shauna fing gerade an, uns zu beschimpfen, als die Jungs auf ihren Fahrrädern ankamen. Wir dachten, sie wären nur auf der Durchfahrt. Es waren etwa zehn, vielleicht ein paar Jahre älter als wir. Dann grabschte einer von ihnen an meinen Arsch, und Shauna sah es kommen, drängte sich rasch an mir vorbei, hob das Bein mit zitterndem Oberschenkel und hervortretendem Muskel und trat zu. Warf den Jungen, der mich begrabscht hatte, direkt von seinem Fahrrad.

Die anderen hatten begonnen uns zu umkreisen, aber Shaunas Tritt ließ sie mit quietschenden Reifen fliehen. Der Auftakt zu unserem Faustkampf löste sich in ihrem Schnaufen und meiner kompletten Ehrfurcht auf, mit der ich zu ihr sagte: »Danke.«

»Kein Problem.« Sie drehte sich wieder um und ging zurück zu ihrer Veranda, wo ihre kleine Schwester saß und uns beobachtete, als wäre nichts geschehen. Shauna setzte sich hinter ihre Schwester und nahm die Arbeit an den Twists wieder auf. Alé und ich skateten weiter, fuhren ein paarmal um den Block, kehrten aber immer wieder zu der Veranda zurück, um langsamer zu werden und zu gucken. Beim dritten oder vierten Mal rief Shauna uns. »Wenn ihr zugucken wollt, könnt ihr euch auch gleich setzen und 'ne Cola trinken.«

Wir sahen zu, wie Shauna jedes einzelne Haar auf dem Kopf ihrer Schwester flocht, nippten an unseren Limos und waren völlig fasziniert.

Als Shauna dann mit siebzehn schwanger wurde und die Schule abbrach, kam sie uns nicht mehr wie ein solches Wunder vor. Bloß noch eine weitere von uns, die versuchte hier draußen zu überleben. Ihre Auntie heiratete irgendeinen Typen und zog nach West Oakland, wohin sie Shauna mit dem Baby und allem nicht mitnehmen wollte. Also zog sie zu Cole und seiner Mama, und jeder Traum, den sie je gehabt hatte, verwandelte sich in Stöhnen, und nun sitzen wir in einem Auto und rennen vor Dingen davon, vor denen man nicht davonrennen kann, und versuchen zu vergessen, dass wir bloß Babys waren, die skaten und ohne Schuhe herumlaufen wollten.

»Ich weiß es nicht«, sage ich, auch wenn das nicht stimmt. Auch wenn alles so offensichtlich erscheint wie ein einziger langer Weg, der nur hier enden konnte. »Manchmal tun wir alle eben, was wir tun müssen, für die Menschen, für die wir es tun müssen.« Ich beuge mich zurück, um erneut in den Kindersitz zu schauen, in die Spiegelaugen. »Wie du gerade sagtest, du hast ein Kind.«

Shauna wischt sich die letzten Tränen weg und lässt den Motor wieder an. Sie gibt keine Antwort, und das ist auch nicht nötig. Wir wissen es beide. Zwei Minuten später fahren wir bei Cole vor, und mein Kopf pulsiert noch immer. Ich erkläre Shauna, dass wir schnell reingehen müssen, dass ich nicht zu lange hier draußen bleiben könne, und sie schnappt sich ihre Tochter Ayeli von der Rückbank und lässt sie auf ihre Hüfte gleiten. Wir eilen ins Haus, direkt hinunter in den Keller. Anscheinend hat Shauna mittlerweile den Versuch aufgegeben, den Raum sauber zu halten, und Ayelis Spielsachen und Coles schmutzige Wäsche sind über den ganzen Fußboden verstreut. Ein Teil von mir möchte sie aufheben, zugleich fühlt es sich aber auch passend an, als wäre es falsch, wenn das Zimmer frisch und makellos wäre, während das auf nichts anderes zutrifft.

Durch die Tür zum Studio dringt der Beat. »Cole ist unterwegs, kommt aber bald zurück. Werd dich nicht aufhalten, wenn du allen beiden in den Arsch treten willst«, ruft Shauna mir zu. Sie hat sich aufs Sofa gesetzt, lässt Ayeli auf ihrem Schoß auf und ab hüpfen und lächelt. Nicht mit den Zähnen, aber mit der Neigung ihrer Schultern. Ich laufe weiter und reiße die Tür auf. Marcus steht nicht wie üblich in der Aufnahmekabine, aber die Musik dröhnt laut. Er ist allein im Zimmer und sitzt mit geschlossenen Augen auf dem Fußboden, die Hände ringend.

»Marcus?«

Ich steige über ihn, um die Musik auf dem Soundboard auszuschalten, woraufhin der Raum verstummt. Ich kauere mich neben ihn. Er schüttelt den Kopf und macht die blutunterlaufenen, feuchten Augen auf.

»Was ist los?«, erkundige ich mich.

»Das interessiert dich doch einen Dreck«, spuckt er aus, und ich frage mich, ob ich wieder gehen sollte und ihn diese selbstsüchtige Person sein lassen, die er ist, seit er mich aufgegeben hat.

Dann seufzt er und flüstert: »Sorry.«

Er sieht mich an. Ich hole Luft. »Ich erzähl dir meinen Scheiß, wenn du mir deinen erzählst.«

»Wir sind nicht mehr in der Mittelschule, Ki.« Er schüttelt erneut den Kopf. »Das hier ist kein Spiel.«

Ich ignoriere ihn. »Ich weiß nicht, ob du die Nachrichten gesehen hast, aber ich hatte monatelang Sex gegen Geld mit den Cops, und jetzt hat sich anscheinend einer umgebracht und mich in seinem Abschiedsbrief genannt, und es gibt irgendeine Ermittlung. Draußen verfolgen mich die Cops.«

Der Ausdruck, der nun über Marcus' Gesicht huscht, ist neu für mich, hab ihn noch nie so gesehen. Ich hatte erwartet, er würde angepisst oder beschämt sein und nichts von meiner Scheiße hören wollen. Vielleicht würde seine linke Augenbraue zucken, wie sie das manchmal tut, oder die Venen an seinem Hals würden sich abzeichnen. Vielleicht würde mein Fingerabdruck tanzen. Stattdessen öffnet Marcus' Gesicht sich von der Mitte her, die Augen weiten sich, und er nickt.

»Scheiße.« Einen Moment lang sagt niemand von uns etwas, und dann blickt er sich im Studio um, als hätte er es noch nie zuvor gesehen. Mit stockender Stimme flüstert er: »Es wird nichts für mich.«

»Wie meinst du das?«

Er sieht so klein aus.

»Du hattest recht. Nichts von der ganzen Scheiße ist real, kein Plattenlabel will mich unter Vertrag nehmen, niemand will mich buchen, und einen Platz zum Schlafen hab ich nur, weil Cole und ich gedealt haben. Und ich hab noch nicht mal gemacht, was ich versprochen hab, dich beschützt und so. Ich hätte da sein sollen, damit du in Sicherheit bist.«

Marcus sieht aus, als würde er in seinem Gesicht ertrinken, und so lange ich auch gehofft habe, er würde genau das zu mir sagen, wünschte ich doch auch, es wäre nicht nötig. Ich wünschte, diese Worte könnten alles wieder reparieren. Ich beuge mich vor und gebe ihm einen Kuss auf den Scheitel. Er schlingt seine Arme um mich, und ich kann spüren, wie er zittert.

»Wir sind immer noch eine Familie, Mars.«

Er schluchzt weiter in meine Brust, und ich drehe mich um und sehe Tony gegen den Türrahmen gelehnt stehen. Seine Grimasse verwandelt sich in ein Lächeln.

»Du musst jetzt etwas für mich tun«, flüstere ich Marcus zu. Er löst sich gerade weit genug von meiner Brust, um mich anzusehen, und nickt. »Du auch, Tony.« Tony nickt ebenfalls, tut gar nicht erst so, als hätte er nicht zugehört.

Tony kommt zu uns und setzt sich aufs Sofa, während Marcus und ich auf dem goldenen Teppich bleiben. Das gesamte Studio sieht anders aus, alles ist protzig: neues Sofa, goldener Teppich mit einem riesigen C in der Mitte. Komplett neues Equipment: Lautsprecher, Soundboard. Auf dem niedrigen Tisch steht nun ein Keyboard, obwohl keiner von ihnen spielen kann. Ich frage mich also, was es dort soll, als würde sich gleich irgendjemand daransetzen und eine Melodie anstimmen.

Ich hole Luft. »Ich brauche eure Hilfe. Ich hab's Marcus schon erzählt, ich stecke tief in der Scheiße und werde von den Cops verfolgt. Ist nicht mehr sicher für mich, allein draußen rumzulaufen, und ich kann sonst niemanden fragen.«

»Na klar«, antwortet Marcus.

Ich blicke Tony an.

»Bist du in Schwierigkeiten?«, will er wissen.

Ich wollte ihm nicht davon erzählen, wollte nicht von ihnen beiden angesehen werden, als wäre ich noch beschmutzter, als ich ohnehin schon bin, aber nun habe ich keine andere Wahl. »Die Cops ermitteln gegen mich, sie haben mich noch nicht eingesperrt und behaupten auch, sie würden es nicht tun, aber sie haben mich mitgenommen und befragt, und jetzt folgen sie mir.«

»Wieso ermitteln sie gegen dich?«, fragt Tony.

Ich wende den Blick ab. »Ich hab ein paar von ihnen ausgeholfen. In Motels und so.«

Tony sagt nichts, aber ich weiß, dass er mich ansieht, sich vorstellt, was ich getan habe, und versucht, mir zu vergeben.

Marcus legt mir eine Hand aufs Knie und schüttelt es.

»Wir sind immer noch eine Familie, Ki.« Und ich glaube ihm, dass er es so meint, über Worte hinaus, über diesen Augenblick hinaus, über die Dinge hinaus, die unsere Eltern taten, um uns gebrochen zurückzulassen.

Ich nicke und denke zum ersten Mal darüber nach, was ich getan habe, über die Panik, die mich überkommt, wenn irgendjemand anderes mich so anfasst, wie Marcus es gerade getan hat, darüber, wie viele Pistolen mir bereits an den Schädel gepresst wurden, Finger meine Haut kratzten, Fäuste sich in mein Haar gruben. In diesem Zimmer, bei diesen goldenen Jungs, kommt mir all das, was ich getan habe, vulgär vor, vernichtend, als hätte ich es nicht verdient, wieder wirklich geliebt zu werden.

»Ich schreib Cole, dass er uns abholen kommt, damit wir

dich nach Hause bringen können, okay?« Marcus sammelt sich bereits, bringt sein Gesicht wieder unter Kontrolle und holt sein Telefon aus der Hosentasche.

»Ich glaub, Cole hat 'nen Baseballschläger oder so was in seiner Garage. Den hol ich, dann treffen wir uns draußen«, sagt Tony, steht wieder auf und verschwindet aus dem Studio.

Marcus richtet sich ebenfalls auf und zieht mich vom Boden, legt mir einen Arm um die Schulter. Wir kehren in den Kellerraum zurück, in dem Shauna ihr Baby wiegt, und gehen an ihr vorbei die Treppe hinauf und vor das Haus. Ich brauche einen Moment, um zu verarbeiten, dass ich wieder draußen bin, dass es heiß und schwül ist und mich immer noch jemand verfolgt.

Als Marcus und ich auf den Gehweg treten, fährt gerade Cole mit seinem protzigen Jaguar vor. Er lässt seine Fenster herunter und ruft: »Kia, Baby, du bist wieder da«, ehe er aus dem Wagen steigt, dessen Motor noch immer läuft. Er trabt herum, um Marcus zu umarmen, klopft ihm auf den Rücken und will als Nächstes mich in den Arm nehmen.

In diesem Augenblick fährt ein glatter schwarzer Wagen heran, Blaulicht leuchtet auf, Männer springen heraus und ziehen ihre Dienstmarken und Pistolen aus dem Bund. Ich erhasche einen Blick auf ihre Nummern, 220 und 17, beide aus dem Hurenhotel, und beide starren mich direkt an, während sie zuerst Marcus hinter dem Rücken Handschellen anlegen, dann Cole und dabei etwas über ihre Rechte murmeln sowie etwas darüber, dass sie nun das Auto durchsuchen werden. 220 überlässt es 17, sie auf die Rückbank des Undercoverfahrzeugs zu setzen, während er selbst den Kofferraum von Coles Jaguar aufmacht und Säcke voller Pulver sowie Automatikgewehre herauszieht.

Ich blicke durch die getönte Scheibe auf Marcus, der weint, vor Angst weint wie damals, als Daddy abgeholt wurde, und ich schreie für ihn, schreie ihn an, bettele 220 an, der mich nur angrinst, mir nah genug kommt, dass ich seinen Atem spüren kann, und meinen Arm packt. Er knurrt: »Wag es nicht, meinen Namen zu sagen, oder ich sorg dafür, dass alle deinen kennen. Wir beobachten dich.« Dann lässt er mich los, geht zurück zum Wagen und klettert auf den Beifahrersitz. Marcus' Gesicht ist nicht mehr zu sehen, und plötzlich rennt Shauna auf den Wagen zu und hämmert schluchzend gegen das Fenster. Das Auto fährt mit quietschenden Reifen davon, und sie dreht sich aufgebracht zu mir um, und Tony ist hinter mir, kommt in dem Augenblick hervor, als die Gefahr vor- über ist, und nimmt mich in den Arm. Ich glaube nicht, dass Tony je zuvor seine Arme um mich geschlungen hat, nicht so wie jetzt, nicht so, als würde er mich einfangen, ohne mich wieder loslassen zu können. Ein Teil von mir wünscht sich, er möge mich drücken, bis eine meiner Rippen bricht, bis ich nicht mehr das Gefühl habe zu schweben, wünscht sich, er möge mich so fest drücken, dass das Kribbeln vergeht und seine Arme das Einzige sind, das ich noch spüren muss.

Aber der andere Teil von mir erträgt die Vorstellung nicht, dass er in der Tür gestanden und zugesehen hat, wie mein Bruder mitgenommen wurde, ohne etwas dagegen zu tun, und mein Herz wird schwer. Ich fange an, ihn zu schieben und zu schubsen, meine Fingernägel graben sich in sein Shirt, bis er mich loslässt.

»Tut mir leid«, sagt er. Ich bin außer Atem. Ich starre ihn an, und mir verdreht sich der Magen, als wäre dies der ultimative Verrat, aber was hat er mir denn eigentlich getan? Männer haben mir so viel Schlimmeres angetan, als mich eine Minute zu lang in den Arm zu nehmen.

»Wieso hast du nichts unternommen?«, schreie ich, schubse ihn erneut, und mit meiner Spucke fliegen Tränen von meinem Gesicht.

Tony stolpert nach hinten, als hätten meine Hände die Kraft, ihn umzuwerfen, und er sieht aus, als wollte er streiten und stammelt etwas Unverständliches, dann schüttelt er den Kopf und sieht mich noch nicht einmal an, als er sagt: »Ich wollte nicht gemeinsam mit ihnen untergehen.« Tony tritt einen Schritt vor und will meine Hand ergreifen. »Es tut mir leid.« Er sagt einfach immer weiter und weiter, dass es ihm leidtue, aber das verändert nichts, also erkläre ich ihm, ich wolle ihn gerade nicht sehen, mache auf dem Absatz kehrt, auf einmal ohne Angst vor dem Kribbeln und den Cops und den Männern, die mich finden könnten, weil mein Bruder gerade festgenommen wurde und ich das Gefühl habe, ich könnte nun nichts mehr verlieren.

Ich steige in den Bus, in dem alle Sitzplätze besetzt sind, also falle ich bei jedem Schlagloch gegen die Person neben mir, und mein Körper überschlägt sich innerlich. Alles ist verschwommen. Immerhin spüre ich hier das Kribbeln nicht, im Bus, hinter diesen Fensterscheiben. Selbst als ich an meiner Haltestelle aussteige, bleibt das Kribbeln verschwunden, aber vor mir sehe ich immer noch Marcus' in Panik verzerrtes Gesicht, als wollte es mich nie wieder verlassen.

La Casa Taquería ist klein und gemütlich, mit ihrer blauen Markise und dem ewigen Baulärm davor. Alé steht an der Registrierkasse, Trevor sitzt auf einem Barhocker vor ihr und faltet Papierflieger, und diese beiden sind etwas Besonderes, ein Wunder, das mir in all der Scheiße geschenkt wurde. Alé blickt auf, und ich erkenne, dass sie sogleich die Panik in meinen Augen sieht, sie schickt Trevor zum Helfen in die Küche.

Ich gehe zu ihr, und sie ergreift meine Hände. »Was ist los? Du siehst nicht gut aus.«

»Marcus wurde festgenommen.«

Alé zieht mich an ihre Brust und flüstert: »Das tut mir so leid. Der Mittagsandrang ist fast vorbei, und ich schätze, den Rest schaffen die anderen. Kommst du mit mir nach oben?«

Ich kann mich nicht daran erinnern, schon einmal von Alé auf diese Weise in ihre Wohnung eingeladen worden zu sein. Hab immer gedacht, sie hätte Angst, ich könnte sie verurteilen oder für eine Chaotin halten. Ich nicke und warte, bis Alé ihrer Familie und Trevor in der Küche Bescheid gegeben hat. Dann kehrt sie zurück und gibt mir mit einer Geste zu verstehen, ich solle ihr durch die andere Tür und die Treppe hinauf folgen.

Sie versucht, die Tür zur Wohnung aufzustoßen, aber diese bewegt sich nicht. »Klemmt manchmal«, erklärt sie und wirft weiter ihr gesamtes Körpergewicht gegen die Tür, bis sie aufschwingt.

Die Wohnung ist bedeckt von Farben wie in einem Vorschulklassenzimmer: ganze Ozeane aus Rot und Blau und allen erdenklichen Erdtönen. Ich habe noch nie so viele

Decken und Tücher und Schnickschnack gesehen. Sie haben Tischdecken und handgemachte Stickereien an den Wänden. In jeder Zimmerecke steht ein Bett, und durch eine Tür geht es in ein weiteres Zimmer mit zwei weiteren Betten plus einem Kühlschrank. Das Badezimmer geht von diesem Zimmer ab, und ich kann die Seifen riechen, die mit ziemlicher Sicherheit selbst gemacht sind, da sie nach einigen der Dinge duften, mit denen Alé ihr Weed parfümiert.

Die Betten sind eigentlich noch nicht einmal Betten: Sie sehen eher aus wie Sofas, die in magische Traumländer verwandelt wurden. Die Kissen schreien danach, angefasst zu werden, aber mehr noch schreien sie danach, betrachtet zu werden: Bilder von Menschen mitten in einer Geschichte. In Stickerei gefasste Familiensagen. Ich wünschte, ich hätte ebenfalls die Fähigkeit, Kunst in etwas zu verwandeln, worauf ich meinen Kopf betten kann.

»Es ist wunderschön hier«, sage ich.

Alé murmelt ein Dankeschön, als wäre es ihr peinlich, etwas dermaßen Perfektes zu bewohnen, dabei bleibt sie jedoch ganz auf mich konzentriert.

»Was ist geschehen?«, fragt sie.

»Sie sind mir gefolgt, und als Marcus und Cole da waren, haben sie wohl einfach die Chance ergriffen, mich fertigzumachen. Haben sie mit pfundweise Koks und Gewehren erwischt und Gott weiß, was noch.«

Alé geht weiter ins Zimmer hinein und zu einem der Betten. Es ist vollkommen blau und voller Kissen mit Bildern von Kindern darauf. Sie ruft mich zu sich, und ich setze mich. Es muss Alés sein, das müssen die Kissen sein, auf die sie ihren Kopf legt. In diese Laken schwitzt sie jede Nacht, von diesen Zierkissen zupft sie lose Fäden. Natürlich ist das hier ihres: das Nesthäkchen der Familie, blau.

»Alles okay?« Sie sieht mich an, nimmt mich ganz wahr.

»Nein.« Ich lehne mich gegen sie, übergebe einen Teil meines Gewichts an sie. »Es ist alles meine Schuld, und ich kann nichts daran ändern.« Ich frage mich, ob Mama sich genauso gefühlt hat.

»Wir kriegen dich da wieder raus. Und Marcus auch, wir finden schon einen Weg.«

»Okay.« Mehr gibt es nicht zu sagen, keine Versprechungen zu geben, keine Lösungen zu finden.

»Wahrscheinlich ist er noch nicht in der Untersuchungshaft angekommen, aber wenn es so weit ist, wird er anrufen. Oder wir rufen an.« Sie zieht mich näher an sich heran. »Jetzt möchte ich dir erst mal was zeigen.«

Alé beugt sich vor und greift unter das Bett, von wo sie Gläser hervorzieht. Weedgläser. Ich lache darüber, wie schwer vorstellbar eine Zeit geworden ist, in der das hier ein ganz normaler Tag für uns wäre. Sie öffnet zwei der Gläser und beginnt zu rollen.

»Hier?«, frage ich und blicke zur Tür, als könnte ihre Mama jeden Augenblick hereinkommen.

Sie kichert über mich. »Mach dir keinen Kopf, da kommt niemand. Außerdem hat meine Mama erst letzte Woche Weed mit mir geraucht.«

Ich denke an ihre Mama, versuche sie mir high und hysterisch vorzustellen, sehe jedoch nur ihre zarten Finger vor mir, die Alé das Haar flechten, und die Falten, die sich auf ihrer Stirn zeigten, nachdem Clara verschwand.

Alé macht das Fenster neben ihrem Bett auf, wodurch das Glöckchen an ihrem Traumfänger klingelt. Ich möchte die Hand ausstrecken und ihn festhalten, alle Träume Alés in meiner Hand halten.

Sie zündet den ersten Joint an und reicht ihn mir.

»Diesen nenne ich Chava«, sagt sie.

Ich nehme ihn zwischen die Finger und lege ihn mir an die Lippen, atme ein. Er schmeckt nach Honig und Minze, wie Spazierengehen auf dem Wasser. Der Rauch kommt als perfekter Strom heraus, und ich huste mich in einen Rausch. Sie hat bereits den zweiten Joint angezündet, und wir tauschen. Ich inhaliere diesen, und sofort überwältigt mich seine Vertrautheit: Sonntagsschuhe. Lavendel. Beerdigungstag und Kleider mit Löchern, die wir betrauern, als wären sie der Leichnam selbst.

Als ich high werde, fallen all die Schutzmauern, die ich in den letzten Monaten errichtet habe, und ich spüre, wie mir die Tränen kommen. Alé beobachtet mich, wie ich das erste Mal seit Jahren vor ihr weine.

»Es tut mir so leid, Ki«, flüstert sie.

Ich will den Drang, haltlos zu schluchzen, herunterschlucken, aber es entweicht mir trotzdem, und ich fühle mich wie eine Frau mit Schmerzen, als wäre ich alt und faltig und mein Rücken täte weh. In meinem Leben ist nicht genügend Platz, um irgendetwas zu spüren, dennoch sitze ich nun völlig überwältigt hier. Breche zusammen. Alé streichelt meinen Rücken zwischen den Schulterblättern.

»Ich wollte bloß eine Familie. Ich wollte etwas, was funktioniert, das mir gehört.«

»Ich weiß, Kiara. Ich weiß.«

Ich lehne mich erneut gegen Alés Brust, nun mit dem ganzen Körper auf dem Bett. Wir bleiben dort liegen, bis mein Schluchzen sich verlangsamt, beide Joints aufgeraucht und wir ganz benebelt sind, mit verschränkten Armen und Beinen, da wir vergessen haben, dass unsere Haut zur Einsamkeit verdammt ist. Jeder Zentimeter des Bettes ist tröstend, weich und riecht nach all den Träumen, von denen ich wünschte, ich hätte Platz für sie. Riecht nach Alé, nach Weed und danach, sich nie wieder vor den Blicken fürchten zu müssen. Fühlt sich an wie die Wärme, die meinen ganzen Körper in einen Rausch versetzt. Und vielleicht wird die Geschichte, an die wir uns erinnern, unser Schlaf sein, und vielleicht wird es ihr Mund auf meinem sein, vielleicht wird es der Moment sein, in dem sie ging, und der, in dem ich allein aufwachte und mir nicht ganz sicher war, was real war.

Als der Anruf kommt, ist mein High größtenteils verflogen, und ich liege noch immer auf Alés Bett und versuche herauszufinden, wie die Zimmerdecke so viele Risse bekommen hat. Ich komme zu dem Schluss, dass sie wohl von dem Erdbeben stammen müssen, jenem großen, das San Francisco in eine Wüste verwandelte und alle Menschen in ihren Albträumen Schutz suchen ließ. Ich wette, Alés Mama und all ihre Aunties haben zugesehen, wie es rüttelte und die Decke in ein Labyrinth aus Rissen aufbrach.

Womöglich ist das High doch noch nicht ganz verschwunden, da ich beim Abheben die Bedeutung der automatischen

Warnung nicht begreife und bloß die Taste drücke, die mich die Roboterdame drücken heißt. Erst seine Stimme rüttelt mich wirklich wach.

»Kiara.« Die Stimme meines Bruders klingt, als käme sie aus einer anderen Dimension. Diesmal ist sie verzerrt und schwach. Der Schmerz von vorhin liegt noch immer darin, von Müdigkeit überdeckt, aber vor allem hört Marcus sich einfach verängstigt an. Ich kann mir sein Gesicht in diesem Augenblick vorstellen, wie sich die Angst darin sammelt, genau wie an jenem Tag, als wir Mama in der Badewanne fanden. Wie bei Daddys Beerdigung oder bei unserem ersten Besuch bei Mama hinter Gittern.

»Wo bist du, Mars?«

»Sie haben uns ins County Jail gebracht, Santa Rita.« Er schluchzt so heftig, dass mein Fingerabdruck wahrscheinlich in seinen Tränen schwimmt.

Ich möchte ihm sagen, dass ich es in Ordnung bringen werde, dass ich die Gitterstäbe seiner Zelle zum Schmelzen bringen und ihn in einem Fluchtauto davonbringen werde, das ich gar nicht besitze. Aber nichts davon ist wahr, und ich schulde dieser Familie so viel Ehrlichkeit, ihm keine Geschichte aufzutischen, die ich nicht wahrmachen kann.

»Es tut mir leid.« Und das meine ich wirklich ernst.

Er räuspert sich. »Kann sein, dass sie wegen dir da waren, aber sie haben meinen Scheiß gefunden. Hör zu, ich will nicht, dass du dir Sorgen um mich machst, okay? Du musst dich darum kümmern, dass du in Sicherheit bist, und dann musst du noch was für mich tun. Kannst du das, Ki?«

»Natürlich.«

»Du musst Onkel Ty ausfindig machen, okay? Er wird wissen, was zu tun ist, er hat das hier schon selbst durchgemacht, und er schuldet mir was. Bring ihn hierher, ist mir egal, was du tun musst, um ihn zu finden, okay?«

»Ich weiß nicht, Marcus, ich hab's schon versucht –«

»Ich will hier drin nicht sterben. Bitte.«

Auch nach allem, was ich seinetwegen durchmachen musste, genügt das schon, damit ich ihm helfen will. Wenn er bereit ist, mich um etwas zu bitten, statt es sich einfach zu nehmen, dann werde ich für ihn bis ans Ende der Welt gehen.

»Okay.« Vielleicht ist es das Weed, das Bett, die Sonntagsschuhe, das Gefühl von Schuld. Hatte nicht vorgehabt, Onkel Ty je wiederzusehen. Trotzdem sage ich *okay*, und Marcus legt auf, und meine Glieder hängen schlaff herab.

Marcus hat Angst. Das konnte ich am Beben in seiner Stimme erkennen, dem Zittern. Aber mehr noch verriet mir allein die Tatsache, dass er Onkel Tys Namen aussprach, alles darüber, wie sich sein Inneres gerade neu zusammensetzt. Das macht die metallische Hitze mit einem. Oder auch eine Sirene. Ich habe genauso wenig Ahnung wie Marcus, wie ich Onkel Ty finden soll. Sobald Marcus' Stimme nicht mehr in meinem Kiefer nachhallte, rief ich Shauna an, die mir sagte, ich solle mich verpissen, ich sei schuld daran, dass Cole festgenommen wurde, und sie wolle nichts mehr mit meiner Scheiße zu tun haben. Ayelis Glasaugen wurden riesig in meinem Kopf, drehten sich zu mir um. Mein Gesicht ein graues Blatt Papier.

Wenn Marcus meint, Onkel Ty sei die Rettung, schaffe ich es nicht mehr, ihm zu widersprechen. Niemand glaubt an Gott, weil man einen Beweis für ihn hat, sondern nur, weil man weiß, dass es auch keinen Beweis für das Gegenteil gibt.

Alé sagte, sie werde Trevor für ein paar Tage übernehmen, während ich diese Sache zu lösen versuche, und nun gebe ich Trevor einen Kuss auf die Stirn, auch wenn er sich darunter hervorwindet.

»Alles klar. Wir sehen uns in ein paar Tagen«, sage ich und lege ein Lächeln auf, das gerade gerundet genug ist, um beruhigend zu wirken. Trevor nickt, und Alé führt eine Hand an meine Wange und streicht mit dem Daumen darüber, ehe sie mich loslässt.

Ich trete aus der Tür, halte mich auf dem langen Weg zurück ins Royal-Hi in den Schatten. Denselben Weg sind Marcus und ich gelaufen, als er das letzte Mal mit mir zu Alé kam, als wir begannen auseinanderzugehen wie die Perlen an meinem alten Armband, als dessen Gummiband ausgeleiert war. Ich erreiche das Tor zum Royal-Hi und lasse mich vom Pool mit seinem Blau nicht aufhalten, auch wenn er einen Sog auf mich ausübt, mit seinem Geruch, diesem Duft, so frisch, dass er einem fast echt vorkommt. Dann bemerke ich eine Ahnung von Schwefel hinter dem Chlorgeruch und werde daran erinnert, dass man etwas, was so gesättigt ist, nicht trauen kann.

Früher stritten Marcus und ich darüber, wer den morgendlichen Cartoon aussuchen durfte. Wir kämpften um die Fernbedienung, schrien, weinten, bettelten, was immer wir tun mussten, um die Kontrolle über diese Knöpfe zu erlangen. Irgendwann schnappte sich jemand von uns die Fernbedienung und schlug sie dem anderen aus einem Impuls auf den Kopf. Wer auch immer geschlagen worden war, fing an zu bluten oder bekam eine Beule, und Mama schimpfte das Kind, das geschlagen hatte, und gab dem anderen die Fernbedienung. Wenn ich die Täterin war, setzte ich mich schluchzend in eine Ecke. Nicht weil ich die Fernbedienung wollte. Ich wollte einfach die Zeit zurückdrehen und niemals jenes Plastik auf seinen Knochen aufschlagen lassen. Ich wollte einfach die Zeit zurückdrehen.

So in etwa fühlt sich das hier nun an: die Hilflosigkeit. Als würde ich auf der Straße stehen, die an diesen Ort führt, und einen Weg bemerken, von dem ich bislang nichts gewusst hatte, den ich jedoch nicht mehr nehmen kann. Als wäre die Straße, die hierherführt, niemals die einzige Straße gewesen, aber die Zeit hätte mich das vergessen lassen, bis zu diesen schluchzenden Augenblicken, in denen ich mich daran erinnere, wenn der Nebel sich auflöst und ich mich umblicke und auf dem Boden eine Gabelung erscheint, ein anderer Weg.

Ich betrete meine Wohnung, die leer ist ohne Trevor, und setze mich auf die Sofakante, wo ich die Nummer wähle, die Lila Anzug mir gegeben hat, und dabei jeden letzten Rest Weiß von meinen Fingernägeln beiße, bis alle bluten. Sie geht nach dem zweiten Klingeln dran.

»Sie haben meinen Bruder.«

»Hallo? Wer ist da?«

»Kiara Johnson. Zwei Cops haben meinen Bruder abgeholt, und jetzt ist er in Santa Rita, und ich wusste nicht, an wen ich mich sonst wenden soll.«

Lila Anzug schweigt einen Augenblick. Ihre nächsten Worte klingen angespannt. »Ich bin froh, von dir zu hören, Kiara. Ich muss dir tatsächlich auch etwas sagen, falls du es nicht schon mitbekommen hast.«

»Was?«

»Dein Name wurde gestern an die Presse weitergegeben. Bislang nur dein Alias, aber es wird nicht lange dauern, bis sie deinen echten Namen und deine Adresse haben. Es ist überall in den Nachrichten, vor allem in der Bay Area, aber heute Morgen stand es auch in der *L. A. Times.* Es tut mir leid.«

Ich denke daran, was 220 mir angedroht hat, dass er meinen Namen nennen werde, wenn ich seinen nenne, und auch wenn ich niemandem irgendetwas gesagt habe, hätte ich wissen müssen, dass einer von ihnen mich outen würde, dass es mir nicht gelingen würde, anonym aus der ganzen Sache herauszukommen.

Lila Anzug hustet. »Ich möchte dir und deinem Bruder gern helfen, aber Festnahmen liegen nicht in meinem Zuständigkeitsbereich, Kiara.«

»Darum geht es mir nicht. Ich muss meinen Onkel kontaktieren, aber ich habe seine Telefonnummer nicht, und ich dachte, Sie wüssten vielleicht, wie man ihn finden kann, durch eine Ermittlung oder so.«

Ich kann beinahe spüren, wie Lila Anzug in ihrem Präsidiumsbüro nickt. »Ich habe Zugang zu einer Führerscheindatenbank, sofern seiner in Kalifornien ausgestellt wurde, sollte ich ihn finden können. Ich kann gern nachschauen, aber du musst dann auch etwas für mich tun.«

»Hab ich Ihretwegen nicht schon genug gelitten? Sie verlangen echt noch mehr?«

»Ich will nur helfen, Kiara.«

Ich bin es leid, dass Menschen mich bitten, irgendwas für sie zu tun, aber wenn Lila Anzug mir die Sache geben soll, die ich am dringendsten benötige, dann habe ich wohl keine andere Wahl. »Na schön.«

»Ich habe eine Freundin. Ihr Name ist Marsha Fields, sie ist Anwältin und kann dir bei allem helfen, was im Zusammenhang mit den Ermittlungen geschehen wird. Ich möchte, dass du sie anrufst, okay?« Sie klingt wie eine Person, die eine andere zu überreden versucht, nicht vom Dach zu springen.

»Okay.«

Sie liest mir die Nummer vor, und ich schreibe sie auf einen Zettel.

»Was deinen Onkel angeht, kannst du mir seinen vollen Namen und sein Geburtsdatum nennen?«

Ich habe Onkel Ty selten mit etwas anderem als seinem Spitznamen angesprochen, also muss ich kurz in mich gehen, um mich daran zu erinnern, wofür Ty überhaupt steht.

»Tyrell Johnson. Er wurde am achten August 1973 geboren.«

Ich denke daran, wie Marcus ihm zu jedem Geburtstag eine Karte gebastelt hat, die er dann selbst zum Briefkasten brachte. Ich warte, während Lila Anzug etwas in einen Computer tippt, das Klackern der Tastatur dringt durchs Telefon.

»Ich habe drei Suchergebnisse in Kalifornien.«

Lila Anzug gibt mir alle drei Telefonnummern, die ich unter jene der Anwältin kritzele.

»Danke«, sage ich.

»Selbstverständlich. Vergiss nicht, Miss Fields anzurufen.«

Ich lege auf und blicke mich im Zimmer um. Blicke auf dieselben Wände, die Marcus und ich seit unserer Geburt bewohnt haben, seit unsere Eltern einander fanden und dachten, sie würden ein Wunder von Familie erschaffen, bevor wir uns in ein Desaster verwandelten. In eine Familie, von der mehr Mitglieder tot oder eingesperrt sind als frei.

Ich rufe der Reihe nach alle Nummern an. Bei der ersten geht eine Mailbox ran, aber schon anhand der Stimme auf dem Anrufbeantworter kann ich erkennen, dass er es nicht ist. Dann wähle ich die nächste. Diese Nummern anzurufen fühlt sich wie irgendein Spendenaufruf an, bei dem man weiß, dass die fremde Person am anderen Ende nichts von dem Scheiß haben will, den man ihr anbietet. Ich bin überrascht, als jemand abhebt und es seine Stimme ist, die genauso klingt wie immer, ein tieferes Echo von Daddys. Onkel Ty ist jünger als Daddy, sogar jünger als Mama, und ich glaube, dass er außerdem versucht, seine Stimme noch jünger klingen zu lassen, wie er ein Wort ins andere übergehen lässt.

»Onkel Ty?«

Schweigen.

»Woher hast du meine Nummer?« Er wirkt nicht glücklich, von mir zu hören, aber er legt auch nicht auf.

»Keine Angst, ich ruf nicht an, weil ich dein Geld will oder dass du herkommst und dich um uns kümmerst oder so. Marcus und ich stecken in der Scheiße und wissen nicht, wen wir sonst anrufen sollen.« Ich lege eine Pause ein, in der Hoffnung, er möge etwas einwerfen, möge sagen, dass er uns gern hilft, dass er bereut, uns überhaupt erst im Stich gelassen zu haben, aber von ihm kommt nichts. »Marcus sagt, du schuldest ihm was.«

»Und wieso ruft er mich dann nicht an?« Onkel Tys Stimme ist nun milder, die Erwähnung von Marcus' Namen hat ihn besänftigt.

»Er ist in Santa Rita.«

»Hat diese ganze Familie einen Todeswunsch? Ich hab deiner Mama nach der Verhandlung gesagt, dass ich nichts mehr damit zu tun haben will.«

Ich erinnere mich an den Tag, an dem Onkel Ty verschwand, wie er sich nicht einmal die Mühe machte, es uns zu sagen, sondern einfach nur aufhörte, ans Telefon zu gehen, sich eine neue Nummer zulegte und Mama auftrug, sie solle es uns bei unserem nächsten Besuch sagen, aber zu diesem Zeitpunkt war Mama schon so weggetreten, dass sie sich kaum mehr an das Gespräch erinnerte. Zuerst war Marcus überzeugt davon, dass Onkel Ty umgebracht oder entführt worden sei, aber ich wusste es besser. Und dann tauchte Onkel Tys Stimme in jenem Klub auf, und später hörte ich sie im Radio, und das war ohne Zweifel er, mit einem Beat, der die Hälfte seiner Worte übertönte. Wir googelten ihn, und auf einmal hatte er einen Wikipedia-Eintrag und einen Vertrag bei einem Plattenlabel, während er zuvor eine unauffindbare leere Seite gewesen war.

Marcus suchte monatelang immer wieder im Internet nach ihm, verfolgte alle neuen Artikel über ihn, die Fotos von ihm auf den roten Teppichen. Ich habe nicht erwartet, dermaßen wütend zu sein, aber Onkel Tys selbstgerechte Stimme durch das Telefon zu hören weckt in mir den Wunsch auszuflippen und ihm zu sagen, er habe kein Recht, über eine Familie zu urteilen, zu der er nicht mehr gehört.

»Ist mir scheißegal, wieso du abgehauen bist, aber Marcus braucht dich, er sagt, du musst herkommen und ihn in Santa Rita besuchen. Diese Bitte kommt nicht von mir, du weißt, dass ich nie irgendwas von dir wollte, aber er braucht dich.«

Onkel Ty erwidert nichts, atmet jedoch laut, als würde er die Luft im Mund kreisen lassen, ehe sie daraus entweicht. »Okay. Ich fliege morgen hoch, aber ich werd nicht bleiben, ich hab hier ein Leben, in das ich zurückwill. Seid ihr immer noch im Royal-Hi?«

»Immer noch hier.«

Onkel Ty sagt, er werde sich einen Wagen mieten und mich am Morgen im Royal-Hi abholen, damit wir zusammen zu Marcus fahren können, weil er ihn nicht allein besuchen will. Er klingt, als wollte er auflegen, aber ich lasse ihn noch nicht gehen.

»Ich kapier's nicht. Wieso willst du ihn nicht sehen? Dachte, er wär der Einzige, den du magst.«

Onkel Ty räuspert sich. »Ich hab's dir doch gesagt, ich hab hier draußen was aus mir gemacht.«

»Und? Ist er dir jetzt egal?« Ich weiß nicht mal, weshalb ich ihm die Gelegenheit gebe, sich zu erklären, aber ich muss es erfahren.

»Natürlich nicht, ich will ihn bloß nicht so sehen, okay?« Seine Stimme ist noch immer zu kalt, und aus irgendeinem Grund glaube ich ihm nicht. Es geht gar nicht darum, Marcus eingesperrt oder verletzt zu sehen, es geht bloß um ihn selbst, er will keine Schuldgefühle oder Reue spüren. Als wir aufgelegt haben und meine Wut sich langsam in Luft auflöst, kann ich mir die Frage nicht verkneifen, ob Onkel Ty wohl das tun könnte, worauf wir längst aufgehört haben zu hoffen: uns retten. Uns mit nach L. A. nehmen oder auch nur anfangen, uns einmal die Woche anzurufen, Marcus ein Mikrofon und ein Soundboard kaufen, von dem er sonst nur träumen könnte, sodass er nicht mehr auf Cole angewiesen wäre, uns dabei helfen, ein Leben zu leben, das wir uns nie ausgesucht haben. Aber ich bin nicht dumm, und ich vertraue Onkel Ty nicht ausreichend, um mir die Hoffnung zu gestatten, er würde sich ändern.

*

Ich laufe hinter dem Tor zum Royal-Hi auf und ab und betrachte den in der Morgensonne glitzernden Scheißepool. Onkel Ty ist auf dem Weg, hat mir vor einer halben Stunde getextet, dass er gelandet ist und mich vor der Anlage abholt. Er steigt nicht einmal aus, drückt nur auf die Hupe des schwarzen Sedan, und ich entriegele das Tor, trete von der Bordsteinkante und ziehe die Tür vor einem weiteren Gesicht auf, von dem ich nicht dachte, dass es in meinem Leben noch einmal auftauchen würde.

Onkel Ty hat sein Haar in kurze Locks wachsen lassen, die ihm vom Kopf hängen wie eine Krone, und ich kann erkennen, dass sein weißes T-Shirt mehr gekostet hat als seine Schuhe, weil es extra eingerissene Löcher hat. Onkel Ty grinst mit den Zähnen, als wären diese der wichtigste Teil eines Lächelns, klopft auf den Beifahrersitz und berührt dann, als ich ganz eingestiegen bin, meine Schulter. Soweit ich mich erinnere, könnte es das erste Mal sein, dass Onkel Ty mich überhaupt berührt, und mir ist bewusst, dass er es nur tut, um die Unbehaglichkeit dieser Autofahrt zu zerstreuen, dieser Welt, die er nur für einen kurzen Moment erneut betritt.

»Bist ganz erwachsen geworden.« Er biegt wieder auf die

Straße ein, rast die Auffahrt zum Freeway hinauf und fädelt sich in den Strom der Autos ein.

»Ist 'ne Weile her«, erwidere ich.

Onkel Ty sieht aus, als wäre er keinen Tag älter geworden, aber ich spüre, dass etwas in ihm gealtert ist. Er hat sein Telefon mit der Stereoanlage verbunden und spielt laut einen Song ab, auf dem er selbst rappt, ein Egogestöber, das den Wagen erfüllt. Sein Gesicht kann mich jedoch nicht täuschen, wie seine Blicke über die Straße schnellen und seine Lippen sich aufeinanderpressen.

Onkel Ty räuspert sich. »Du solltest wissen, dass ich die Artikel über die Cops gelesen und mir zusammengereimt habe, dass du das bist.« Er hustet erneut. »Ich finde, jemand sollte es dir sagen, also muss ich es wohl tun. Dein Daddy wäre wirklich enttäuscht.«

Ich drehe den Kopf herum, um ihm ins Gesicht zu blicken. »Du hast kein Recht, was über meinen Daddy zu sagen, nachdem du seine Kinder allein gelassen hast. Du weißt nichts über mich oder mein Leben oder darüber, was mein Daddy gedacht hätte.«

Am Tag von Daddys Verhaftung flocht Mama uns gerade das Haar. Es war das erste Mal, dass sie mir richtige Box-Braids machte, jene langen, die bis über die Schulter reichten. Marcus war neun, und sie frisierte damals auch noch sein Haar, zu dieser Zeit meist zu Twists oder Cornrows, wenn es nicht kurz geschoren war. Es war ein ganztägiges Unterfangen, zu dem Mama uns auf den Fußboden vor das Sofa setzte und auf dem alten Fernseher Cartoons schauen ließ.

Gegen Mittag kamen zwei von Daddys Panther-Freunden vorbei, um das Footballspiel zu sehen, also schaltete er unsere Cartoons aus, und ich bekam einen Wutanfall, bis Daddy mir versprach, er werde mich am Abend ins Bett bringen. Ich bettelte immer darum, dass Daddy mich ins Bett brachte, da Mama mir bloß einen Kuss auf die Stirn gab, Daddy jedoch blieb, bis ich eingeschlafen war, und mir allerhand Geschichten über die Zeit vor meiner Geburt erzählte, als er noch mit Onkel Ty allein war.

An jenem Tag setzten Daddys Freunde sich neben Mama auf das Sofa, und einer von ihnen, der einen langen krummen Bart hatte, beugte sich zu mir vor und sagte, mein Haar sehe spitze aus. Es gab keinen Grund anzunehmen, dieser Tag werde sich irgendwie von unseren anderen Haartagen unterscheiden, bis gegen die Tür gehämmert wurde, Daddy sie öffnete und plötzlich Pistolen auf ihn gerichtet waren und ihm und seinen Freunden Handschellen angelegt wurden, angeklagt wegen Beihilfe zum Drogenhandel, auch wenn Daddy behauptete, er wisse noch nicht einmal, von welchen Drogen sie sprachen. Mama flehte sie an, Daddy gehen zu lassen, während Marcus und ich uns mit nur halb geflochtenem Haar hinter dem Sofa versteckten und darauf warteten, dass die Tür endlich zuging, woraufhin Mama uns für den Fall, dass die Cops zurückkämen, ins Bad scheuchte und dann alle anrief, die sie kannte, um irgendwie an Daddy heranzukommen. An jenem Abend wartete ich darauf, dass er nach Hause kam und sein Versprechen einlöste, mich unter die Bettdecke steckte, aber er kam nicht.

Daddy wusste also, was es hieß, zu enttäuschen und enttäuscht zu werden, und ich bin nie auf den Gedanken gekommen, er könnte mich anschauen und mir sagen, ich hätte ihn enttäuscht, könnte je etwas anderes zu mir sagen, als dass er mich liebe.

»Ich musste es dir sagen.« Onkel Ty schüttelt den Kopf.

»Du musst einen Scheiß zu mir sagen. Hier geht's um Marcus.« Ich halte den Blick starr auf die Straße gerichtet und versuche, Onkel Tys Anwesenheit von der Musik übertönen zu lassen, die viel zu sehr nach jener klingt, die Marcus zu machen versuchte.

Onkel Ty will mir von L. A. erzählen, aber ich höre ihm nicht zu, nicht als wir uns dem Gefängnis nähern, der langen, von Polizeiautos gesäumten Auffahrt und dem dahinter aufragenden Zementgebäude, eine Falle, die etwas kleiner ist als jene, in der Daddy drei Jahre verbrachte. Er biegt auf den Parkplatz ein, und ich steige aus, lasse mein Telefon auf dem Sitz liegen. Onkel Ty macht dasselbe und folgt mir dann die Rampe hinauf und ins Gebäude hinein, wo wir uns anmelden und auf unser Treffen mit Marcus warten.

Als wir aufgerufen werden, steht Onkel Ty zuerst auf, er zittert und sieht aus, als müsste er sich gleich übergeben, während wir dem Wärter durch den Korridor in den langen Raum mit den Tischen folgen, an denen verschiedene grau gekleidete Männer ihren Besucherinnen und Besuchern gegenübersitzen, unter ihnen Marcus, dessen Blick den Raum absucht, bis er uns wahrnimmt und sein ganzes Gesicht aufleuchtet, als er erst Onkel Ty, dann mich, dann wieder Onkel Ty betrachtet.

Wir setzen uns ihm gegenüber, und er greift nach meiner

Hand und drückt sie. Niemand von uns sagt ein Wort, und die Hand, die meine hält, zittert. Onkel Ty hält den Blick auf den Tisch gesenkt und richtet ihn dann zu Marcus auf, um endlich etwas zu sagen.

»Bin den ganzen Weg hier hoch geflogen, um dich zu sehen.«

Ich schüttele den Kopf und denke, dass diese Männer es nie lernen werden, dass Onkel Ty nur auftauchen und für Marcus da sein brauchte, aber stattdessen fängt er so an.

Ich funkele Onkel Ty wütend an, ehe ich mich wieder Marcus zuwende. »Sag, was immer du ihm zu sagen hast, aber du solltest wissen, dass ich eine Anwältin hab und dir helfen werde, hier rauszukommen.«

Marcus nickt, und ich wünschte, er würde wütender aussehen, aber stattdessen wirkt er resigniert oder verletzt, wie seine Blicke durch den Raum irren und dann wieder auf Onkel Ty landen.

»Du bist der Grund dafür, dass ich hier bin.« Marcus sagt es ganz ruhig, als würde er Onkel Ty erzählen, was er zum Frühstück gegessen hat.

Onkel Ty wirkt wie vor den Kopf gestoßen. »Ich hab dir immer nur geholfen, hab dich mitgenommen, wenn du mich drum gebeten hast, hab dir beigebracht, wie man besser spittet. Schieb diese Scheiße hier nicht auf mich, daran ist nur deine Mama schuld.« Er schlägt mit der Faust auf den Tisch.

»Ich hab nicht drauf vertraut, dass Mama irgendwas für mich macht. Du warst es, du warst der Einzige, der mich aufgezogen hat, und dann hast du mich im Stich gelassen, und ich hatte nichts mehr von dir außer der Musik, also hab ich mich in die Scheiße geritten, um weiter so zu leben, wie du es getan hättest, aber ich bin nicht du.« Seine Lider ziehen sich zusammen, als würde er gleich weinen. »Ich hab Ki für dich alleingelassen, und jetzt sind wir hier gelandet, und du musst es sehen. Sieh dich um, Ty, sieh hin.«

Onkel Tys Augen zucken kurz hin und her, aber Marcus wartet darauf, dass er auch seinen Oberkörper dreht, um die unter den Tischen wackelnden Knie in Jogginghosen wahrzunehmen, zwei Kleinkinder, die ein Wettrennen bis zum Metalldetektor und zurück veranstalten, zwei Rohre in der Decke, die abwechselnd tropfen. Dann blickt er wieder mich an, wie ich auf diesem Stuhl sitze und mich an der einzigen Familie festhalte, die ich noch habe, wie Marcus sich an mir festhält und wie wir beide ihn anstarren, diesen Mann, der nicht mehr zu uns gehört.

Onkel Tys Hals verliert die Fähigkeit, seinen Kopf oben zu halten, und er lässt ihn hängen, ein Mann, der vor Scham zusammengesunken ist. Er blickt auf. Ich sehe zu, wie Marcus und er einander direkt in die Augen sehen und Onkel Tys Hand nach vorn schießt, um Marcus' freie zu ergreifen, aber Marcus diese zurück auf seinen Schoß zieht. Es fühlt sich falsch an, hier zu sitzen und diesen ultimativen Bruch zwischen den beiden zu beobachten.

»Du musst begreifen, ich hab mich so lange um deine Familie gekümmert, und als deine Schwester starb, wurde mir klar, dass ich nichts Eigenes habe. Dass du nicht mein Kind warst, deine Mama nicht meine Frau war und es hier keinen Platz für mich gab. Als mir ein Freund also anbot, ich könne bei ihm in L. A. wohnen, fühlte sich das wie meine Chance an, als könnte ich etwas Größeres erreichen, und du warst achtzehn, also dachte ich, ich lass dich einfach dein Leben leben. Wie sollte ich mich denn um euch alle kümmern und gleichzeitig meinen eigenen Scheiß auf die Reihe kriegen?« Onkel Ty hat die Arme auf den Tisch gelegt, um seinen Kopf darauf zu stützen, und er blickt mit diesen großen Augen zu uns auf, deren Weiß ganz von Rot durchzogen ist. »Ihr beide habt mich einfach an eure Mama erinnert, und ich konnte euch nicht mehr wie vorher ansehen, nicht nach dem, was sie getan hatte, wer sie geworden war, also hab ich noch eine letzte Sache für sie gemacht und ihre Kaution bezahlt, und dann musste ich gehen. Ich musste.«

Marcus schüttelt den Kopf, ihm fließen die Tränen, und er drückt meine Hand so fest, dass die Finger gelb werden. »Es ist jetzt egal, was du tun wolltest, das hier hast du getan.« Marcus knallt seine freie Hand auf den Tisch, und die Vibrationen lassen Onkel Ty in eine aufrechte Position zurückschießen.

»Es tut mir leid.« Er blickt zu mir, dann wieder zu Marcus. »Was kann ich tun, um's wiedergutzumachen?«

Ich traue nach wie vor weder ihm noch seiner Entschuldigung, aber ich kann seine Verzweiflung spüren, seinen Wunsch nach Vergebung.

»Nichts.« Marcus' Stimme bricht.

Der uns am nächsten stehende Wärter gibt uns Bescheid, dass wir nur noch fünf Minuten haben, und Onkel Ty beugt sich weiter über den Tisch, auf Marcus zu. »Ich würde alles tun.«

Marcus nickt langsam. »Nimm Ki mit nach L. A.«

Onkel Ty nimmt mich in Augenschein, als würde er abschätzen, ob Marcus es wert ist.

»Du weißt, dass das nicht geht, Marcus. Ich hab dort eine Familie, kann keinen von euch mitnehmen.«

Marcus' Lippen verziehen sich in ein Lächeln, das tatsächlich eher schmerzverzerrt wirkt, wie Trevor, wenn er ein Spiel verliert. »Dann sind wir hier wohl fertig.«

Marcus steht auf und lässt meine Hand los.

»Warte.« Onkel Ty steht ebenfalls auf, er ist beinahe so groß wie Marcus. »Lass mich zumindest deine Kaution bezahlen. Sie wurde auf hunderttausend angesetzt, ja? Ich kann die zehn Prozent bezahlen.«

Ich sehe zu, wie Marcus den Kopf schüttelt, zu mir herunterschaut und dann wieder Onkel Tys Blick einfängt. »Zahl Cole McKays Kaution, nicht meine. Ich hab zu viel Zeit damit verbracht, mich allen gegenüber scheiße zu verhalten. Das Mindeste, was ich tun kann, ist, seinem Baby den Daddy zurückzugeben.«

Ayelis Augen kommen mir wieder in den Sinn, und diesmal sehe ich Cole in ihnen, wenn er in Lachen ausbricht und sie glitzern. Ich weiß nicht, ob Marcus das für mich oder Cole oder Ayeli tut, aber ich glaube nicht, dass ich schon jemals so stolz auf ihn gewesen bin, ihn je angesehen und gedacht habe: *Das ist ein guter Mann.* Er hat noch immer viel wiedergutzumachen, und ich weiß nicht, ob ich ihm jemals wirklich verzeihen werde, wie er sich im letzten Jahr verhalten hat, aber auch nur einen Schimmer jener Person zu sehen, als die ich meinen Bruder kenne, gibt mir Hoffnung, wo ich glaubte, keine zu haben.

Der Wärter tritt zu Marcus, um ihn zurück in seine Zelle zu bringen, zurück in die Tunnel dieses Gebäudes, und zum ersten Mal schaut er weder Onkel Ty noch irgendeins der anderen Gesichter in diesem Raum an, sondern nur mich, und lässt mich einen letzten Blick auf jenes Lächeln erhaschen, an das ich mich von früher erinnere, als wir noch nicht wussten, wie einsam wir sein würden, ehe er vom Tisch fortgezogen wird, ein Aufblitzen meines Fingerabdrucks, das den Flur hinunter verschwindet.

*

Onkel Ty fährt auf einen freien Parkplatz direkt vor dem Royal-Hi und schaltet den Motor aus, dann dreht er sich um und sieht mich zum ersten Mal an, seit wir mit Marcus an dem Tisch saßen. Auf dem Rückweg hat er seine Musik nicht gespielt und auch nicht geredet, aber nun öffnet er den Mund, um noch etwas zu sagen.

»Ich weiß, dass ich meine Entscheidung vor Jahren getroffen habe, als ich in dieses Auto gestiegen bin und euch noch nicht mal meine Nummer hinterlassen hab. Das weiß ich.« Seine Augen sind noch immer rot, noch immer ohne Tränen, die ich aber auch nicht erwartet habe. »Und auch ihr alle habt eure eigenen Entscheidungen getroffen, aber du sollst wissen, dass ich noch immer mit den Konsequenzen leben muss.«

»Du hast mehr als ein Auto und eine verdammte Villa, Onkel Ty. Du hast keine Ahnung von irgendwelchen Konsequenzen.«

»Ich hab ein Auto und ein Haus, das groß genug für meine Frau und Kinder ist, okay? Keine Ahnung, woher ihr die

Vorstellung habt, ich wär reich, aber ich werde nun eine Summe, die ich für einen Urlaub verwenden wollte, für die Kaution eures Freundes ausgeben, also erzähl mir nichts von Geld. Die größten Konsequenzen haben sowieso nichts mit Geld zu tun.« Er sieht an mir vorbei in Richtung Royal-Hi. »Als ich deine Mama das letzte Mal sah, war sie eingesperrt und wirkte wie ein ganz anderer Mensch als die Frau, die ich kannte. Die Scheiße, die sie durchgemacht hat, die Scheiße, die wir alle gebaut haben, das verändert einen Menschen, und damit bin ich nicht klargekommen, okay? Ich weiß immer noch nicht, wie ich damit klarkommen soll. Statt deine Mama dafür zu hassen, dass sie nicht mehr diejenige war, die ich kannte, hätte ich herausfinden sollen, in wen sie sich verwandelt hatte, aber ich entschied mich zu gehen, und heute kenne ich euch alle im Grunde gar nicht mehr. Das sind die Konsequenzen für mich.«

»Und jetzt steigst du einfach in ein Flugzeug und haust ab? Um uns nie wiederzusehen? Du redest hier davon, dass Daddy enttäuscht wär, dabei bist du der Einzige, der ihn wirklich enttäuscht hätte.«

Onkel Ty dreht sich zurück zum Lenkrad. »Ich habe meine Entscheidung getroffen. Ihr eure.«

Er sieht mich nicht noch einmal an oder verabschiedet sich oder irgendwas, sondern wartet nur darauf, dass ich aus seinem Auto steige, ehe er davongleitet, zurück dahin, wo der Sand warm ist und er nicht an Marcus denken muss, an all die Dinge, die wir hätten anders machen sollen, und daran, was es bedeutet, ein Leben zu leben, vor dem man nicht davonfahren kann.

Ich öffne die Tür zu meiner Wohnung und stoße dort auf Trevor, der nur in Boxershorts auf der Matratze steht und zu einem Song der Backstreet Boys im Radio tanzt. Er sieht mich an und nickt, die Geste eines kleinen Jungen, der sich als Mann verkleidet.

»Was machst du hier?«, frage ich. »Wo ist Alé?«

»Sie hat mich vor etwa einer Stunde hierher zurückgebracht. Meinte, sie würde dich anrufen.«

Ich ziehe mein Telefon aus der Tasche und sehe einen verpassten Anruf von Alé aufblinken. Sie muss angerufen haben, während wir bei Marcus saßen.

»Ich ruf sie schnell zurück«, erkläre ich Trevor, ziehe mich in die Küche zurück und halte mir das Telefon ans Ohr. Alé geht beim zweiten Klingeln ran, und ich kann in ihrer Stimme vernehmen, wie eng sich ihr Herz zusammengeschnürt hat.

»Hey. Alles in Ordnung?«

»Die Polizei dachte, sie hätten Claras Leiche gefunden.« Alés Stimme ist zittrig. »Haben uns gerufen, um sie zu identifizieren, aber das war nicht mal ihr Gesicht. Bloß irgendeine andere zwanzigjährige Frau, zusammengeschlagen und tot.« Alé klingt nicht, als würde sie gleich weinen, sie klingt einfach, als wollte sie am liebsten einschlafen, als müsste sie alles ausblenden, ehe sie darunter zerbricht. »Mama ist total fertig, und ich muss mich um sie kümmern und das Restaurant führen und alles. Ich kann Trevor nicht mehr bei mir behalten.« Sie sagt es harsch, nicht etwa, als würde es sie nicht kümmern, nur so, als wüsste sie im Augenblick nicht, wie.

Mir fällt nichts ein, was ich sagen könnte. »Es tut mir so leid, Alé. Aber wenn sie es nicht war, dann heißt das, Clara könnte immer noch irgendwo da draußen sein. Es gibt noch Hoffnung. Brauchst du Hilfe? Ich könnte eine Schicht im Restaurant übernehmen, oder –«

»Nein. Ich weiß einfach gerade nicht, wie ich deine Anwesenheit ertragen soll, nicht nachdem du das freiwillig gemacht hast. Sie hatte keine Wahl, Kiara, und jetzt könnte sie genauso gut tot sein. Ich brauche einfach einen Moment, okay? Es ist zu viel, du und Mama und Trevor. Ich kann das jetzt gerade nicht.« Alé legt auf, noch ehe ich die Chance habe, mich von ihr zu verabschieden, und Trevor steht da und starrt mich an, starrt mir direkt ins Gesicht, sodass ich gar nicht erst darüber nachdenken kann, wie tränenüberströmt Alé sein muss. Wie sie es gerade nicht einmal erträgt, meine Stimme zu hören.

Ich sammele mich. »Nur noch wir beide, Junge«, sage ich, schlüpfe aus meinen Sneakers und gehe zu ihm, der immer noch auf der Matratze balanciert, ein Kugelbauch und der Rest aus Knochen. Ich versuche Alés Stimme zu verdrängen, sie hinter all den anderen Mist zu schieben, über den wir nachdenken müssen.

Er strahlt. »Können wir Pancakes machen?«

Wie immer kann ich zu Trevor nichts anderes sagen als *Ja*. Zehn Minuten später sind wir mehlbedeckt, und seine Hand steckt in einer Tüte M&M's. Er holt welche raus und gibt sie in die Schüssel mit dem Teig. Die Pfanne steht auf dem Herd, und er ist mittlerweile groß genug, um den Teig hineinzugießen. Dabei gießt er, bis die Masse die gesamte Pfanne ausfüllt und einen perfekten Kreis bildet.

»Das reicht.« Ich schnappe mir die Schüssel, ehe er den gesamten Teig zu dem Riesenpancake geben kann, der nun überall vor sich hin brutzelt, außer in der Mitte. »Du weißt schon, dass es ewig dauern wird, bis der durch ist.«

Trevor zuckt die Achseln, und ich schüttele lächelnd den Kopf. Im Radio läuft dieser neue Technohit, der meiner Meinung nach kaum einen Beat hat, aber Trevor beginnt durchs Zimmer zu hüpfen, sich zu drehen und winden und aufs Bett zu werfen. Er dreht die Lautstärke auf, und die Wohnung wird erfüllt vom Technogekeuche, so laut, dass ich das Klopfen an der Tür nicht höre. Erst das Licht, das beim Öffnen hereinflutet, lässt mich umdrehen.

Vor mir steht Vernon, genau so, wie ich ihn in Erinnerung habe: ein kastiger Afro, die Cargohosen bespritzt mit etwas, was Fett oder Farbe oder Wasser sein könnte. Für einen so kleinen Mann wirkt er viel größer, und seine Schritte donnern laut. Ich sehe, wie er uns betrachtet: den Pfannkuchen, die Stereoanlage, mich mit meinen mehlbedeckten Händen. Trevor mitten im Schwung.

»Ist Dee bei euch?«, wendet er sich an mich, seine Stimme ein kiesiges Kratzen gegen den Techno.

Ich werfe Trevor einen Blick zu, und er dreht die Lautstärke runter.

»Nein, ist sie nicht«, antworte ich und verschränke die Arme, sodass ich meine Hände an meiner Brust verstecken kann. »Wieso schauen Sie nicht in ihrer Wohnung nach?«

Er nickt langsam und nimmt erneut das Zimmer in Augenschein. »Hab ich schon. Du weißt wohl nicht, wann sie zurückkommt?«

»Ich passe auf den Kleinen auf. Wieso fragen Sie mich?« Ich unterdrücke meinen Drang, mich auf Vernon zu stürzen, ihn aus der Tür zu stoßen und sie ihm vor der Nase zuzuknallen.

»Dachte, du wüsstest es vielleicht. Ich sammle die Miete ein.« Er wartet kurz. »Aber da ich schon mal hier bin, sollte ich dir auch sagen, dass es zu meinem Job gehört, die Behörden über jegliche Vernachlässigung Minderjähriger zu unterrichten. Hast du verstanden?« Er spricht langsam, als würde er das, was er eigentlich meint, in den Zwischenräumen der einzelnen Worte verstecken.

»Wüsste nicht, wieso Sie das tun müssten. Dee ist sicher bald zurück, und ich sag ihr Bescheid, dass Sie die Miete brauchen.« Ich lehne noch immer gegen die Küchentheke und warte darauf, dass er verschwindet. Er blickt mir kurz in die Augen, dann nickt er noch einmal, ehe er wieder hinausgeht und die Tür hinter sich schließt. Ich drehe mich um. Trevor sieht mich von der Matratze aus an und scheint kaum zu blinzeln.

Der Gestank lässt meinen Blick zurück zum Ofen schnellen, wo das flüssige Zentrum des Pancakes nun hart ist, während die Seiten schwarz verbrennen. »Scheiße!«, rufe ich und greife nach dem Pfannenwender. Ich drehe die Flamme runter, aber die Pfanne selbst ist heiß genug, um weiterzubrutzeln. Ich schiebe den Wender unter den Pancake und versuche ihn anzuheben. Nur ein Teil von ihm löst sich schief.

Sekunden später steht Trevor mit einer Gabel in der Hand neben mir. »Ich nehm eine Seite, wenn du die andere nimmst«, sagt er und steckt das Ende der Gabel unter die Pancakemasse. Ich schiebe den Pfannenwender unter die andere Seite. Dann zähle ich runter, und bei »eins« heben wir beide die Arme und wenden ihn.

Der Pancake bricht entzwei, und die verbrannte Seite schaut nun nach oben, so schwarz. Ich blicke Trevor an, dessen Gesicht von Trauer erfüllt ist, die Unterlippe eingesaugt.

»Hey, schon okay. Wir überschütten ihn mit Sirup, dann schmeckt er trotzdem gut.« Noch fließen keine Tränen, aber ich sehe, wie sie sich bereit machen, seine Wangen hinunterzuströmen. »Setz dich, und ich kümmere mich drum.«

»So wie du dich um die Sache mit Mama kümmerst?«, schießt er zurück.

»Wie meinst du das?«

»Du erzählst andauernd, du kümmerst dich drum, aber wir sind immer noch hier.«

Trevor schüttelt den Kopf und schleicht davon, setzt sich vor die Matratze auf den Fußboden. Ich versuche mir eine Antwort zurechtzulegen, während ich in den Schränken nach Sirup suche, bis ich schließlich Aunt Jemima im obersten Fach finde, wo wir die leere Flasche von meinem Geburtstag ersetzt haben. Ich hebe die beiden Hälften des Pancakes aus der Pfanne und lege sie auf einem Teller erneut zusammen. Er mag verbrannt und in der Mitte geteilt sein, aber er bildet noch immer einen perfekten Kreis.

Ich gieße eine dicke Schicht Sirup darüber, der langsam und zäh herausfließt. Das ist die Magie von Aunt Jemima: verströmt jedes Mal denselben übersüßen Geruch. Eine perfekte Mischung aus Zucker und etwas viel zu Durchdringendem, um natürlich zu sein. Kann weder Wald noch Ahorn schmecken. Nur das Knirschen von in reine Süße gehüllten Toasterwaffeln.

Ich bringe den Teller mit zwei Gabeln zu Trevors Platz auf dem Fußboden und stelle ihn vor ihn. Dann reiche ich ihm eine Gabel und setze mich ihm gegenüber. Er hat den Blick gesenkt, und ich kann nicht erkennen, ob er den Pancake oder die Innenseite seines Augenlids anschaut.

Noch ehe ich etwas sagen kann, ergreift er das Wort. Heraus kommt ein Murmeln, und ich habe ihn noch nie zuvor so sprechen hören: ohne Klarheit, nur die Spur einer Stimme.

»Was hast du gesagt?« Ich beuge mich vor, um näher an ihn heranzukommen.

»Kommt meine Mama zurück?«

»Ich weiß es nicht«, erwidere ich.

Ich weiß, dass es noch mehr zu sagen gibt, dass ihm noch mehr Fragen auf der Zunge brennen, aber ich weiß nicht, wie man einem Kind Antworten geben soll, die es zerbrechen lassen. Wie soll man einem Kind sagen, dass es allein ist? Unmöglich lässt sich die Art von Einsamkeit erklären, die in der eigenen Magengrube sitzt, die einen glauben lässt, unter der eigenen Haut müsse irgendetwas verborgen sein, das die Welt sich gegen einen richten lässt. Wie als Daddy starb und Mama mir erzählte, wie sein Körper nach der Beerdigung in Asche verwandelt würde. Daddys Körper verbrannt wie ein Pancake. Ich habe Mama eine Woche lang nicht in die Augen gesehen. Wie konnte ich? Alles fiel auseinander, und sie wollte mich glauben lassen, sie würde bleiben, würde die Ausnahme bilden.

»Wo ist Marcus?« Trevor hat nach wie vor keinen Bissen genommen, hat nach wie vor nicht zu mir aufgeblickt.

»Marcus ist nicht mehr hier«, sage ich, hauptsächlich weil ich Angst habe, etwas anderes zu sagen.

»Wieso?« Trevor blickt zu mir auf, und in seinen Augen blitzt eine Wut auf, die ich bei ihm noch nie gesehen habe.

»Weil er im Gefängnis ist.«

»Ist da auch meine Mama?«

»Nein.«

Es ist fast noch schlimmer, ihm das zu sagen. Zu sehen, wie sich seine Stirn in Falten legt, während er zu verstehen versucht, wie jemand ihn verlassen könnte, ohne von einer Zelle oder einem Grab festgehalten zu werden.

»Kommt sie zurück?«, fragt er erneut und hält diesmal den Blick auf mich gerichtet.

»Ich glaube nicht«, sage ich, und er legt den Kopf zurück auf die Matratze, sodass er nur die Decke sehen kann.

Eine Stunde später schnarcht Trevor, vollgestopft mit Pfannkuchen. Ich wähle die Telefonnummer, die zu wählen ich Lila Anzug versprochen habe, da ich im Grunde keine andere Wahl habe, wenn diese beiden zerbrechenden Jungs mich brauchen und ich nicht genügend Körper habe, um ihnen beiden zu geben, was sie benötigen, und dabei weiterzuatmen. Marsha Fields geht mit einem Zirpen ran, und ich fange an zu reden, kann nichts anderes mehr tun, als die Worte rauszulassen.

Marsha ist blond. Nicht nur blond, sie hat auch die blauesten Augen, die ich je gesehen habe, und steht in Stilettos und Bleistiftrock zierlich, aber aufrecht vor mir, wie jede beliebige Fernsehsendung sie mir vorhergesagt hat. Jedenfalls ist sie hier, direkt neben dem Scheißepool, und versucht so zu tun, als würde es ihr nichts ausmachen: die Spuren des Geruchs, der Schwefel, der noch immer an jedem Molekül hängt, trotz der Chemikalien, die Vernon einmal im Monat hineinkippt.

Als ich Marsha anrief, erwartete ich nicht, dass sie sagen würde, sie käme am nächsten Morgen gleich als Erstes, und dass sie mit »als Erstes« neun Uhr meinte und ihr Gesicht so engelsgleich wäre, ohne einen einzigen Flecken. Ihr Haar ist so dünn, dass ich es wahrscheinlich mit einem Zug komplett herausreißen könnte, und auf der Bluse unter ihrem Blazer sind winzige Katzen zu sehen, ein legerer Sonntagslook, in den Bleistiftrock gesteckt.

Marsha macht einen Schritt nach vorn, sodass sie nah genug ist, um mir die Hand hinzuhalten, die ich einen Moment anstarre, die Länge ihrer Finger, ehe ich sie schüttele. Marsha setzt zu ihrer »Schön, dich kennenzulernen«-Rede an. Ihr Gesicht ist von einer matten Foundation bedeckt, und sie strahlt, als hätte sie die beste Zeit ihres Lebens, während ich in Zimmer mit Männern in Anzügen und Uniformen geschubst werde und Anrufe aus Gefängniszellen bekomme. Ich möchte dankbar sein, möchte in Marsha eine Göttin sehen, aber ein so großer Teil von mir ärgert sich über sie, über ihre hohen Schuhe und ihre Freiheit, überall ein- und auszugehen, ohne jemanden um Erlaubnis zu fragen. Verdient wahrscheinlich auch sechsstellig.

Sie spricht schneller, als ich je jemanden habe sprechen hören, als befände sich ihre Zunge in einer Art Staffellauf mit ihren Worten. Ich schnappe Fetzen davon auf, verarbeite lediglich die Wörter, die ich tatsächlich verstehe. Marsha wirft mit einer Menge juristischem Blödsinn um sich, von dem sie weiß, dass ihn nur Leute verstehen können, die Jura studiert haben.

Beim Reden gestikuliert sie mit den Händen, unterstreicht damit ihre Worte. Wann immer sie »die« sagt, hebt sie eine Hand und wirft sie mit einem halben Augenrollen über die Schulter. Ich weiß nicht, ob sie über die Cops oder die Detectives oder das Police Department spricht, scheiße, vielleicht meint sie auch all die weißen Leute in jenen kleinen Zimmern, die mit Pistolen Verkleiden spielen. Wohl eher nicht, denn dann würde auch Marsha unter »die« fallen, und sie scheint zu glauben, sie wäre ein Teil von »uns«, als könnte sie in meine Wohnung spazieren und sich in deren Leere sofort zu Hause fühlen: kahle Wände, kein Bettgestell.

Als sie ihre Rede beendet hat, dreht Marsha sich direkt wieder zum Tor um, begierig darauf, das Royal-Hi zu verlassen, als würde es die Krallen nach ihr ausstrecken. Sie hat ganz am Ende der Straße geparkt und läuft schnell, mit riesigen Schritten, die ihr mit diesen kurzen Beinen gar nicht möglich sein sollten. Ich versuche es ihr nachzutun, löse meine Fäuste und lasse meine Arme weiter schwingen. Ich frage mich, wieso sie das macht, ihre Beine länger ausstreckt, als nötig wäre.

Marsha läuft auf diese Weise weiter, und ich komme zu dem Schluss, dass das wohl einfach ihre Art ist, sich zu bewegen. Ich bin davon ganz außer Atem und lasse meinen Körper in sein übliches Schlendern zurückfallen, mit schlaffem Bauch und krummem Rücken. Marsha bleibt vor einem schwarzen Auto stehen, das ihrs sein muss, und zieht ihre Schlüssel hervor. Sie drückt auf einen Knopf, und das Auto blinkt auf.

Unfähig still zu sitzen, fährt Marsha sofort los und redet dabei weiter. »Heute ist normalerweise mein freier Tag, aber ich habe letzte Woche mit Sandra gesprochen, die mir deine Situation erklärt hat und meinte, du würdest mich anrufen.« Zuerst habe ich keine Ahnung, von wem sie redet, bis mir bewusst wird, dass Sandra der Name von Lila Anzug sein muss. »Ich übernehme eigentlich keine ehrenamtlichen Fälle, aber du bist etwas ganz Besonderes, meine Liebe. Für dich dürfte es nicht leicht sein, eine ordentliche juristische Vertretung zu bekommen. Wenn dich das nächste Mal irgendwelche fremden Detectives allein mitnehmen und befragen wollen, verlang immer nach einer Anwältin. Gut, dass du mich zumindest jetzt angerufen hast.«

»Ich glaube, Sie verstehen mich nicht, ich bin nicht diejenige, die vertreten werden muss. Es geht um meinen Bruder Marcus, er braucht eine Anwältin«, entgegne ich.

Marsha lächelt. »Nein, Süße, du bist diejenige, die eine Anwältin braucht. Hat Sandra dir das nicht erklärt? Schon bald wirst du vor Gericht zitiert, und dann ist eine gute Anwältin die halbe Miete.«

»Aber mein Bruder ist derjenige, der hinter Gittern sitzt. Wollen Sie mir erzählen, dass die mich auch einsperren werden?«

Marshas Lächeln verfliegt, und sie scheint langsam genervt von mir zu sein. »Nein, das glaube ich nicht, aber das bedeutet trotzdem nicht, dass du in Sicherheit bist. Wir können auch über deinen Bruder sprechen, vielleicht kann ich helfen, aber wir müssen bei dir anfangen.«

Marsha redet weiter, und ihr Schwafeln gibt mir Zeit, aus dem Fenster zu schauen, die Geschwindigkeit des Freeways und die sich endlos ausdehnende Bucht zu genießen, die auf unserem Weg ins Stadtzentrum, näher am Wasser entlang, als jede Route, die ich sonst je nehme, lediglich von der Brücke unterbrochen wird. Ich denke an das Vernehmungszimmer, das Metall, was nach all jenen Stunden aus meinem Mund gekommen sein mag, als ich nur nach Hause zu Trevor wollte.

Wann immer ich zu Marsha hinüberblicke, möchte ich weiter von ihr abrücken, aus dem Autofenster klettern und direkt ins Wasser springen. Bin noch nie einer weißen Frau so nah gewesen, und von mir wird erwartet, dass ich glaube, was sie mir erzählt. Ich habe nicht unbedingt den Eindruck, sie sei nicht vertrauenswürdig: Sie hat freundliche Augen, die sich zwar etwas zu schnell bewegen, und sie wirkt auch ein wenig sprunghaft, aber mehr wie Trevor, wenn er aufgeregt ist, nachdem wir ein paar Spiele hintereinander gewonnen haben und die Wetten sich summieren, sodass es für die ein oder andere Rechnung reicht. Marsha denkt wahrscheinlich nie über ihre Rechnungen nach und möchte einfach nur das Gefühl haben, dass sie gewinnt, aufsteigt, sich ein zweites Auto kaufen kann.

Sie schaltet den Blinker ein, um den Freeway zu verlassen. »Wenn wir zurück in der Kanzlei sind, musst du ein paar Papiere unterschreiben, damit das Anwaltsgeheimnis gilt, vertragliche Vereinbarungen. Dann können wir über die Details deines Falls sprechen. Normalerweise arbeite ich als Verteidigerin, allerdings siehst du im Augenblick nicht aus wie die Angeklagte. Aber ich kann dir garantieren, dass du trotzdem eine verdammt gute Anwältin brauchen wirst. Bei der Scheiße, die die jetzt schon abziehen, kannst du davon ausgehen, dass die Sache schmutzig wird. Der Fall ist von großem öffentlichem Interesse oder wird es sein, und wir müssen extrem aufpassen, was das äußere Erscheinungsbild angeht. Von jetzt an sprichst du alles, was du tust, zuerst mit mir ab.«

Bei diesen Worten presse ich meinen Körper gegen die Fensterscheibe. »Ich hab um nichts von alldem gebeten«, sage ich, und mein Atem lässt die Scheibe beschlagen. »Ich versuch nur, meinem Bruder zu helfen.«

Marsha benutzt weiter ihre Hände beim Reden, lässt das Lenkrad für ein, zwei Augenblicke los, ehe sie es wieder ergreift. »Niemand bittet darum. Wenn du meine Hilfe nicht willst, kann ich dir nicht versprechen, dass du nicht in ein paar Monaten, Wochen, Tagen selbst die Angeklagte sein wirst. Wie gesagt, ich kann auch versuchen, deinem Bruder zu helfen, aber nichts von dem, was ich sage, wird irgendetwas ausrichten, solange du nicht auf mich hörst.«

Ich habe nichts davon, mich gegen Marsha zu stellen, also blicke ich weiter aus dem Fenster und warte, bis sie auf den Parkplatz eines gigantischen Bürogebäudes eingebogen ist. Wir befinden uns am Jack London Square, dem kältesten Teil der Stadt, direkt am Wasser. Sie öffnet ihre Autotür und ich meine, dann folge ich dem Klackern ihrer Absätze durch das Labyrinth aus Wagen zum Eingang des Gebäudes.

Sie zieht einen Schlüssel aus der Handtasche, schließt die Tür auf und hält sie für mich offen. An einem Tisch sitzt ein auf einem Zahnstocher herumkauender Wachmann. Er winkt Marsha zu, und sie begrüßt ihn mit: »Schön, dich zu sehen, Hank.« Hank läuft sogleich rot an und dreht sich mit dem Stuhl hin und her.

Marsha läuft auf direktem Weg auf den Fahrstuhl zu.

»Müssen wir das Ding nehmen?«, frage ich, da meine Brust beim Gedanken daran, in eine weitere Metallkiste gesperrt zu werden, vor Aufregung explodiert.

Marsha dreht sich mit schwingendem blondem Haar zu mir um. »Du willst lieber sechs Stockwerke hochlaufen?«

Ich weiß, dass sie es für eine rhetorische Frage hält, aber mir macht ein bisschen Schweiß nichts aus, wenn es die Freiheit meiner eigenen Füße bedeutet.

»Sie sind diejenige in den hohen Schuhen«, gebe ich zurück. Sie starrt mich an, als wäre sie verwirrt, als versuchte sie meinen Gesichtsausdruck zu entziffern. Dann zieht sie die Schuhe aus, sodass sie bloß auf Strumpfhosen dasteht, und trägt sie zu einer Tür neben dem Fahrstuhl. Dahinter befinden sich diese Betontreppen, die nie aussehen, als würden sie in ein solches Bürogebäude gehören.

Marsha lässt mich vorangehen, wahrscheinlich vor allem deshalb, weil sie glaubt, ich würde im zweiten Stock aufgeben. Aber das tue ich nicht. Als wir den sechsten Stock erreicht haben, ist Marshas dünnes Haar feucht und ihre Foundation verlaufen. Ich keuche, aber nicht mehr als nach einem Gerangel mit Trevor. Marsha sagt, sie müsse auf dem Treppenabsatz kurz stehen bleiben, und ich sehe zu, wie sie sich sammelt, ein Taschentuch hervorkramt und jeden Tropfen Feuchtigkeit abtupft, den sie erwischen kann.

Marsha ist nicht nur klein, sondern auch muskelbepackt, mit starken Schultern, die sich unter ihrem Blazer verstecken, bis sie ihn verschwitzt auszieht. Wenn man es nicht besser wüsste, würde man denken, dass Marsha als Freizeitturnerin trainiert, dabei sind die Muskeln bloß ihr natürlicher Körperbau, und ich bezweifle, dass sie seit dem College ein Fitnessstudio von innen gesehen hat.

Ich hocke mich hin, um meine Knie kurz auszuruhen, lege meine Arme darauf ab und blicke zu ihr hoch. »Ich muss wirklich bald wieder nach Hause, können wir das hier hinter uns bringen?«

Marsha zieht ihre Schuhe wieder an und rollt dann ihren Körper auf, als wären wir im Yogakurs. Sie sagt nichts, ist wahrscheinlich noch immer zu sehr außer Atem, läuft jedoch den Flur hinunter voran. Diese Gänge sehen genauso aus wie die im Oakland Police Department, bloß mit Teppichboden. Ich verspüre den Drang, meine eigenen Schuhe auszuziehen und meine Füße im Teppich zu vergraben, etwas Weiches an meiner Haut zu spüren.

Marsha schließt die Tür zu ihrem Büro auf und bittet mich, auf einem orangefarbenen Sessel Platz zu nehmen, dem einzigen leuchtenden Farbtupfer im ganzen Zimmer. Marshas Büro sieht so aus, wie ich mir das Sprechzimmer einer Therapeutin vorstelle: an den Wänden gerahmte Poster mit Zitaten in kursiver Schrift, alles in einem milden blauweißen Ton gehalten, als hätte sie die Einrichtung direkt von Pinterest in den Raum kopiert. An den Wänden hängen Bilder von Blumen, und ihr Schreibtisch glänzt. Dahinter öffnen sich Glasschiebetüren auf eine Terrasse mit Blick auf die Bucht.

Marsha sieht sich um, als wäre sie ebenfalls zum ersten Mal hier, seufzt und sagt: »Ich wollte, dass es hell und freundlich ist, verstehst du? Die ganze Welt ist schon viel zu düster.«

Marsha muss »Wie werde ich zur besten Version meiner selbst?« gegoogelt haben und dabei auf irgendeinen *Cosmopolitan*-Artikel über Selbstverwirklichung gestoßen sein. Funktioniert für sie wahrscheinlich sogar.

Tatsächlich fühlt der orangefarbene Sessel sich an wie eine Wolke, als würde ich im Flaum einer Pusteblume versinken.

Marsha hat sich noch nicht gesetzt. »Möchtest du einen Tee? Kaffee?«

»Wie wär's mit einem Burger?«

Sie lacht heftiger als nötig. »Es ist nicht mal zehn Uhr morgens.«

»Ernsthaft, ich hab Riesenhunger.« Und das stimmt wirklich, da ich nichts mehr gegessen habe, seit Trevor und ich den Pancake hatten, von dem das meiste er abbekommen hat.

»Oh.« Marsha sieht sich hastig um, als könnte sie einen Burger aus ihrer Schreibtischschublade hervorzaubern. »Ich könnte dir etwas zu essen bestellen.«

»Bezahlen Sie dafür?«

»Natürlich.« Sie lächelt, froh darüber, dass ich endlich einmal einer Sache zustimme. »Ich weiß nicht, was gerade geöffnet hat, vielleicht dieser italienische Laden ein paar Häuser weiter.«

»Italienisch?«

Marsha erwidert, sie kenne nicht viele andere Restaurants mit Lieferdienst, also sage ich, sie solle einfach eine Pizza bestellen, und sie fragt, welche, worauf ich antworte: die mit dem meisten Fleisch darauf. Sie lacht unbehaglich, als versuchte sie, sich einen Reim auf mich zu machen. Ich schlage vor, sie solle eine große bestellen, damit wir sie uns teilen können, und sie meint, sie wolle gerade weniger Kohlenhydrate essen, was ich für Schwachsinn erkläre, denn Gott weiß, dass Marsha etwas Ordentliches zu essen gebrauchen kann.

Zwanzig Minuten später klopft Hank mit der Pizza an die Tür.

Marsha setzt sich endlich auf den Sessel neben mich. Ich lege zwei Stücke auf meinen Pappteller und zwei auf ihren. Marsha will ablehnen, aber ich erkläre ihr, ich werde nicht reden, wenn sie nicht isst, also stellt sie den Teller auf ihrem Schoß ab, pickt den ganzen Käse herunter und ist sorgsam darauf bedacht, den Rand nicht mitzuessen.

Ich beobachte sie, wie akribisch sie ihn entfernt.

Während wir auf die Pizza warteten, ließ Marsha mich diesen Vertrag unterschreiben, von dem sie mir erzählt hatte. Er bestand seitenweise aus Kleingedrucktem, aber Marsha ließ mich alles lesen und sagte, man solle nie etwas unterschreiben, das man nicht zuerst gelesen habe. Dann zog sie die Bilder hervor. Keine Ahnung, woher sie die so schnell bekommen hat, aber sie hat das Gesicht von jedem einzelnen der Cops gestochen scharf ausgedruckt, von ihren Uniformen und den Dienstmarken mit ihren Nummern. Nur ihre Stimmen fehlen ihr, daran hätte ich jeden von ihnen sekundenschnell erkannt. Aber auch so erinnere ich mich an sie alle, erinnere mich an ihre Haut, wie ihre Finger sich bewegten, an jedes Grübchen, jede kahle Stelle.

Es ergibt Sinn. Das ist alles, was ich denken konnte, als ich ihn sah: Ergibt Sinn. Die Flecken von 612 waren auf diesem Bild noch ausgeprägter als sonst, als wäre er unter seiner gewöhnlichen Färbung zusätzlich errötet, und er lächelte mit den Zähnen. Es sah gezwungen aus. Alles an ihm war gezwungen. Jeremy Carlisle starrte mich durch das Foto auf eine Weise an, wie er mich an jenem Morgen nicht angesehen hatte. Die Panik darüber, wie ich Trevor neue Basketballshorts kaufen sollte, nachdem seine gerissen waren.

612 ist derjenige, der meinen Namen in seinem Abschiedsbrief genannt hat. Er ist derjenige, der meine Welt auf den Kopf gestellt hat.

Ich habe Marsha noch nichts von alldem erzählt, da sie mir auftrug, erst zu sprechen, wenn sie es mir sagte.

Nachdem sie jedes Stück zum Verzehr vorbereitet hat,

richtet sie ihre Aufmerksamkeit wieder auf mich. »Ich werde dieses Gespräch aufzeichnen, damit ich es als Teil deiner Akte abtippen kann. Bleibt komplett unter uns, also fühl dich frei zu sagen, was immer du willst.« Sie legt ein Aufnahmegerät auf den Tisch und drückt auf den roten Knopf. »In Ordnung. Zunächst einmal solltest du mir deine Beziehung zu allen Mitgliedern des Oakland Police Department schildern, insbesondere zu den Officers Carlisle, Parker und Reed.«

Es ist seltsam, ihre Namen zu hören, Namen, die ich keiner Person zuordnen kann, da sie für mich nie Personen waren. Sie waren nie Zweige eines Stammbaums oder Männer, die jene Nachnamen an ihre Bräute weitergaben. Sie waren Nummern und Dienstmarken und Kiefer. Ich erkläre Marsha, ich wisse nicht genau, wer Parker und Reed seien, und könne ihr nur davon berichten, wie jene ersten Cops mich in jener Nacht in der Nähe der 34th fanden und in ihren Wagen holten. Von all den Malen, bei denen sie sich weigerten, mich zu bezahlen, und behaupteten, ihr Schutz wäre meine Bezahlung. Ich erzähle ihr von jenem Tag, an dem die Detectives am Pool auftauchten, von jenem Zimmer, das sich um mich schloss, den Blicken, dem Kribbeln. Ich erzähle ihr von 612, Carlisle, und wie er mich berührte, von seinem Haus, das groß genug für fünf Personen war, aber nur ihn und seine Waffe zu beherbergen schien. Ich erzähle ihr, wie sie Marcus und Cole festnahmen.

Marsha fragt nach Daten, Uhrzeiten, Namen, als könnte ich mich noch daran erinnern. Ich weiß lediglich, dass die Detectives an meinem Geburtstag aufgetaucht sind und dass die Hitze uns folgte.

Nachdem ich das gesagt habe, hält sie inne und bittet mich zurückzugehen. »Hattest du vor deinem achtzehnten Geburtstag Kontakt zu den Officers?«

Ich fühle mich, als wäre ich kurz davor, etwas zu sagen, was mich in die Scheiße reiten könnte, und zögere.

»Es ist alles vertraulich, Kiara«, erinnert sie mich.

Ich beiße ein Stück von meiner Pizza ab, nur um Zeit zu schinden. Schluckend antworte ich: »Jaa.«

»Und wussten die, wie alt du bist?«

Ich nehme mir einen Augenblick Zeit, um darüber nachzudenken, und beiße noch einmal ab. »Weiß nicht so genau. Ein paar von ihnen haben gefragt, und ich hab normalerweise geantwortet, ich wär alt genug, aber ich glaub, die meisten wollten es gar nicht wissen. So können sie sich jeden Scheiß vorstellen, den sie wollen, verstehen Sie, ihren Kleine-Mädchen-Fetisch ohne Folgen ausleben.«

Marsha stellt mir noch mehr Fragen, bei denen ich nicht einmal auf die Idee gekommen wäre, sie könnten wichtig sein, und langsam wird mir immer klarer, dass diese ganze Sache keine kurze Episode ist, die damit endet, dass Trevor und ich nächste Woche wieder auf dem Platz stehen. Ich fürchte mich davor, Marsha zu fragen, aber unsere Teller sind nun leer, und der Punkt rückt näher, an dem sie mir sagen wird, was ich nicht hören will.

»Was genau wird als Nächstes geschehen?«

Marsha schlägt die Beine übereinander, wischt sich die letzten Krümel vom Rock und neigt den Kopf. »Bei all der öffentlichen Aufmerksamkeit wahrscheinlich eine strafrechtliche Ermittlung.«

Ich kichere. »Wird dann die Hälfte der Polizeitruppe eingesperrt?«

Marsha zieht die Augenbrauen hoch und schüttelt den Kopf heftiger, als nötig wäre. »Oh nein, so läuft das nicht. Nicht bei der Polizei. Wenn sich alles so entwickelt, wie ich es erwarte, dann sprechen wir hier nicht über Festnahmen, zumindest nicht fürs Erste. Stattdessen wird es eine Grand Jury geben.«

Mir ist nicht ganz klar, was das bedeutet, aber ich habe genügend Nachrichten gesehen, um zu wissen, dass es immer nur dann eine Grand Jury gibt, wenn irgendein blauer Anzug einen schwarzen Mann erschossen hat und die Regierung so tun will, als wäre es ihr nicht scheißegal. Endet dann immer mit einem schwarzen jungen Mann in den Nachrichten, die Kapuze aufgesetzt, und irgendeinem Bericht darüber, wie er in der siebten Klasse irgendeine Pflanze geraucht hat. Ich habe so viel Schlimmeres getan.

»Dann stehe ich also vor Gericht?«, frage ich.

Marsha holt Luft und spricht beim Ausatmen. »Du musst begreifen, dass eine Grand Jury kein Gerichtsverfahren ist. Sie ist das, was davor kommt. Wenn die Jury beschließt, Anklage zu erheben, dann sagen die Geschworenen damit im Grunde, dass sie einen ausreichenden Grund dafür sehen, einen Prozess durchzuführen. Es wird also erst mal keine Festnahme geben, und selbst wenn, solltest du nicht diejenige sein, die festgenommen wird. Du bist die Kronzeugin, also wird deine Aussage die Grundlage bilden. Wie gesagt ist dieser Fall von großem öffentlichem Interesse, auch wenn Grand Jurys eigentlich nicht öffentlich sein sollten.«

»Und in meinem Fall?«

Marsha lässt ihren Fuß mit dem High Heel wippen. »In deinem Fall werden die Medien dafür sorgen, dass nichts davon geheim bleibt, bis auf das, was im Gerichtssaal vor sich geht. Das ist vollkommen geheim.« Marsha hält inne. »Menschenhandel ist eine schwere Straftat, Kiara.«

»Mit mir ist nicht gehandelt worden«, schieße ich zurück.

»Wie auch immer du es nennen willst. Du warst minderjährig, und das sind erwachsene Männer und Autoritätspersonen.«

Das Blau im Zimmer wird mit jedem von Marshas Worten intensiver. Ich schließe kurz die Augen und hoffe, wenn ich sie wieder öffne, werde der Raum pink oder gelb sein, irgendetwas, das weniger hohl ist als die seltsamen blauen Wände und das gerahmte Poster mit dem Aufdruck *KEEP CALM AND CARRY ON*.

Ich mache die Augen auf, das Blau übertönt noch immer alles, und nun kehrt die Übelkeit mit voller Wucht zurück, und die Pizza droht sich noch mal zu zeigen. Mein Gesicht muss mich verraten haben, da Marsha wissen will, ob es mir gut gehe, worauf ich sie frage, ob die Tür zur Terrasse sich öffnen lässt, und sie wahrscheinlich mit Ja antwortet, was mich jedoch kaum interessiert, da ich einfach nur auf die Tür zustolpere und daran ziehe, bis sie nachgibt, und mich dann draußen über den Rand der Terrasse beuge und auf die Bucht hinunterblicke.

Wenn es ein Gegenteil von Seekrankheit gibt, dann löst die Bucht das wohl in mir aus: Alles beruhigt sich in dem Augenblick, in dem ich den Geruch des Salzes aufnehme, die Meeresbrise sich um meine entblößte Taille schlingt und der Wind die Knoten in meinem Haar noch verschlimmert. Ich fühle mich nicht frei, aber ich fühle mich zu Hause. Wahrscheinlich mehr als irgendwo sonst, was ironisch ist, da das Wasser ebenfalls blau ist und ich weiß, dass ich sofort ertrinken würde, wenn die Wellen sich um mich schlössen.

Marsha folgt mir nach draußen, fragt mich noch ein paarmal, ob es mir gut gehe, aber ich habe noch nicht die Kraft, ihr zu antworten. Ich öffne den Mund so weit, dass die von der Bucht durchdrungene Luft meine Zunge berühren kann. Ich will sie schmecken, will wissen, dass die Bucht hinter all dem hier existiert. Egal ob morgen alles andere zusammenbricht, die Bucht wird noch immer da sein, wird noch immer nach Salz und Dreck und dem Holz von Booten schmecken, die zu viele Körper trugen.

Ich suche dort unten nach den Schiffen, entdecke eins, das gerade unter der Bay Bridge hindurchfährt. Ich stelle mir vor, wie irgendwo in seinem Inneren ein Mädchen genau wie Clara, mit dunklerem Haar als Alé, oder Lexi von Demonds Party klein und zitternd zwischen die gestapelte Fracht gezwängt ist. Als einzige Konstante das Geräusch des Wassers, der schlagenden Wellen.

Und hier bin ich, über dem Wasser. Ich denke daran, was Alé zu mir gesagt hat, dass ich es mir ausgesucht habe, Clara jedoch nicht, und irgendwie bin ich nun hier, und sie ist verschwunden, und die Welt ist einfach nicht gerecht. Auf der Straße ist der Tod immer eine Möglichkeit, aber sie fühlte sich nicht real an, nicht bis jetzt, da ich weiß, dass Alé die Beerdigung ihrer Schwester hätte planen können und ich bloß eine Erinnerung daran bin, was ihr zugestoßen sein könnte.

Das Mindeste, was ich tun kann, ist, dankbar dafür zu sein, dass ich noch atme. Wenn ich genügend Glück habe, um nicht unterzugehen, dann kann vielleicht auch Marcus genügend Glück haben. Ich wende mich erneut Marsha zu, die unbeholfen dasteht und mich beobachtet.

»Was ist mit meinem Bruder?«, frage ich. Nichts von alldem macht einen Unterschied, wenn ich Marcus nicht zurückbekomme, und ohne Onkel Ty habe ich keinen anderen Hebel, den ich in Bewegung setzen könnte. Ich muss ihn zurückbekommen, damit er sich anders verhalten kann, besser.

Marsha nimmt sich einen Augenblick Zeit, um aufs Wasser zu schauen, stellt sich neben mich ans Geländer. »Diese Sache sieht schlimmer für das Department aus, als die dich wissen lassen werden. Wenn wir geschickt vorgehen, können wir deinen Bruder als Druckmittel verwenden, sozusagen für einen Deal.«

»Was für einen Deal?« Ich habe schon zu viele Verhandlungen geführt, aus denen ich entblößt, mit leeren Taschen und einem Knoten in der Brust wieder hinausging.

Marsha lächelt. »Das ist der erfreuliche Teil. Wir haben hier die Macht. Die werden dir das Gefühl geben wollen, sie hätten sie, aber du bist nicht diejenige, die alles zu verlieren hat.«

Fühlt sich allerdings so an.

»Und wenn ich mich weigere auszusagen?«

»Sie werden dich vorladen, ob du willst oder nicht, die

Entscheidung liegt also nicht bei dir. Das Einzige, was du kontrollieren kannst, ist das, was du sagst.«

»Was ist, wenn ich lüge?«

Marsha seufzt und steckt ihre Unterlippe unter die Oberlippe. »Du wirst unter Eid stehen, und ich würde dir nie raten, den zu brechen. Wie auch immer, solltest du lügen, würde dein Bruder höchstwahrscheinlich für einen beträchtlichen Zeitraum im Gefängnis landen, und die Grand Jury würde keine Anklage erheben, was bedeutet, alle beteiligten Polizisten könnten weiter tun, was sie wollen, ohne jede Konsequenz.«

»Und wenn ich die Wahrheit sage?« Die Sonne hat schließlich ihren Weg zum höchsten Punkt des Himmels gefunden, und Trevor regt sich wahrscheinlich gerade aus seinem Sonntagsschlaf.

Marshas ganzer Körper entspannt sich, zum ersten Mal lässt sie die Schultern sinken. »Wenn du die Wahrheit sagst, haben wir eine Chance auf eine Anklage und darauf, dass wir verändern können, wie solche Sachen ansonsten laufen. Danach können wir das Police Department verklagen und dir genügend Geld verschaffen, damit du so was nicht mehr tun musst.« Sie seufzt. »Für den Moment bereiten wir uns vor. Sie werden dich aller möglichen Dinge beschuldigen. Sobald uns die Staatsanwaltschaft über eine Vorladung informiert, müssen wir auf jede Frage vorbereitet sein, auf jedes kleine Detail, das sie von dir erfahren wollen könnten. Bei deiner Aussage werden nur der Staatsanwalt, die Geschworenen und ein Gerichtsprotokollant anwesend sein, da die Grand Jury nicht öffentlich stattfindet. Wir müssen also

dafür sorgen, dass du bereit bist, damit du mich im Gerichtssaal gar nicht brauchst. Für den Moment solltest du dich
unsichtbar machen. Ich will dich nicht auf der Straße sehen,
und du darfst dich auf keinen Fall irgendeinem Officer nähern. Verstanden?«

Ich nicke und weiß, indem ich Marsha vertraue, sage ich
mich von diesen Straßen los, von einer Menge all dessen, was
zu meiner Welt geworden ist, zumindest für den Augenblick.
Ich dachte, ich würde diesen Moment feiern wollen, und
das will ich auch, aber ich verspüre auch Trauer, während
ich noch immer versuche, all die Monate und die Männer
zu begreifen und was ich aufgegeben habe für das Gefühl,
die Kontrolle zu besitzen, als würde ich wenigstens für einen
Augenblick mir selbst gehören, bis das Gefühl zerbricht und
ich mich erinnere. Bis ich müde bin und friere und mich nur
in einem Bett zusammenrollen will, das kein Sofa ist, oder
etwas essen, das nicht aus der Mikrowelle kommt. Marsha
behauptet, ich sei frei, aber ich lebe noch immer mit den
Auswirkungen der Straße, jenes Jobs, der nur ein Job sein
sollte, ehe daraus so viel mehr wurde.

Marsha wirkt ausreichend zufriedengestellt und sagt, sie
werde mich nun nach Hause bringen. Die Hälfte der Pizza
ist noch übrig, und Marsha meint, ich könne sie mitnehmen.
Trevor wird den Rest verschlingen, seinen Bauch vollstop-
fen, bis ich seine Rippen nicht mehr sehen kann. Bei dem
Gedanken daran muss ich zum ersten Mal in dieser Woche
wirklich lächeln.

Ehe sie mich aussteigen lässt, greift Marsha nach meiner
Hand, um sie zu drücken. Ihre ist so klein, dass ihre beiden

Fäuste wahrscheinlich so groß wie eine von meinen wären. »Wenn du dich verhältst, als hättest du eine Scheißahnung, was du tust, dann glauben die Leute, dass es so ist. Das ist alles, so gewinnt man.« Marsha fluchen zu hören ist, als würde ein Hund plötzlich anfangen zu reden, und ich weiß, dass sie es absichtlich getan hat, damit ich es nicht ignorieren kann. Ich nicke, steige aus dem Wagen und laufe auf mein Tor zu.

Der Scheißepool begrüßt mich, und dies ist das letzte Mal, dass ich an ihm vorbeigehen kann ohne das Geschrei der Reporterinnen und Reporter, die blitzenden Kameras und den Wachdienst, den Marsha angeheuert hat, um mich zu eskortieren. Es ist das letzte Mal, dass ich in seine Brühe blicke, die subtilen Wellen, den Wasserstrudel direkt vor meiner Tür. Die Vorladung kommt am nächsten Morgen, und ich kann mir kaum noch vorstellen, wie es war, von Dees Lachen geweckt zu werden, Marcus auf dem Sofa und einen ganzen Tag in den Straßenlaternen verschwimmen zu sehen.

Trevor möchte gefilmt werden. Wann immer wir das Haus verlassen, wird er wütend, weil ich uns hinten rausführe, den Weg, den niemand von der Presse kennt. Er jammert, wenn ich berühmt sein dürfe, dann wolle er es auch. Er hat keine Ahnung, was er sich da wünscht, aber wenn er seinen Ball so an sich presst, möchte ich mir sein Handgelenk schnappen und ihn ganz nah an meiner Seite behalten.

Heute sitzen wir in der Wohnung fest, da Marsha anrief und mir sagte, ich solle nicht rausgehen und das Tor für niemanden aufmachen. Sie klang panisch und redete schnell, und ich glaubte, nun würde es schließlich passieren: Sie würden für mich die Handschellen rausholen und mich einem ganzen Stammbaum hinter Gefängnisgittern hinzufügen. Marcus hat mich jeden Tag angerufen und klingt dabei immer trübsinniger. Ich erkenne, dass der Verlust von Onkel Ty ihn in ein tiefes Loch gestürzt hat. Ich sage ihm immer wieder, ich arbeite daran, aber Marsha will sich nicht zu ihm äußern, und an den meisten Tagen glaube ich, es wäre besser, nicht ranzugehen, wenn sie anruft. Bloß müsste ich Marcus dann die Wahrheit sagen: dass er aus dieser Sache vermutlich nicht herauskommen wird. Dann müsste ich mir selbst die Wahrheit sagen: dass ich genauso einsam bin wie Trevor.

Trevor sitzt mit einem ganzen Satz Karten vor sich ausgebreitet auf dem Bett, froh, dass er heute nicht zur Schule muss. Keine Ahnung, was er zu spielen glaubt, aber es wirkt mehr wie meine Mischtechnik, bevor Alé mir erklärte, wie es geht. Ich habe sie mehrmals angerufen, aber sie hebt seit Tagen nicht ab, und ich bin zu stolz, um es erneut zu probieren, nur um ihre Mailboxansage zu hören.

Marsha erklärte, ich solle mich um elf mit ihr am Hinterausgang treffen. Es ist 11:03 Uhr, und ich sage zu Trevor, ich werde gleich zurück sein, ehe ich die Treppe hinunter- und auf das hintere Tor zulaufe. Jenseits des Pools kann ich das Gemurmel der Reporterinnen und Reporter von der High Street hören. Als ich das hintere Tor öffne, steht Marsha mit in die Hüfte gestemmter Hand und zur Seite geneigtem Kopf da, die Augenbrauen hochgezogen, wie sie es immer macht, wenn sie sich über mich ärgert.

»Du bist zu spät«, bemerkt sie.

Ich mache mir erst gar nicht die Mühe zu antworten, weil es nichts ändert und Marsha es besser wissen sollte, als von mir Pünktlichkeit zu erwarten. Ich führe sie wieder die Treppe hinauf zur Wohnungstür. Ich habe Trevor heute Morgen erzählt, eine weiße Dame werde vorbeikommen und mit mir sprechen, weshalb er mit dem Kopf auf die Hand gestützt dasitzt und nicht auf seine Karten schaut, sondern auf sie wartet. Bei ihrem bloßen Anblick leuchten seine Augen auf, als wäre sie ein neues Spielzeug, und ich kann es ihm nicht mal verübeln.

Ich beobachte, wie sie die Wohnung betritt. Sie geht vorsichtig auf Zehenspitzen in ihren hochhackigen Schuhen, während wir barfuß geradezu trampeln, und wirkt in unserer Wohnung deplatziert, als fürchtete sie, die Holzdielen könnten unter ihren Absätzen brechen.

»Möchten Sie sich setzen?«, frage ich sie und weise auf den Schaukelstuhl.

Ich ziehe mich auf die Küchentheke hinauf, sodass ich sowohl Marsha, die sich auf dem Stuhl niederlässt, als auch Trevor im Blick habe, der sie von der Matratze aus anstarrt. Marsha lässt ihr Körpergewicht in den Stuhl sinken und zuckt zusammen, als er sich zu bewegen beginnt. Vor und zurück. Vor und zurück. Sie findet sich in das Schaukeln ein und schlägt ein Bein übers andere.

»In den letzten Wochen ist einiges in Bewegung geraten«, erklärt Marsha und kommt mir dabei vor wie eine Nachrichtensprecherin, die mir die tragische wöchentliche Berichterstattung vorträgt. »Das Police Department hat in dieser Zeit drei Polizeichefs gekippt, und wir wurden gebeten, uns zu einem Gespräch mit der diensthabenden Chefin Sherry Talbot zu treffen.«

»Okay.« Mir ist nicht ganz klar, weshalb Marsha so zappelig wirkt, die Schultern hochgezogen bis fast zu den Ohren. Sie beginnt die ganze Geschichte zu erzählen, von Anfang bis Ende, sie auf ihre übliche Weise aufzubauen. Ich werfe einen Blick auf Trevor, der sie wie gebannt anstarrt, ohne zu blinzeln.

Anscheinend gibt es Fotos von einem der Chefs bei der Party, auf der ich gearbeitet habe und auf der Lila Anzug – Sandra – mich aufspürte, weshalb er mit der Vertuschung in Verbindung gebracht wurde. So nennen sie es: die Vertuschung. Ich weiß nicht, ob damit ich oder sie gemeint sind, ob sie vertuschen, dass es passiert ist oder dass sie alle davon wussten. Marsha meint, das sei noch unklar, alles nur Klatschpressengerede.

»Jedenfalls hat uns die neuste Polizeichefin heute zu einem Gespräch eingeladen, und ich empfehle dieses Treffen wahrzunehmen.«

»Wieso?« Ich schwinge meine Beine auf der Küchentheke sitzend vor und zurück. »Wenn Sie sie nicht leiden können und wir nicht dazu gezwungen sind oder so, wieso sollten wir dann gehen?«

»Sie ist gut vernetzt. Was auch immer sie zu sagen hat, könnte die Ermittlung oder deine Aussage beeinflussen.« Marsha erklärt, sie sei sich nicht allzu sicher, ob es überhaupt zu einer Anklage käme, auch wenn die meisten Grand Jurys mit einer Anklage endeten. Aber die meisten Grand Jurys sollen auch nicht genau die Leute drankriegen, die sie überhaupt erst zusammengestellt haben. Diese Sorge nagt an ihr. Sie fügt hinzu: »Es könnte auch Marcus helfen.«

Bei diesen Worten schnellt mein Kopf nach oben, und ich springe von der Küchentheke. »Ich komm mit. Wann?«

»Der Termin ist um zwölf. Mein Auto steht draußen.«

Ich nicke und ziehe bereits meine Schuhe an.

Dann gehe ich hinüber zu Trevor. »Ich bin in ein paar Stunden zurück. Im Kühlschrank ist was zu essen, okay? Geh nicht raus oder so.« Ich gebe ihm einen Kuss auf den Scheitel, und er windet sich.

Marsha kämpft sich aus dem Schaukelstuhl hoch, kommt schließlich auf die Beine und streicht sich den Rock glatt. Sie macht die Tür auf, und Licht flutet die Wohnung. Ich folge ihr hinaus, all die Treppenstufen hinunter, was ewig dauert, da Marsha auf jeder Stufe innehalten muss, um sicherzugehen, dass ihr Absatz festen Stand hat.

Mit gesenkten Köpfen treten wir aus dem hinteren Tor, aber kurz bevor wir den Wagen erreicht haben, holt die Pressemeute uns ein und fragt mich, was ich von Chief Clemens' Rücktritt nur wenige Tage nach dem von Chief Walden halte, ob ich mit den beiden gesprochen habe, ob der Bürgermeister an der Vertuschung beteiligt sei, ob ich die neue Polizeichefin schon getroffen habe.

Marsha lässt mich auf dem Beifahrersitz Platz nehmen und rennt dann, so schnell sie in ihrem Outfit kann, auf die Fahrerseite, steigt ein und lässt den Motor an.

In den letzten zwei Wochen habe ich jedem womöglich existierenden Gott für Marsha gedankt und mir dann wieder gewünscht, sie möge sich ihren Absatz in den Hals schieben. Marsha hat dafür gesorgt, dass eine Non-Profit-Organisation mir aus einem Notfallfonds Geld zur Verfügung stellt, damit ich unsere Rechnungen bezahlen und Lebensmittel für Trevor und mich einkaufen kann. Ich habe den Versuch aufgegeben, Dees Miete zusammenzukriegen, und vor ein paar Tagen hörte ich erneut ein Hämmern an ihrer Tür, auf deren Farbe nun der jüngste Räumungsbescheid klebt. Diesmal macht Vernon Ernst, er wird nicht mehr länger damit warten, sie rauszuwerfen. In einer Woche werden all ihre Sachen weg sein. Noch ist niemand gekommen, um

Trevor abzuholen, aber in manchen Nächten, wenn ich ihn zusammengerollt auf der Matratze betrachte, habe ich Angst, dass es passieren wird.

Als Marsha mit dem Scheck aus dem Notfallfonds auftauchte, rumorte dieses Ganzkörperschuldgefühl in mir, und ich verspürte den Drang, sie anzuschreien, auch wenn sie nichts anderes tat, als uns am Leben zu erhalten. Eine Nebenwirkung der Tatsache, dass ich mich so lange nur auf meine eigenen Füße und das Schaukeln meiner Hüften verlassen habe: Ich kann nichts davon loslassen, kann die Bucht nicht einfach fließen lassen.

Marsha hat eine Liste mit Anklagepunkten, die wir ihr zufolge gegen das Police Department und die Stadt einreichen müssen, sobald die Grand Jury vorüber ist. Ich versuchte ihr zu erklären, dass ich nichts von alldem noch ein zweites Mal tun, sondern nur in mein Leben vor den Sirenen zurückkehren wolle. Aber Marsha meinte, erst da würde ich das Geld herkriegen, und ich habe noch nie eine zierliche weiße Dame so sehr nach meinem Bruder klingen hören.

Danach brachte sie Sandra mit, um mich davon zu überzeugen, dass es um Gerechtigkeit geht, darum, ihnen klarzumachen, dass sie diese Scheiße nicht ohne Konsequenzen abziehen können. Ich weiß zwar, dass Frauen genauso gefährlich sein können wie Männer, wie etwa Detective Jones, aber man muss diejenigen finden, auf deren Haut sich Narben abzeichnen wie Sternbilder, dann hat man etwas, was besser ist als der Mond, besser als alles andere. Einen Menschen, der weiß, was es bedeutet, an dem festzuhalten, was einem passiert ist, ob man es will oder nicht. Ich bezweifle, dass sie die Straße so gut kennt wie ich, aber irgendetwas an Sandra gibt mir das Gefühl, gesehen zu werden.

Auf dem Freeway bettele ich Marsha an, mich fahren zu lassen, wie jedes Mal, wenn wir gemeinsam im Auto sitzen. Es ist unser Ritual.

»Hast du einen Führerschein?«, fragt sie.

»Noch nicht, aber ich verspreche Ihnen, ich bin eine wirklich gute Fahrerin. Bitte, Marsh. Kommen Sie schon.«

Sie schüttelt den Kopf. »Ich lasse dich nicht ohne Führerschein mein Auto fahren.«

Wann immer sie meine Bitte abschlägt, fange ich an, ihr Handschuhfach zu durchwühlen. Sie lässt mich ein paar Sekunden machen, ehe sie zu zucken beginnt und sagt: »Bitte, lass das«, was ich natürlich nicht tue. Sie hat darin Klebezettel mit seltsamen Botschaften wie »Kartoffeln« und »Zurückrufen« herumfliegen.

Marsha murrt: »Ich kann nicht glauben, dass ich das hier freiwillig mache.« Sie bindet ihr blondes Haar zu einem Pferdeschwanz hoch und versucht dabei weiter geradeaus zu fahren.

»Wieso machen Sie es eigentlich?« Ich habe Marsha tatsächlich noch nie gefragt, weshalb sie die Hälfte ihrer Zeit mir und meinem Fall widmet, obwohl bei ihr Leute Schlange stehen, die ihr liebend gern ihr Geld hinterherwerfen würden.

»Gerechtigkeit, nicht wahr?« Sie lacht darüber, aber ich erkenne an ihrer Stimmlage, dass es das nicht ist. Außerdem vermute ich, dass Marsha sich im Grunde einen Scheiß für Gerechtigkeit interessiert. Nicht dass sie ihr völlig egal ist, aber sie denkt eben kurzfristig. Und die Frau liebt ihr Geld, ihre Sachen.

»Blödsinn.«

Marsha wirft mir einen Blick zu, entdeckt etwas im Handschuhfach und greift danach. Es ist eine Sonnenbrille, und zwar ein Designermodell. Sie setzt sie sich mit der Hand auf, die gerade nicht am Lenkrad ist, und erwidert dann: »Ich habe es dir schon bei unserer ersten Begegnung gesagt: Die Sache ist von großem öffentlichem Interesse, was bedeutet, dass mein Name bekannt wird und ich mehr Klienten bekommen werde.« Sie klingt nicht überzeugend.

»Und?«

»Und die meisten meiner anderen Klienten sind nur deshalb bereit, mir so viel zu bezahlen, weil sie eine Frau wollen, um sie in Fällen von häuslicher Gewalt zu verteidigen.«

»Verstehe. Sie haben es satt, Arschlöcher zu vertreten.«

Sie hebt eine Hand. »Ich habe nie behauptet, du wärst kein Arschloch.«

Ich schubse sie spielerisch. »*Fuck you.*« Und zum ersten Mal, seit wir uns kennen, korrigiert Marsha mich nicht oder sagt mir, ich solle nicht fluchen. Sie lächelt und greift erneut über mich, um im Handschuhfach herumzuwühlen und eine zweite Sonnenbrille hervorzuziehen. Sie reicht sie mir, und ich setze sie auf. Die Welt färbt sich in diesem Rotbraun, das alles dämpft.

Wir fahren vor das Polizeipräsidium, und diesmal wirkt das Metall weniger einschüchternd. Es heißt uns beinahe willkommen, was an dem Rotbraun liegen könnte, das alles mit einem vertrauten Farbton überzieht. Es könnte aber auch Marsha sein. Ich habe mittlerweile gelernt, mit ihren Schritten mitzuhalten, also gehen wir Seite an Seite, ihre Absätze klappernd, meine Sneakers quietschend, das Linoleum nicht vorbereitet auf Frauen wie uns.

Marsha bleibt nicht am Empfang stehen, wie ich erwartet hätte, sondern geht schnurstracks auf den Personalaufzug zu. Niemand hält eine Frau auf, die aussieht, als wäre sie die Chefin. Es macht nichts, dass sie keine Dienstmarke hat und dass ihr dieses schwarze Mädchen in zerrissenen Jeans folgt. Die meisten weißen Frauen denken grundsätzlich, ihnen würde jeder Raum gehören, den sie betreten, aber Marsha verfügt noch mal über ein ganz anderes Ausmaß an Macht.

Ich zögere, trete dann aber hinter Marsha in den Aufzug, der bis auf uns leer ist. Er lässt uns im obersten Stockwerk hinaus, und es ist wie eine Reise in die Vergangenheit, zu meinem ersten Besuch in diesem Gebäude. Der Name an der Tür der Polizeichefin wurde bereits ausgetauscht, das Schild bedeckt nun ein Klebestreifen, auf den mit Textmarker der Name Talbot geschrieben wurde. Die Tür steht einen Spalt offen.

Marsha kündigt uns durch Klopfen an, und wir werden gebeten, hereinzukommen und Platz zu nehmen. Das Zimmer ist in Grau gehalten, mit einem zerfledderten gelben Kissen auf einem Stuhl als Akzent.

Als wir eintreten, steht Talbot auf, und wir geben uns über Kreuz die Hand. Sie ist klein und ethnisch auf eine Weise nicht zuzuordnen, die mich davon ausgehen lässt, dass sie früher häufig gefragt wurde, was sie sei, worauf sie wahrscheinlich bloß geantwortet hat: »Ein Mensch«, denn wenn man alle Grenzen verwischt, ist es einfacher, streng und direkt zu werden wie Talbot. Als sie die Hand ausstreckt, schüttele ich sie und kämpfe gegen jedes Gefühl von Richtig oder Falsch in meiner Haut an. Marsha behauptet, ein guter Eindruck sei alles, und er werde von uns erwartet.

Marsha zieht einen Klappstuhl aus der Zimmerecke vor den Schreibtisch, hinter den Talbot sich nun wieder gesetzt hat. Ich nehme den gelben Platz und blicke aus dem Fenster. Es ist Anfang Mai, und der Frühling zeigt sich in voller Pracht, unser Himmel ist so blau wie nie, und die Brücke ist noch nicht einmal in Nebel gehüllt. Eine Schar Möwen fliegt direkt über die Bucht, streift das Wasser und produziert dabei einen Schattenspiegel.

Ich schlucke und setze mich so hin wie Marsha, mit geradem Rücken und überschlagenen Beinen. Meine Jeans hat am Knie einen Riss, an dem ich instinktiv herumzuspielen beginne. Wann immer ich etwas tue, was ich lassen sollte, saugt Marsha die Luft ein, als wollte sie mir gleich einen Vortrag halten, sagt jedoch nichts. Wartet ab, bis ich selbst darauf komme. Ich stecke meine Hände unter die Beine und zeige Marsha das Augenrollen, das sie so hasst.

Talbot beginnt ohne Zögern, mir Angebote für eine Abfindung zu präsentieren, um »es für alle Beteiligten einfacher zu machen«. Marsha wirft ein, wenn es einen Vergleich geben sollte, dann werde dieser auf gerichtlichem Weg geschlossen.

Als Nächstes spricht Talbot Marcus an. Ich habe noch nie so gemeine Worte ohne auch nur einen Hauch von Mitgefühl aus jemandes Mund kommen hören. Ihre Stimme ist monoton, als würde sie lediglich erzählen, was es bei ihr zum Abendessen geben wird, während sie meine Familie in den Dreck zieht und behauptet, sie kenne ein paar Richterinnen und Richter, die auf schöne lange Gefängnisstrafen für Dealer stehen. Ein paar Bewährungshelferinnen und -helfer kenne sie auch, falls meine Mutter gern zurück in ihre Zelle wandern wolle. Talbots Art zu reden lässt mich nervös zucken wie Marsha vorhin im Wagen: Sie lässt die Zähne zwischen den Worten aufeinanderschlagen, während sie das schmale Kinn vorstreckt und ihr kleines Lächeln wie angetackert wirkt.

Marsha richtet sich steif auf, und es ist deutlich zu erkennen, dass sie nicht länger hier sein möchte. »Ich glaube zwar nicht, dass wir uns schon einmal begegnet sind, Chief, aber zufällig kenne ich ein paar Leute, die im Department einen etwas höheren Rang haben als Sie. Wenn Sie möchten, dass ich ihnen über unethische Erpressung und Einmischung in eine Ermittlung Bericht erstatte, kann ich das sehr gern tun.« Marsha spiegelt Talbots Lächeln und fügt noch ein paar Zähne hinzu.

Talbot hustet. »Das wird nicht nötig sein.«

»Da bin ich ja froh.« Marsha hebt ihre Handtasche vom Fußboden. »Wenn das alles ist, machen wir uns nun wieder auf den Weg.« Sie steht auf und bedeutet mir mit einer Handbewegung, es ihr gleichzutun.

Auch Talbot erhebt sich und blickt mich direkt an. »Tatsächlich hatte ich gehofft, Ms. Johnson noch über unser Protokoll bei Kenntnis über vernachlässigte Minderjährige und Beherbergung von Minderjährigen zu informieren. Wir sind rechtlich verpflichtet, das Jugendamt einzuschalten.« Talbot schließt den Mund, und ich höre das Klacken ihrer Zähne. »Dachte nur, das sollten Sie wissen, ehe Sie aussagen.«

Süßliches Lächeln. Selber Farbton wie das gelbe Kissen.

Marsha legt mir die Hand auf den Rücken und schiebt mich aus der Tür, die sie fest hinter sich schließt. Ehe wir auf den Fahrstuhl zugehen, greift Marsha noch einmal an die Tür und reißt den Klebestreifen mit Talbots Namen darauf ab.

Zurück im Wagen wird mir bewusst, dass ich am ganzen Körper zittere, ein leichtes, aber konstantes Beben, da meine schlimmste Angst wahr geworden ist. Trevor ist in den letzten Monaten der Grund für so vieles gewesen, und nun ist er in Gefahr, ein weiteres Opfer einer Entscheidung, von der ich gar nicht wusste, dass ich sie traf, als ich an jenem ersten Abend in Davons Auto kletterte. Marsha ist eigentlich diejenige, die alles wieder in Ordnung bringen soll, aber als sie den Motor anlässt, atmet sie laut aus und beginnt zu fluchen. Ich habe Marsha nicht mehr so heftig fluchen hören, seit ihr beim Durchqueren des Eingangsbereichs ihres Büros vor einer Woche der Absatz abbrach.

Als sie mich vor dem Royal-Hi außer Sichtweite der Kameras herauslässt, ist sie immer noch dabei und schlägt auf das Lenkrad ihres schnittigen Wagens ein. Wir haben den Zeitpunkt, an dem ich abgesetzt werde, immer wieder verschoben, damit die Reporterinnen und Reporter nicht wissen, wann wir ankommen, und die meisten von ihnen bereits gegangen sind. Zwei sitzen noch auf der Bordsteinkante und starren auf ihre Telefone.

Ehe ich fragen kann, was wir nun tun werden, erklärt Marsha, sie werde mich später anrufen, und wartet darauf, dass ich die Tür verschließe vor ihrer schrillen Stimme, mit der sie immer wieder *Fuck* ruft.

Was zum Teufel ist mit dir passiert?« Sobald ich die Tür öffne, sehe ich eine Spur aus getrockneten Blutstropfen, die bis zur Matratze führt, wo Trevor sich krümmt und auf einen blutigen Speichelhaufen auf dem Laken spuckt, auf dem seine Spielkarten noch immer ausgebreitet liegen. Ich kann nicht einmal seine Zähne sehen, wenn er den Mund öffnet, da das Rot das Weiß ganz bedeckt.

Ich knie neben ihm nieder, lege eine Hand unter seinen Kopf und hebe ihn hoch, damit er das Gewicht seines eigenen Schädels nicht tragen muss. Er stöhnt und neigt den Kopf noch etwas mehr, bis er in meine Hand kotzt, ein voller Strahl Erbrochenes aus dem Mund: seine Lieblingsfrühstücksflocken, dunkelrot eingefärbt.

»Oh, Baby.« Mit meiner anderen Hand schnappe ich mir ein dreckiges T-Shirt vom Fußboden und wische den Schlamassel auf. Er verschmiert zu einem Wirbel aus Orange und Rot, klumpig und wässrig zugleich. Ich ziehe Trevors Körper hoch, der schlaff und unbeweglich ist, bis er ganz auf dem Bett liegt und sein Kopf auf einem Kissen ruht. »War es das? Oder kommt da noch mehr?«, frage ich. Er gibt keine Antwort, schüttelt aber den Kopf gerade genug, um davon auszugehen, dass ich ihn kurz auf dem Rücken liegen lassen kann, während ich mir ein Tuch schnappe, es an der Spüle nass mache und zu ihm zurückbringe.

Trevors Gesicht ist so verkrustet mit Blut und angeschwollen bis zur Unkenntlichkeit, man kann nicht einmal mehr sehen, dass er die hübschesten Augen hat, nicht einmal erahnen, wie er sich vom Land ins Wasser bewegen und dabei der gleiche anmutige, großgewachsene Junge bleiben kann.

Auch mit seinen neuen Muskeln und Zentimetern ist Trevor noch immer schmal. Ich hebe sein T-Shirt an, unter dem seine linke Seite sich langsam blau färbt. Ich kann leibhaftig sehen, wie die Stelle ihre Farbe verändert, dunkler wird und sich bis zu seiner Hüfte ausbreitet. Ich wiederhole: »Oh, Baby«, und er stöhnt erneut. Ich erkläre ihm, dass ich ihn nun berühren und dass es wehtun werde.

Ich beginne sein Gesicht mit dem Tuch abzutupfen, aber das richtet nicht viel gegen das bereits getrocknete Blut aus. Ich fange an zu wischen, und Trevor reißt den Mund so weit auf, wie er kann, und brüllt einen gurgelnden Schrei hinaus. Ich habe noch nie ein Löwenbaby im echten Leben gesehen, stelle mir aber vor, dass es genau so klingt, wenn es jung und verängstigt ist.

Das Blut verschwindet nicht von seinem Gesicht, wandert im Grunde lediglich von den Augen zum Mund. »Ich muss dich unter die Dusche kriegen, Trev. Das kalte Wasser wird gegen die Schwellung helfen, bevor deine Augen ganz verschwunden sind.«

Er schüttelt den Kopf, zuerst mit einer kleinen Bewegung

von Seite zu Seite, die jedoch größer wird, als ich ihn hoch-ziehen will.

»Muss sein, Baby. Tut mir leid.« Ich hebe ihn mit bei-den Armen hoch, und auch wenn er nun gewachsen ist, ist sein knochiger Körper doch noch so leicht, dass ich ihn an meine Brust drücken und halten kann. Seine Beine baumeln herunter, als ich aufstehe und aufs Badezimmer zuwanke.

Ich setze ihn in der Dusche ab, sodass sein Kopf in der Ecke lehnt. Er sackt in sich zusammen, sobald ich ihn los-lasse, um das Wasser aufzudrehen. Es färbt sich pink.

Ich sage Trevor, ich werde die Person fertigmachen, die ihm das angetan hat, und er solle mir besser sofort alles er-zählen, sobald dieser Mund wieder sprechen lernt. Ich weiß nicht, was ich sonst sagen soll, aber er beginnt schon wieder zu stöhnen, zu gurgeln und zu erbrechen.

Ich stelle mich zu ihm unter die Dusche, um sicherzuge-hen, dass er sich weder an seiner Kotze noch am Wasser verschluckt, und wische ihm die Augen ab. Er wird immer lauter, und mir fällt nichts Besseres ein, als ihm etwas vorzu-singen. Ich frage ihn, ob er sich ein Lied wünscht, und er antwortet nicht, schüttelt aber auch nicht den Kopf und hört kurz auf zu stöhnen.

Alle Lieder, die ich je gehört habe, schwirren mir durch den Kopf, bloß meist nur die Instrumentalparts, nur die Trompete oder der Bass. Das einzige mit Text ist eins, das Daddy mir immer vorgesungen hat, das einzige Lied, das Daddy mir jemals vorgesungen hat. Ich glaube, es ist von einem Typen aus den Fünfzigern, der davon singt, wie er sein Mädchen verprügeln will, aber so, wie Daddy es sang, hätte man meinen können, es wäre ein Liebeslied.

No kiddin'

I'm ready to fight

Been lookin' for my Trevor all day and all night

Ich füge Trevors Namen ein, und als ich ihn ausspreche, zuckt sein Gesicht ein wenig, und ich kann nicht erkennen, ob es ein Lächeln oder ein Stirnrunzeln ist, jedenfalls brüllt er nicht mehr, und das Blut ist fast vollständig von seinem Gesicht gewaschen. Ich drehe das Wasser ab und ziehe ihm seine Kleider vom Körper, ehe ich ihn erneut hochhebe, diesmal nackt. Ich setze ihn auf die Toilette und stehe wieder auf, um meine eigenen durchnässten Kleider auszuziehen, bis ich in einem Sport-BH und Marcus' alten Boxershorts vor ihm stehe. Ich greife in den Badezimmerschrank und hole den Tiegel mit Sheabutter hervor. Dann setze ich mich vor die Toilette auf den Fußboden und ziehe Trevors Körper hinunter auf meinen Schoß, um ihn erneut im Arm zu halten.

»Okay, das Schlimmste hast du überstanden«, summe ich. »Das hier wird auch helfen.«

Ich hole eine Handvoll heraus und verreibe sie auf seinem Oberkörper, fahre jede einzelne Rippe nach, bis sein Braun glänzt. Ich bewege mich hoch zu seinem Schlüsselbein, dessen linke Seite dick und geschwollen ist. Er zuckt zusammen, wird jedoch nicht laut. Als ich zu seinem Hals und Gesicht vordringe, bewege ich meine Hände in Kreisen. Er beginnt wieder zu stöhnen, diesmal allerdings die Sorte Stöhnen, wenn man sich endlich an einer juckenden Stelle kratzen kann. Ich zeichne ihm die Buchstaben seines Namens auf die Stirn, und auch wenn ich versuche, ganz sanft zu sein, läuft wieder Blut. Als er glatt und glänzend ist, trage ich ihn zurück zum Bett, stelle ihn auf den Boden, hole ein paar frische Kleidungsstücke aus dem Schrank und fange an, ihn anzuziehen. Ich schaffe neben der Matratze ein Bett aus Kissen, damit ich die Laken waschen kann, und lege ihm die Hand auf die Wange. Auch nach der Dusche sind seine Augen noch zugeschwollen.

»Du kannst jetzt schlafen, Baby, schlaf einfach ein.«

Innerhalb von Minuten erklingt sein vertrautes Schnarchen, und ich wickele die Laken zusammen, um sie in den Wäschekorb zu stopfen. Wann immer ich mich abwende, verliere ich mich so sehr im Rhythmus seines Schnarchens, dass ich erwarte, beim Umdrehen sein Gesicht zu sehen: perfekte Lippen, ruhig, kindlich. Das Bild vor mir hat allerdings keinerlei Ähnlichkeit mit dieser Vorstellung. Er ist geschlagen und angeschwollen, seine Lippen bestehen aus einer Mischung aus Farben, von denen ich wünschte, sie würden in seiner Welt nicht existieren, und er sieht aus, als könnte er ein Mann sein, der im Körper eines Jungen steckt.

Ich fange erneut an zu singen. Ich glaube zwar nicht, dass er mich noch hören kann, aber mir ist schwindelig geworden, und ich wünschte, Daddy würde in Form eines Geistes oder des Mondes aus seinem Grab emporsteigen und mir etwas vorsingen.

Ich werde durch ein Klopfen geweckt und stolpere zur Lampe. Werfe zuerst einen Blick durch das Guckloch. Draußen ist es hell, und ich bin mir nicht sicher, ob es noch nicht dunkel geworden ist oder ob bereits Samstagmorgen ist. Tonys Gestalt verdeckt die Sonne, sodass sein Gesicht im Schatten liegt, seine Umrisse jedoch von Licht umrahmt sind.

Ich öffne die Tür und schlüpfe hinaus auf den Flur, wo ich sie leise hinter mir schließe. Nun ist die Sonne zu sehen, und es muss Morgen sein, da sie im Osten aufgeht, direkt über dem Scheißepool.

»Hey.« Ich schirme meine Augen mit der Hand ab, nachdem Tonys Körper es nicht mehr tut.

Seine Hände stecken in den Taschen seiner alten Jeansjacke, und er lächelt, als hätte ich seine Welt mit nur einem Wort aufgehellt.

Die Sache mit Tony ist, dass er glaubt, er könnte mich wieder ganz machen, er könnte alle wieder ganz machen. Er tut nichts für sich selbst, sondern folgt mir lieber überallhin, in der Hoffnung, er könnte mich in ein anderes Leben hineinlieben. An manchen Tagen möchte ich bei Tonys Anblick einfach nur seine Wange berühren, um zu sehen, ob er noch warm ist, ob er ein wenig Wärme für sich behält. An anderen Tagen raubt Tonys Masse mir meinen eigenen Schatten. Wie soll ich nichts tun, wenn er dabei zusieht und stets bereit ist, einzuspringen und mich zu retten?

Nach Marcus' Festnahme gab Tony mir etwas Zeit. Ging ans Telefon, wenn ich anrief, zeigte sich jedoch nur, wenn ich ihn darum bat. Ein paar Tage nach der Vorladung rief ich ihn dann schluchzend an, nachdem einer der Cops mich vor dem Spirituosenladen festgehalten und seine Finger in meine Unterhose gesteckt hatte, in mich hinein, um sie dann wieder herauszuziehen und mich dabei mit den Nägeln von innen zu kratzen, sodass Blut an seiner Faust heruntertropfte, als er sie hochhob. Dann stopfte er mir diese Finger in den Hals und sagte, ich solle mich an den Geschmack gewöhnen. Denn das würde mit mir passieren, wenn ich seinen Namen sage. Die Sache ist nur, dass ich seinen Namen gar nicht weiß, mich noch nicht einmal an seine Nummer erinnere. Vage kam mir sein Schnurrbart bekannt vor, die Stimme von irgendeiner Party. Jetzt bekomme ich ihn nicht mehr von meiner Zunge.

Nachdem ich Tony angerufen hatte, traf er mich zusammengekauert am Pool an, weil ich die Wohnung meiden wollte, in der Trevor darauf wartete, dass ich ihm etwas zum Abendessen machte. Er kniete sich neben mich und fragte mich nicht, was passiert sei, auch wenn ich mir sicher war, dass er es riechen konnte. Ich ließ mich von ihm halten, da ich nicht wusste, was ich wollte, und es im Zweifel immer Berührung, immer Haut ist, die Tony mir nur zu gern anbot.

Seitdem ist Tony stets an meiner Seite gewesen. Taucht beim Royal-Hi auf, wenn ich Trevor für die Schule fertig mache, um uns hinaus zu Marshas Wagen oder in den Bus zu begleiten. Kommt hin und wieder zum Abendessen vorbei. An manchen Tagen wartet er draußen, wenn ich nach Hause komme. Ich weiß noch nicht einmal, weshalb Tony unbedingt in meine Scheiße hineingezogen werden will, wenn er es doch nicht muss. Ich habe ihn gestern Abend angerufen, als Trevor schlief, und ihn gebeten, ein Erste-Hilfe-Set vorbeizubringen.

»Ich dachte, du wolltest mir noch mal Bescheid sagen, wann ich herkommen soll. Hab dir das Set mitgebracht«, sagt er und hält die Metallbox hoch.

Ich nicke in Richtung Wohnungstür. »Bin eingeschlafen.« Ich nehme die Box entgegen. »Danke. Trevor hat noch nichts gesagt, aber ich schätze, die sind auf ihn losgegangen.«

»Scheiße.«

Ich dachte, ihn bei mir zu haben, ihn hereinkommen zu lassen, damit er mir hilft, Trevors schlaffen Körper hochzuheben und ihn mit dem Löffel zu füttern, würde alles besser machen. Aber Tony vor mir stehen zu sehen, bereit, alles zu reparieren, was ich ihm als zerbrochen zeige, macht die ganze Sache bloß noch schlimmer.

Ich liebe ihn, das tue ich wirklich, aber ich kenne ihn nicht. Kenne ihn nicht besser als Cole oder Camila: Sie sind da gewesen, standen mir aber nie nah genug, um den Vornamen ihrer Mutter zu wissen oder wie alt sie waren, als sie anfingen, allein mit dem Bus zu fahren.

»Kann ich helfen?« Sein Gesichtsausdruck ist eine hoffnungsvolle Mischung aus nervös und traurig. Es muss mindestens neun Uhr morgens sein, und er ist hier, während er doch auf der Suche nach einem eigenen Leben sein könnte. Er ist hier, während ihm die Sonne wahrscheinlich den Nacken versengt, und starrt mich an, auf etwas hoffend, was anders wäre als alles, was ich ihm bislang gegeben habe. Er hat mehr als nur Bruchteile verdient, aber das ist alles, was ich habe, was ich zu geben bereit bin.

»Tony.« Ich spreche seinen Namen ganz langsam aus, damit er es begreift. Er senkt den Blick auf seine großen Füße, ehe er ihn wieder auf mich richtet. Er würde nicht vor mir weinen, aber gerade ist er so kurz davor wie noch nie. »Du musst das hier nicht mehr tun.« Meine Hände sind befleckt von Trevors Blut, und mein einziger Gedanke ist, dass ich raus aus der Sonne möchte, und ich wette, Tonys einziger Gedanke bin ich.

Er macht den Mund gerade weit genug auf, um einen Laut zu erzeugen. »Du weißt, dass es mir nichts ausmacht.«

Und das ist das Schlimmste daran, dass er noch jahrzehntelang so weitermachen würde, bis der Beerdigungstag an meine Tür klopfen und ihn trauernd zurücklassen würde, um das Grab einer Person zu besuchen, die ihm nie etwas anderes gegeben hat als Asche. Ich glaube, in jener Anderswelt, die die Mitternacht enthüllt, an jenem Ort, an dem alle ein wenig anders gehen, gibt es eine Version von uns, in der es mir nichts ausmacht, dass Tony alles ist und alles hält. Keine bessere Welt, aber eine, in der wir hiermit zufrieden sind, in der es kein Nachstellen gibt und ich ihn um mich trauern lasse, nachdem ich ihm jahrelang den Rücken zugekehrt habe und stets vor ihm davongelaufen bin, in der Hoffnung, er möge mir nicht folgen.

Ich habe immer erwartet, dass es so enden würde: dass ich endlich den Mut aufbringen würde, ihn eindringlich zu überreden, mich zu verlassen. »Mach, dass du aus dieser Sache rauskommst. Du brauchst mich nicht.« Bin diesem Zusammenfallen seiner Gesichtszüge aus dem Weg gegangen, seit Marcus ihn mir vorgestellt hat.

Tony würde nie mit mir streiten. Ich denke, das ist ein Teil des Problems. Wann immer ich ihn zurückrufe, geht er ans Telefon und eilt zu mir, wie ich es mir gerade von Alé wünschen würde, während alles auseinanderzufallen scheint. Kann nicht am Pool sitzen und mich von Tony halten lassen, nur weil ich den leichten Wind nicht mag, weil ich die Nacht nicht mag, wenn er nicht mein Schatten ist.

Er ergreift meine Hand, hebt sie hoch bis an seine Lippen, öffnet meine Handfläche und küsst sie.

Ich sehe zu, wie Tony die Anlage verlässt, vermutlich in einen Schwarm aus Kameras hinaustritt, und weiß, dass ich so bald wie möglich entscheiden muss, wie ich mein Leben zu meinem eigenen mache. Wie ich es schaffen kann, dass Trevor und ich diese Stadt wieder zu unserer werden lassen, jede Wette gewinnen, bis wir das Königreich aus unseren Körpern wiederhergestellt haben. Vielleicht beginnt alles in zwei Wochen in jenem Gerichtssaal. Oder auf diesen Straßen. Oder damit, dass wir unsere Zehen in den Pool stecken. Wie auch immer, mir ist bewusst, dass ich nicht mehr viel Zeit habe, um mich zu entscheiden, um einen Weg aus dieser Falle hinauszufinden.

ch kann nicht aufhören, immer wieder durch das Guckloch zu schauen. Ich weiß nicht einmal genau, wen ich
davor erwarte, mit hervorquellenden Augen. Vielleicht die
Cops, vielleicht eine Frau in einem Hosenanzug, die nach
Trevor fragt, vielleicht Mama. Definitiv Mama. Weniger als
eine Stunde nachdem Tony gegangen war, rief sie mich von
einem neuen Telefon aus an, um mir mitzuteilen, sie sei vor
ein paar Tagen aus Blooming Hope entlassen worden, da
mein Brief der Bewährungshelferin wirklich gefallen habe.
Ich hatte schon fast vergessen, ihn überhaupt abgeschickt zu
haben, nachdem ich Mama damals im Februar besucht hatte.

Als sie anrief, erklärte sie, sie wohne nun bei einer alten
Freundin in Deep East, und gab mir die Adresse. Ich legte
auf, ehe sie noch etwas hinzufügen konnte.

Mama sagte nicht, dass sie im Royal-Hi aufkreuzen wolle,
aber ich werde das Gefühl nicht los, dass sie schon bald vor
dem Fenster auftauchen und an die Tür klopfen wird. Dass
ich hinausspähen und ihr Gesicht im Pool gespiegelt sehen
werde.

Die Sonne ist bereits untergegangen, und Trevor schläft
erneut.

Trevor und ich haben die letzten drei Tage mit heruntergezogenen Jalousien verbracht, weil er sagt, sein Schädel fühle sich an, als befände sich darin ein Schlagzeug anstelle eines Gehirns, und weil Marcus' Footballzeit mich gelehrt hat, dass man bei einer Gehirnerschütterung dringend zwei Dinge benötigt: Dunkelheit und Ruhe.

Das Problem ist, dass ein zehnjähriger Junge sich ziemlich schnell langweilt und das Geräusch der Stille nicht mag, wenn er nicht gerade schläft. Also habe ich ihm den kompletten zweiten *Harry Potter*-Band vorgelesen und ihm die Melodie jedes Songs vorgesummt, den ich kenne. Wenn ich müde werde, lege ich eine von Daddys alten CDs ein und hoffe, dass Trevor davon einschläft. Meistens funktioniert es.

Ich hoffe, dass er sich in den nächsten Wochen wieder vollständig erholt, da noch ein paar Zwölfjährige darauf warten, von uns fertiggemacht zu werden. Am Sonntag, zwei Tage nach dem Vorfall, fing er wieder an, in vollständigen Sätzen zu sprechen, und erzählte mir, was geschehen war. Anscheinend hatte Trevor sich hinausgeschlichen, während ich mit Marsha unterwegs war, um auf dem Platz den besten Basketballer der siebten Klasse zu einem Zweikampf herauszufordern. Der Junge sagte Ja, und eine ganze Gruppe von ihnen versammelte sich zu diesem Ereignis bei den Plätzen.

Als es aussah, als würde Trevor gewinnen, wurde der andere Junge nervös, stieß ihn beiseite und rannte mit dem Ball voraus. Trevor protestierte gegen das Foul, der Junge wurde wütend und holte seine Freunde dazu. Trevor zufolge war das bloß eine Ausrede dafür, das Spiel zu beenden, bevor der Junge verlor. Jedenfalls waren die anderen größer und zahlreicher, und an einem ruhigen Frühlingstag, an dem alle gelangweilt sind, stehen Kids auf einen ordentlichen Kampf. Dabei war es gar kein Kampf, denn Trevor lag auf dem Boden und wurde zusammengetreten, ohne auch nur einmal selbst auszuholen. Als ein paar ältere Jungs dazukamen und meinten, sie sollten lieber nach Hause gehen, ließen die anderen Trevor einfach liegen. Die älteren Jungs halfen ihm auf und brachten ihn zurück in die Wohnung.

Während Trevor die Geschichte erzählte, füllten sich meine Augen immer wieder mit grellen Lichtblitzen, wie das, was Daddy als grauen Star beschrieb, nur dass diese schmerzhaft und brennend waren, voller Wut. Ich versicherte ihm, dass wir diese Jungs finden und, auch wenn ich sechs Jahre älter sei, zusammenschlagen würden, sobald die Grand Jury vorbei und er vollkommen geheilt sei.

Trevor fragte mich, was eine Grand Jury sei und wieso draußen ständig die Presse auf uns wartete, worauf ich ihm antwortete, es ginge dabei um Marcus und seine Entlassung aus dem Gefängnis, was zwar keine Lüge, aber auch nicht die Wahrheit ist. Ich weiß, dass ich keinen Grund habe, mich zu schämen, immerhin ist Trevor klar, dass ich mich auf der Straße herumgetrieben und Dinge getan habe, die ich nicht hätte tun sollen, so wie ihm auch klar war, dass seine Mama die ganze Zeit über high war, selbst wenn er keine Ahnung hatte, von was. Trotzdem braucht er nicht noch einen weiteren Grund, sich zu fürchten, noch einen weiteren Grund, niemandem zu vertrauen. Er hat schon genug.

Heute Morgen erklärte Trevor, er wolle rausgehen, und versuchte aufzustehen, war jedoch noch ganz wacklig auf den Beinen, sodass ich meine Mamastimme aufsetzte und ihm sagte, er solle sich besser wieder hinlegen. Ich habe Trevor erzählt, ich hätte Kameras rund um die Wohnung installiert, damit ich es mitbekomme, wenn er versucht, sich zu bewegen oder einen Film zu schauen oder so, während ich fort bin. Ich weiß nicht, ob er mir das abkauft, aber bei den vielen Leuten, die uns folgen, um ein Interview zu bekommen, sollte er sich besser daran gewöhnen, beobachtet zu werden. Ohnehin darf ich nicht zulassen, dass die ihn in diesem Zustand sehen, mit dermaßen vielen Schwellungen; das Jugendamt wäre noch vor dem Abendessen hier.

In der Wohnung ist es dunkler als je zuvor, und vor meinem inneren Auge taucht immer wieder das Bild von Trevors Gesicht auf, das in seinem eigenen Blut liegt, begleitet von Chief Talbot und ihrem Lächeln. Sie hat natürlich recht. Vielleicht mache ich für ihn alles nur noch schlimmer: raube ihm seine einzige Chance auf Glück. Diese Wohnung weiß nicht, wie sie ein Kind wie Trevor halten soll. Ich weiß nicht, wie ich ein Kind wie Trevor halten soll.

Marsha ruft immer wieder an. Ich habe seit Tagen nicht abgehoben, denn was soll ich schon antworten? Dass ich bereit sei, auszusagen und die Wahrheit zu erzählen, mich freiwillig in eine Zelle zu begeben, die Wohnung plündern und Trevor mitnehmen zu lassen, um ihn in irgendein Heim zu stecken, wo sich niemand darum schert, wie schnell er dribbelt oder bei welchen Songs er sich schüttelt, als hätte er noch nie im Leben vor irgendetwas Angst gehabt? Aber wenn ich nächste Woche nicht die Wahrheit sage, kommt Marcus nicht aus Santa Rita heraus. Wahrscheinlich wird er dann direkt nach San Quentin geschickt, und bis ich ihn wieder berühren darf, wird mein Fingerabdruck zerfurcht und schlaff von seinem Hals hängen.

Ich sitze gerade vor der Matratze auf dem Fußboden, als das Geräusch erklingt, schwach, aber beharrlich. Es ist eindeutig Dee. Das schrille Gelächter, das abebbt und dann zur nächsten Welle anschwillt, zur nächsten Explosion von Luft und Lachen, die so unverkennbar sie ist. Ich stehe auf und schleiche mich so leise wie möglich aus der Tür und an der Reihe von Wohnungen entlang.

Dees Wohnungstür steht weit offen, und sie sitzt in der Mitte des Zimmers, die Füße in der Schmetterlingsposition zusammengelegt, der Kopf näher an den Füßen als an der Decke. Er bleibt auch dort, als ich den Raum betrete, aber ihr Blick rollt nach oben, um mich zu betrachten, das Haar am Scheitel verfilzt, die Schultern nach oben ragend. Als würde sie, oder besser gesagt: ihr Skelett, aus sich selbst herausklettern.

»Hast du meinen Jungen?«, fragt sie durch die Blasen hindurch, das unbeabsichtigte Kichern aus ihrem Mund.

»Er ist in Sicherheit«, erkläre ich ihr. »Hör zu, Vern hat nach dir gesucht, kommst du jetzt zurück und zahlst deine Miete oder nicht? Ich hab diesen Monat nicht übernommen, und er ist kurz davor, dich zwangszuräumen.«

Sie blickt wieder weg, und ihr Kichern verblasst zu einem arhythmischen Summen. Ihr Kopf sinkt noch tiefer, noch näher an ihre Füße heran. Von der Stelle, an der ihr Mund ihren Körper berührt, höre ich Dee etwas Unverständliches murmeln.

»Was?«

Ihr Kopf schnellt nach oben. »Wieso fragst du mich, Mädchen? Ich schulde dir gar nichts.«

Ich hatte beinahe vergessen, wozu Dee fähig ist. Dass sie so schnell von jener giggelnden Manie hierzu umschwenken kann: Schärfe.

Ich trete näher an sie heran, kauere mich hin, bis mein Kopf gerade so oberhalb von ihrem ist, und blicke in ihre Augen hinunter, starre sie direkt an. Sie ist wütend.

»Du schuldest mir alles«, erwidere ich spuckend, meine Lippen gerade so weit geöffnet, dass sie die Kanten meiner Zähne sehen kann. »Schuldest mir ein ganzes gottverdammtes Leben.« Ich breite die Arme aus, und sie sieht sich um, als würde sie das Zimmer zum ersten Mal wirklich wahrnehmen: leer, die Decke auf der Matratze zusammengelegt, keine Spur von Leben.

Dee sieht mich nicht an, sondern blickt auf ihre Füße, aber etwas in ihr verlagert sich. Ein Teil jener Frau, die gebärend auf der Matratze lag, kehrt zurück.

»Ich will ihn sehen«, sagt sie.

Ich schüttele den Kopf, und selbst wenn sie mich nicht sehen kann, weiß ich, dass sie es spürt. »Du kannst nicht zurückkommen und ihn dir holen, wann immer es dir passt. Was für eine Mutter lässt ihr Baby wochenlang allein? Ohne mich könnte er tot sein, ist dir das klar?«

Ihr Kopf rollt wieder hoch, um mich mit einem Fauchen anzublicken, das sich in ein seltsames Schmollen auflöst.

»Ich hab's versucht.« Dee spricht es sanft aus, wie jemand sagen würde: *Ich liebe dich.*

»Das nennst du versuchen?«

»Ich liebe mein Baby, aber Liebe bringt den anderen Scheiß nicht in Ordnung. Es lässt ihn nicht verschwinden. Deine Mama wusste das und dein Daddy sicher auch. Der Junge da drin? Er liebt mich.« Sie blinzelt nicht. »Er liebt mich, so wie ich bin, aber bald wird er zu dem Schluss kommen, dass ich mir mehr Mühe hätte geben müssen. Du hast keine Ahnung, wie das ist, wenn dein Baby weiß, dass du Scheiße gebaut hast, ohne dass du was daran ändern kannst.«

Dee steht auf, und ich sehe ihren ganzen Körper, der sogar noch schmaler ist als Trevors. Sie geht an mir vorbei aus der Tür. Als wir beide draußen sind, spuckt sie übers Geländer, und ich höre es unter uns landen, irgendwo neben dem Pool. Sie wirbelt herum, um mich anzusehen.

»Ich hau ab, also kannst du meinen Jungen ganz für dich haben, okay? Vergiss bloß nicht, dass nicht einmal er dir alles verzeihen wird und du nichts dagegen machen kannst.« Dee spuckt erneut übers Geländer, drängt sich dann an mir vorbei in ihre Wohnung und knallt die Tür zu, sodass ich in der abendlichen Dunkelheit allein dastehe, unsicher, was real ist, was für eine Art von Mutter ein Kind wie Trevor aufziehen und dabei erfolgreich sein kann.

Ich kehre in meine Wohnung zurück und hinterlasse Trevor eine Notiz, ich würde ausgehen, noch ehe mir bewusst ist, was ich eigentlich tue. Ich unterzeichne sie mit einem »K«, da ich nicht einmal mehr weiß, welcher Name eigentlich mir gehört. Ich ziehe den schwarzen Blazer vom

Beerdigungstag und meine Schuhe an, dann überprüfe ich noch ein letztes Mal das Guckloch, um sicherzugehen, dass niemand da ist. Nichts als Straßenlaternen und der Pool.

Es ist das erste Mal, dass ich aus dem Haus gehe, seit Trevor zusammengeschlagen wurde. Ich verlasse die Anlage durch das hintere Tor und laufe um den Block herum auf die High Street, wobei ich die Kameras umgehe. Die High Street sieht so aus wie immer, und wenn es sich anfühlt, als wäre Veränderung die einzige Konstante, ist es ebenso beruhigend wie beängstigend, die gleichen Pfiffe von denselben alten Widerlingen an derselben Straßenecke zu hören wie seit meinem zwölften Lebensjahr. Der 80er-Bus hält an der Ecke, und ich steige ein, gebe all mein Kleingeld für die Fahrkarte aus und setze mich neben eine alte Frau, die vor sich hin murmelt, dass sie sich ein Sandwich kaufen wolle.

Daddy fuhr mit Marcus und mir am Wochenende manchmal ziellos mit dem Bus, um die Zeit rumzukriegen, bis Mama von der Arbeit nach Hause kam. Wir sprangen hinein, und er fing an, sich mit dem Fahrer oder der Fahrerin zu unterhalten, sie zu überreden, Marcus und mich umsonst mitfahren zu lassen. Wir waren so niedlich und Daddy so charmant, dass sie für gewöhnlich Ja sagten, woraufhin Daddy mich auf den Schoß nahm und flüsterte: »So bekommst du, was du willst, Baby. Wer auch immer behauptet, Worte könnten nichts ausrichten, lügt.« Dann fing er an, mit den Beinen zu wackeln, sodass die Bewegungen des Busses noch verschlimmert wurden und ich in alle Richtungen geschleudert wurde, was mich so heftig zum Lachen brachte, dass ich Marcus damit ansteckte wie mit einer Erkältung.

Das Beste und das Schlimmste am Bus sind die Menschen. Die Frau neben mir listet all die Zutaten auf, die sie auf ihrem Sandwich haben möchte. Ich werde noch eine Weile hier sitzen, also mache ich es mir bequem und blicke an der Frau vorbei aus dem Fenster. Wir kommen an einer Reihe von Taquerías vorbei, von denen keine mit La Casa mithalten kann, dann erreichen wir den Abschnitt mit den Kirchen, Spirituosenläden und Bestattungsunternehmen, zwischen denen ein paar verstreute Wohngebäude und Häuser stehen. Der International Boulevard webt sich durch alle möglichen Arten, in East Oakland zu leben. Wir fahren tiefer in den Osten, und ich hoffe, dass meine Erinnerung gut genug ist, um mir zu sagen, wo ich aussteigen muss.

Ich habe mein ganzes Leben auf etwas gewartet, was meinen Körper in sein eigenes Instrument verwandelt, damit ich ein Teil von jedem Song sein kann, der die Beine zum Schwingen und alle zum Tanzen bringt. Wie als Daddy sich der Partei anschloss und seine größte Freude unter seinem Barett versteckte, das genau im richtigen Winkel saß. Wie als Mama über Daddys Lächeln stolperte und wusste, dass sie es nur in ihrer Faust einfangen musste. Wie Marcus und sein Mikrofon. Manchmal glaube ich, so etwas zu verspüren, wenn ich male, aber das Malen ist nie genug, lässt nie all die anderen Momente verschwinden, in denen ich anscheinend keinen Frieden finden kann.

Durch das Busfenster sehe ich so viele Menschen, die in ihrer eigenen Musik leben. Eine Gruppe Jungs, die mit ihren Fahrrädern im Kreis fahren, Boombox auf einer Schulter, Köpfe nickend. An einer roten Ampel in der Nähe der

Bücherei laufen zwei Kids – vielleicht zwölf oder dreizehn – nebeneinander. Der Junge hat dem Mädchen den Arm um die Schulter gelegt, dessen Hüften zu breit sind, um einander so nah zu sein und immer noch bequem zu gehen. Sie lehnt sich gegen ihn, und er gibt ihr einen Kuss auf die Stirn, was halb nach einem Würgegriff aussieht, aber sie sind so jung und so glücklich, berauscht von der Straße, eine Tasche voller Bücher an ihrem Arm.

Ich denke, ich muss den Moment wohl verpasst haben, in dem man mit seinem Glück Tauziehen macht. Ein paar Wochen vor Demonds Party war ich vor Einbruch der Dunkelheit erneut Camila über den Weg gelaufen, und sie hatte mir an einem Taco-Truck in einer Nebenstraße der High Street ein Abendessen spendiert, für das wir uns an die Bordsteinkante setzten. Ich fragte sie, wie sie mit diesem Leben so zufrieden sein könne und weshalb sie überhaupt angefangen habe, auf den Strich zu gehen.

Camilas Gesicht zog sich angespannt zusammen, ehe es von Ruhe durchströmt wurde.

»Hilft mir nicht, gegen ein Leben anzukämpfen, aus dem ich eh nicht rauskomme.« In diesem Augenblick erhaschte ich einen kurzen Blick auf die Wahrheit, die ich nicht hatte sehen wollen. Camila ist keine strahlende Frau, die frei und göttlich herumläuft. Sie ist eine Frau, die überlebt, selbst wenn dieses Überleben bedeutet, dass sie sich selbst vormacht, diese Welt wäre etwas, was sie nicht ist, und ihr Leben würde nur aus Glanz bestehen.

Ich weiß nicht, weshalb, aber an jenem Abend vor dem Taco-Truck redete Camila weiter und erzählte mir Dinge aus ihrem Leben, über die sie womöglich nicht mehr gesprochen hatte, seit sie sie durchlebt hatte. So vieles an ihr ergab plötzlich Sinn. Sie hatte sich nie etwas anderes gewünscht, als in ihrem Körper zu leben, wie es ihr verdammt noch mal gefiel, ihre Hüften zu wiegen und in Neon gekleidet herumzustolzieren.

Camila fing damit an, auf Anzeigen auf Craigslist zu antworten, als die Seite noch relativ neu und das Internet noch dürftig war.

»Meine Spezialität waren Männer auf der Suche nach einer jungen Transfrau zum Dominieren. Diese ganzen Arschlöcher waren widerlich, aber ich war jung und einfach nur froh, dass jemand mich vögeln und zugleich meine Miete bezahlen wollte. Hab von dem Geld am Ende alles bekommen, was ich mir wünschte, hab mein Gesicht machen lassen und konnte mir die Hormone leisten. Irgendwann wurde ich von einer echten Agentur als Escort eingestellt, aber die haben sich einen großen Anteil meines Geldes gekrallt, dabei hab ich noch nicht mal gute Aufträge bekommen. Zu der Zeit hat Demond mich gefunden.

Als ich in deinem Alter war, hätte ich mir das ganze Zeug, das ich heute hab, nicht mal erträumen können.« Camila trommelte mit ihren grünen Acrylnägeln auf den Steinen. »Es ist nicht perfekt, aber besser als das, was ich vorher hatte.«

Irgendetwas daran, wie sie an jenem Abend darüber sprach, war anders. Es war, als wäre sie eifersüchtig auf mich, als wünschte sie, sie könnte die Zeit zurückdrehen. Sie erzählte mir, dass sie früher öfter zusammengeschlagen wurde, dass Männer zu ihren Treffen Messer mitbrachten und versuchten, sie zu verstümmeln.

»Demond sorgt dafür, dass mir nichts passiert, solange ich ihm weiter neue Mädchen bringe. Ich hab jetzt nur noch Freier, die mir nichts tun, und Demond habe ich auch zu verdanken, dass die meisten Leute noch nicht mal über mich Bescheid wissen.«

Daraufhin aß Camila den letzten Bissen ihres Tacos und stand auf, fuhr mir mit dem Finger über die Wange und ging zum nächsten Wagen, der bereitstand, um sie abzuholen.

Camila hat einen Weg gefunden zu überleben, und Marcus hat etwas gefunden, für das er lebt, selbst wenn er damit gescheitert ist, und, verdammt, selbst Trevor hat sein eigenes Ding gefunden, stets auf den nächsten Korb zupreschend. Ich dagegen warte noch immer darauf, von einer Liebe getroffen zu werden, die das Universum zum Stillstand bringt, mein Inneres nach außen kehrt und all die verdorbenen Teile von mir entfernt. Oder zumindest auf etwas, was das Leben erträglich macht und keine andere Person ist, die verschwinden wird.

Der Bus nähert sich Eastmond, und ich ziehe am Draht, um an der nächsten Haltestelle rausgelassen zu werden. Die Straßen hier sind flach, dafür werden die Schlaglöcher nur immer tiefer. Die Sandwichfrau sitzt immer noch neben mir und murmelt vor sich hin, und ich frage mich, ob das Sandwich überhaupt real ist, weil es da, wo der Bus hinfährt, keine Restaurants mehr gibt und sie nicht so aussieht, als würde sie bald aussteigen, wie sie den Kopf beinahe bis auf den Schoß gesenkt hat.

Ich stehe auf und überlege, ihr zum Abschied zu winken, aber vermutlich hat sie nicht einmal wahrgenommen, dass wir überhaupt nebeneinandergesessen haben, also steige ich aus, ohne mich noch einmal umzudrehen, ohne je zu erfahren, ob sie dieses Sandwich bekommen wird oder nicht.

Ich weiß zwar, in welche Richtung ich gehe, aber das heißt noch lange nicht, dass ich auch dorthin unterwegs sein möchte, zu ihr. In meinem Leben vor der Straße hätte ich behauptet, ich würde niemals einen Fuß in ein Drogenhaus wie dieses setzen. Heute klopfe ich nicht einmal an die Vordertür, sondern laufe direkt herum bis zur Seitentür und öffne diese, als könnte es sich ebenso gut um mein zweites Zuhause handeln. Das Unheimlichste an solchen Orten ist, wie ruhig es dort ist. Man hört das dumpfe Schlagen irgendeines Basses, aber es klingt entfernt und gedämpft. Alles ist dunkel, und durch den Raum schwebt leises Flüstern, Stöhnen und Zähneklappern.

Die erste Regel beim Betreten eines Ortes, den man nicht betreten sollte, lautet: nichts davon infrage stellen. Nichts fragen und sich nicht so verhalten, als wüsste man nicht, was man tut, sonst landet man direkt dort, wo man nicht hinwill. Alles besteht aus Holz, aus zersplitternden Dielen. Als Mama mir die Adresse gab, wusste ich genau, wovon sie sprach, der Ort, an dem eine ihrer Freundinnen lebt, aus jener Zeit, als Mama nicht wusste, wie sie trauern sollte. Ich steige die Treppe hinauf und klopfe an die Tür der Wohnung mit dem großen »C« daran.

Mama öffnet sie.

Ich habe mir seit Jahren nicht mehr vorgestellt, wie es

wäre, Mama wieder hier zu haben, in derselben Stadt, in der alles geschah. Als ich sechzehn wurde, war ich mir ziemlich sicher, dass ich Mama nie wiedersehen würde, und veranstaltete meinen eigenen Beerdigungstag nur für sie.

Aber hier ist sie nun und zieht ihre Hände unter die Ärmel ihres alten *Purple Rain*-Sweatshirts. »Hab nicht gedacht, dass du kommst.«

Ich nicke. Würde Mama mir erzählen, sie sei eine Gestaltwandlerin, würde ich ihr glauben. Die Frau vor mir hat nichts mit der Frau von vor wenigen Monaten gemeinsam, die jene von vor ein paar Jahren verschluckt und die aus dem letzten Jahrzehnt verschlungen hat.

»Was suchst du hier?« Wenn ich es nicht besser wüsste, würde ich glauben, Mama wolle mich nicht sehen, wie sie die Wangen abwechselnd aufbläst, als wäre ihr Mund voll.

»Ich weiß es nicht, ich hab mit Dee gesprochen, und ich – ich wollte einfach wissen, ob du mir sagen würdest, wieso du es getan hast.« Ich brauche eine Antwort, muss von Mama die einzelnen Teile dieser Leben zusammengesetzt bekommen, die wir uns erschaffen haben, muss von ihr einen Grund dafür bekommen, wieder das Gefühl zu haben, sie würde zu mir gehören und jemand sein, den ich kennen könnte. Sie muss mir sagen, dass Mamas sich verändern können, dass es Hoffnung gibt für Trevor, für Marcus, für mich.

»Okay, *chile*. Gehen wir ein bisschen spazieren. Ich will dir sowieso was zeigen.« Sie streckt mir ihre Hand im Ärmel entgegen, als wäre die Leere ein Angebot. Ich ergreife sie, und sie tritt heraus in den Flur, schließt die Tür hinter sich und führt mich die knarrenden Stufen wieder hinunter, hinaus aus diesem Lagerhaussarg.

An der frischen Luft kriecht die Kälte in mich hinein. »Bist du sicher, dass du draußen unterwegs sein willst? Es ist spät, Mama.«

»Dauert nicht lang. Versprochen.« Sie nickt in Richtung Straße.

Ich weiß nicht, ob es eine gute Idee ist, aber was getan ist, ist getan, ich bin jetzt hier und halte Mamas Hand, als würde sie gleich mit meiner verschmelzen. Ich folge ihr ein letztes Mal, erfülle Mama einen letzten Wunsch. Wir laufen, bis ich das Meer rieche, irgendwo nah genug, um Spuren in der Luft zu hinterlassen, aber zu weit, um es zu sehen.

»Bevor ich deine Frage beantworte, Baby, wirst du mir etwas verraten?«

Ich zucke die Achseln.

»Wieso hast du dich mit den Cops eingelassen, nach allem, was dein Daddy durchgemacht hat? Ich hab's in den Nachrichten gesehen, und ich bin nicht sauer auf dich, ich will's nur wissen.«

Ich kann sie nicht ansehen. »Ich weiß nicht, ich hatte im Grunde keine andere Wahl. Ich bin da irgendwie reingerutscht, und dann gab es keinen Weg mehr raus, verstehst du?«

Mama bleibt kurz vor einem Zebrastreifen stehen und lässt ein Auto vorbeifahren. »Dann ist das der Grund, Baby. Deshalb habe ich getan, was ich getan habe. Nachdem dein Daddy gestorben war, hatte ich das Gefühl, als würden mein Kopf und mein Körper nicht mehr mir gehören, und das hat sich in etwas verwandelt, aus dem ich nicht mehr rauskam. Ein Teil von mir wusste, dass das Türschloss kaputt war, aber ich konnte nicht einen Augenblick länger atmen in diesem Loch, das dein Daddy hinterlassen hat, also wollte ich alles beenden, ohne an dich oder Soraya zu denken, hab aber nicht tief genug geschnitten, und dann haben sie mir gesagt, Soraya sei raus und im Pool ertrunken, und ich konnte gar nichts mehr ertragen. Es war, als hätte etwas in mir dichtgemacht, was sich nie wieder zum Leben erwecken lässt, und ich habe immer noch das Gefühl, nie über diesen Tag hinweggekommen zu sein, seitdem keine einzige Minute mehr gelebt zu haben.«

Mamas Hand in meiner fühlt sich warm an. Zum ersten Mal sehe ich etwas in ihr, was ich nicht kenne, was aber weich ist. So viel Ehrlichkeit ist schon lange nicht mehr aus ihrem Mund gekommen.

Sie fährt fort zu reden, diesmal mit zerbrechlicher Stimme: »Soraya hat unten am Pool ihre ersten Schritte gemacht, weißt du noch?« Und da sind wir wieder, immer kehrt Mama zu ihrer Gedankenspirale zurück. Ich lasse ihre Hand los und stecke meine in die Hosentasche. »Wir waren draußen und haben Radio gehört, weil das Spiel lief und es ein schöner Tag war. Marcus war unterwegs mit den Jungs, und du hast dich beschwert, weil alle Mädchen aus deiner Klasse auf irgendeine Party wollten, ich dich aber an einem Mittwoch nicht gehen ließ. Und ich schwöre, du wärst gleich ausgerastet, und ich hätte dir den Arsch versohlt, aber ich hab mich umgedreht, und da stand sie, mit Spuckeblasen, die ihr aus dem Mund kamen, und hob einen Fuß, um ihn vor den anderen zu setzen. Dann bewegte sie den hinteren und machte es gleich noch mal, und ich wollte diesem Kind einfach nur bis in alle Ewigkeit zusehen, aber sie lief direkt aufs Wasser zu, als wollte sie reinspringen, hatte diesen Blick in den Augen, als wollte sie es unbedingt schmecken.«

»Und du hast sie hochgehoben und weiter entfernt vom Pool hingestellt, aber sie ist sofort auf Hände und Knie gesunken und weitergekrabbelt«, füge ich hinzu, das Bild so klar vor Augen, wie der Himmel an jenem Tag war.

»Hab sie nicht noch mal laufen sehen.« Mama fließen wieder die Tränen übers Gesicht, und wir befinden uns nun auf dem International Boulevard, der heute jedoch anders aussieht als sonst: Mamas Gesicht, meine Haut bedeckt, ohne zu wissen, wohin ich gehe. Folgend. Sie läuft schweigend ein paar Schritte voraus. Ich weiß nicht, wann ich Mama das letzte Mal so ruhig gesehen hab, und auch wenn sie sagt, sie wolle mir etwas zeigen, ist unser Tempo so langsam, dass man glauben könnte, wir schlenderten bloß ziellos umher.

Als wir den Foothill Boulevard erreicht haben, greift Mama wieder nach meiner Hand. Ich entziehe ihr meinen Arm und lasse ihn langsam an meiner Seite sinken. Mama versucht es erneut und umschließt diesmal meine Faust mit ihrer Hand, sodass sie wie die Hülle meiner Hand erscheint. Ich gebe den Versuch auf, sie zu befreien, und lasse mich von Mama in den Bereich führen, in dem das Licht der Straßenlaternen verschwommen wird. Es ist kein Schock, Camila dort stehen zu sehen, in ihrem silbernen Outfit leicht zu erkennen, den Arm mit dem eines Mädchens verschränkt, das mindestens zwanzig Jahre jünger ist als sie, was man einfach an ihrer Art zu gehen erkennt: zarte Zickzack-schritte.

An der Kreuzung stauen sich Autos, die so ramponiert sind, dass sie vermutlich nicht einmal einen Tacho haben. Camila sieht mich nicht, wahrscheinlich verschmelze ich mit der Nacht. Ich sage Mama, sie solle warten, und sie lässt meine Hand zögerlich los, als befürchtete sie, ich würde wegrennen.

Camilas Freundin muss halb joggen, um mit ihren langen Beinen Schritt zu halten, die noch zusätzlich gestreckt werden durch Absätze, auf denen ich nicht im Traum laufen könnte, ohne umzuknicken. Sie hebt die Hand in die Luft vor sich und schlägt zu, schließt ihre Faust um irgendeine unsichtbare Fliege oder Fluse, die nur sie sehen kann.

Ich renne über die Straße, während Mama sich beeilt hinterherzukommen, und rufe Camilas Namen. Sie wirbelt herum, und ihr Lächeln allein verrät mir, dass sie genau weiß, wer sie gerufen hat. Innerhalb von Sekunden hat sie ihren Arm befreit und lässt ihn in meine Richtung schnellen, um meine Taille in die festeste Umarmung zu ziehen.

»Mija.« Sie trägt das Haar passend in Silber, mit einem Pony, der ihr bis zu den mit Glitter geschmückten Wimpern reicht.

Ich frage sie, wie es ihr ergangen sei, was sie jedoch ignoriert. »Hab dich überall in den Nachrichten gesehen. Meine Baby-Ho hat mir nicht gesagt, dass sie hier draußen einen ganzen Ring hat, scheiße.« Ich bin mir nicht sicher, ob sie stolz oder beeindruckt oder eifersüchtig ist, glaube aber, dass es bei Camila keinen Unterschied macht. Ihr ist im Grunde alles egal, was ihr nicht wehtut, sie hilft einem, bis sie nicht mehr kann, und hat kein Problem damit, danach zu gehen. Hab noch nie jemanden getroffen, der einen dermaßen lieben und ohne mit der Wimper zu zucken im Stich lassen kann.

Ich zucke die Achseln. »Hab mir das nicht ausgesucht.«

Sie betrachtet mich von Kopf bis Fuß, meine Jogginghose und Sneakers. »In dem Aufzug wirst du heute Nacht aber keinen abkriegen.«

»Ich mach das nicht mehr«, sage ich und weise mit dem Kinn auf Mama. »Meine Mama und ich gehen bloß spazieren.«

»Darin? Mädchen, ich wusste schon immer, dass du einen Knall hast.«

Ich werfe dem anderen Mädchen einen Blick zu, das an seiner Halskette herumspielt und die Knie beugt wie eine alte Frau mit steifen Gliedern. Ich suche die Umgebung nach einem jener Autos ab, die immer in Camilas Nähe sind: getönte Scheiben. Ich sehe hier draußen jedoch nichts annähernd so Schickes, richte den Blick erneut auf Camila und frage: »Wie ist es dir ergangen?«

»Ist alles ein bisschen schwierig gewesen, seit Demond sitzt. Viele der Mädchen wurden in Gruppenhäuser gesteckt, einige von uns auch eingesperrt. Ich hab zwei Tage in so einer Zelle verbracht, aber dann haben sie mich mit einer Geldstrafe gehen lassen, wahrscheinlich, weil ich scheißalt bin und es kein Verlust ist, wenn ich hier draußen unterwegs bin.« Sie lacht und fährt sich mit den Fingern durch die Perücke. »Hab die meisten Stammkunden verloren, also arbeite ich wieder als Escort. Hab kein Problem damit, ist bloß mühsam, sich zu wehren, wenn sie zu handgreiflich werden, verstehst du?« Sie zupft an ihrem Rock. »Ist ein bisschen schwierig gewesen.«

Mir waren die Prellungen gar nicht aufgefallen, bis sie an ihrem Rock zu zerren begann, um das Blau zu verbergen, das ihre Oberschenkel überzieht: ein Sternbild, hinterlassen von tief eingegrabenen Fingern. Ich spüre oder denke kaum mehr als *oh*. Natürlich endet es so. Natürlich ist Camila silbern und grün und blau. Natürlich.

Ich nicke, und Camila lächelt durch den Schmerz. Ich beuge mich vor, um sie erneut zu umarmen. »Pass auf dich auf, okay?«

Sie berührt meine Wange und nickt. »Wir sehen uns bald.«

Diesmal bin ich diejenige, die ihr auf den Rücken klopft und in die andere Richtung davonläuft. Und wir wissen beide, dass es kein *bald* geben wird, keine Begegnung auf der Straße in einer Woche, einem Monat oder einem Jahr. Vielleicht wird es einen flüchtigen Blick aus einem Busfenster geben, ein *Kann sie das sein hinter den Falten?*, aber es wird nie ein Wiedersehen, eine weitere Umarmung geben. Als ich zu Mama zurückkehre, ergreife ich ihre Hand freiwillig, und sie strahlt aus der Brust heraus.

Sie führt uns jenseits des Foothill, jenseits des International, den Hügel hinunter bis zur Unterführung.

»Hast du dich verlaufen?«, frage ich Mama.

Sie schüttelt einmal den Kopf und führt uns weiter, bis wir von Dunkelheit umhüllt sind und das einzige Geräusch das gelegentliche Sausen eines Autos auf dem Freeway vor uns ist. Mama zieht uns nach rechts, und ich bleibe vor Schreck stehen. »Das ist kein Weg, Mama.«

Sie zerrt ein wenig stärker, damit ich in Bewegung bleibe. »Vertrau mir.« Das tue ich nicht, konnte es noch nie, aber ich möchte es so sehr, mehr als alles andere, also bewegen sich meine Füße von der Ferse zu den Zehen, von der Ferse zu den Zehen. Die Rampe erzeugt eine Illusion von Leere, wie ein schwarzer Strom, der in noch mehr Schwarz mündet, bis sie plötzlich aufhört und wir uns mitten im Ansturm der Autos befinden, gerade so hinter der Linie, die den Freeway vom Schutt trennt.

Ich halte mich krampfhaft an Mama fest, als wäre mein Griff irgendwie etwas Heiliges, was mich vor den kreischenden Reifen bewahrt, vor der reinen Geschwindigkeit der Autos, während wir so menschlich sind wie nie. Wenn ich Mama vorher noch nicht für durchgeknallt hielt, dann weiß ich jetzt, dass sie es ist: mich hier raufzubringen, auf den Freeway, als wäre er ein Gehweg oder eine Umgehung und kein Abgrund von Geschwindigkeit.

Um diese nächtliche Uhrzeit fahren nur relativ wenige Autos, aber wenn sie kommen, dann mit Vollgas, mindestens achtzig oder neunzig Meilen pro Stunde. Wenn die Laster vorbeifahren, spüre ich es am Rücken, den Wind unter meinem Blazer.

Wahrscheinlich kommt das hier so nah wie nur möglich an das Gefühl heran, ein lebendiger Geist zu sein. Zu verschwinden zwischen dem Müll und den Bäumen am Straßenrand, die irgendwie einen Weg finden, in Kaliforniens ewiger Dürre zu wachsen. Das Auffälligste und gleichzeitig Unsichtbarste auf der Straße zu sein, sowohl in der Dunkelheit versunken als auch fürchterlich fehl am Platz.

»Mama, was zum Teufel machen wir hier?« Ich habe es satt, ihren Irrsinn zu schlucken. Ich weiß nicht, wie lange ich noch bereit bin, neben ihr den Freeway entlangzulaufen, wenn sie noch nicht einmal eine einfache Frage beantwortet.

Mama holt Luft und hält sie dann an. Ich warte darauf, dass sie sie wieder ausbläst, eine Flut entströmen lässt, aber sie tut es nicht. Ich beginne schon zu glauben, sie wolle den Atem anhalten, bis sie stirbt, als sie den Mund öffnet und die Luft mit einem explosiven Heulen hinauslässt. Ein Schrei, der noch anzudauern scheint, als sie den Mund wieder geschlossen hat, und aufzusteigen in eine dort wartende Wolke, die ihn mit einem schrillen Echo auf uns zurückspuckt.

Als der Lärm aus ihren Lippen platzt, lasse ich Mamas Hand los, springe zur Seite und trete dabei auf eine knisternde Plastiktüte. Am liebsten würde ich die Rampe hinunterrennen, direkt in die heranfahrenden Autos hinein, nur um von Mama und diesem Geräusch fortzukommen. Sie dreht den Kopf in meine Richtung, wo ich mich tiefer ins Gestrüpp zurückgezogen habe, und winkt mich wieder zu sich heran. Ich bleibe, wo ich bin, die Hände erhoben, damit Mama weiß, dass sie nicht näher kommen soll.

Ihr Lächeln entspannt sich ein wenig. »Alles in Ordnung, Baby.« Sie muss brüllen, damit ich sie über das Rauschen der Autos und das fortwährende Echo hinweg hören kann. »Du musst schreien.«

Ich schüttele den Kopf. »Du hast den Verstand verloren.« Meine Stimme ist ein leises Beben. Vielleicht hört sie mich, vielleicht auch nicht.

Sie wiederholt: »Du musst schreien. Alles wird besser, aber du musst schreien.«

»Ich geh nach Hause«, erkläre ich, rühre mich jedoch nicht von der Stelle.

Sie hebt eine Hand an die Brust, als wollte sie ihren eigenen Herzschlag überprüfen. Diesmal flüstert sie. Vielleicht lese ich es von ihren Lippen ab, vielleicht denke ich es mir auch selbst aus, aber ich bin mir ziemlich sicher, dass Mama sagt: »Lass es raus.«

Ich mache den Mund auf und schließe ihn wieder. »Wieso?«

»Kein Mensch lernt laufen, solange er Steine im Bauch hat. Ich will, dass du aufs Wasser zuläufst, Baby. Ich will, dass du schwimmst.« Mama hebt das Kinn, sodass ihr Kopf in die Richtung weist, aus der das Geräusch des Meeres kommt, das Geräusch der Bucht, die irgendwo außer Sichtweite liegt. Mamas Worte ergeben keinen Sinn, doch zugleich hat sie noch nie etwas gesagt, was mein Bauch so klar verstanden hat.

Mein Mund geht langsam auf, mein Kiefer knackt, bis gerade genug Raum entsteht, um ein Geräusch aus meiner Kehle zu lassen. Aber als ich zu schreien versuche, kommt nichts heraus.

Mama tritt näher an mich heran, und ich wende mich ab. Sie macht einen weiteren Schritt und ist nun eine Armlänge von mir entfernt, hebt die Hand, die auf ihrer Brust gelegen hat, und platziert sie auf meiner. Nicht auf mein Herz, sondern auf die Stelle, an der meine Rippen Platz für Kehle und Blutgefäße machen. Ihre Stimme klingt nun ganz klar, dieselbe Stimme, mit der sie Soraya vom Pool zurückrief, dieselbe Hand, mit der sie sie hochhob, ehe sie ins Wasser fiel. Hinter ihr rasen Autos vorbei, die uns in ihrem Fahrtwind zurücklassen, und Mamas Hand ist warm.

»Vom Schweigen verhungern wir, *chile*. Gib dir Nahrung.« Mamas Louisiana kommt zum Vorschein in ihren lang gezogenen Vokalen, die wie Musik klingen, und ich versuche es erneut, aber noch immer entweicht mir kein Laut, und wenn ich wirklich das Kind meiner Eltern bin, wie kann ich dann meinen Körper nicht in Musik verwandeln?

Mama bewegt beide Hände hinauf an mein Gesicht, legt sie mir auf die Wangen und lässt sie dann hinunter zu meinem Kiefer gleiten. Mama verhakt ihre Finger in meinem Mund und zieht ihn auf wie eine Tür mit Angeln, bis meine Lippen ein Oval formen. Mit den Händen auf meinen Wangen fordert sie mich auf zu schreien. Das Kreischen kommt in mehreren Ausbrüchen, Lautkrämpfen, die sich von einer Eruption der Wut in die Schreie eines Säuglings verwandeln, in ein Stöhnen und Heulen und in alles zwischen Frau und Kind.

Der Himmel nimmt jeden dieser Schauer und schickt ihn direkt wieder zurück, mit nur einem Hauch von Musik im Echo, dem Schmettern einer unsichtbaren Posaune, dem lang gezogenen tiefsten Ton einer Orgel. Ein Laut nach dem anderen entströmt meinem Körper wie Feuer in einem Kriegsgebiet an einem kalten Tag, während Mama die Steifheit aus meinem Kiefer massiert, die Tränen zurück in meine Haut reibt, bis kein Laut mehr existiert und meine Brust sich hebt und senkt, atemlos und wund, und Mama hält mich fest, und die Autos fahren noch immer, sind nicht langsamer geworden, rasen die ganze Zeit an uns vorbei, während wir feststecken zwischen dem Himmel und dem Asphalt, der unsere Namen nicht kennt, und Mama wird mich zur Bushaltestelle bringen und mich dort zurücklassen, und wir werden nicht darüber sprechen, was der Freeway mit uns macht, wenn es Nacht ist und wir Geister sind. Aber Mama hat mir beigebracht zu schwimmen, und ich kann unter Wasser sehen. Ich kann sehen.

Ich weiß nicht mehr, wie viel Uhr es war, als ich nach Hause kam, ich erinnere mich nur noch an den Moment, in dem ich aufwachte. Das Hämmern an der Tür. Die Fäuste. Vernons Augen hinter dem Guckloch. Die Frau hinter ihm. Ihr Klemmbrett. Wie ihre Lippen sich nach innen stülpten.

Trevors sich erholender Körper ist noch immer in Schlaf gehüllt, und ich ziehe mich ans hintere Ende der Wohnung zurück, zur Matratze, als würde die Entfernung zum Loch, durch das sie mich bereits haben spähen sehen, uns beide verschwinden lassen. Vielleicht hätte ich es kommen sehen sollen. Alle Warnzeichen waren da, dennoch glaubte ich, wir könnten ihnen entkommen, könnten es gemeinsam hier rausschaffen. Ich glaubte immer noch, ich hätte eine Wahl.

»Mach die Tür auf, Kiara. Wir rufen sonst die Polizei.« Verns vertrautes Knurren.

Trevor erwacht aus seinem Schlaf, und ich wünschte, ich könnte ihn wieder darin versinken lassen, damit er nicht mitbekommt, was als Nächstes geschieht, wenn sie uns auseinanderreißen, seine Finger von meinem Hals lösen, um die er sie wie ein Kleinkind geschlungen hat. Das Hämmern geht weiter. Trevors geschwollene Augen öffnen sich blinzelnd, so weit sie können, bis das Braun hervorblitzt, und starren zu mir auf, sehen sich panisch nach irgendeinem Schutzschild gegen das Zerreißen um. Trevor verzieht das Gesicht und öffnet die Lippen, um mich zu fragen, was los ist, aber die Risse in seinem Mund bringen ihn stechend zum Schweigen.

Ich beuge mich vor und lege ihm die Hand auf den Kopf. Ich habe seinen Schädel rasiert, um seine Wunden versorgen zu können, und mittlerweile ist sein Haar gerade genug gewachsen, um es anstelle der blanken Kopfhaut zu spüren. Ich flüstere ihm zu: »Trevor, Baby, hier sind ein paar Leute, und sie werden dich vielleicht für eine Weile woandershin bringen, okay? Aber mach dir keine Sorgen. Ich werde die Tür aufmachen, bleib du einfach liegen.« Ich spreche mit gleichmäßiger Tonlage, damit meine Stimme nicht bricht, auch wenn sie kurz davor ist, und nicht all die Wunden enthüllt, die mich ausmachen, all die Angst, die mir im Zahnfleisch steckt.

Ich bewege mich langsam wieder auf die Tür zu und fürchte mich davor, fürchte mich vor dem, was nun geschieht, was Mama ausgelöst hat. Vielleicht hat sie Vern oder die Regierung angerufen oder wer auch immer die Frau in dem beschissenen Hosenanzug geschickt hat. Irgendjemand schickt die Frau immer, und sie klopft an die Tür, muss nichts anderes tun, als herumzustehen.

Ich lege die Hand auf den Knauf, drehe, ziehe, bis keine Barriere mehr zwischen mir und ihnen besteht. Vernon steht grimmig da. Die Frau wartend.

»Kann ich Ihnen helfen?«, frage ich.

»Das hier ist Mrs. Randall vom Jugendamt.« Für die Anstrengung, die Vernon unternommen hat, um mich dazu zu bringen, die Tür zu öffnen, wirkt er nun extrem desinteressiert. Gelangweilt gar. »Ich lasse Sie dann mal allein.« Das Letzte richtet er an die Frau, Mrs. Randall, und geht wieder die Treppe hinunter.

Mrs. Randall hat die Art von Gesicht, wie ein Kind es in die Sonne zeichnet. Rund, sich neigend. Dazu diese Braids, die sie aussehen lassen, als sollte sie eine Dichterin sein, als sollte sie einen Umhang anstelle eines Hosenanzugs tragen.

Sie streckt die Hand aus, und ich schüttele sie. »Schön, Sie kennenzulernen. Darf ich reinkommen?«

Wenn ich es nicht besser wüsste, würde ich »Nein« antworten. Würde ihr sagen, Sie solle sich verdammt noch mal von Trevor und diesem Bett fernhalten, nicht den einzigen Raum betreten, der noch uns gehört. Stattdessen antworte ich: »Natürlich«, und sie tritt ein.

Sobald sie ihn sieht, ist alles vorbei. Ich erkenne es daran, wie ihr ganzes Gesicht sich verzieht, während sie seine heilenden Wunden betrachtet. Ich kann es ihr nicht verübeln. Trevors Körper ist ein sichtbares Zeugnis dafür, wie dieser Ort ihn verschlungen hat. Wie ich nichts dagegen unternehmen konnte. Ein Teil von mir ist sogar erleichtert, denn vielleicht bin ich es ja. Vielleicht bin ich ja diejenige, die ihm das angetan hat.

Mrs. Randall geht auf das Bett zu, und ich sehe, wie Trevor zu zittern beginnt, wie sein Körper sich windet, und ich weiß, wenn er nicht so verwundet wäre, hätte er sich in die Ecke verkrochen, um ihr zu entkommen. Ich gehe an Mrs. Randall vorbei, um mich zu Trevor aufs Bett zu setzen, und nehme ihn in den Arm. Er drückt seinen Kopf an meine Brust, um weder sie noch mich noch irgendetwas anderes zu sehen.

Mrs. Randall kauert sich neben die Matratze. »Hi, Trevor. Mein Name ist Larissa. Ich hatte gehofft, wir könnten uns unterhalten.«

Trevor tut so, als würde er sie nicht hören, und gibt keinerlei Antwort.

Mrs. Randall richtet ihre Aufmerksamkeit wieder auf mich und steht auf. »Wie wäre es, wenn wir uns zuerst unterhalten? Draußen?«

Ich nicke und flüstere Trevor ins Ohr: »Ich werd jetzt aufstehen, Trev. Bin gleich zurück.«

Ich muss ihn förmlich von meiner Brust heben. Er lässt sich zurückfallen auf ein Kissen und vergräbt seinen Kopf darin.

Ich folge Mrs. Randall nach draußen und schließe die Tür hinter uns. Wir lehnen uns gegen das Geländer über dem Pool, einander halb zugewandt.

Sie zieht die Augenbrauen zusammen. »Hören Sie, ich will ehrlich zu Ihnen sein, Ms. Johnson. Sie sind nicht die Erziehungsberechtigte dieses Kindes, und er ist eindeutig irgendeiner Form von Gefahr ausgesetzt, was weder für ihn noch für Sie gut aussieht. In den vergangenen Jahren wurden Trevor und seine Mutter bei drei verschiedenen Gelegenheiten von Sozialarbeiterinnen aufgesucht, und ich kann mir vorstellen, dass Sie nur helfen wollten, aber das ist nicht Ihre Aufgabe, und es wäre wesentlich angebrachter gewesen, Sie hätten uns angerufen.

Normalerweise würde ich Sie wegen möglicher Kindes-
entführung und -gefährdung bei der Polizei melden, aber
ich denke nicht, dass das hier der Fall ist. Offensichtlich
vertraut er Ihnen, und ich werde mein Bestes tun, um den
Schaden für Sie beide so gering wie möglich zu halten.« Sie
verstummt kurz und wendet den Blick von mir ab in Richtung Pool, ehe sie mir wieder in die Augen sieht. »Allerdings
kann ich ihn nicht in Ihrer Obhut lassen, nicht nachdem
es so deutliche Hinweise auf unmittelbare Gefahr und Vernachlässigung gibt. Ich werde ihn mitnehmen müssen, und
er wird vorübergehend in einem Heim platziert, während
wir nach dem stabilsten Umfeld für ihn suchen. Ich werde
mich um eine richterliche Anordnung bemühen, die es erlaubt, Trevor in Schutzgewahrsam zu nehmen. Ihnen wird
nicht gestattet sein, Kontakt zu ihm aufzunehmen, zumindest fürs Erste. Haben Sie verstanden?«

Ich weiß, dass sie mir gerade etwas gesagt hat, was mich zu
jedem anderen Zeitpunkt innerlich zerrissen hätte. Ich kann
mich jedoch nur auf den Gedanken konzentrieren, dass sie
das hier wahrscheinlich jeden Tag tun muss, dass diese Frau
immer wieder vor Menschen wie mir steht und uns genau
jene Sache mitteilt, die uns am schlimmsten trifft. Wie herz-
zerreißend es sein muss, so viele Seelen zu zerstören.

»Darf ich es ihm sagen?« Ich will nichts weniger, als diesem Jungen eröffnen, dass er sogar noch einsamer sein wird,
als er sich jetzt schon fühlt, aber mir ist auch bewusst, wie
falsch alles andere wäre. Lieber breche ich ihm das Herz, als
dass ich es einer Fremden überlasse.

»Klar. Und packen Sie ihm eine Tasche mit allen Sachen,

die er benötigt. Ich warte hier draußen.« Mrs. Randall nickt in Richtung Pool, als wäre nun alles vorbei. Sie hat ihren Job erledigt.

Als ich in die Wohnung zurückkehre, liegt Trevor noch immer zusammengekrümmt in derselben Position, in der ich ihn zurückgelassen habe, nur hat er sich die Decke mittlerweile ganz über den Kopf gezogen. Darunter erkenne ich den zusammengerollten Ball, in den er seinen Körper verwandelt hat, so kompakt, wie ein schlaksiger Junge nur sein kann. Der Fußboden knarrt unter meinen Schritten, und ich sehe, wie er zittert, wie die Decke erschüttert wird.

»Ich bin's nur«, sage ich und versuche meine Stimme so gleichmäßig wie möglich zu halten. Versuche es klingen zu lassen, als wäre dies nicht der Tod unseres gemeinsamen Lebens, des Dribbelns und der Küchenpartys. »Ich muss mit dir reden.«

Ich habe nun den Rand der Matratze erreicht und knie mich auf den Fußboden. Ich beuge meinen Oberkörper übers Bett und hebe den Rand der Decke mit Daumen und Zeigefinger an, ziehe sie langsam von seinem Kopf. Sein Gesicht ist zerknautscht, alles zusammengeknüllt und geschwollen, die Tränen suchen nach einem Weg aus seinen verquollenen Augen und landen in Furchen über seinen Wangen. Er schüttelt den Kopf, und sein Mund bewegt sich lautlos.

Der Junge bricht direkt vor meinen Augen zusammen, Trevor verliert jede Selbstbeherrschung. Ich fasse ihm an die Stirn, die heiß ist, sogar brennend. Als würde sein Körper sich selbst abstoßen, in Flammen aufgehen, um sich gegen das zu wehren, was als Nächstes kommt. Es reißt mich in Stücke und muss das Härteste sein, das ich je getan habe: für ihn die Erwachsene sein, die Frau, die sich beherrschen kann, während er zusammenbricht, da wir keine andere Wahl haben.

»Ich weiß, Baby«, sage ich und nicke. Vielleicht kann ich mit einem Lächeln den Schmerz rückgängig machen, die Zerstörung aufhalten. »Hör mir zu.«

Er schüttelt noch immer den Kopf, und seine Pupillen verdunkeln seine Augen.

Ich beginne erneut zu summen, lehne mich vor, bis mein Mund direkt an seinem Ohr ist, so laut, dass mein Summen mit Sicherheit das Einzige ist, was er hören kann, und die Vibrationen alles, was er spüren kann. Nach und nach kommt sein Kopf zur Ruhe, und er beginnt zu schniefen. Ich höre auf zu summen.

»Du musst mir jetzt zuhören. Kannst du das für mich tun?«

Jetzt nickt er einmal.

»Diese Dame, das ist die Frau, die dich für eine Weile in ein anderes Haus bringen wird. Sie ist wirklich nett, und ich wette, wenn du sie bittest, in ihrem schicken Auto das Radio aufzudrehen, dann macht sie das. Deine Mama kann gerade nicht nach Hause kommen, und ich darf dich hier nicht mehr behalten, also musst du woandershin, bis ich alles geklärt habe. Okay? Es ist nicht für immer.«

Schon beim Aussprechen weiß ich, dass es das sehr wohl sein könnte. Dies könnte das letzte Mal sein, dass ich sein Gesicht sehe, und ich möchte mich neben ihm zusammenrollen und verstecken, bis ich für diesen Abschied bereit bin. Aber ich werde nie bereit sein, ihn gehen zu lassen, und Mrs. Randall wartet draußen. Seine ohnehin pralle, geschundene Lippe wölbt sich noch weiter nach außen, und ich weiß, welch große Mühe er sich gibt, sich hiervon nicht überwältigen zu lassen.

Ich lächele. »Vielleicht kommst du sogar irgendwohin, wo es auch andere Kinder gibt. Die kannst du dann auf dem Basketballplatz fertigmachen, hm? Ihnen zeigen, wie du die Bälle versenkst.« Ich schiebe meine Hand unter Trevors Kopf und hebe ihn an, um ihm zu erkennen zu geben, dass es nun Zeit wird, seinen Körper wieder in eine sitzende Position aufzurichten.

Dann lege ich meine Hände an seine Wangen, genau wie Mama es letzte Nacht für mich getan hat, und blicke ihn an, als wäre er das Einzige, was auf dieser Welt existiert. Es könnte gut sein, dass er das tatsächlich ist.

»Es wird alles gut.«

Ich gebe ihm einen Kuss auf die Nasenspitze und nehme ihn in den Arm, und er vergräbt sich in der Falte zwischen meiner Schulter und meinem Hals. Könnte ich für immer so bleiben, würde ich es tun. Ihn halten. Wissen, dass er noch ganz ist. Dass Trevor wieder strahlen und tanzen wird. Aber ich spüre beinahe, wie draußen Mrs. Randalls Absatz klackert, wie ihre Geduld verfliegt.

Ich streiche Trevor über den Hinterkopf, die einzige Stelle an seinem Körper, die nicht angeschwollen ist, nachdem er verprügelt wurde. Dann greife ich hinter mich, wo Trevor seine Arme um mich verschränkt hat. Ich muss mit mir ringen, um nicht still zu verharren, sondern ihn von mir zu lösen, als würde ich einen Knoten aufbinden, auch wenn ich nichts weniger möchte und er heftig zu schluchzen beginnt, als ich mich schließlich von ihm entferne, um seine Kleider in seinen blau-gelben Rucksack zu packen, den ich ihm zum zehnten Geburtstag geschenkt habe, da ich mir den echten Warriors-Rucksack nicht leisten konnte. Damals beobachtete ich, wie er ihn nach einem Logo absuchte, bis ihm bewusst wurde, dass der Rucksack eine Nachahmung war und gar keins hatte, woraufhin er versuchte, seine Enttäuschung hinter einem »Danke schön« zu verbergen. Dee mag ansonsten in fast jeder Hinsicht versagt haben, aber zumindest hat sie ihrem Baby Manieren beigebracht.

Ich ziehe den Reißverschluss zu und stelle den Rucksack an die Bettkante, um zu Trevor zurückzukehren. Er hat sich wieder in Embryohaltung zusammengerollt, also ergreife ich seine Hände und ziehe ihn hoch, während sein Kopf schwer nach hinten hängt. Ich muss ihn vom Bett hieven und auf die Füße stellen, aber er ist schlaff geworden und bricht in den Knien ein, statt seinen Körper aufrecht zu halten. Ich könnte ihm drohen oder mit ihm schimpfen oder meine Mamastimme benutzen, aber ich würde es nicht ertragen, wenn unser letzter gemeinsamer Moment so aussähe. Stattdessen gehe ich in die Hocke und schiebe einen Arm unter seine Beine, um ihn hochzuheben, wie man ein kleines Kind ins Bett tragen würde, nachdem es im Bus eingeschlafen ist. Er ist schwer von Blut und Tränen, und in ihm passiert zu viel, als dass er sich noch daran erinnern könnte, wie man geht und atmet. Ich habe Schwierigkeiten, die Tür zu öffnen, drehe am Türknauf, bis sie einen Spalt aufgeht, Mrs. Randall uns sieht und sie ganz aufstößt.

»Er will nicht laufen. Ich kann ihn zu Ihrem Auto bringen, wenn Sie seinen Rucksack vom Bett holen.« Ich sehe ihr nicht in die Augen, sondern wanke nur an ihr vorbei auf die Treppe zu. Ich nehme eine Stufe nach der anderen, und Mrs. Randall folgt uns mit Trevors Rucksack in der Hand. Als wir unten sind, will sie vorausgehen, aber ich weise sie darauf hin, dass wir aufgrund der Presse den Hinterausgang nehmen müssen, und führe sie am Pool vorbei, in Richtung Tor nickend. Sie öffnet es für Trevor und mich und marschiert dann vor uns die Straße hinunter, auf einen schwarzen Wagen zu.

Sie holt einen Schlüssel aus der Tasche und drückt auf einen Knopf. Das Auto piept, und Mrs. Randall hält die hintere Tür auf. Trevor hat wieder angefangen zu zittern, und mein Shirt ist durchnässt von den Tränen, die ihren Weg nach draußen finden. Ich hebe ihn mit einer letzten Kraftanstrengung hoch und lege ihn auf die Rückbank. Er hat die Arme um meinen Hals geschlungen, und bevor ich sie löse, beuge ich mich hinunter und gebe ihm einen Kuss auf die Stirn. »Ich liebe dich«, flüstere ich. So gern ich mich selbst auf den Fahrersitz setzen und ihn irgendwohin bringen würde, wo er garantiert sicher ist, wo er nicht mehr zittern muss, weiß ich doch, dass uns dieser Luxus nicht vergönnt ist. Das hier ist die einzige Option: er, der auf dem Rücksitz eines unbekannten Autos zusammenbricht. Ich, die ihn von meiner Brust löst und die Tür schließt, sodass ich nur noch sein Schluchzen höre.

Mrs. Randall dreht sich vor dem Einsteigen noch einmal zu mir um und sagt: »Ich danke Ihnen, Ms. Johnson«, aber da bin ich schon die halbe Straße in die andere Richtung hinuntergelaufen, auf den Bus und die Autos zu. Sie kann nichts sagen, um das hier erträglich zu machen, und ich halte es nicht aus, dabei zuzusehen, wie sie von der Bordsteinkante fährt, während mich nur seine Schreie daran erinnern, dass er noch atmet.

Ich rufe Marsha an, noch ehe mir bewusst wird, dass ich ihre Nummer auswendig kenne, und als sie abhebt, sage ich lediglich: »Ich bin bereit.« Sie erwidert, sie werde mich in zwanzig Minuten abholen, und ich erkläre, sie solle zu den Basketballplätzen kommen. Ich stehe vor ihnen, die nun leer sind, und gehe dann den Hügel hinauf, um mir eine Bank direkt hinter einem der Körbe zu suchen, mit Blick auf die High Street. Alles bewegt sich rasch und unaufhaltsam, als wüsste die Stadt nicht, dass sie innehalten sollte, auf die Knie sinken und um Trevor trauern. Diese Plätze sind ein Denkmal, das Einzige, was für ihn eine Pause einlegt. Das Einzige, was von ihm in diesem Wirbelsturm noch übrig ist.

Mittlerweile ist eine Woche vergangen, seit Trevor abgeholt wurde, und fünf Tage seit dem offiziellen Beginn
der Grand Jury. Heute ist meine Aussage an der Reihe. Als
ich aus dem Tor des Royal-Hi trete, stürzt sich der Schwarm
aus Reporterinnen und Reportern auf mich und lässt einen
unverständlichen Hagel aus Fragen auf mich niedergehen.
Ich reiße die Beifahrertür von Marshas Wagen auf und steige
ein. Sie wirft mir sogleich ein Stoffknäuel auf den Schoß
und sagt: »Zieh das an.« Ich halte es vor mich. Es ist das
schlichteste, bescheidenste schwarze Kleid, das ich je gesehen
habe. »Hinten liegen auch noch Schuhe, da kannst du dich
gleich umziehen.«

Ich werfe einen Blick auf die Rückbank, auf der mein
eigenes Paar schwarze Schuhe liegt, mit nur leichtem Absatz. Marshas Füße sind mindestens drei Größen kleiner als
meine, also muss sie die Schuhe extra für mich gekauft haben.
Sie lässt den Motor an, während ich nach hinten klettere
und mich ausziehe, mir dann das Kleid über den Kopf ziehe
und meine Vans gegen die schwarzen Schuhe austausche. Ich
starre an mir herunter, auf meine aschigen Knie und meine
mit Narben übersäten Unterschenkel.

Marsha hat mich mehrere Tage lang auf meine Aussage vorbereitet und mir alles darüber berichtet, wie die Grand Jury bislang läuft. Anscheinend haben die Cops bereits ausgesagt, und heute ist der letzte volle Tag vor Gericht, ehe die Geschworenen sich zur Beratung zurückziehen. Ich habe versucht, Alé zu erreichen, aber sie ist nicht ans Telefon gegangen. Jedes Mal, wenn ich eine Nachricht hinterlassen wollte, schnürte meine Kehle sich zu, und ich legte wieder auf. Gestern Abend brachte ich es schließlich fertig, die drei Worte *Trevor wurde abgeholt* auszusprechen, ehe ich auflegte und mich weiter in die Abschrift vertiefte, die ich laut Marsha auswendig lernen sollte. Sie meint, es gehe nicht darum, Zeile für Zeile wiederzugeben, sondern darum, die Geschichte zu kennen. Als könnte ich die je vergessen.

Ich strecke meinen Kopf zwischen den beiden Vordersitzen hindurch und blicke Marsha an: die Kuppe ihres Kinns, das kaum sichtbare Klicken ihres Kiefers von Seite zu Seite.

»Erinnerst du dich noch an den Plan?«, will Marsha wissen, und ich spüre ihre Nervosität.

Ich ziehe ein Gummiband von meinem Handgelenk und fasse meine Twists – neu geflochtene, die Marsha mir als Vorbereitung auf heute vor ein paar Tagen bezahlt hat – zu einem Pferdeschwanz zusammen, nur um das Gewicht im Nacken zu spüren.

»Ruhig. Sicher. Ich bin das goldene Kind, das in diesen Schlamassel hineingeraten ist«, wiederhole ich. »Werden alle mich beobachten?«

»Darum geht's im Grunde«, erwidert Marsha.

Ich stütze meine Wange in die Hand und blicke in ihre

versteinerte Miene. »Glauben Sie wirklich, dass ich nichts falsch gemacht habe?«

Sie nimmt den Blick kurz von der Straße, um mich anzusehen. »Wenn du etwas falsch gemacht hast, dann gilt das auch für Harriet Tubman und Gloria Steinem und jede andere Frau, die getan hat, was sie tun musste, auch wenn es nicht respektiert wurde.« Sie hustet. »Ich behaupte nicht, du hättest keine anderen Entscheidungen treffen können, aber ich denke auch nicht, dass du irgendetwas hiervon verdient hast.«

In Augenblicken wie diesen wird mir wieder bewusst, dass Marsha bloß eine weitere weiße Frau ist, die nie begreifen wird, was ich durchgemacht habe, der niemand anderes als Harriet Tubman und Gloria Steinem einfällt, mit dem sie mich vergleichen könnte. Ich versuche mir stattdessen Daddys Gesicht auf jenem Plakat vorzustellen. Vielleicht sind meine Schenkel genau wie Daddys Fäuste: lieblich und weich, bis sie es nicht mehr sind, bringen uns näher zu den anderen Gliedern, die uns ausmachen und uns heilig nennen, und entfernen uns zugleich von ihnen.

Die restliche Autofahrt ist erfüllt vom gedämpften Brummen von Marshas Wagen und dem Trommeln ihres Zeigefingers auf dem Lenkrad, wenn sie darauf wartet, dass eine Ampel grün wird. Marsha weiß, was mit Trevor geschehen ist, aber wir beide vermeiden das Thema. Nachdem sie es erfahren hatte – Gott weiß, von wem –, versuchte sie mich darauf anzusprechen, aber ich brachte sie mit einem kurzen Seitenblick zum Schweigen. Sie hat kein Recht, seinen Namen in den Mund zu nehmen. Ich mache das hier jetzt nur, weil es keinen Grund mehr gibt, es nicht zu tun. Denn wenn Trevor fort ist, muss ich alles tun, was ich kann, um Marcus zurückzubekommen. Wenn das nicht klappt, dann bin ich einsamer als in jener Nacht in der Gasse, als ich es je gewesen bin. Ich werde aussagen und darauf hoffen, dass Marsha recht hat und das Ganze mit Marcus' Freilassung und irgendeiner Art von Zahlung endet, damit wir eine Chance haben, von vorn anzufangen, und wenn nicht, werde ich mich wieder irgendwie durchschlagen müssen, auf irgendeine andere Weise meinen Lebensunterhalt verdienen oder auf der Straße landen. Frierend.

Wir biegen auf den Parkplatz des Gerichtsgebäudes ein, und Marsha zieht die Handbremse an und dreht sich zu mir um. »Auf dem ganzen Weg hierher sind uns die Fernsehteams gefolgt. Wir warten jetzt ungefähr zwei Minuten, bis sie sich vor der Eingangstür positioniert haben. Dann gehst du direkt an ihnen vorbei, folge mir einfach. Verstanden?« Ihre Eisaugen treten vor.

Ich nicke.

Sie will sich gerade wegdrehen und die Fahrertür öffnen, beugt sich jedoch noch einmal in meine Richtung. »Sie werden da drinnen sein. Ich meine die Männer. Nicht genau dieselben, die … du weißt schon, aber welche, die genauso sind wie sie. Womöglich starren sie dich an und versuchen dich einzuschüchtern. Sieh nicht hin.«

»Wie soll ich denn nicht hinsehen, wenn sie mich anstarren?«

»Tu's einfach nicht.«

Marsha öffnet die Tür mit einem Klicken und stellt ihre

auf Absätzen stehenden Füße auf den Boden. Ich öffne die hintere Wagentür und platziere meine Füße auf dem Asphalt, richte mich dann auf. Ich bin seit Wochen nur noch in Sneakers herumgelaufen, und meine Füße scheinen vergessen zu haben, wie man behutsam auftritt, zumal die Schuhe so rutschig und neu sind. Zuerst nehme ich nichts wahr als das gelegentliche Vorbeisausen der Autos hinter uns und das Salz des Sees, das mit uns zusammen die Stufen zum Gerichtsgebäude hinaufweht, die nun gesäumt sind von Menschen in halb offiziellen, halb legeren Outfits, die ihre Kameras auf mich richten. Ich höre meinen Namen wie in einem Chor aus Bienen, aus dem ein paar vernehmbare Wörter herausstechen.

»Ms. Johnson, haben Sie einen Moment Zeit?«

»Setzen Sie Hoffnungen auf das Ergebnis der Grand Jury?«

Die Stimmen sind hoch und quietschend, sagen unaufhörlich irgendwas, aber eigentlich ist nichts davon an mich gerichtet. Sie wollen es für die Kamera. Sie wollen es für den kurzen Nachrichtenbeitrag, der nie über die Stadtgrenzen hinausreicht. Ich fokussiere jeden Muskel auf meinen Gang die Treppe hinauf, auf Marshas Hinterkopf und ihren wippenden Pferdeschwanz. Sie zieht die Tür zum Gerichtsgebäude auf, und ich zittere im Luftzug, schlüpfe hinein und lasse sie mit einem dumpfen Schlag hinter mir zufallen. Marsha geht weiter, aber ich bleibe stehen. Wahrscheinlich hört sie die Schritte meiner Schuhe auf dem Marmorfußboden verstummen, denn sie dreht sich um und kehrt zu mir zurück.

»Was ist los?« Sie blickt mich mit eingeknickter Hüfte an.

»Folgen die uns nicht hier rein?«

»Sie wissen, dass es rechtliche Konsequenzen haben wird, wenn sie versuchen reinzukommen und diese Bilder zu senden. Du bist in Sicherheit.«

Ich verdrehe die Augen, als wäre Sicherheit je greifbar genug, um infrage zu kommen. Das Gerichtsgebäude ist zu groß für uns. Holz und Marmor, Täfelungen und Schnitzereien an Decken, an die man nicht einmal mit der längsten Leiter käme.

Marsha folgt meinem Blick nach oben und seufzt. »Ich hoffe wirklich, du bist bereit hierfür. Bist du das?«

Ich kratze mir mit meinen unebenen Nägeln über den Unterarm. »Glaube schon.«

Marsha hat keine Zeit für mein Zögern, macht auf dem Absatz kehrt und schreitet mit großen Schritten voran. Den Gang hinunter. Marmor und Echos folgen uns, Schauer fahren meine Beine hinauf, und meine Oberschenkel reiben aneinander, in die schmale Silhouette eines Kleides gezwängt, das niemals mir gehören könnte. Mittlerweile liegen fast zwei Meter zwischen uns, und Marsha scheint nicht vorzuhaben, auf mich zu warten, sondern beschleunigt stattdessen ihre Schritte.

Wir erreichen die Tür, vor der ein Wachmann steht. Ich weiß, dass es dahinter sein muss, hinter diesen Wänden, die alles verbergen, wovor man mir Angst machen wollte, denn Marsha bleibt stehen, mit stählerner Haltung und glühend. Sie wendet sich zu mir um, für einen Augenblick treffen sich unsere Blicke, und ganz kurz offenbaren ihre Pupillen die winzigsten Überbleibsel von Marsha als Kind, Marsha so jung wie ich.

»Ich wünschte, ich könnte mit dir reinkommen, aber du weißt, dass das nicht geht. Wenn du mich brauchst, kannst du nach mir verlangen, dann erlaubt man dir, hier rauszukommen, um dich mit deinem Rechtsbeistand zu beraten.«

Unerwartet füllen sich meine Augen mit Tränen, und ich will sie nicht verlassen.

»Du machst das schon.«

Marsha legt mir die Hand auf den Rücken und streicht darüber, dann schiebt sie mich auf die Tür zu. Ich drehe mich zu ihr um, aber sie bewegt sich nicht. Nach so vielen gemeinsamen Übungsstunden kann ich mir nicht vorstellen, mich im Raum umzuschauen und ihr Gesicht nicht zu sehen. Ich richte den Blick wieder auf die hölzerne Flügeltür, und der Wachmann tritt zurück, damit ich meine Hand auf den Griff legen und sie aufziehen kann.

Ich habe dahinter wohl mit einer Art Chor gerechnet, einem chaotischen Rumoren oder so. Stattdessen trete ich durch die Tür in nur von einem einzelnen Husten unterbrochene Stille. Der Raum ist fast leer, zumindest wirkt er so, da die hinteren drei Reihen unbesetzt sind. Während ich durch den Mittelgang laufe, erkenne ich die Gesichter in den vorderen beiden Reihen, wenn nicht deren Besitzer, so doch deren Vertrautheit. Mann neben Mann, eingefallene Wangen, fleckige Nasen, Frau wie eine Trennwand zwischen ihnen, Beine übergeschlagen. Alle käsig, als hätten sie zu wenig Sonne abbekommen. Haben die Hitze wahrscheinlich noch nie so gespürt wie ich.

Am Ende der ersten Reihe sitzen zwei Mädchen, zusammengekauert unter Sweatshirts, die sie ganz verschlucken und nur ihre nackten Beine enthüllen. Die Mädchen wirken scheu wie Lexi, auf eine Weise jung, die sich auch ohne ein Wort erkennen lässt. Mein Blick bleibt einen Augenblick auf ihnen liegen, wie sie auf der linken Seite des Gangs neben all den Uniformen und Anzügen sitzen. Wir sind immer fehl am Platz. Ich weiß nicht, wo ich mich hinsetzen soll, aber dann erkenne ich Sandras Hinterkopf und bin erleichtert. Ich setze mich auf die rechte Seite des Gangs, die abgesehen von ihr und ein paar Männern mit gesenkten Köpfen nahezu leer ist. Sie trägt heute nicht ihren lila Anzug, sondern leuchtet farbenfroh und hell wie der Mond in Burgunderrot.

Nun, da ich neben ihr sitze, bin ich mir unsicher, ob ich meine Beine übereinanderschlagen sollte. Ich schwinge eins über das andere, aber es fühlt sich falsch an, wie alles direkt auf meine Knie weist und meine Oberschenkel hinauf, wo das Kleid in Haut übergeht. Ich stelle sie wieder nebeneinander. Es gibt keine richtige Art, in diesem Raum zu sein, unter diesen Lichtern, die weißer sind, als Licht sein sollte, als hätten sie es so sehr übertrieben, dass sie nun blenden.

Sandra hat mich noch nicht angesehen, aber sie streckt die Hand nach mir aus und drückt meine.

»Wer sind die beiden?«, flüstere ich ihr zu und weise mit dem Kinn auf die Mädchen auf der anderen Seite des Gangs.

Noch immer ohne mich anzusehen, antwortet Sandra: »Ich schätze, das sind Zeuginnen, genau wie du.«

»Mit ihnen haben die das auch gemacht?«

»Ich weiß es nicht, aber so wie sie angezogen sind, sollen sie wahrscheinlich deine Geschichte diskreditieren, dich in eine Schublade mit ihnen stecken, behaupten, du hättest keine Ahnung, wovon du redest.«

»Vielleicht haben sie bloß nichts anderes zum Anziehen.«

»Aber die Anwältinnen oder Anwälte, die sie hierhergebracht haben.« Sandra starrt auf ihren Schreibblock hinunter. »Wahrscheinlich angeheuert von Talbot oder jemandem, der für Talbot arbeitet und sie vorbereitet hat.«

Mein Knie zittert nun. »Ich kenne die beiden noch nicht mal. Wie sollen die dann irgendwas über mich sagen können?«

»Diese Stadt ist nicht für ihre Moral bekannt.«

»Also haben die sie bezahlt, um Scheiße über mich zu erzählen?«

Sandra, die den Blick die ganze Zeit nach unten gerichtet hat, neigt den Kopf nun gerade genug, um mir in die Augen zu sehen. In leisem, bedächtigem Tonfall sagt sie: »Mach dir nur über dich selbst Gedanken. Das hier ist für dich und deinen Bruder und Mädchen, die das Geld brauchen, weil sie nicht wissen, wie sie sonst überleben sollen. Hast du verstanden?«

Sie richtet den Kopf wieder nach vorn, und ich nicke, auch wenn sie es wahrscheinlich nicht sehen kann. Für einen Augenblick glaubte ich tatsächlich, sie wäre eine Art Inkarnation der Mutter, die ich einst hatte, ein wiederbelebter Teil von Mama.

An der Wand direkt über der Richterin hängt eine große Uhr, und gerade als sie genau neun Uhr anzeigt, wird der gesamte Raum still. Die Richterin klopft dreimal mit dem Hammer, und ich fühle mich wie in einer Szene von *Judge*

Judy. Halb rechne ich damit, dass sie »Ruhe im Gerichtssaal!« ausruft, aber das tut sie nicht, sondern redet direkt mit lauter juristischen Begriffen los, woraufhin ein Mann aufsteht und ihr antwortet. Der ganze Austausch wirkt fremd auf mich, und ich verstehe nicht, was vor sich geht, bis Sandra sich zu mir herüberbeugt und flüstert: »Einer der Zeugen ist nicht aufgetaucht.«

»Wer?«

»Ein Polizist.«

»Gut«, spotte ich.

Sandra schüttelt den Kopf. »Ich glaube nicht. Wie es scheint, war er der Einzige, der deine Geschichte bestätigt hat.«

»Wieso sollte einer von denen das tun?«

»Aus Anstand, nehm ich an.« Sandra deutet ein Lächeln an, das es nicht bis zu ihrem Mund schafft und nur ein leichtes Grübchen in ihrer linken Wange hinterlässt.

Aber ich glaube nicht, dass es das ist. Nicht dass keiner von denen anständig wäre, bloß hat Anstand nie genügt, um ihre Egos zu übertönen. Ich glaube, es ist einfach das Werk der Zeit. Irgendwann holt die Mondsichel eines Mannes ihn ein. Ich habe gesehen, wie Marcus' Mond so stark abnahm, dass ich dachte, es wäre ganz dunkel in ihm. Und nun sehe ich, wie er wieder zum Vorschein kommt, langsam zwar, aber ich weiß, dass er irgendwann wieder voll sein wird. Das ist der einzige Grund, aus dem einer der Cops versucht hätte, mich zu retten: Er hat seinen Mond zurückbekommen.

Ein kahlköpfiger Mann an einem der Tische vor der Richterin steht auf, dreht sich um und läuft direkt auf unsere

Sitzreihe zu. Sandra steht ebenfalls auf, und sie beginnen zu flüstern. Kurz darauf dreht Sandra sich um, lächelt mich an und verlässt den Gerichtssaal, während der Mann mit Glatze an seinen Tisch zurückkehrt. Bald ist der stille Gerichtssaal von Gemurmel erfüllt, von anschwellendem Geplapper. Meine Kniekehle juckt, da sich der Schweiß in ihrer Falte sammelt, und ich wünschte, Trevor säße neben mir und hielte meine Hand, wie es nur ein kleiner Junge kann.

Eine rasche Aufwärtsbewegung des Kopfes der Richterin genügt, um den gesamten Raum wieder zum Schweigen zu bringen. Die Richterin spricht: »Die Geschworenen wurden ausgewählt und sind vereidigt, und wir beginnen jetzt mit Ms. Kiara Johnson. Alle außer dem Staatsanwalt, der Protokollantin, Ms. Johnson und den Mitgliedern der Grand Jury werden den Saal nun verlassen, einschließlich mir selbst.«

Alle schlurfen aus dem Raum, als Letzte die Richterin, bis nur noch der Kahlköpfige, die Geschworenen, die Protokollantin und ich übrig sind.

Ich senke den Kopf, werfe zuerst einen Blick auf meine in das schwarze Kleid gequetschten Brüste, dann auf die weiche Wölbung meines Bauches, meine grauen Knie und schließlich meine Füße, die einen Schritt nach dem anderen auf den Zeugenstand zugehen. Auf halbem Weg dorthin höre ich den Mann hinter mir husten. Ich erinnere mich daran, was Marsha nun sagen würde, hebe den Kopf, straffe die Schultern, bis meine Wirbelsäule gerade ist, und werfe dann einen Blick auf den Kahlköpfigen – den Staatsanwalt –, der mit vor dem Bauch verschränkten Händen neben seinem Tisch steht. Ich lächele ihm kurz angebunden zu, doch er nimmt nicht einmal Blickkontakt zu mir auf, sondern ist stattdessen in die Papiere vor sich vertieft. Alle versuchen mich nicht anzusehen.

Ich trete in den Zeugenstand und setze mich auf den runden Eichenholzstuhl. Es ist ganz anders als bei meiner Aussage in Mamas Gerichtsverfahren, als ich mich fühlte wie das Opfer und nicht wie die Beschuldigte, auch wenn ich weiß, dass ich das eigentlich nicht bin, zumindest nicht rechtlich gesehen. Der Zeugenstand ist aufgebaut wie ein Podium, bloß habe ich nichts, von dem ich ablesen könnte, und würde mich auch niemals freiwillig auf eine Bühne stellen, nicht vor diesem Publikum. Ich bin nicht Marcus. Ich werfe einen Blick auf die Jury, kann jedoch nicht lange genug fokussieren, um einzelne Gesichter zu erkennen. Nur seins. Der Staatsanwalt steht mit einer Gelassenheit da, die mich auf den Gedanken bringt, dass er das hier schon viele Male getan hat und ich für ihn nur ein weiteres Gesicht bin. Nur ein weiteres deplatziertes Mädchen, das im Kleid einer anderen steckt und die Worte einer anderen spricht.

Anscheinend bin ich das Einzige, worauf er sich konzentrieren kann, die Augenbrauen zusammen- und in der Mitte nach unten gezogen, als würde er mich bewerten und einschätzen, was nun geschehen wird, als wäre das nicht allein seine Entscheidung. Ich beiße mir auf die Innenseite meiner Wangen, nur um mein Gesicht weich genug zu halten, damit es nicht aussieht, als würde ich ihn anstarren. Marsha erklärte, ich müsse ruhig, kultiviert, aber kindlich bleiben. Ich schiebe meine Lippen so weit auseinander, dass es ein Lächeln nachahmen dürfte, und warte ab, während er den

Verfahrensablauf schildert, den Marsha mir schon mehr als oft genug erläutert hat.

Und mir nichts, dir nichts wendet der Staatsanwalt sich an mich. »Ms. Johnson, ist es wahr, dass Sie einen Decknamen haben?«

»Das ist kein Deckname, sondern ein Spitzname. Manche Leute, mit denen ich aufgewachsen bin, nennen mich Kia.«

»Und der Nachname? Holt, nicht wahr?«

Ich blinzele. »Ich wollte Fremden nicht meinen echten Namen nennen.«

»Warum nicht?« Seine Stirn ist eine Landkarte voller Linien.

»Weil es gefährlich ist?«

Er nickt und macht mit gesenktem Blick ein paar Schritte, als würde er über etwas nachdenken, wo wir doch alle wissen, dass er damit bloß einen dramatischen Effekt erzielen will.

Ich grabe meine Nägel in meine Handgelenke, um die halbkreisförmigen Abdrücke zu sehen, um irgendetwas zu sehen außer seinem Gesicht.

»Womit verdienen Sie Ihren Lebensunterhalt, Ms. Johnson?« Er tritt näher an mich heran und blickt zu meinem Platz herauf. Ich weiß, dass Marsha das mit mir eingeübt hat, aber sein Gesicht, sein leicht offen stehender Mund, lässt alles aus meinem Kopf herausströmen.

»Ich habe keinen Job.«

»Dennoch verfügen Sie über ein regelmäßiges Einkommen?«

Mein Knie beginnt unwillkürlich zu zittern. »Nein. Ich hab ein bisschen was verdient, aber das war kein Gehalt.«

»Woher ist dieses Geld gekommen?«

»Männer.« Sobald ich es ausgesprochen habe, weiß ich, dass ich das Falsche gesagt habe. Eine von Marshas Regeln lautet, dass Ein-Wort-Antworten perfekt sind, wenn sie Ja, Nein oder Vielleicht lauten. Nicht wenn das Wort verdreht werden kann zu einer Zielscheibe auf meinem Kopf.

Er wirkt überrascht über meine Direktheit, hustet einmal und hält kurz inne. Sein Gebaren verändert sich von einem fragenden Stirnrunzeln zu einem Starren, das zu intim ist für unsere räumliche Nähe, für diese hölzernen Wände. Er kommt näher. »Würden Sie mir verraten, weshalb diese Männer Ihnen Geld gezahlt haben?«

In meinem Kopf spreche ich, aber es kommen keine Worte heraus. Dann denke ich an Mama, wie wir zusammen geschrien haben, wie der Himmel uns im Arm hielt. An Trevors Zittern am ganzen Körper. An Marcus, der in einer Zelle schluchzt. Die ganze Scheiße, nur um sprachlos hier zu enden? Ich bohre meine Nägel weiter in meine Handgelenke, bis ich die Worte finde.

»Sie haben mich bezahlt, weil ich kein Geld hatte und welches zum Überleben brauchte, und deshalb gemacht habe, was ich machen musste.«

»Und was wäre das, wenn ich fragen darf?« Natürlich spielt es keine Rolle, ob er das darf oder nicht, aber zumindest versucht er behutsam zu sein, zumindest ist es weniger ein Angriff, als ich erwartet habe.

»Ich habe ihnen Gesellschaft geleistet.«

»Meinen Sie mit ›Gesellschaft‹ sexuelle Beziehungen?«

»Nicht immer.« Ich denke an Officer 190, der stundenlang geredet und manchmal geheult hat, bis er ein Häufchen Elend war. »War nicht immer so.«

»Und mit Officer Jeremy Carlisle? Wie war es mit ihm?«

Ich halte kurz inne und schließe die Augen, um mir ein Bild von ihm zu vergegenwärtigen, die Flecken auf seinen Wangen und jenes große graue Haus.

»Ich kannte ihn nicht unter seinem Namen, nur unter seiner Dienstmarkennummer. Ich habe ihn ein paarmal gesehen, meistens in einer Gruppe. Einmal hat er mich nachts abgeholt und mit zu sich nach Hause genommen.« Ich werfe einen Blick auf die Geschworenen. All ihre Gesichter sind ausdruckslos, als warteten sie nur darauf, dass ich fertigwerde, damit sie pinkeln gehen können. Ich warte ab, wie Marsha es mir auftragen würde. Sie meint, wenn ich genügend Schweigen zulasse, könnte der Staatsanwalt die ein oder andere Frage vergessen, die er mir stellen wollte.

»Was haben Sie in seinem Haus gemacht?«

Eine der Geschworenen, eine schwarze Frau, die ihre Braids zu einem Knoten hochgebunden hat, nimmt Blickkontakt zu mir auf.

»Wir hatten Sex.«

»Wie viel hat er Ihnen gezahlt?«

»Nichts.«

Der Staatsanwalt bleibt stehen und blickt mich direkt an, als würde ihm zum ersten Mal bewusst, dass ich ein Mensch bin. Er rümpft die Nase. »Wollen Sie mir sagen, dass Officer Carlisle Sie nie für Ihre gemeinsame Zeit bezahlt hat?«

»Er sagte, er würde es tun, aber als ich aufwachte, hat er sich geweigert. Behauptete, er hätte mich bereits bezahlt.«

»Hatte er das?«

»Er sagte, mir von einem Undercovereinsatz zu berichten sei schon Bezahlung genug.«

Er nickt, bewegt den Kopf von oben nach unten, schreitet näher an die Jury heran und bittet mich dann zu erklären, was ich mit einem Undercovereinsatz meine. Er blickt mich erneut an. Ich erzähle ihm von der Party, wie Carlisle mich mit jenem Prius abholte und zu sich nach Hause mitnahm, wie ich nicht über Nacht bleiben wollte, wie alles außer Kontrolle geriet. Er stellt mir weitere Fragen nach Carlisle, auf die ich keine Antworten habe, und legt dann eine Pause ein.

»Während Ihrer Befragung durch die Detectives sagten Sie: ›Ich hätte nicht dort sein dürfen.‹ Ist das korrekt?«

»Wahrscheinlich.«

»Und würden Sie sagen, dass Sie nach jener Befragung den Ernst dieser Anschuldigungen verstanden haben?«

Da ich nicht weiß, worauf er hinauswill, wiederhole ich: »Wahrscheinlich.«

»Dennoch gingen Sie eine Woche darauf auf eine Party, auf der Sie Sex mit mehreren Mitgliedern des Oakland Police Department hatten, und empfanden das nicht als moralisch fragwürdig?«

»Ich habe nie gesagt —«

»Sie haben niemandem davon erzählt. Und Sie haben sich auch nicht geweigert, auf besagte Party zu gehen. Ist das korrekt?«

Ich starre ihn an, sein Blick ruhig und funkelnd. Ich versuche nachzudenken, aber so wie er es darstellt, weiß ich nicht, was eigentlich die Antwort ist und wie ich reagieren soll.

»Nein, das habe ich nicht. Aber die haben mich bedroht, also hatte ich keine andere Wahl.« Ich bewege meine Nägel meinen Arm hinauf und grabe sie noch tiefer ein.

Er nickt. »Bei wem leben Sie, Ms. Johnson?«

»Ich lebe bei niemandem.«

»Lassen Sie mich die Frage anders stellen. Auf welchen Namen ist Ihre Wohnung gemietet?«

»Auf meinen Bruder«, sage ich und ziehe die Schultern hoch.

Er nickt, als hätte er nur darauf gewartet, dass ich das sage. »Und wo ist Ihr Bruder gerade?«

Ich blicke mich im Raum um, in der Hoffnung, Marsha möge dort auftauchen, aber die Reihen sind noch immer leer.

»Er ist in Santa Rita.«

»Das Gefängnis?«

»Ja.«

»Weshalb ist er dort?«

Ich schließe die Augen, presse sie zusammen, als könnte ich mich so zurück nach draußen transportieren, unter den freien Himmel, wo niemandes Blicke auf mich gerichtet sind.

»Drogen.«

»Sind Sie deswegen der Prostitution nachgegangen?«

»Wovon reden Sie?«

»Drogen.« Er reißt seine Hand nach oben. »Haben Sie sich prostituiert, um Drogen zu kaufen?«

Ich bin kurz davor, aus dem Stuhl zu springen, wiederhole

jedoch im Stillen das Mantra: *ruhig, ruhig.* »Nein, ich hab keine Drogen genommen.«

Er hat sich jedoch bereits ein Bild gemacht und fährt damit fort, mich nach Marcus, Mama und Daddy auszufragen. Erzählt irgendwas über familiäre Vorgeschichten von abweichendem Verhalten oder so einen Scheiß, und auch wenn Marsha mich genau darauf vorbereitet hat, möchte ich am liebsten aus meiner Haut kriechen, sie ablegen und nur noch aus Knochen bestehen.

Er nimmt sich einen Moment Zeit, um zu seinem Tisch zu gehen und einen Schluck Wasser zu trinken. Ich werfe erneut einen Blick auf die Geschworenen, auf der Suche nach irgendetwas in ihren Gesichtern, was mir eine Spur von Hoffnung geben könnte, aber sie sind nach wie vor nichts als ein Geflecht aus leeren Blicken.

»Ms. Johnson.« Ich kehre abrupt in den Raum zurück, zum Klackern der Gerichtsprotokollantin auf ihrer Tastatur. »Hielten Sie es für falsch, sexuelle Beziehungen zu Mitgliedern der Polizei zu führen?« Die Frage ist unschuldig genug, kaum wert, gestellt zu werden.

»Natürlich ist das nicht richtig.« Ich denke noch immer an Marcus, daran, ihn herauszubekommen, sobald ich diese hölzerne Falle verlassen habe.

»Weshalb haben Sie sich dann daran beteiligt?«

»Das sagte ich doch, ich hatte keine andere Wahl.«

»Sie hätten nicht aufstehen und diese Party verlassen können? Sie hätten sich nicht weigern können, in Officer Carlisles Wagen zu steigen?«

Das Zittern beginnt in meinen Fingerspitzen, direkt unter

den Nägeln, und breitet sich dann nach innen aus. Nicht nach oben, nicht nach unten, sondern nach innen. Vibrationen in meinem Brustkorb. Ich frage mich, ob Trevor das empfunden hat, als er abgeholt wurde.

»Ich meine, das hätte ich schon, aber sie haben mir keine andere Wahl gelassen —«

»Sie haben Sie also gezwungen zu bleiben? Hat Officer Carlisle Ihnen Handschellen angelegt, Sie auf die Rückbank gesetzt und die Türen verschlossen?«

»Nein —« Ich fange an, mit den Fingern auf das Pult zu trommeln und dann zu kratzen, als könnte das Holz all das Zittern aufnehmen und mich leer werden lassen.

»Waren Sie wütend, weil Sie keine finanzielle Entlohnung für diese Handlungen bekommen haben?«

Ich starre ihn an. Seine Brille rutscht ihm vor Schweiß von der Nase.

»Wahrscheinlich.«

»Glaubten Sie, diesen Männern gewaltsame Taten vorzuwerfen würde zu einer Form der Entlohnung führen?«

»Was?«

»Glaubten Sie, diese Anschuldigungen würden Ihnen Geld einbringen?«

Der ganze Raum sitzt still, als würde niemand wagen, auch nur mit dem Fuß zu wippen oder sich eine Strähne hinters Ohr zu schieben, um nicht die Fragilität des Moments zu zerstören, in dem sie alle erwarten, dass ich zusammenbreche.

»Nein.« Ein Wort. Ein Wort. Ein Wort.

Er nimmt sich kurz Zeit, um sich umzudrehen und den Blick durch den Gerichtssaal schweifen zu lassen, ehe er zu mir zurückkehrt, ein Trick, den laut Marsha alle anwenden. Ich frage mich, ob sie selbst in dieses »alle« eingeschlossen ist.

»Zum Zeitpunkt besagter Handlungen waren Sie minderjährig, korrekt?«

»Ich war siebzehn.«

»Sie wissen, dass es sich damit um sexuellen Missbrauch einer Minderjährigen handeln würde, ja?«

Marsha hat mir genug darüber erzählt. »Ja.«

»Haben Sie diese Männer vor dem Geschlechtsverkehr auf Ihr Alter aufmerksam gemacht?«

Das ist die Frage, von der Marsha und ich hofften, sie würde nicht gestellt, würde von ihm übersprungen werden.

»Sie wussten es.«

»Also haben Sie es Ihnen gesagt?«

»Nicht direkt, aber sie wussten es. Ich sage Ihnen, sie wussten es.«

Er lächelt, und dieses sanfte Lächeln erinnert mich an die Interviews, die ich mir mit Marsha während der Vorbereitung ansah, in denen er über misshandelte Frauen spricht, wie er dafür sorgen wolle, dass wir in Sicherheit sind. Mich sieht er jedoch nicht an wie eine misshandelte Frau, sondern wie das kleine Mädchen, das danebensteht und zusieht. Als wäre ich verwirrt. »Woher sollten sie es wissen, Ms. Johnson?«

Das Zittern ist nun nach außen gewandert, und all meine Glieder beben. Ich schaukele in meinem Stuhl vor und zurück, dessen Beine auf dem Podium quietschen.

»Weil sie mich gesehen haben. Ich hab dagelegen, und sie haben mir in die Augen gesehen und wussten es. Sie wussten es und haben die Augen die ganze Zeit offen gehalten und mich angestarrt, während sie Sex mit mir hatten, als würde es dadurch nur noch besser werden. Weil sie mich anschauten und sahen, wie klein ich war. Ich war ein Kind.«

Knarren auf dem Fußboden, Splitter in meinem Tiptip-Fingernagel, steifes Schütteln, verschwommener Blick, Oaklandhimmel so hell in meiner Kehle. Ich war vielleicht nicht Soraya, die zu klein war, um am flachen Ende des Pools stehen zu können, aber ich war immer noch klein. Ich fühlte mich so klein.

»Aber Sie haben ihnen Ihr Alter nie verraten?« Er weiß, dass es das ist, die letzte Frage.

Fingernägel tief in meiner Haut, tröpfelndes Blut. »Ich war ein Kind. Ich war ein Kind.«

Und auch wenn Trevor und Marcus und Alé und Mama irgendwo da draußen sind, auch wenn es so viele Gründe gibt, weshalb ich alles sagen muss, es aus meinen Lungen hervorbrechen lassen muss, denke ich nun an keine und keinen von ihnen. Ich kann an nichts anderes denken als daran, wie meine Fingernägel in meine Haut gepresst bleiben, selbst wenn sie aufreißt, selbst wenn ich zu bluten beginne. Wenn alles sich in Chaos verwandelt, wenn ich in einem Raum voller Gesichter sitze, die ich nicht auseinanderhalten kann, wenn mein Körper sich nicht mehr wie mein eigener anfühlt, dann habe ich noch immer diese Nägel. Habe noch immer eine Erinnerung daran, dass ich zerbrochen weiterleben kann, wie Trevor, der mit dem Gesicht in seinem eigenen verkrusteten Blut liegt und dennoch einen Weg findet, Luft in seinen Körper zu bekommen. Diese Nägel sind ein

Wunder. Ich brauche niemanden, um sie hübsch zu machen, zu schneiden, zu schärfen. Sie müssen bloß das sein, was sie sind: mein.

»Vielen Dank, Ms. Johnson.«

Er sagt etwas von wegen, ich könne nun aus dem Zeugenstand treten, irgendwo am Rand meines Blickfelds niest eine Geschworene. Alles bewegt sich weiter und kollidiert, ein hölzerner Raum, in dem ich mich selbst so frei werden lasse wie der Himmel in jener einen Nacht, als die Sterne sich über dem Freeway zeigten, bevor ich in die Wohnung zurückkehrte, die im Grunde nie wieder meine eigene sein würde.

Ich war ein Kind.

Jeder Augenblick verstreicht wie Wasser, das durch einen verstopften Abfluss tröpfelt und dabei kaum durchkommt. Marsha brachte mich vom Gerichtssaal direkt nach Hause und setzte mich dort ab, ohne auf der Fahrt auch nur ein einziges Wort zu sagen. Nicht dass ich sie gehört hätte, wenn sie gesprochen hätte.

Irgendwie verließ ich den Gerichtssaal in einem anderen Körper als dem, den ich hatte, als ich unter seine verzierte Holzdecke trat und mich auf jene Bänke setzte, in die schon so viele vor mir geschwitzt hatten. Dieser neue Körper hat eine Reihe von Löchern vom Hals bis zum Magen, wo ich versucht habe, mich in den Wunden zu vergraben. Dieser neue Körper hat Narben, die dauerhafter sind als jede Tätowierung, und findet diese prächtig. Dieser neue Körper hat zu viele Erinnerungen, um sie im Inneren verschlossen zu halten.

Ich sitze inmitten einer Wohnung, die im Grunde niemandem gehört, und brülle. Als hätte Dee mich schließlich angesteckt, als wäre Mama in mir hochgekrochen, um meinen Kiefer aufzumassieren. Und die Sonne ist untergegangen – hat mich in der Dunkelheit sitzen lassen, in der ich lediglich ein Glitzern des Pools vor dem Fenster sehen konnte – und wieder aufgegangen. Wieder und wieder. Vielleicht dreimal, bevor es klopft. Das Geräusch erklingt, als der Himmel gerade pastellfarben wird. Als mein Mund es endlich geschafft hat, sich zu schließen.

Ich mache keine Bewegung, aber sie wartet nicht auf mich. Alé macht die Tür auf, als wäre es ihre eigene, marschiert herein mit einer großen Tüte, die sie auf die Küchentheke schwingt, um dann direkt zu mir auf den Fußboden zu kommen, wo sie sich hinkniet und mich ganz umhüllt, bis wir ein einziger Körper sind und ich jeden Duft riechen kann, den sie je verströmt hat. Jedes Gewürz. Die Häkeldecken ihrer Mama. Den Skatepark.

Sie löst ihre Umarmung ein wenig, und ich kann ihre Haut sehen und erhasche einen Blick auf ihr wohl neustes Tattoo, in ihrem Nacken: ein Paar lavendelfarbene Schuhe mit einem »K« in der Sohle des einen.

Dann lässt sie mich ganz los, damit ich ihr endlich in die Augen sehen kann, die überlaufen. Ich weiß nicht, ob ich Alé schon einmal so habe weinen sehen, und kann nicht anders, als mich vorzubeugen und sie auf die Wange zu küssen, das Salz zu schmecken und mit den Lippen hinaufzuwandern zu ihrem Augenwinkel. Sie ist der Grund des Meeres, wo all der Zauber versteckt ist unter zu vielen Schichten aus Dunkelheit und Wasser und Salz. Die Wärme hat Besitz ergriffen von meiner Brust, auf der anderen Seite als der, wo das Herz sein soll. Wenn es nicht bricht, hat man vielleicht das Glück, dass es sich voll anfühlt, das Blut pulsierend.

Ihre Hände ertasten meine Taille, und eine Reihe von

Gedanken blitzt in ihrem Gesicht auf, ein innerer Kampf, der in zitternden Mundwinkeln zum Vorschein kommt. Als Alé mich diesmal berührt, liegen wir auf dem Fußboden, sind ohne jede Schranke. Mein Mund ist bereits so nah.

»Kiara.« Ihre Tränen sind verebbt, aber ich habe mich nicht gerührt, und mein Name ist eine Frage.

Ihrer ist eine Antwort, und dies ist das erste Mal, dass ich denke, es könne all das wert gewesen sein, dass ich nur zu Alé zurückgelangen konnte, indem ich durch den Scheißepool watete. Sie küsst mich. Ich küsse sie. Sie ist weicher, als ich es je für möglich gehalten hätte, und ich bin noch nie so erleichtert gewesen, berührt zu werden, zu spüren, wie ihre Finger durch mein Haar fahren. Sie ist auf mir. Sie zieht sich zurück, nur um in mich hineinzublicken, als hätten die Sterne ihren Weg unter meine Augenlider gefunden, und ich denke, dies müsse meine das Universum zum Stillstand bringende Liebe sein, jene Liebe, die mich gleichzeitig auflöst und zusammenhält.

Alé kommt langsam wieder zu mir herunter, fährt mit dem Finger über meinen Bauch, wie sie es immer getan hat, nur dass sie sich dieses Mal nicht gleich wieder zurückzieht. Dieses Mal sagt sie, es tue ihr leid, sagt, sie sei gekommen, sobald sie meine Nachricht gelesen habe. Und auch wenn sie all die richtigen Dinge sagt, ist es der Blick, den sie auf mich richtet, dabei weit die Augen aufreißt, der mir zeigt, dass sie mich besser sehen kann als irgendjemand es je getan hat. Wie sie mich sieht, über die Scheiße hinweg, die in meinem Inneren aufgewühlt wurde. Mich über diesen neuen Körper hinweg sieht oder jenen alten Körper oder jeden

Körper, in dem ich je existiert habe, weil ihr scheißegal ist, wie viele Schichten Sheabutter ich in meine Haut einreibe. Alé will mich einfach nur halten. Alé will einfach nur mir gehören.

Wir liegen umschlungen auf dem Fußboden dieser Wohnung, diesem lebendigen Überrest aller Leben, die ich gelebt habe. Dieses Mädchen, das mich durch alles hindurch gehalten hat. Wir keuchen und lachen und weinen, und ich weiß nicht, ob ich ihr schon jemals gesagt habe, dass ich sie liebe, aber nun kann ich nicht aufhören, es zu sagen. Denn es hat noch nie so viel bedeutet. Es hat meinen Mund noch nie so erfüllt. Wie die einzige Flut, die ich mir je gewünscht habe. Sie erwidert es, wieder und wieder, und nie zuvor hat es eine Wahrheit gegeben wie diese.

Alé füttert mich, und ich berichte ihr von all den Frauen, die ich gekannt habe. Alle Mädchen von Demond auf jener Party, Camila, Lexi, die beiden, die zerrissen auf der falschen Seite des Gangs saßen. Mama. Ich. Ich erzähle ihr, wie diese Straßen uns aufbrechen und den Teil von uns entfernen, der es am meisten wert ist, bewahrt zu werden: das Kind in uns. Die gerundete Kieferpartie, die nicht einmal mehr einen Schrei tragen kann, da sie einem auch das nehmen. Sie nehmen alles. Alé nickt, wendet sich nicht ab, löffelt Suppe in meinen Mund, wenn meine Worte zu Gemurmel verklingen. Küsst mich auf die Nase. Erzählt mir, wie es sich anfühlt, in das betäubte Gesicht ihrer Mama zu blicken, erzählt mir von den Prellungen, die den kalten Körper des Mädchens entstellten, das Clara hätte sein können, von ihrer Angst, davon, dass sie sich etwas Besseres wünscht für mich, für uns. Ich sage ihr, dass ich mir auch etwas Besseres für sie wünsche, dass ich ihr wünsche, eine Ärztin zu werden oder eine Hebamme oder was auch immer jenen Teil von ihr besänftigt, der mehr braucht als eine Küche.

Sie hat mir alles mögliche Essen mitgebracht, um mich auf jene Weise zu heilen, die ihr am vertrautesten ist, und wir sitzen noch immer auf dem Fußboden, nichts als Haut, gegen den Rand der Matratze gelehnt. Die Suppe ist heiß, und ich spüre ihren Weg von der Zunge in den Magen, spüre, wie jeder Schluck absorbiert wird. Ich berichte ihr von Trevor, seinen geschwollenen Augen, wie ich seine Arme von meinem Hals lösen und ihn auf die Rückbank eines Wagens setzen musste, weil seine Mama nicht weiß, wie sie ihn so lieben kann, wie er geliebt werden muss, und weil ich nicht genug bin.

Da unterbricht Alé mich und sagt: »Nur weil du nicht seine Mama bist, heißt das nicht, dass du ihm nicht etwas gegeben hättest, das niemand ihm mehr wegnehmen kann.« Und wenn sich das nicht anhören würde wie ein Haufen Blödsinn, würde ich ihr glauben. Der einzige Beweis, den ich habe, ist sein verquollenes Gesicht auf der Rückbank eines Autos, sein Zittern, aber das ist kein Beweis für etwas Heiliges.

Ich könnte nicht mehr sagen, wann ich einschlief oder wann Alé aufwachte und mich von der Stelle hob, wo ihre Lunge sein muss, aber ich erinnere mich noch an den genauen Augenblick, in dem die Jury meilenweit entfernt ihre Entscheidung fällte, als geschähe es direkt hier in der Wohnung. Es war das Scheppern. Das Zerspringen von Glas im

Licht, das noch nicht ganz hell genug war, um es als Morgen zu bezeichnen. Alé, die sich über die zerbrochenen Scherben einer Lampe beugte, die ich eigentlich kaum benutzt hatte. Dann die Stille. In diesem Moment müssen sie alle mit den Köpfen genickt und die Papiere unterzeichnet haben, die an die Richterin geschickt wurden. Vielleicht waren sie dabei alle ganz feierlich und blickten einander nicht in die Augen, als könnten sie so der Schuld ausweichen.

Der Anruf folgt eine Stunde später. Alé hielt mich im Arm, während ich schluchzte und sie fragte, ob nun alles vorbei sei. Sie sagte nicht Nein, drückte mich einfach nur an sich, bis ich wieder das Gefühl hatte, einen Körper zu besitzen, bis mein Telefon klingelte.

Ich hebe ab.

Am anderen Ende spricht Marsha hastig, wirft die Wörter durcheinander, ohne viel zu sagen, und beruhigt sich dann.

»Es tut mir so leid, Kiara, aber es wird keine Anklage erhoben.«

Ich wusste, dass es so kommen würde, konnte es spüren, aber als Marsha es ausspricht, fühlt es sich an wie ein Fausthieb, wie der scharfe Schmerz, als Metallmann mich gegen die Ziegelsteine schubste, in jener Nacht, in der alles begann.

»Was ist mit Marcus?« Ich will nicht fragen, will es gar nicht wissen, aber ich muss.

Marsha legt eine Pause ein. Schweigen. »Ich habe dafür gesorgt, dass er eine fantastische Anwältin bekommt, eine die besser für seinen Fall geeignet ist als ich, aber viel mehr kann ich nicht tun. Nicht ohne das Druckmittel einer Anklage.« Sie verstummt erneut. »Es tut mir leid.«

Ich vermute, dass ihre Eisaugen feucht sind, denn sie fängt auf einmal an, irgendetwas von Hoffnung zu erzählen, und ich lasse sie. Es ist immer besser, man lässt sie drauflosreden, dann wirkt alles ein bisschen weniger kaputt. Ich dachte, ich würde sauer auf sie sein und wüten wollen, aber so ist es nicht. Als sie auflegt, fast zwei Stunden nachdem die Lampe sich in der ganzen Wohnung verstreut wiederfand, blicke ich auf zu Alé, die erneut mit dem Arm um mich auf dem Fußboden sitzt. Sie kümmerte sich nicht mehr darum, weiter sauberzumachen, als sie das Salz über meine Wangen strömen sah, und ihre Hände sind bedeckt mit Blutflecken und Glassplittern. Niemand von uns sagt ein Wort.

*

Mich überkommt eine überraschende Ruhe, und ich lege den Kopf zurück gegen die Matratze, um an die Decke zu starren. Was hatte ich anderes erwartet? Der Himmel versuchte mir zu sagen, dass alles in Extremen geschieht, in blendenden Abschnitten voll Scheiße, der ich nicht entkommen kann. Auf dem Strich gehend, bis ich oben in den Wolken lande. Oakland umfasst alles: Leid und Sehnsucht. Greift nach unseren jungen Rücken. Ich hebe den Blick und richte ihn auf Alé, ergreife ihre Hand und entferne jedes Körnchen Glas, ehe ich sie an meine Wange führe, sodass ihr Blut auch meines ist. Eisen statt Tinte. Ihre Lippen bewegen sich, murmeln etwas, aber es kommt nichts Verständliches heraus.

Sie zieht mich an ihre Brust und umschlingt mich so fest, dass ich mich ganz in diese Umarmung hüllen kann. Wir wissen beide, dass wir schon bald damit fertigwerden müssen, was es bedeutet, alles verloren, aber einander noch immer zu haben. Ein Dach verloren und ein Zuhause gefunden zu haben. Doch für den Augenblick hält Alé mich fest, ich wasche ihr die Hände und verbinde sie mit Marshas schwarzem Kleid, und sie beginnt die Fragmente des Lichts aufzuräumen.

Ich ziehe gerade eins von Marcus' großen Shirts über, als ich es höre. Zuerst glaube ich zu halluzinieren, aber das Geräusch ist so eindeutig, so tief in meinem Unterbewusstsein verankert, dass ich mir nicht vorstellen kann, dass mein Geist es sich ausdenken könnte.

Ich laufe an Alé vorbei zur Tür. »Hörst du das?«

Sie zuckt die Achseln, vornübergebeugt, um das Glas aufzukehren.

Ich mache die Tür auf und trete hinaus auf die Galerie, beuge mich übers Geländer, und da ist er. Ich weiß es von dem Moment an, in dem ich hinunterblicke, weil er dasselbe runde Muttermal auf dem Kopf hat. Trevor sitzt dort, mit den Füßen im Pool baumelnd, und spritzt Wasser auf.

Der Himmel ist ein weiches Blau, und ich laufe auf die Treppe zu, die sich hinunterwindet zum Mittelpunkt von allem, was mir gehört, zu diesem Scheißepool, der scheinbar nie aufhört, uns anzuziehen. Ich denke an Sorayas erste Schritte, und ein Teil in mir, der bisher keinen Raum zum Atmen hatte, vermisst sie, möchte ihr zusehen, wie sie rennt, wie sie spricht, wie sie meinen Namen sagt, alle drei Silben, und lernt, einen Ball zu werfen wie Trevor.

Ich gehe die Treppe hinunter, als würde ich direkt in eine Fantasievorstellung eintreten, als würde ich einen Geist treffen. Aber als meine nackten Füße auf den Asphalt treten und ich auf seinen Hinterkopf starre, weiß ich, dass es kein Traum ist. Er trägt seinen blau-gelben Rucksack, den ich Mrs. Randall übergeben habe. Derselbe, den ich ihm vor so vielen Monaten zum Geburtstag schenkte. Ich gehe näher heran, bis ich direkt über ihm stehe, und setze mich dann, noch immer nichts als ein übergroßes T-Shirt an meinem Körper, neben ihn und strecke meine eigenen Füße in den Pool. Meine Beine tauchen bis zur Mitte meiner Waden unter.

Ich starre ihn direkt an, aber er blickt noch immer geradeaus ins Wasser, als hätte er meine Anwesenheit neben sich noch nicht einmal wahrgenommen. Seine Augen sind nun ganz geöffnet, sein Gesicht ist entlang der Wangenknochen noch immer verfärbt, aber die Teile von ihm, die es zu *seinem* Gesicht machen, sind wieder heil. Perfekt gerundet. Hervortretende Augen. Schmollmund.

»Was tust du hier, Baby?« Ich berühre ihn leicht mit der Schulter, damit er mich, selbst wenn er mich nicht ansieht, immerhin spüren kann.

Er hält den Blick auf den Pool gerichtet, auf seine Füße, die die Oberfläche durchbrechen und wieder eintauchen. Dann, als hätte ein Wecker in seinem Kopf geklingelt, dreht er den Kopf ruckartig zu mir um, blickt mir in die Augen und lächelt mich an.

»Musste meinen Ball holen.«

Darüber kann ich mir ein Strahlen nicht verkneifen, mein ganzer Körper bricht in ein Grinsen aus, weil wir beide wissen, dass es noch so viel mehr ist, aber auch, dass es in mancher Hinsicht vielleicht genauso simpel ist. Wie wir im

Aufprall eines Balles zusammengewachsen sind, wie der Anfang unseres Kollapses mit einem Basketballplatz und einer Prügelei begann. Wie wir zu nichts von alldem zurückkehren, uns aber vielleicht diesen Augenblick nehmen können. Vielleicht genügt diese Ausrede, um uns in ein Spiel zu befördern, in dem wir lachen, weil wir es können, bis die Sonne sich auflöst und die Nacht uns freizulassen droht, nur um uns sogleich wieder einzufangen und zurückzuholen zu den Dingen, denen wir nicht entkommen können. Wenn ich ihn wieder in jenen Bus setzen muss, in dem er sich hierhergestohlen hat. Dabei ist das nicht einmal schlimm, denn ich werde ihn verabschieden mit einem Kuss auf die Stirn und diesem Ball in der Hand, diesem Gefühl, das uns keiner nehmen kann.

Es wirkt so offensichtlich wie lächerlich, als Trevor aufsteht und sich das Shirt über den Kopf zieht, um sogleich auch seine kurze Hose auszuziehen und in denselben weiten Boxershorts wie damals dazustehen, bevor die Stiefel am Pool auftauchten, nur ein paar Zentimeter größer.

Ich nehme noch nicht einmal wahr, was ich tue: mich ausziehen, aus dem Shirt schlüpfen, bis ich nur noch Haut bin, übersät von Markierungen, von den verschorften Wunden meiner Nägel, die noch immer heilen müssen. Einfach so, im hellen Licht eines Morgens, der trügerisch still ist, beide in unserer Unterwäsche, ergreift Trevor meine Hand und umklammert sie fest. Wir müssen nicht einmal herunterzählen, denn irgendwie spüren wir beide, wann der Zeitpunkt zum Eintauchen gekommen ist. Wir tauchen weiter. Der Scheißepool ist so tief, dass er sich in das Meer verwandelt.

Unter dem Wasser mache ich die Augen auf, lasse sie vom Chlor rot färben und drehe den Kopf zu Trevor um. Er sieht mich an. Sein Mund steht offen. Ich öffne meinen ebenfalls, und wir beginnen beide zu lachen, verbunden durch unsere Finger, während die Blasen aus unseren Mündern steigen und sich in der Mitte des Wassers treffen. Trevor und ich finden unser Lachen, genau wie Dee irgendwo da draußen, kreischen diesen Augenblick überschäumender Freude hinaus und lassen uns vom Wasser verschlucken.

ANMERKUNG DER AUTORIN

2015 war ich ein junger Teenager in Oakland, als ein Artikel Aufsehen erregte, der beschrieb, wie Mitglieder des Oakland Police Department und mehrerer anderer Polizeibehörden in der Bay Area sich an der sexuellen Ausbeutung einer jungen Frau beteiligt und versucht hatten, es zu vertuschen. Dieser Fall entwickelte sich über Monate und Jahre, und auch als das mediale Interesse abflaute, rätselte ich weiter über diese Geschehnisse, über dieses Mädchen und über all die anderen Mädchen, die keine Schlagzeilen machten, obwohl sie ebenso die Grausamkeit dessen erfuhren, was die Polizei dem Körper, dem Geist und der Seele eines Menschen antun kann. Neben diesem einen Fall, der es in die Nachrichten schaffte, gab und gibt es Dutzende weitere Fälle von Sexarbeiter*innen und jungen Frauen, die Gewalt durch die Polizei erfahren und deren Geschichten unerzählt bleiben, die keinen Gerichtsprozess erleben und die diesen Situationen nicht entkommen. Aber wir kennen nur wenige von diesen Fällen.

Als ich mit dem Schreiben an *Nachtschwärmerin* begann, war ich siebzehn und dachte darüber nach, was es bedeutete, verletzlich und ungeschützt zu sein und nicht gesehen zu werden. Wie viele schwarze Mädchen wurde ich mit Ermahnungen groß, ich solle meinen Bruder, meinen Dad und die schwarzen Männer in meinem Umfeld schützen, mich um sie kümmern: um ihre Sicherheit, ihre Körper, ihre Träume. Dadurch lernte ich, dass meine eigene Sicherheit, mein eigener Körper und meine eigenen Träume zweitrangig waren, dass es nichts und niemanden gab, der mich beschützen konnte oder wollte. Kiara ist vollkommen fiktional, aber was ihr zustößt, spiegelt die Arten von Gewalt wider, die Frauen of Color regelmäßig angetan wird: Eine Studie aus dem Jahr 2010 fand heraus, dass durch die Polizei verübte sexuelle Gewalt die am zweithäufigsten gemeldete Form polizeilichen Fehlverhaltens ist und unverhältnismäßig oft Frauen of Color trifft.

Als ich an diesem Buch schrieb und dafür recherchierte, ließ ich mich von dem Oaklandfall und anderen ähnlichen inspirieren, da ich eine Geschichte über meine Stadt schreiben, aber auch erkunden wollte, was es bedeutete, wenn dies einer jungen schwarzen Frau zustieße, wenn eine Überlebende die erzählerische Kontrolle über ihren Fall bekäme, wenn es eine Welt hinter den Schlagzeilen gäbe und Leser*innen Zugang zu dieser Welt bekommen könnten. Die Geschichten von Schwarzen Frauen, queeren und Transpersonen werden selten repräsentiert in den Narrativen der Gewalt, gegen die protestiert, über die geschrieben und die in den meisten Bewegungen betont wird, aber das bedeutet nicht, dass es sie nicht gibt. Ich wollte eine Geschichte schreiben, die jene Angst und Gefahr widerspiegelt, die schwarzes Frausein mit sich bringt, sowie die Adultifizierung schwarzer Mädchen zeigt – dass sie unangemessen früh wie Erwachsene behandelt werden –, während sie zugleich anerkennt, dass Kiara – wie so viele von uns, die sich in Umständen wiederfinden, die sich anfühlen, als könnte man sie unmöglich überleben – trotz allem Freude und Liebe empfinden kann.

DANKSAGUNG

Zuallererst bin ich Lucy Carson und Molly Friedrich sowie dem Rest der Friedrich Agency unendlich dankbar dafür, dass sie sich so großartig für mich eingesetzt und mich bei jedem meiner Schritte angefeuert haben. Danke an Ruth Ozeki für deine einzigartige Weisheit und dafür, dass du mich Molly und Lucy vorgestellt hast. Danke an meine Lektorin Diana Miller, für deine unendlichen Einsichten und deine aufmerksamen Anmerkungen unter unvorhergesehenen Umständen. Danke an das gesamte Team von Knopf für eure Unterstützung von Kiaras Geschichte. Danke an Niesha, die mir Einblicke gegeben hat, um *Nachtschwärmerin* auf einer authentischen Erfahrung von Sexarbeit basieren zu lassen.

Danke an Samantha Rajaram dafür, dass du meine Pitch-Wars-Mentorin und Freundin bist. Pitch Wars war eine so unglaubliche Gelegenheit für mich, die mir gab, was ich brauchte, um diesen Roman zu überarbeiten, und mir vor allem deine Freundschaft und Unterstützung schenkte. Ein besonderes Dankeschön an Maria für ihre großzügige und brillante Hilfe beim Redigieren.

Danke an Jordan Karnes dafür, dass sie eine Leserin war, als ich dringend eine benötigte, und für die Jahre voller

Workshops und Schreiben, die mich überhaupt erst darauf vorbereitet haben, das hier zu verfassen. An die Oakland School for the Arts, die mir den ersten Raum gab, in dem ich als Schriftstellerin existieren konnte, und an das Oakland-Youth-Poet-Laureate-Programm, das die Dichterin in mir nährte. An all die Kinder, die ich geliebt und um die ich mich gekümmert habe, danke, dass ihr meine Tage mit Freude erfüllt habt, sodass ich meine Nächte mit diesen Worten verbringen konnte.

Daddy, ich danke dir dafür, dass du deine Liebe zum Schreiben an mich weitergegeben hast, und für all den Jazz. Mama, ich danke dir dafür, dass du mir ein Haus voller Bücher geschenkt und mir den Wert des Lesens vermittelt hast. Logan, ich danke dir dafür, dass du der erste Mensch bist, den ich anrufe, wenn ich feststecke, und darüber hinaus der beste Zuhörer und Bruder, den ich mir wünschen könnte. Magda, danke, dass du meine beste Freundin und die erste Leserin von fast allem bist. Danke an Zach Wyner für deine frühe Mentorenschaft, die Schreibsessions und die Konstanz in meinem Leben. An all meine Freund*innen und Familienmitglieder, ihr habt mir eine reiche Welt geschenkt, die es wert ist, darüber zu schreiben, und eine Gemeinschaft, für die ich unendlich dankbar bin.

Ich danke Oakland dafür, mich großgezogen und mir all die Cafés, Bibliotheken, Wohnungen und Himmel geschenkt zu haben, in und unter denen ich dieses Buch schreiben konnte. Du wirst immer mein Zuhause sein.

Und zuletzt Mo, meine Liebste, ich danke dir dafür, vom ersten Lesen über Stunden des Redigierens bis zum letzten

Feinschliff an meiner Seite gewesen zu sein. Du bist meine größte Unterstützung, mein Anker, mein Trost nach einem Arbeitstag. Ohne dich hätte ich dieses Buch nicht zu dem machen können, was es ist. Du bist die Alé für meine Kiara, und ich kann nicht in Worte fassen, wie glücklich ich mich fühle, nach Hause zu kommen in deine Arme, zu deinem Essen und deinen Worten. Du bist mein Ein und Alles.